朝倉治彦
柏川修一 編

假名草子集成

第二十六巻

東京堂出版

例　言

一、『假名草子集成』第二十六巻は、文部省の科学研究費補助金（研究成果刊行費）による刊行に続くものである。

一、本『假名草子集成』は、仮名草子を網羅的に収録することを目的として、翻刻刊行せんとするものである。これまで翻刻された仮名草子は、少なくないが、全体の半数にも満たない。ここにおいて、本集成を刊行して、仮名草子研究を推進させせんと考える次第である。

一、既刊の作品は、全て、今一度改めて原本にあたり、未刊の作品については、範囲を広くして採用したい、という考えを、基本としている。

一、仮名草子の範囲は、人によって多少相違がある。中で、最も顕著なる例は、室町時代の物語との区別である。これは、横山重・松本隆信両氏の『室町時代物語大成』との抵触は避ける予定である。

一、作品の配列は、原則として、書名の五十音順によることとする。

一、本集成には、補巻・別巻をも予定して、仮名草子研究資料の完備を期している。

一、校訂については、次の方針を以て進める。

1、原本の面目を保つことにつとめ、本文は全て原文通りとした。但し、振がなの容易なるは省いた場合もある。

2、文字は、通行の文字に改めた。

3、誤字、脱字、仮名遣いの誤りなども原本通りとし、（ママ）或は（……カ）と傍註を施した。
4、句点は原本通りとした。句点を。とせる作品は。、・点を使用する作品はそのまま・点とした。但し、読み易くするために、私に読点、を加えた場合もある。句読点の全くない作品は、全て、を以て、読み易くした。
5、原本にある虫食、損傷の箇所は□印で示し、わずか判読できる場合は、□の中に文字を入れるか、（……カ）と註した。
6、原本における表裏の改頁は、」を以て示し、丁数とオ・ウとを、小字で入れて、註記とした。
7、挿絵の箇所は〔挿絵〕とし、丁数・表裏を記した。
8、原本の改行以外に、読みやすくするために、私に改行を多くした。
9、和歌・狂歌・俳句・漢詩は、原則として、一字下げの独立とした。
10、挿絵は全て収録する。
一、巻末に、収録作品の解題を行なった。解題に採用したる原本は、必ずしも底本を意味せず、比較的上本を以て、説明した。解題は、書誌的な説明を主としたるも、備考欄に、若干、私見を記した場合もある。
一、原本の閲覧、利用につき、図書館、文庫、研究機関、蔵書家など、多くの方々の御理解を賜ったことに感謝の意を表す。
一、仮名草子研究に鞭韃配慮を賜った故横山重氏、吉田幸一博士、また出版を強くすすめて下さった野村貴次氏、神保五弥名誉教授、ならびに困難なる出版をひき受けて下された東京堂出版に、感謝する次第である。

平成一一年九月

朝倉治彦

第二十六巻　凡　例

一、本巻には、次の二刊本を収録した。

見聞軍抄（承前、巻四至八）

好生録

二、『見聞軍抄』は、故有馬成甫氏蔵本を底本とし、内閣文庫本を参照した。原稿は亡父治貞作成である。

三、『好生録』は、架蔵本を底本とし、京都大学図書館蔵本、国立国会図書館蔵本を参照した。

四、『好生録』については、柏川修一氏の助力を得た。また、氏には、全巻の校正に参加協力して頂いた。

五、『好生録』の索引もと原稿は、柏川氏に作成して頂くことができた。

六、京都大学図書館、名古屋大学図書館、筑波大学図書館、東京大学図書館、内閣文庫、国立国会図書館、塩村耕氏の御配慮を賜わった。深く感謝申しあげます。

目次

例言

凡例

仮名草子集成　第二十六巻

假名草子集成

第二十六巻

見聞軍抄

（承前　寛永中刊、八巻八冊、うち巻四～八）

○本文は、ほとんど総ルビであるが、読みにくき箇所は残して、他は採らなかった。

見聞軍抄。目録之四

（三行空白）

」一オ

」一ウ

見聞軍抄《けんもんぐんしう》。巻之《まきの》四

○比企判官能員《ひきのはんぐハんよしかず》。誅《ちう》せらる、事 (一)

見しハ昔。老士《じ》有しが。鎌倉将軍家の事を、よく覚え語る。われ問《とツ》て云。頼家公御めつばうの事。聞伝ふ、と、いへ共。たしかに、語る人なし。年号は、いつの比ぞや。老士答て。将軍頼家公、御不例《ごぶれい》によつて。諸寺諸社にをいて、御きたう有、と、いへ共。其しるしなし。其比の、しつけんハ、北条遠江守時政也。しかるに、頼家の御病悩、すでに危急のあひだ。建仁三年癸《ミヅのとの》」二オ 亥《い》八月廿七日。御じやうふの沙汰有て。関より西、三十八ケ国の地頭職をもつて。舎弟千幡君《まんぎミ》十歳に、ゆづり奉らる、関東二十八ケ国の地頭。ならびに惣守護を、もつて。御長子一幡君六歳に、あてらる。

爰に、一幡君の御外祖。比企判官能員。ひそかに、舎弟に。じやうふし給ふ事を、いきどをり、うらミ。外戚のけんゐに、つのり。独歩のこゝろざしを、さしはさミ。ほんぎやくを、くハたて。千幡君。ならびに。外家。遠州一類を。はかり奉らん、と、ぎす、と云云。

将軍」二ウ 家、御病の事、祈療共に、其しるしなし。是によつて、鎌倉中。はなハだ、物さハがしくして、国〻の御家人等。きそひ参ず。人の、いハゆるハ。家督の儀に付て。たちまち、不和出来《いて》らんか。関東の安否《ふ》、此時也、と云〻。

九月二日、能員息女将軍家ノ妾、若君ノ母儀也、元若狭ノ局ト号スを、もつて。北条殿を、うつたへ。ひとへに、追討すべきの由也

をよそ、家督の外。地頭しよくを、相分らるゝに、をいてハ。威権二ツにわかれ。いどミあらそハんの条。是を、うたがふべからず。子たり弟《をとゝ》たれば。」三オ せいひつの御はからひに、似たり。と、いへ共。かへつて。まねく所ハ。乱国のもとひ也。遠州の一族、存ぜられば。家督の世を、うばハるゝ事、又もつて、異儀なからん、と云〻。

将軍、此事を聞しめ。おどろきて。能員を、病の床に、まねき。談合せしめ給ひ、追討のはかりことに、をよぶ。然るに、尼御台所。しやうじを、へだて。ひそかに、此密事を、うかゞひ。聞しめ給ひ。急《いそぎ》、遠州へ、此儀を、つげせしめんため。女房を、御使として。御書を、つかハさる所に。遠州ハ、兼日。修善の」三ウ 儀有て。仏事を興ぜられんため。名越《なごや》の私宅に、帰り給ふ由を聞。女房をひ付、路次にて、是を進ず。

遠州、下馬し給ひ、御書を拝見せしめ。すこぶる落涙、さらに、おさへがたく。駕をとゞめ、しばらく、思案の気有て、直《すぐ》に、大膳大夫《のたいぶ》廣元《の》朝臣《の》宿所に、渡御せらる。亭主、出逢《いで》。遠州、仰られて云。

近年、能員。威をふるひ。諸人を、ないがしろに、するの条。世のしる所也、あまつさへ、将軍病疾の今。ばうぜんの時を、うかゞひ。とりかすめて、将命」四オ

と、せうし。むほんを。くわだてんと、するの由、たしかに、告《づけ》をきく。此上ハ、先。能員を誅すべきか。いかん。
ていれば、大官令、答申て云。
故将軍の御時より、このかた、政道《せいたう》あるの上。兵法《ひやう》にをひてハ、是非を、わきまへず。ちうりくの実否《ふ》は、賢慮によろし
と云〻。
遠州、此言葉を聞て。即《すなハち》、座を立給ふ。天野《あまの》民部《の》入道蓮景。仁田《の》四郎忠常。御共たり、荏柄のやしろの前にをいて。又、御駕をひかへ、件の両人に仰られて云。
能員むほんを。く」四ウ わたつるに、よつて、今日、追伐すべし。をの〳〵、討手たるべきもの
と。蓮景が云
軍兵《ぐんびやう》を発するに、あたハず。御前に召寄られ。是を誅せらるべし。彼老翁、何事あらんや。

ていれば、舘《たち》に、くハんぎよせしめ給ふの後、此事、猶。儀《ぎ》重《ぢう》有て、談合のため。大官領《れい》を、まねかる。大官令、思慮の気あり、と、いへ共。うれへて、もつて参向す。遠州対面有て。や、久し。大官令退出す。遠州、此亭にをひて、薬師如来の像日来造奉是を、供養せしめ給ふ。葉上」五オ 律師、導師たり。尼御台所。御けちえんのために、入御《じゆぎよ》有べし、と云〻。

遠州、工藤五郎をもつて、使として。能員がもとに、仰つかわされて云。

宿願によつて。仏像供養の儀あり、御来臨し給ひ、ちやうもんせらるべきか。かつハ又。次でをもつて、雑《さう》事を、かたるべし。

ていれば、能員。やがて参ずべきの由を、申さる。御使退去の後。能員が子息親類等《ら》、いさめて云。

日来、計議の事あり。若、風聞有の旨に、よつて。専《もつハら》使にあづかるか。左右《さう》な」五ウ く、参向せらるべからず。たとひ、参らると、いふ共。家子郎《の》従らをし

て。甲冑を着し。弓箭《ゆみや》を帯せしめ、相したがハるべし。

能員が云

しかのごときの行粧《ぎやうさう》。あへて、けいごのそなへに、あらず。あやまつて、人のうたがひを、なすべきの因《いん》也。当時、能員。猶、甲冑の兵士《ひやうじ》を召ぐせば。鎌倉中の諸侍。皆、あハて、さハぐべし。此事しかるべからず。かつハ、仏事けちえんのため。かつハ、御じやうふ。とうの事に付て。仰合らるへき事あるや。急参《いそぎ》」六オ着すべし。

しかる所に、遠州は、甲冑を帯し給ふ。中野《なかの、》四郎。市河別当五郎をめし、弓箭《きうせん》を帯し、両方の小門に、まうくべきの旨。下知《げぢ》し給ふ、よつて、征箭《そや》一腰を。二ツに取分《わけ》。をの〱、是をたばさミ、件の両門に立《たつ》。かれら、勝れたる射手《いて》たるによつて。此儀に応ずる、と云〻。天野民部蓮景。仁田四郎忠常ハ。はらまきを着し、西南《さいなん》脇戸《わきど》の内に、かまふ。

しばらくして。能員、参入す。ひけいの白き水干。くず袴を着し、黒の馬に駕し。郎等二人、雑色五人共」六ウに有。惣門に入。廊《らう》の沓ぬぎに上り、妻戸を通り、北面に参らん、と、ぎす時に。蓮景。忠常ら。作りあハせ。脇戸のミぎりに立向ひ。能員が、左右《さう》の手を、とらへ。ちうりくに、をこなふ。くびすを、めぐらさず、遠州出て、是を見給ふ、と云〻。

能員が。どうぼく。宿所に、はしり帰て、事の由をつぐ。よつて、彼一族郎従ら。悉、馳参じ。一幡君の御舘《たち》小御所号すに引籠る。むほんの間。未《ひつじ》の三尅に、をよぶ、尼御台所の仰に、よつて。件のともがらを。追」七オ討せんため。軍兵を、さしつかハさる。いわゆる。

江馬四郎義時　太郎武蔵守朝政　小山左衛門尉朝政
同　五郎宗政　同　七郎朝光　畠山次郎重忠
榛谷《ばんがへの》四郎重朝　三浦平六兵衛尉義村　和田左衛門尉義盛
同兵衛尉常盛　同小四郎景長　土肥先次郎惟光
後藤左衛門尉信康　所《ところ》右衛門尉朝光　尾藤次知景
工藤小次郎行光　金窪太郎行親　加藤次郎景廉《かど》

同太郎景朝仁田四郎忠常以下。雲霞《くもかすみ》のごとく。をの〳〵、彼所に、きそひ至る。比企三郎、同四郎。同五郎。原田次郎能員養子、笠原十郎左衛門」七ウ尉親景。中山五郎為重。糟屋藤太兵衛尉有季已上三人能員聟ら。ふせきたゝかひ。あへて、死を、うれへざるの間。いどミ、たゝかふて、申尅《さるの》に、をよむて。景廉。知景。景長ならびに郎従。おほくもつて討れ、疵をかうふり。すこぶる、引しりぞく、重忠郎従ら入替《かハツ》て、せめたたかふ。大軍にて入こむの間、武威にあたハずして、火を舘に、はなち。をの〳〵、若君の御前にをひて、自殺す。

若君も、おなじく。此わざハひに、まぬかれ給ハず、能員が」八オ ちやくなん与一兵衛尉。女人のすかたを、かつて、戦場を、のがれ出でん、と、する所に。路次にて、景廉がために、けうしゆせらる

其後、遠州大岳《おほおかの》判官時親らを、つかハし、死骸を、じつけんせらるゝ、と云〻。

夜に入て。能員がしうと。渋川刑部丞を、誅せらる。三日に至て。能員が一族ら。悉、さがしもとめ。死罪。流《る》刑す。あげて、かぞふべからず。三日小御所の跡に、をひて。大輔《たいう》房源性。故一幡君の御ゆいこつを。ひろひ奉らん、と、するの所に、焼所《やけどころ》」八ウ の死骸そこばく、相まじりて。もとむる所なし。然に、御めのとが云。

さいごに、染付の小袖を着し給ふ、其文、菊の枝也と申。

或しがいに、右の脇の下の小袖。わづか一寸あまり、こげ残り。菊の文、つまびらか也。よつて、是をもつて、是をしりひろひ。源性。頭《くび》にかけ、高野山に進発し給ふ、と云〻。

将軍家、御病痾。すこし減にして。なましいに、もつて。寿筭をたもち給ふ。

しかるに、若君。并ニ能員が、めつばうの事を。聞しめ」九オ 給ひ、其うつけうに、たへす

遠州を誅すべき由。ミつ〳〵に、和田左衛門尉義盛。仁田四郎忠常らに、仰らる。堀藤次親家、御使として、御

書を持来る、と、いへ共。義盛、思慮を、ふかくして。彼御事を。遠州へけんず。よつて、親家を、誅せらる。

将軍家、いよ〳〵御心労、と云ゝ。

六日に、遠州。仁田四郎忠常を、名越《なごや》の御亭に召寄らる、是、能員追討の賞を。をこなハれんため也。

しかるに、忠常。御亭《でい》に参入するの後。暮にのぞむ、と、いへ共。」九ウ 更に退出せず。舎人の男《おのこ》、此事をあやしミ。彼乗《のり》馬を引。宅に帰りて。叓の由を、弟五郎六郎らに、つぐる。

しかるに。ゑんしうを追討し奉るべきの由。将軍家。忠常に仰合せらるゝ事、其聞え有て、罪科せらるるかの由。彼ともがら、推量をくハへ。たちまち、其いきどをり。果さんがために。江馬殿へ参らん、と。すでに、馳参し、矢をはなつ。御家人ら合戦し。五郎ハ。波多野次郎忠綱がために。けうしゆせられ。六郎ハ、台所」十オ にをひて。火をはなち自殺す。

件の煙《けぶり》を見て、御家人きそひ集る、然に、忠常は。相違なく名越を出て、私宅に帰る。途中にをひて、是を聞。則、命《めい》を捨《すて》べき、と、御所に参る所に。加藤次景廉がために、誅せらる。

十日に、千幡君を。将軍に立奉らるゝの沙汰有て。知康。行景ら、使者として。上洛すべきの旨。仰付らるゝ、と云ゝ
九月十五日、宣旨其状。今日鎌倉に到着す。従五位下。征夷大将軍。源朝臣実朝。前」十ウ 右大将頼朝卿二男。母従二位平政子。遠江守時政女也。

遠州。大官令等、沙汰有て入道、前将軍を。鎌倉中に座せしめ給ふべからず、と、伊豆の国修善寺へ、下向し給ふ。いにしへ近習の者をば。一人も、付置給ハず、山中の御住居。詞にたえたり
其後。左金吾禅室、伊豆の国より。尼御台所。并ニ将軍家に、御書を進ぜらる。

深山ゆうこく。今更、徒然《とぜん》を忍びがたし、日比、召つかふ所の近習の輩《ともがら》。参入を、ゆるされん、と。

又。安達右衛門の尉景盛に」十一ォをひてハ。是を申請《うけ》。勘発を、くハへられべきの旨。是を、のせらる。よつて、其沙汰有て。御所望の条、然べからず。其上、御書を通ぜらるゝ事。向後《きやうこう》にをいて。ちやうじせらるへき、と云ゝ

禅閣頼家年三十三建仁四年七月十八日、伊豆の国にをいて。こうぜらるゝ、と云ゝ。

是に付て。讒臣、国を乱す、と云言葉。思ひ出せり。古人、十悪罪を、あげられたる第一に。謀反を記す。むほん、と云ハ。君をかたぶけ。天下を乱さん、と。はかりことを、めぐらす。是、大なる罪」十一ゥ也。扨、又、七殺と云て。人を殺す事を、七つ記せり。其内。謀殺す、と云ハ。われに、かたを、ならぶる者。出頭す。是をねたミ。主君へ、色ゝ悪《あし》きさまを、ざんし殺し。後、をのれ。出臣せん、と、はかる。是皆、能員が、うハさ也。国を乱し。人命《じんミやう》をたち。頼家父子。実朝。悪禅師。兄弟四人の滅亡ハ。すべて、件の。比企四郎右衛門尉能員が謀反の故也、是。に依て、頼朝公の子孫絶果たり。孟子に、君臣に義あり、と云云。君ハ。礼を以て、臣をつかひ。臣ハ忠を以てす。」十二ォかく義あれば、君臣の道すなほ也。義と云ハ、吾心の守る所にして、万事に付。宜くをこなふ道理也。君臣に義あり。父子に親ミあり。夫婦に別《わかれ》あり。長幼に序あり。朋友に信あり。右の五ツ、明らかなれば、天下国家も治るべし。君臣道を守れば。臣として。君を、なひがしろにすべからず、是、天下の定れる大法也。かくのごとき。君臣の道に、たかふが故の災也

と申されし

○異国《いこく》より。御調《ミつき》の舟《ふね》。着岸《ちやくがん》の事」十二ゥ　(二)

聞しハ昔。神功《じんごう》皇后の御代。めでたく、おハしまし。御威光、広大なる事。筆にも、のべがたし。しんら。はくさい。けいたんごく三漢《かん》（ママ）を、打したがへ給ひしより。毎年、日本へ、官物《もつ》を運上す。持統文武の比迄。御調の舟。絶ず、わ

たりし、と也。哥に
○我国の。御調そなへて年ごとに。今もくだらの舟ぞ絶
　せぬ
と詠ぜり。年中行事に、委、あらハせり。

扨又、異国より、吾朝をせめし事。かいひやくより、このかた。七ケ《か》度に及べり。」十三オ いかゞ有けん、日本より、毎年。大唐へ、くわんぐを送り給ひぬ。

人王四十五代聖武天皇の御宇に。あべの中丸。きび大臣。けんたうしとして、入唐《にったう》せし事。扶桑の未来記に、見えたり。

又、人王五十代。桓武天皇御宇。延暦二十三年甲申《きのえさる》五月けんたうし。藤原賀能《よしのり》、大唐に渡る。此舟に、弘法大師乗《のっ》て、渡給ふ。支那は、唐の十代。徳宗皇帝貞元二十年也。此舟、秋かうしうに着。

同年の七月。又、日本より、けんたうし。菅原清公《すがハらのきよきん》(ママ)。大唐」十三ウ に渡る。傳教大師。此舟に乗《のっ》て渡り。あくる。貞元二十一年五月。遣唐使藤原の。よしのりが船に乗《のっ》て、傳教帰朝し給ふ、日本延暦二十四年。乙酉《きのとのとり》の年也。

然に、文永。弘安両度の戦ひ。太元国より。日本を、せめし時は、三百七十万騎のせい。大舟七万余艘に、とりのり。文永二年八月十三日。西海はかたの津ゝ浦ゝへ、をしよせて。たゝかひ。をびたゝしくぞ聞えける。唐と日本を、たとふれば、九牛が一毛。大倉《たいさう》の一粒にも。あたらぬほどの小勢《せう》」十四オ 也と、いへ共、日本人心たけきがゆへ。つゐに、戦ひに討まけず、理をえたり。是又、旲仏旲神の冥助に、よつて也
又、貞治の比ほひ。天下一統ならず、四国九州の海賊共。かうらいこくの財を、うばひとらん、と。彼国へ乱《みだれ》入。おほくの国を、切《きっ》てとる。是によつて。かうらい国王の勅船。貞治五年九月廿三日。出雲の国へ着岸し。京都へ、のぼる。され共、使者を。洛中へハ入られず、天龍寺に、さしをかれ、日本より、かうらい国王へ。進物計を返」十四ウ 進せられ。文書の返事ハ、なかりけり。是、日本いまだ。おさまらざる故、と知られたり

扨又、文禄はじまる壬辰《みづのへたつ》の年、秀吉公、かうらい国を。せめしたがへ給ひしかば、公物《くもつ》を送りし也。然ば、当君《たうきミ》。正二位内大臣。征夷大将軍。源朝臣秀忠公の御時代、天下泰平国土安穏たり。

古語に。君善なる時ハ。則、千里の外。皆これ応ず、と、いへり。有難や、今、此君。慈悲の政道を。とりをこなひ給ふ故に。天にかなひ、地にしたかひしかば」十五オ 五日《ごじつ》の風、枝をならさず。十日《じうじつ》の雨。つちくれを、やぶる事なし。国とミ、民ゆたかにして。日の本将軍国王の御威光ハ、あまねく世界にうつりて。其恩を、あふく事、たゞ北辰其ところに居て。衆星の、是に、たんだくするがごとし

唐土天竺かうらい国。其外嶋国ハ申に、およばず、いまだ、名をもきかず、鳥のつばさも、かよハざる。のびすばん。

扨又、呂宋《りよそう》国より、をそれ、うやまひて。万里のさうはを、しのぎ、慶長十一年丙午《ひのえむま》の」十五ウ 夏。相模の国浦賀の湊へ、黒舟着たり。数〻の珎宝《ちんぽう》。美を尽し、さゝげ給へり。かゝる広大なる御威光。上古になし、末代にも、あるべき事と覚ず

○武田《たけだ》悪《あく》八郎信長《のぶなが》。追討《ついたう》の叓付信元《のぶもと》。帰国《きこく》の事 (三)

聞しハ昔。応永の比ほひ。関東にをいて。官領《れい》上杉右衛門佐氏憲。犬懸の禅秀入道。公方持氏公へ、むほんを、くハたて、鎌倉にをいて、大合戦あり。禅秀討勝て。持氏公駿河へ敗北し給ふ

其後、京都よりの下知《げち》とし」十六オ て、討手下り、満隆公。禅秀一類皆、悉、滅亡す。持氏公、鎌倉へ還御有て。関東諸国豊饒《ぶによう》に治りぬ。

然は、甲州に。逸見《へんミ》、武田と号し。二人の侍あり。逸見中務太輔有直ハ。持氏公へ忠節の者也。是によて、昵近に召つかハれ。御自愛浅からず

武田安藝守信正ハ、むほんの張本《ぼん》人禅秀が、しうと也、安藝守、誅罰として、討手を、さしつかハさる。信正。都鄙の命に、そむく故。戦ひ叶ハず、ちくてんす。甲斐の国をば。逸見一人に下され」十六ウ たり。

安藝守ハ、国中木賊《とくさ》山下と云所に。忍び居たりしが、終にハ自殺す。子息二人あり。長兄三郎信吉。次男悪八郎信長と号す、三郎ハ、身上置所なく出家し、道成《だうせい》と名付。山中に、隠れたゝずミしが、後、果たり

悪八郎信長ハ。ことなる血気のおのこ。智謀武略の者也、是も、山中に忍びしが、安藝守がむこ。長井大膳大夫、同千葉新助。其外一類を、かたらひ。郎従らを、まねき、はちのごとく、おこつて。逸見は。父のしう」十七オ 敵也とて。数度合戦し。悪八郎討勝て、逸見を甲州を追払て。猛威をふるふ。

此よし、持氏公聞召。悪八郎退治として。一色刑部少輔持家を大将にて。軍兵をさし遣ハさる。既《すでに》。猿橋に陣す。前手の者共。互に、いどミ、たゝかふ、と、いへとも。左右前後に山谷有て。大合戦成がたし。数日を、むなしく送る所に。あつかひ有て、和睦《くわぼく》し。其上、刑部少輔なだむるに付て。信長、鎌倉へ出仕の賢約をなす。是によて、刑部少輔。鎌倉へ帰参す。

其後」十七ウ 信長ハ。悪太郎をあらため、馬之丞《せう》と名付たり。数日をべす（ママ）、信長、鎌倉へ参候す。ちまたの説に。信長を鎌倉にをひて。誅し給ふべきよしを聞。郎従ら。弓のつるを、はづさず。鐺長刀のさやを、はづし。太刀の柄《つか》に手をかけ。すハとも、色見えば。しゆうを決せん有様也。主君信長を、前にたて。従者三百ほど供して、御所の御門に入。其内に。加藤荒梵賢《あらぼんけん》と云者は。長《たけ》六尺あまり。筋骨《すぢほね》ふたふ。たくましう。つら玉しひ。人に」十八オ かハつて見えしが、甲冑を帯し。腰に、かま。くまでに、まさかりなどを、さし。大長刀をぬき持て。出立形躰、いにしへの武蔵坊弁慶も。是にハ過じ、と、皆人いひあへり。

刑部少輔、是を見て、降人《の》出仕のていたらく見苦し。しかるべからず、と、せいしけれども、従者共、用ひず、され共、主人信長ハ。悪八郎といふ名にも、おハず。荒梵賢が出立にも同意せず。気色《きしよく》ことならず、形義《ぎやうぎ》厳重に有て、出仕の躰。神妙也とぞ。見る者ほめたりける。

持」十八ウ 氏、此由聞召と、いへ共。降参出仕の上ハ、と、

御見とがめなく、御対面有て。信長、無事に、甲州へ帰りぬ

其後、信長を追討有て、甲州を、逸見に下されたり。

逸見、甲州へ立帰。けんめいに威《いきほ》ひ。自敵を悉もて退治し。本望をとげ、政道たゞしく守護する所に。安藝守舎弟信元と云者。其時節ハ、穴山と号す。兄の安藝守明庵。追討の砌、ちくてんし。高野山へ入。念仏三昧にて有つるが。年へて後。彼信元。京都の公方義持」十九オ 公へ。帰国を、うれへ申に付て、関東の仰にハ。甲州武田、由緒有者の跡。其名断絶す。然ば、武田陸奥守が舎弟。信濃守信元ハ、関東へ不忠の者にあらす、と、いへ共。兄の安藝守追討の時節。鎌倉を。をそれ、ちくてんす、と云ヽ

此者かうめんせられ。本所へ帰国しかるべき旨。御使者を下さるゝ。是によて、逸見押領所。甲州を召かへされ。信元に、あてをこなハるべき由。御返答あり。

其節、穴山信濃守を、あらため。武田修理権大夫」十九ウ に、にんぜられ。日野大納言御沙汰。京都より関東へ御書の趣

甲斐国守護之事

武田修理権大夫信元、被㆓仰下㆒。就《ついて》㆑其安藝守入道跡。国中闕所不《さる》㆑有《あるへから》㆓卒尓㆒之状如㆑件

応永二十九年三月五日　　義持

左兵衛督殿

京。鎌倉の両殿、御一味有て、天下一統の御政道によて、諸国に凶賊も出来せず。国富。民豊に、さかへ。目出度御時代と。よろこびあへり」二十オ

○咎《とが》なき虫《むし》を殺《ころす》事 付梶原《かぢハら》亡死《ばうし》の事　(四)

見しハ。今、有夜、侍衆寄合。かたり給ふ折節、ともし火の影を求め。ちいさき虫一ツ来て、座中を、はひめぐる所に。にくし梶原め、と云て、扇にて、はたと討ころす。又、こなたへも来りたり、とて殺し。かなたにても討殺し。見るがうちに、三ツ四ツ殺したり。

秋山豊前守と云人、是を見て。

生《しやう》ある物を殺すハ、とが也。せんなき罪を作り給ふ

と、いふ。
若き衆聞て
此虫を見て。ころさぬ者やゆべき。是」二十ウ 梶原虫とて。
よき中を、へだて。あしくする故に。あやしからじ、と
の。まじなひ也
と、いふ
豊前守、聞て
愚なる人〻の、いひ事ぞや。いにしへの梶原平三景時ハ。
名誉の侍にて、ましませば。我等の子孫の中に。あハれ
一人も、景時に。あやかれかし、とこそ思ひ侍《はんべ》れ
と云
其中に。木下右兵衛と云人、申けるハ。
梶原ハ、義経を。頼朝公へ讒じ、其報に、一類、皆、悪
罪に。亡びたるをば知給ハずや
結城七郎朝光。御所侍に、をひて。夢想の告あ」二十一オ
り、と称して。幕下《ばつか》将軍の御為に。人別に。壱万返の弥
陀の名号を。傍輩等《ら》にすゝむ。各〻こぞつて、是を、と
なへ奉る。此間、朝光、列座の衆に語《かたつ》て云。
われ聞。忠臣ハ二《じ》君につかへず、と云也。殊に、幕下
の厚恩かうふる也。せんげの刻《きざ〻》。遺言あるの間。出家
遁世せしめざるの条。後悔一《ッ》に非《あ》らず。かつハ今。世
上を見るに。薄氷をふむがごとし、と云〻。
朝光は、右大将軍の御時。無《ぶ》双の近仕也。懐旧のさへぎつ
て。人〻の推察」二十一ウ に、あり。聞者、悲涙を、のごふ。
ていれば、建久十年十月廿七日の事かとよ。女房あハのつほね結
城七郎に、つげて、いわく。
梶原平三景時がざんに、よて。汝、すでに、誅罰を、か
うふらん、と、ぎす。其故は。忠臣ハ二君に。つかへざ
る、の、よし、述懐せしめ、当君を、そしり申、と云云。
是、なんぞ。しうてきに、あらずや。今もて、虎口の難
を、のがれべからず
と、いふ。
朝光聞て。あハてゝ。はらわたを、たつ。
爰に、前《さきの》平六兵衛尉義村ハ。したしき朋友なり。則、義」二十二オ

村に、つげて云。

既に、火急の儀あり。われ、亡父政光《まさみつ》法師が。ゆいせきを、てんりやうせず、と、いへ共。幕下に、つかふるの後。はじめて、数ケ所の領主となる、其恩を思へば。しゆミよりも高し、其往事を、したふのあまり。傍輩の中にをひて。忠臣ハ二君につかへざるのよし。中の所に。景時ざんその便をえて。既に、申しづむるの間。忽もて、逆罪に。しよせられんと、するの旨、唯今、其つげ有。

義村聞て、家老の衆に、しらせん、と。和田」二十二ウ 義盛、藤九郎入道盛長に、かたる。

両人聞て。

をよそ治承より、このかた。梶原が、さかしらにて。命《いのち》をうしなふ者、あげて、かぞふべからず。世のため君のため。梶原を退治せずんは有べからず

と

和田左衛門尉義盛。千葉介常胤。同太郎胤正。三浦介義澄。同《き》兵衛尉義村。畠山次郎重忠。小山兵衛尉朝政。足立左衛門尉遠《とを》元。同《き》藤九郎入道盛長。和田新左衛門尉常盛。同《き》新兵衛尉朝盛。朝比奈三郎義秀。和田四郎左衛門尉義直。」二十三オ 同《き》五郎兵衛尉義重。比企右衛門尉能員。所右衛門尉朝光。民部丞行光。小田左衛門尉知重。大井次郎実久。若狭兵衛尉忠季。山内刑部烝綱俊。宇都宮弥三郎頼綱。榛谷《ばんがへの》四郎重朝。稲毛三郎重成入道。藤九郎景盛。岡崎四郎義実入道。東《とうの》平大重胤。河野四郎通信。曽我小太郎祐綱。二宮四郎。六郎兵衛義信。諸《もろの》次郎季綱。天野民部の丞遠景入道。右京進仲業《なり》。土屋大学助義清。古郡《ふるこほり》左衛門尉保忠。渋谷次郎高重。中山四郎重政。同《き》太郎行」二十三ウ 重。土肥先次郎左衛門尉雅光。大庭次郎景兼。深沢三郎景家。大方五郎正能。同太郎遠正。塩屋三郎雅守。葛西兵衛尉清重。波多野小次郎忠綱。佐ゝ木三郎兵衛尉盛綱入道。長江四郎朋義、工藤小次郎行光らを、はじめ。鶴岡のくわいらうに郡聚し。彼ざんしや梶原一人を、賞ぜらるべきか。諸ゝの御家人を、めしつかハるべきか、と。六十六人一味連判をもて、同《き》十一月十九日。兵庫頭廣元朝臣に。連書の状を渡す。廣元請

取といへ共。さらにあ」二十四オきれて延引す。景時が、ざんねいに、をいてハ。とかうに、あたハず、と、いへ共。故大将軍の御時。したしく、ぢつきんの奉公を致《いたす》者也。忽もて、罪過せられん事、尤もて、ふびん也、わへいの儀を、めぐらすべきの、よし。ゆよするの間。いまだ是を披露せず。然に、今日。和田左衛門尉。廣元朝臣に。御前にをひて参会す

義盛云。

彼状、さだめて披露せらるべし。御きしよく、いかんと、とふ。

いまだ、申さゞるのよしを、こたふ

義盛、眼《まなこ》をいからかし。

貴客《かく》」二十四ウ ハ、関東の爪牙《さうげ》耳目《じぼく》として、已に多年を、ふる。景時が一身のけんゐに、をそれ。諸人の、うつけうを指置べきか。

廣元云。

まつたく、無為の儀にあらず。唯、彼そんばうを、いたむ計也

といふ。

義盛云。

件の、をそれなくハ。いかでか、数日を送るべけんや。披露せらるべきか。いなや。今、是を承りきらん

といふ。ほとんど。かしやくに、をよんで、廣元、申上べきのよしを、せうし。座を立をハんぬ

件の連書の状を。十二日披露す。

中将家、是を見給ひ」二十五オ 景時に、是非を。ちんずべきの由、仰也。

梶原、ちむしやするに、あたハず。十三日、子息親類。皆悉、相ぐし。相模の国一の宮に、下向す。然に、梶原、城をかまへ。むほんを、くハたつる風聞あり。

景時、西国へ、使札をつかハして、いはく。

景時ちんぜいを。くわんりやうすべきよし。宣旨を給るべき事あり。はやく、軍兵共。京都へ馳参ずべき旨。九州の一族らに、ふれつかハす

と云〻

景時、上洛せしめ。そうもんを、へんため。かつは、ちんぜいの侍を。かたら」二十五ウ はんがため。同《き》月廿日の夜。丑刻に、一族らを相伴ひ。ひそかに、此所を、のがれ出、上洛す。

然に、其聞え有によて。鎌倉より、追《をつ》て討手を遣ハさる。景時、駿河の国。清見関に、いたる所に。其近隣の甲乙の人〻、まとを、いんために、くんじゆす。彼輩《ともがら》、是を、あやしめ。をの〱、のがすまじ、と追かけ。矢を、はなつ

景時、狐が崎にて、返しあハせ。責たゝかふの所に、駿河住人芦屋小次郎。飯田四郎、討とられぬ。吉香《きつかうの》小次郎。しぶ川次郎。舟越」二十六オ 三郎。屋辺《べの》小次郎。吉香に馳くハゝり。筭を乱し合戦す。

梶原三郎兵衛尉景茂三十四《とし》吉香小次郎に討れぬ。六郎景國、七郎景宗。八郎景則。九郎景連、くつばミを、ならべ。矢尻をそろへ、いどミ戦ひ。勝負を決しがたし。然所に、当国の人〻。きそひ集り。つゐに、彼兄弟四人、がいせらる。景時ならびに源太左衛門尉景季三十九《とし》弟平次左衛門尉景高三十六《とし》うしろの山に引て入、其後、景時。景季。景高。山中に死骸を残す、と、いへども、其首を」二十六ウ えず。翌日、山中にをいて。三ツの首を、さがし出す、をよそ伴類《ばん》三十三人。首を路道にかくる、と云〻。

かく、悪罪にて果たる梶原に、誰か、あやかりゆべきと、いふ。

豊前守、云

夫。人間の習ひ。死の縁無量也。たとへば。色香妙なる花を、悪風吹来て、ちらす。其木、又。来春咲ぬべし。悪風に、あひたる木成とて。其花を詠《なが》めぬ人やゆべき。人間、誠に、花に、よく似たり。死期《ご》悪《あし》し、とて。いかで其人を、あしく、いハんや。

帝王の位を、請給へ共。流罪」二十七オ 死罪にあひ、或ハ、水に入。或は、田夫野人に、ころされ給ひぬ。

為義ハ。子息義朝に害せられ。義朝。ハ、家人の長田《おさだ》に

討れ。八郎為朝ハ。伊豆の大嶋へながされ自害し。悪源太義平ハ。縄にかゝり、六条河原にて誅せられ。清盛一門は。長門の国にをひて。中納言知盛。門脇中納言教盛。新三位中将資盛。小松少将有盛。左馬頭行盛をはじめ、悉、あかまが関の海に、しづミ。三位中将重衡ハ、梶原生捕。南都衆徒の手に渡り。首を」二十七ウ 切れ。内大臣宗盛は。生捕、鎌倉へ引れ。害せられ。頼家父子ハ。舎弟実朝のために亡び。右大臣実朝ハ。をひの公暁《きんけう》悪禅師に害せられ。範頼ハ、頼朝に誅せられ。其方かたんせらるゝ義経ハ。泰衡が家人。民部少輔基成に討れ。泰衡ハ。郎等《どう》河田次郎に害せられ、此人ゝさかふる時は。をに神のごとく。をそれうやまひ。草木迄も、なびき随ふ有様也。

宿報つくる時刻に至ては。一期のほまれを。耻にかへして、去給ひぬ。皆是、盛者《じやうしや》」二十八オ 必衰の断《ことわり》也。

然に、木曽義仲。京都へ責上り、平家を追討し。征夷大将軍に任ず、と、いへ共、逆威を、ふるふに、よつて、義仲退治として、頼朝公舎弟。範頼。義経両大将にて。人数を、さしそへ、のぼせらる

義仲を討ほろぼし、平家ついたう以後。義経、官途のすいきよを。望む、と、いへども。武衛、あへて、きようなし。

九郎義経。主《ぬし》が使者、鎌倉に参着す、申て云。

去《さんぬる》六日、左衛門尉に任ぜられ。宣旨をかうふる。望のかぎりに」二十八ウ あらず、と、いへ共。くんこう、もだし、やめられがたきに、よつて、自然《じねん》に、朝恩たるの仰下さるゝの間、辞し申に、あたハず、と、云ゝ

此事、すこぶる、武衛の御気色に、たがふ、家老の者共、受領の事ハ。京都へ申さるゝによつて。小除目、鎌倉へ到来す。武衛申せしめ給ふ義。相違なし。いハゆる、権大納言頼盛。侍従光盛。河内守保業《やすなり》。讃岐守能保。三河守範頼。駿河守廣綱。武蔵守義信ら也。此人ゝの受領ハ、御意《こゝろ》より、おこつ」二十九オ て。あたへ申さるゝ。

義経の事は、内ゝの儀有て。左右なく、ゆるされざるの所

に。さへぎつて、所望を、くハたつるかの。御うたがひあり。さるによつて。平家追討として、勅の御使。両大将西国へおもむく砌。武衛。義経をば、しばらく、ゆよ有しが。つかハさる、と云〻。

をよそ、御心に、そむかるゝ事。一度ならず。然に、元暦二年二月の比ほひ。平家、さぬきの国に至り。城を興じ。源氏の発向を相待所に、源氏舟のもよほし。その上、兵《ひやう》」二十九ウのかて絶て。諸軍、日をへて延引す。義経、一身。先陣に、すゝまんと欲《よく》す。大蔵卿泰頼、いさめて云

大将軍の先陣、不可也、先。次将を指遣ハさるべきかといふ。

義経云。

殊《ことに》もて、存念あり。一陣に進ミ、命をすてんと。

同二月十六日酉刻。折ふし。悪風をも、をそれず、主《ぬし》、一艘。とも綱とひて乗出す。是に、相したがふ舟、以上五艘

進発す。老士ら、是を見て、義経を、大将とハ、云がたし、血気の勇士《ようじ》、たゞ無理につよし、と、比判しあへり。て」三十オいれば、合戦評定の時。梶原。かけ引の沙汰に付て。さかろの事を、いひつるに、義経、たけき計にて。文道武略を知給ハず、却て、荒言をはき給ひき。梶原、当座のちじよく。のがれがたきによつて。判官殿と、口論にをよぶ。是によつて、梶原遺恨残りたり。

をよそ。和田小太郎義盛。梶原平三景時ハ。侍別当の所司也、よて、兄弟の両将を。西海に発しつかハさるゝの時。軍士とうの事。奉行せしめんがために」三十ウ義盛を、三州に付られ、景時を廷尉に付らるゝ所に。三州は、もとより。武衛の仰を、そむかざるによて、大小の事を。義盛に、しめしあわせらる。廷尉ハ。しぜんの、おもんばかりを、さしはさミ。かつて、御旨を守らず、偏に、我意にまかせ。万事を、振舞あるに、よつて、人の恨をなす事、景時にかぎらず

元暦二年三月九日、三河守範頼の飛脚、鎌倉に参着す、中

て云。

義経、讃岐の国に渡り、今又、九州に入の由。其聞えあり、四国」三十一ォ の事ハ。義経、是を奉《うけたまハ》り。九州の事は、範頼、是を奉るの処に。しかるごときの輩《ともがら》に。ぬきんでられば、身の面目《めんぼく》を、失ふのミならず、他の勇士なきに似たり。人の思ふ所。尤、耻とすと云ゝ。

故に、鎌倉殿よりの仰に、範頼ハ。九州にしバらく有て。没官領以下の沙汰を、致《いたす》べし、義経ハ、生捕等《ら》を相具し、上洛すべし、と云ゝ。

然に、四月廿一日、梶原が飛脚、ちんぜいより、親類を、さししんず書状を、けんしやうす。はじめハ、合」三十一ゥ 戦の次第を申。をハりに、廷尉の不義の事を、うつたふ
其言葉に云
西国御合戦の間。寄瑞（ママ）是多し。御へいあんの事。神明のしめす所の幸也。故、いかなれば。まづ、三月廿日に、景時が郎従。見《ミ》田《たの》成光が㚖夢に、浄衣のおのこ。たて文をさゝげ奉る、是、石清水の御使と、おぼえて。披覧するの所に、平家ひつじの日。死すべき、と、のせたり。夢覚て後。彼男《おのこ》相語るによて、未《ひつじ》の日ハ、かまへて、勝負を決すべきのよし。ぞんじ思ふ処に、はたし」三十二ォ て、むねのごとし。又、八嶋戦場を、責おとすの時、御方の軍兵、いくばくならず、然に、数万の勢、まぼろしに出現して、敵人に見ゆる、と云ゝ。

次に、去ゝ年。長門の国合戦の時、大亀一ツ出現して。はじめハ、海上にうかび、後にハ、陸《くが》にあがる。よて、海士、是をあやしミ。三河守殿御前に、持参す。六人がちからをもて。猶、持わづらふのほど也。時に、其亀を、はなつべき由。あひぎするの所に。是よりさきに、夢のつげあり。たちまち、思ひあハせて、三川守」三十二ゥ 殿。せいきんを、くハへ給ひ。あまつさへ、札を付て。はなち、つかハされ、をハんぬ。

しかふして、平氏の最期の時節。件の亀。ふたゝび源氏の舟の前に、うかび出。札をもて、是をしる。次に、白

鳩二羽。舟屋形の上に、ひるがへり、まふ、其時に当て。平氏の、むねとの人〻。海底に入。

次に、周防《すわう》の国の合戦の時。白旗一ながれ。中空《ちうぞら》に出現して。しバらく、御方の軍士。合戦の時に見え。終に、雲のはたてに。おさまり、をハんぬ。

又、云。判官殿。君の御代官として。御家」三十三オ 人とうを。そへつかハされ。合戦を、とげられをハんぬ。然に、一身の功のよしを。ぞんぜらるゝと、いへ共、偏に、多勢の合力によるか。いハゆる、多勢。人毎に。判官殿をおもハず。心ざし、君をあふぎ。奉るが故に。同心の勲功を、はげまし侍る。よて、平家を討ほろぼすの後。判官殿の有様。ほとんど、日比のきに超過せり。士卒の、ぞんずる所。薄氷をふむがごとし。あへて、真実わじゆんの心ざし、なし。中に付て、景時。御所のきんじとして、なまし」三十三ウ ゐに。けんめいの趣を、うかゞひ知るの間、常に、彼。非義を見て。関東の御きしよくに、たがふべきかのよし。いさめ申の所に。かへつて、身のあたとなり。やゝもすれば。刑《がい》を、まねくものなり、合戦、をハるの上ハ。はやく、御免を、かうふり、さんぜんとす
と云〻。

然に、四月廿九日。鎌倉の御使として。西海におもむく、是。御書を、田代冠者信綱、持参する所也。廷尉ハ、関東の御使として。御家人を相そへ、西国。指遣さるゝの所に。偏に。自立《じりう》の儀を、ぞんじ。諸侍とうを、も」三十四オ て、私のふくしの思ひを、なすの間。めん〳〵に恨有、と云〻。しよせん、向後《きやうこう》にをいて。志を関東に、ぞんずる輩ハ。廷尉に、したがふべからずのよし。相ふれらるゝ、と云〻。梶原平三景時が使者。ちんせいに帰る。よつて、御書を付らる。廷尉、自立《じりう》の振舞。先〻も、其聞えあり。故に、勘発《ばつ》せられ畢《をハん》ぬ。今にをいてハ。彼下知に、したがふべからず。景時以下の御家人ら。皆〻、心を一ツにして。西国を守護せしむべし。をの〳〵、心にまかせ。帰国すべからずの」三十四ウ 由、と云〻。

然に、去年。平家追討使として。二人の舎弟範頼義経、院宣を、かうふり、西国へ、さし遣ハさる。三州は、九州に入の間。九州を官領すべき事。廷尉は。四国に入の間、又、其国ゝの事を、支配すべきの旨。兼日、定つかハさるゝの所に、今度、廷尉。だんの浦の合戦を、とぐるの後。九州の事。悉もて、うばつて。是を沙汰するの条。扨又、相しがふ所の。東士ら、小過あれば、是をゆるさず、科に、をこなひ、其上、何事にをひても。関東へ、子細を申さず。たゞ我」三十五オ意にまかせ。おほく、わたくしの勘発を、くハふるのよし、其聞えあり。すでに、諸人のうれひを、なす其科。又、なだめがたし、よつて、廷尉。御気色をかうふる事、然たり。五月七日、廷尉の使者亀井六郎と号す京都より鎌倉へ参着す。是、廷尉、異心を、ぞんぜざるの由。起請文を、こんぜらるゝ所也、因播前司廣元、是を申次たり。更に、分明《ふんみやう》の儀なし。しかふして、三州は、西海より、連ゝ飛脚を進じて、子細をのぶ。亰にをひて、自由の張行なきの間」三十五ウ 武衛、又、懇志を通ぜらる。廷尉ハ、やゝもすれば。自専《じせん》のはかりこと、あり

是によつて、仰に云

義経に、御家人を、さしそへられ。平家を、ほろぼす所に。何の神変《じんぺん》をもつて。ひとり、凶徒を、しりぞくべけんや。ひとへに、一身大功の由。義経自称し。気色不快、此義にをよぶの間。御きようのかぎりに、あらず、却て、忿怒《ど》のもとひ

と云云。

然は、義経。思ひのまゝに、朝敵を、たいらげ。あまつさへ。前内府を相ぐし。五月廿四日、鎌倉へ参上せら」三十六オるゝ、といへ共、日比、ふぎの聞え有に、よて、鎌倉へ入られず。こしごえのえきに、をいて。徒に、数日を送るの間、しううつの余りに。因播前司廣元に付て。一通の起請文を、さゝぐ、と、いへ共、あへて、分明の仰なく。内府を相具し。帰洛するの期《ご》に、をよび、関東にをひて、恨をなすの輩ハ。義経に、ぞくすべき旨。言葉をはく、縦われに、ぞくする者有と、いふとも。いかでか、其憚なからん

や。所存のくハたて。はなハだ無道《ぶたう》也、故に、廷尉に」三十六ウ
わかち、あてらる丶。平家の、もつくハんりやう。二十四
ケ所。悉もて、取はなたる丶者也
義経。親兄《きやう》の礼を、をもんじ給ハず、我侭を振舞給ふ事。
あげて、かぞふべからず。
礼記に。
　をごりをば、ますべからず。欲をば。ほしいま丶に、す
べからず。志をば。満《ミツ》べからず。楽をば。きハむべから
ず
と、いへり。
上ハ、天を、をもんじ。下ハ、万民を、あなどらす。是義
也。下として、上を、はかることなかれ、とこそ。古人も、
申されし。
夫、聖人の道と云ハ。悪人を、にくミ。善人」三十七オを、
あひす。君臣の道と云ハ。善悪を、君に。つげしらしめ。
いさむるを、忠とし。いさめざるを。不忠とす。是、賢聖
の金言。梶原、頼朝公へ。うつたへ申たるこそ。道理の、
きハまる所なれ
然に、景時。頼朝公へ忠功、他にことなる儀を。有文に記
せり。
兵衛佐殿。石橋山の合戦に打負て後。岩穴に、かくれ給ひ
ぬ。敵、大勢来て、佐殿は是まで、にげたり。爰なる岩穴
をこそ。隠れ所よ。穴に入て、さがせ、と下知する処に。
梶原一人、先立て穴に入、佐」三十七ウ殿。梶原と目を見合
たり。佐殿。梶原に侘《わび》ばや、と思ひ給ひしが。迚も、たす
かるべきにあらず、と。待ける所に。梶原、そとへ出、
　此穴に人なし。小鳥飛出たる
と、いふ。
相模住人大庭三郎景親を始。をの〳〵申けるハ
　穴より鳥出ても。此穴ふしん也。よくさがせ
と、下知する所に、梶原云。
扨ハ、各〻、われ二心有、と、見たるや。此遺恨、やん
ごとなし。急《いそぎ》、穴に入て尋らるべし。若。佐殿なくハ。
此穴に入たる人こそ。わがかたきよ。のがすまじき

と。放言」三十八オはき、弓矢を、もよほしければ、皆人、これを見て。かゝる世の乱に。友いくさして、死て専なし、と。悉、山を、しりぞきぬ。是、梶原が忠のはしめ也。其穴を、われ今。まな鶴の里人に尋ければ。しとゝが岩屋とぞ。答ける。

然に、梶原。宇治川にて。佐〻木と先陣を、あらそひ。一谷の合戦に。はんくわいを、ふるまひ。子息源太景季と、二度のかけの仕合。本三位中将重衡を。景時生捕。此儀皆、平家物語に、見えたり。

二月七日、一」三十八ウ谷合戦をとげ、同十八日、頼朝公、京都へ使者を、つかハさる。是、洛陽けいご以下の事。又、播磨。美作。備前。備中。備後。五ケ国の儀は。梶原平三景時。土肥次郎実平。両人に仰付らる。専、守護いたすべき、と云〻。

景時ハ、文武に達し、和哥の道をも、まなべり

されば、頼朝公、京のぼりの御伴に。相模の国。まりこ河を、渡り給ひけるに。梶原、用所有て、御伴に、さがりぬ。一むちあてて。此川の半にて、馳付けるに。鎌倉殿へ」三十九オ水を。さゝと、けかけ奉る。御気色あしくて、見かへし。きつと、にらミ給ひけるに。梶原。

まりこ河。ければぞ波は。あがりける

と、つかまつりて、手縄を、ゆりすへければ、御気色なをり給ひ。

打うつぶき。ければぞ波ハ。あがりける

と、二三返、吟じ給ひ。向ひの岸に、打あがり。馬のかしらを。梶原に引むけて。

かゝりあしくも。人や見るらん

と付給ひ。

いかに、発句。脇いづれまさり

とぞ仰ける

扨又、文治の比ほひ。みちのく、泰衡退治と」三十九ウして。右大将、七月十九日。鎌倉を打立発向。同廿九日、白河の関を、こえ給ふ時。源太景季を、めし、当地、初秋也。能因法師が古風。思ひ出ざるや、のよし。仰有ければ、景季、

馬をひかへ。一首を詠ず。

秋風に。草木の露をはらハせて君がこゆれば関守もなし

と、よミたり。

頼朝公、名取川にて。

われひとりけふのいくさに。名取川

と。くり返し〳〵、詠じ給ひければ、大名小名、是を聞。うめき、すめきけれ共。付る者なかりけるに。景時。」四十オ

君もろともに。かち渡りせん

とぞ、付たりける。

それより、将軍、松山の道を。へつつも。橋に至り給ふ時。梶原次男平次景高。一首の和哥を、詠ずるよし申て、いはく

○みちのくの。せいはみかたに。つくも橋。わたりてかけん。やすひらがくび

と、よミければ。二品聞召。祝言のよし、御感有し也。かく、子供迄も。やさしくぞ、ゆひける。

頼朝公時代。ならぶ人なかりき。梶原が忠功をば。侍たる人ハ。神に祈ても、願ハしき事」四十ウ 也。

古語に。

林にたかき木ハ、必、風にくだき。衆に、ひゐでたる者ハ。まさに、恨に、しづむ

と、いへり。

頼家公時代に至つて、梶原、人のそねミに、あひ果給ひぬ。其時、張本人と聞えし。和田左衛門尉義盛も。ほどもなく、実朝に、むほんし、一類迄も、ほろび果たり。世は、皆、不定也。

実朝、仰に、いハく

梶原は、故将軍へ、親近の奉公を、いたし。ちうきんを、ぬきんで。他に、ことなる者也。はうばい共の、ざんに、よつて、いたづらに、命を失ひ。ふ」四十一オ 便の次第也

此比、えい中に、怪異《けい》おほし。其上、夢想の御つげあり。いよ〳〵、是に付て、彼怨霊《おんりやう》を、なだめられんがため。承《じよう》元二年 戊辰《つちのえたつ》五月廿日。法花堂にをひて。梶原。并に一類の亡《ばう》卒らが仏事を、修行せらる。導師は、真智房法橋隆宣《りうぜん》

也。有難き君の御慈悲哉、と、諸侍、感信す、と云〻。

梶原平三景時ハ。鎌倉の権五郎景政。五代のこうゐん也。文武の達《だつ》人。（ママ）世に秀たる侍なり、と申されし」四十一ウ

（五）

○東海《とうかい》の舟《ふね》に由来《ゆらい》有事

聞しハ昔、日本にて、舟ハ。伊豆の国に、をいて。作りはじめたる、と。古記に、見えたり。

然に、関東と関西。相分て戦ひ。大軍を引卒《ぞつ》し、大合戦度〻《ど〱》に、をよべり。され共。兵士のかてを。舟をもつて、運送せし事ハ。天地開闢より、このかたを。かんがふるに、東より一度。西より一度。ふたゝび、ならでハあらず、と、聞えたり。

元暦元年甲辰《きのえたつ》の年。源平戦《たゝかつ》て、平家討負。京を落行、西海へ、おも」四十二オ むく源氏の大将軍。播州摂州の津《ツ》より。数《す》百艘の舟に取乗て、渡海し、範頼ハ、長門の国。赤間が関に、至らんとす。義経ハ、阿波の国より。八嶋に渡らん、と、発《ほつ》する、と、いへ共。味方の軍兵、かて絶て。かつに、のぞミ。筋力つかれ。進退《しんだい》きハまり、難儀に、をよぶ由。関東へ其聞えあり。頼朝公。おどろき、なげき思召。兵粮を、三十二艘に八木《ぼく》をつミ。文治元年乙巳《きのとのミ》三月十二日。伊豆の国鯉名の沖。妻《め》郎《ら》の津に、舟をうかめ」四十二ウ 筑後の権守俊兼《かぬ》、奉行として。順風に、ほを、あげ。西海へ出船の事、文に見えたり

扨又、天正十八庚寅《かのえとら》の春。関白秀吉公、関東北條左京太夫平氏直を、退治として。同三月中旬。京都を打立給ふ。其勢三十万騎、と云〻、此節、兵粮舟。数百艘。西海より東海へ来る。是をば、われも人も見たり、秀吉公。相州小田原の城を責落し。奥州迄も、静謐に沙汰し。天下太平に、おさめ給ひぬ。

其上。かうらい国を、切《きつ》てとらん、と。朝」四十三オ 鮮国へ出陣ハ。文禄元年。壬辰《ミヅのえたつ》三月一日、打立給ふ、其勢五十万人、先陣ハ小西摂津《つの》守。加藤主計頭《かずゑのかミ》也、右の軍勢の兵粮米。かうらい国へ、けだいなく、運送すべき旨。奉行らに、

仰付られたり。

そのかミ、神功《ごう》皇后、三かんを責給ひし時も。かくこそ有つらめ、と、思ひ出侍りぬ。

秀吉公、三韓を切したがへ、其後、摂州大坂の城を。再興有て、御座《おハします》。

是によて、家康公。大坂にまします。兵士の扶持かたのため。関東より、八木を」四十三ウ 舟にて、大坂へ、のぼせらるべきよし。仰有て、伊豆、相模。武蔵。下総。上総五ケ国の津ゝ浦ゝの。大船共を、あらため。帳に付給ふ処に。大坂迄の大海を、渡すべき。大船、一艘もなし。されども、江戸川に。百石づミを、かしらとし。八十石づミの舟を下として、四ケ市に二艘。舟町に二艘、伊勢町に二艘。こあミ町に一艘、合七艘、帳に付給ふ
此大舟を。角田川につながせ、伊奈熊蔵、下代に。冨田《とびた》吉右衛門と云人、奉行にて。牛嶋の御蔵米を」四十四オ つませられたり。米の上乗《のり》御奉行には。榊原式部大夫家中衆乗《のり》、此七艘の大船、大坂へのぼる事。おびたゝしくぞ聞えける

然に、今ハ、千石二千石づミの大舟、関東浦ゝに、幾千艘とも其数を、しらず。

それ、舟の、はじまる事。から国にてハ、くわうていの代に、作り出す。日本にハ。人王十代崇神天王御宇十年癸巳《ミヅのとのミ》年、作りはじめし、とかや
いつて舟と云に、いはれあり。舟は、伊豆の国より。作り出したれば、しかいふ」四十四ウ 或説に、いつて舟は。かた〳〵五人づゝ。十人して、こぐ船を、いへり。

和語抄云。いつて舟は、梶一ツ。ろ四ツ有、と云ゝ。

日本記、第十五に云。応神天皇五年甲午《きのえむま》十月、伊豆の国に仰て、長さ十丈の舟を、作らしむ。海に出し。かろく、うかび、とく行事。走が、ごとし、故に。其名を枯野と名付。是に、子細あり。あげて記しがたし。八雲の御《ご》説にも、伊豆より出船、と云云。

かも、と云船は。鴨に似たり。よつの舟とハ。唐使《の》船也。たかせは、」四十五オ 河舟也、たなゝしを舟ハ。せがいなど、なき小舟也、浪車《なミくるま》とは、川舟の異名。蔵王にあり。のり

のはし舟とハ。哥に
目しゐたる。亀の浮木《うきき》にあふなれやたま〳〵見たる。の
りのはしふね。
海士の石舟とハ。石を。をもしに、つミ、魚を取入て後ハ。海に捨《すつ》る。あけのそほ舟は。装束舟。又、あけを。赤《あけ》とも、いへり。鈴舟ハ、むまやぢの舟。須广の鈴舟共あり。須广の艙舟。是は、源氏都下りの御舟也、にくさび舟とハ、海舟に、する也。
こぎゝしや。天の風」四十五ウ まも知らずして。にくさび
かける海士の釣舟
と、小町よミたり。
むやゐは、小舟を、二艘も三艘も、組あハする、を、いふ。
扨又、舟の道具、品との名あり。はやをとハ。ろに付るをなハ也。塩路行。かゞミのともろ、と読り。かいの雫。うちがい共あり。ま帆。片帆などゝ詠ぜり。帆を、風衣といへり、声を、ほにあげて共、読り、舟の具。あげて尽しがたし

然に、家康公。慶長《きやうちやう》五年の比。関西にをいて。逆臣の輩を亡し。今、国治り天下」四十六オ 太平の時代なれバ、とて。四国、九州。西海の大船、兵船ども、こと〳〵く。江戸の湊に、数千艘つながせ給ふ。されば。
うごきなき。山をかきほの。四の時
と、云前句に。
袋に弓や。おさまれる国
と。紹巴付たりしは、今の御代ぞ、と、おもひ出たり。
扨又、将軍の御座舟には。げきしう丸。国一丸。大一丸。大《おほ》芦丸。大《だい》龍。小《せう》龍。坂東丸。大鷹丸。小鷹丸。孔雀丸。鳳凰丸、其外唐船までも。浅草の入江入江に。かけ置給ふ。東南雲治り。西北」四十六ウ に、風しづかにて、四海遠浪の上迄も、広大なる御治世。言葉に、のべ。尽すべからず

○畠《はたけ》山《の》次郎重忠《しげたゝ》。滅亡《めつばう》の事　㈥

聞しハ昔、われ若き比。老士有しが。鎌倉将軍家の事を、よく覚て、かたる。

われ、問《とつ》て、いハく

畠山次郎重忠。めつばうの事、聞伝ふ、と、いへ共。たしかに記したる文をも見ず

老士答て。

重忠ハ、関八州にをいても。有勢の武士也。頼朝公、さがミ石橋山合戦の時節。重忠ハ、源氏へ弓を引。三浦大介義明《あきら》」四十七オを、討亡したり

頼朝ハ、石橋合戦に打負、小船にさほさし、安房の国へ落行給ふ、と、いへ共。上総。下総。武蔵の侍。悉、御方に参ずる故。重忠、降人と成て、出る。然共、鎌倉へ打入給ふ時。先陣をば、重忠に仰付られ。後陣《ご》ハ、千葉介常胤。此両人ハ。其時節より、秀たる侍也。頼朝公、奥州へ発向の時も、先陣ハ重忠。京都へ、度ゝ《ど〱》、御上洛の時も。先陣ハ畠山次郎重忠。其名を得たる武士也

然に、頼朝頼家二代に数度の忠」四十七ウを尽し。三代目に至て。傍輩のざんそに、あひ。益なく滅亡す。将軍実朝の時代也

是ハ。前右大将頼朝卿二《じ》男字千幡君年十二歳母ハ従二位。平政子。遠江守時政女也。建仁三年 癸亥《ミツのとのい》九月十五日、関東の長者として。従五位下。位記征夷大将軍の宣旨を下され、鎌倉に到着す。御ようせうにより、万事、二位尼の御はからひ也。

然所に、牧御方遠州室右衛尉権佐朝雅。ざんそを請て。畠山次郎重忠遠州むこを。誅すべきのよし。内ゝ、計略有」四十八オて。此儀《ぎを》、遠州へ申さるゝ。遠州、是を聞。相州。并に式部丞時房。両息に、此義を仰らる

両人申て云。

重忠ハ、治承四年より、このかた、忠直を、もつハらに、するの間、右大将軍、其志を、かゞミ給ふによつて。後胤を。奉護《ぶご》すべきの旨。いんぎんの御詞を、のこさるゝ者也。中に付て、金五将軍の御方に。こうする、と、いへ共。比企右衛門尉能員合戦の時。御方に参じ。其志を、ぬきんず。是、しかしながら。御父子の礼を、おもんずるが故也」四十八ウ

しかるに、今。何のいきどをりを、もつて。ほむぎやく、せしむべきや。若、度〻《ど〱》のくんこうを、すてられ。そこつの、ちうりくを加へられば。定めて、後悔に、をよぶべし。虚実を、よく、たゞすの後。其沙汰有べきか、と云〻。

遠州、重ねて、詞を出さず。座を、たたれ。両人も、又。退出し給ふ。

其後、備前守時親。牧の御使として。相州の御亭《でい》に参り、申て云

重忠がむほんの事。発覚せしむに、よつて。君のため。世のため。此由を遠」四十九オ州に、もらし申の所に。今、貴殿、申さるるの、おもむきハ。ひとへに、重忠に相かハり。かれが、かんきよくを。なだめられんとす。是、けいぼの阿党を、ぞんじ。我がざんしやに。しよせられんためか、

と云〻。相州聞て

此上、賢慮にあるべきのよし申さる丶と云〻。

然に、重忠ハ。武州小衾《をぶすま》のこほり。菅屋の舘にあり。子息六郎重保ハ。鎌倉にあり。

元久二年乙丑《きのとのうし》六月廿二日寅刻。鎌倉中の軍兵。由比浜の辺に、きそ」四十九ウひ、はしる。むほんの輩。畠山六郎を誅せらるべし、と云〻。

是によつて、仰を蒙り、佐久間太郎、大将として。重保が家を、相かこむの処に。しゆうを、あらそふ、と、いへども、多勢を破る事あたハず。主従、共に、誅せらる。

畠山次郎重忠、此由を聞。鎌倉へ馳参ずるの由。風聞するの間。路次にをいて。かれを誅すべき旨。其沙汰有て、相州進発せらる。軍兵、悉、もつて。是にしたがふ。仍て、御所中に。こうする輩すくな」五十オし時に。さくわん入道善信。大膳大夫廣元に、相語て、云。

朱雀院の御時。将門、東国にをいて、むほんあり。数日の行程を、へだつ、と、いへ共。洛陽にをひて。猶、東西の両門をはじめ。扉をたてられたり。重忠が、望

ミ来る事ハ。近き所。なんぞ用意を。めぐらさゞらん
や
と。
是によつて、遠州、御前に、こうし給ふ。四百余人の壮《ざう》士《じ》を召のぼせ。御所の四面を、かためられける。次に、軍兵ら進発す。大手の大将軍ハ相州也、先陣は」五十ウ 葛西兵衛尉清重。後陣ハ、境平次兵衛尉常秀。大須賀四郎胤信。国分五郎胤通。相馬五郎義胤。東《とうの》平太重胤也。其外、足利三郎義氏。小《を》山左衛門尉朝政。三浦兵衛尉義村。同九郎胤義。長沼五郎宗政。結城七郎朝光。宇都宮弥三郎頼綱、筑後左衛門尉知重。安達藤九郎右衛門尉景盛。中《なか》条藤右衛門尉家長。同苅田平右衛門尉義季。狩野介入道。宇佐美右衛門尉祐茂。波多野小次郎忠綱。松田次郎有」五十一オ綱。土屋弥三郎宗光、河越次郎重時。同三郎重員。江戸太郎忠重。渋河武者所。小野寺太郎秀通。下河辺庄司行平。薗田七郎。大井。品河。春日部。潮田。廉嶋。小栗。行方《なめかた》のともがら。児玉。横山。金子。村山。たうの者共、皆、むちをあぐ、又、一方の大将軍。式部丞時房。和田左衛門尉義盛也、前後の軍兵、雲霞のごとし。山に列し。野にミつ。午刻に、武蔵の国二俣河に着て、重忠に相逢。然に、重忠云。
われ小衾のこほり菅屋の舘」五十一ウ を出て。今、此沢に着する也、折節、舎弟長野三郎重清。信濃にあり、同弟。六郎重宗、奥州にあり。然所に、是に相したがふ輩、二男小次郎重秀。郎従。本田次郎近常。榛沢六郎成清以下。百三十四騎。鶴が峯のふもとに陣す。しかふして、重保。誅をかうふるの上。鎌倉の軍兵。又、をそひ来るのよし、此所にをひて、是を聞。
近常。成清らが云。
聞けるごときハ。討手幾千万騎といふ事を、しらず、我衆、さらに、件の威勢に」五十二オ 敵しがたし。はやく、本所に、しりぞき帰り。討手を相待。合戦を、
とくべき
と申す。

重忠聞て
其儀、しかるべからず、家を忘れ。したしきを忘るハ、将軍の本意也。随て、重保、ちうせらるゝの後ハ、本所を願ふべからず。さむぬる。正治の比。梶原平三景時。一宮の舘を辞し。途中に出て、伏誅《ぶくちう》せらる。しばらくの命《めい》を、をしむに似たり。且ハ、又。兼て、陰謀のくハたて有て。賢察を、はづかしむべきに似たり、尤。後車のいましめを存ず」五十二ゥ べし。

爰に、をそひ来る軍兵ら。をの〳〵、心を先陣にかけ。ほまれを、後代に、のこさんとす。其中に、安達藤九郎右衛門尉景盛。野田与一。加治次郎。飽間《あくまの》太郎。鶉見平次。玉村太郎。与藤次らを引卒し。主従七騎。先登に進て。弓を取。かぶらを、さしはさむ。

重忠、是を見て、此金五ハ、弓馬放遊の旧友也、万人に、ぬきんで。一陣に、おもむく志、なんぞ、是を感ぜざらんや。重秀、かれに対して。命《めい》を、かろんずべきのよし。下知を、く」五十三オ ハふ。

よつて、いどミ戦ふ事。数反に、をよんで、加治次郎宗季以下、多以て。重忠がために誅せらる。をよそ、弓箭のたゝかひ、刀釼のあらそひ。刻をうつす、と、いへ共、其勝負なきの所に、申の刻に及で。愛甲三郎季隆が。はなつ所の箭。重忠年四十一が身に、あたる。季隆、すなハち彼首を取て、相州の陣に献ず。しかつし後。小次郎重秀年廿三并に、郎従ら、皆〻討死するの間。事無為にぞくす、と云云。

廿三日未の刻。相州以下鎌倉」五十三ゥ に帰参せらる。遠州、戦場の事を尋らる。相州、申されて云。

重忠が弟。親類、大略もつて、他所にあり。戦場に相したがふの者。わづか百余輩也、しかれば、むほんを。くハたつる事は。すでに虚言たり。若、ざんそに、よつて。ちうりくに、あへるか。はなはだ、もつて不便也、

首をきり、陣中へ持来る。是を見て、年来合眼《かうがん》のなじミ

を忘れず、皆もつて、悲涙禁じがたしと。

遠州、聞て仰らるゝの旨なき、と云ゝ。件の儀は、右」五十四オ衛門尉権佐朝雅。畠山重忠に。遺恨有の間、主《ぬし》ハ京都に有て。彼一類ほんぎやくを、たくミ。しきりに。牧の御方へ、申に、よつて也。酉の刻、又、鎌倉中さうどうす。彼ざんその輩。榛谷四郎重朝。同ちやくなん太郎重季。次郎秀重らを、誅する。稲毛三郎入道重成。子息小澤次郎重政。皆以、誅す。今度、合戦のおこる事。偏に、重成法師が謀曲にあり。

同七月十九日、鎌倉中、さうどうする。牧御方、はかりことを、めぐらし」五十四ウ右衛門尉権佐朝雅を、もつて。関東の将軍として。当将軍を。はかり奉るべきのよし、其聞えあるに、よつて、尼御台所、大きに、おどろき給ふ、御所中守護のため。諸侍を召寄らる。かくのごときの儀を。遠州年六十八聞。俄に、今日かざりを、おとし給ひぬ、同時《キ》。出家する老士多し。是皆。世上変易を、かなしミ。世を、のがれんとするの義也。

同廿日、相州、執権の事を承り給ふ、今日、前大膳大夫入道。さくわん善信入道。藤九郎」五十五オ右衛門尉等《ら》。相州御亭に参会し。評儀有て、京都へ使者を立られ。右衛門尉権佐朝政を誅すべき旨。在京の御家人らに、仰付らるゝ、と云ゝ。

件の。重忠、ほろび、時政出家に付て、思ひ出せり。鎌倉将軍。宗尊の時代。相模守時頼しつけん也。此時節、むほんの人、多有て。合戦にをよふ、と、いへ共。かれらを討亡し。無為に静謐せられたり。中にも、三浦若狭前司泰村。ざん人有て泰村を。責ほろぼさるゝ時に至て。親類。縁類。とて」五十五ウも、果べき命。一所に有て誅罰せられん、今。泰村が陣に、馳くハゝり討死す。御所の御番帳に、のせらるゝ侍計も。弐百六十人記されたり。此等の人ゝ、武道の心さす所。尤もつて、感心せり。かやうの乱逆《げき》にあふ事、皆是、世に、かゝづらふが故也。世をのがるれば知らず。此故にや。時頼、建長八年十一

月廿日、しつけんを、武蔵守長時にゆづり。同廿三日寅刻、最明寺にをいて。時頼三十歳かざりを、おとし、法名覚了房道宗、と云ゝ。

発心以」五十六オ前に、一字を、こんりうし、最明寺と名付。時頼、此寺にて、をこなひすまし。三十七歳にて、卒去の時に至て、衣けさをかけ。縄《つな》の床《ゆか》に上り。座禅せしめ。どうようの気なし。頌《じゆ》ニ、云ク。

　業鏡高懸《たかくかく》。三十七年一槌打砕《くだきて》。大道坦然。弘長三
　年十一月廿二日道宗珍重

と云ゝ。此覚了房を、最明寺殿と号す。

最明寺殿、諸国順礼の事。世にいひ伝ふ。皆、虚言也。

扨又、時頼在世。俄に、出家の時に至て。名家の兄弟、すでに沙弥となる。希代の珍事」五十六ウ也。おなじく、大蔵少輔朝廣法名信仏、上野四郎左衛門尉時光法名、同十郎朝時法名。結城兄弟。遠江守光盛法名、三浦介盛時法名。大夫判官時連法名、前筑前守行泰法名、伊豆守法名。信濃判官行忠法名。彼面ゝ年来二心なし。此時に、名残を思ふの、あまり。心ざしを、あらハし出家す、と云ゝ。かくのごときの諸侍。ほまれを、えたる人ゝなれば。功成なとげて。ミしりぞく本文の心なるべし。

　たゞひとりこそ。世ハしづかなれ」五十七オ

と、いふ前句に。

　君と君。あらそふ。昔。安からで

と、けんざい付られたるも、思ひ出せり。きのふのたのし。ミ。けふのかなしミ。諸行無常は。たゞ目前に、あらハる。白氏文集《ぶんしう》に。

　天をも、はかりつべし。地をも、はかりつへし。
　たゞ人の心のミ。ふせくべからず

と、云ゝ。

百年の栄花も、塵中の夢ぞかし。一切の境界、心にあり。すべて。こゝろざしの、なきをなげくへし。いかにもして、人ハ。世を、のがれん事こそ。あらまほしけれと。物語せり。

四終」五十七ウ

見聞軍抄《けんもんぐんしう》。目録之《もくろくの》五

（三行空白）」一オ

」一ウ

見聞軍抄《けんもんぐんしう》。巻之《まきの》五

(一) ○鷺太《さぎだ》夫《いふ》と。弥《や》太郎狂言《きやうげん》の事　付和田《わた》合戦《かつせん》の事

見しハ今、御城《しろ》にをひて、御能あり。町人迄《まで》も見物する。いろ〳〵の狂言《きやうげん》かひけり。中にも、鷺太夫《さぎだゆふ》が男《おのこ》に成て出。忍《しの》び妻《つま》を、こひ。尋行所《たづねゆくところ》に。弥《や》太郎が。女に成て、出逢《いであふ》。たがひに、恨《うらみ》を、いひかこち。女、水を眼《まなこ》にぬり、啼《なく》まねを、しけるが。後《のち》、顔《かほ》に。墨《すみ》をぬりたる有様。おかしかりけり。

誠《まこと》にも、あらぬ事を、狂言《きやうげん》にハ、する」二オ物哉と。笑《わら》ひければ。かたへなる人、聞て。

いや。それは、平仲《へいちう》が泪《なみた》の古事《こじ》也。平仲《へいちう》、妻《め》を二人持《もち》。後《のち》の妻《つま》の前へ来て。思ひがほして。そばに、水ををき、かほに、ぬり。涙《なみだ》のよしする。女、墨《すみ》を、水へ入し

を。男《おのこ》しらずして。たゞ、ぬりにぬりければ。顔《かほ》。墨《すみ》になる。

哥《うた》に。

　我にのミ。つらさハ君《きミ》が見すれども。人にすミつく。
　かほのけしきよ

と、女よミたり。

又。

　人の涙《なミだ》や。まじるきぬ〳〵

と、いふ前句《まへく》に。

　あだなるハ。おもハぬを思ふ。」二ウ がほにして

と、紹巴《でうハ》付たるも。此古事《こじ》の心なり。狂言《きやうげん》なる故《ゆへ》。男《おのこ》を、女に取ちがへたり。是、実義《じつぎ》也。

と、いふ

われ聞て。

扨《さて》又、鷺太夫《さぎだゆふ》が朝日奈《あさひなの》三郎に成て。かつちうを、たいし。地獄《ぢごく》入の躰《てい》にて出る処に、弥太郎が焔魔王《えんまわう》に成て。罪人《ざいにん》を、かしやくせんため。くろがねの。ばうを、さげて出る。

此二人、六道の辻《つじ》にて。はたと行逢《あふ》て。力《ちから》くらべするを、見るに。朝日奈《あさひな》か、えんま王《わう》の首《くび》を。片《かた》手に取て、ねぢ」三オ 臥《ふせ》。こなたかなたへ、引ころばし。其上、和《わ》田合戦《だがつせん》の手がらを。物語《がたり》なせば。えんま王、肝《きも》をけし。身の毛《け》を、よだち。びく〳〵と、ふるへるを見れば。たゞ。鼡《ねずミ》が、猫《ねこ》に、あへるごとし。

扨〻《さて〳〵》、朝日奈《あさひな》と云人ハ。大剛《かう》大力《りき》の者にて有けるぞや。是ハ実儀《じつぎ》か。又、作《つく》りごとか

と、いへば、老士《らうじ》聞て。

をよそ、世人。高徳《かうとく》、世《よ》に。いちじるければ。其威名《ゐめい》を、四方《よも》に、達《たつ》せんため。言葉《ことバ》を、かざり。不思義《ふしぎ》を、いひ加《くわ》ふる事多《おほ》し。悪名《あくミやう》、身に、す」三ウ こし、あれば。天下の悪行《あくぎやう》を。なぞらへ集《あつめ》て、となふ。是、よのつねの、習《なら》ひ也

朝比奈《あさひな》が武勇《ぶよう》、世《よ》にこえ。猛強《まうきやう》、他《た》に、ことなるを感《かん》

じ。威名《ゐめい》を、あらハし作《つく》りたるにや。
然に、われ。和田合戦《わだかつせん》の由来《ゆらい》を。或老人《あるらうじん》、物語しつるを。
よく、聞覚《おぼえ》たり。語《かた》りて、聞せん
抑《そも〱》、建暦《げんりやく》三年正月十五日。千葉介成胤《ちばのすけなりたね》。あやしき
法師《ほうし》を一人、生捕《いけどり》。すなハち、相州《さうしう》に、しんず。是、
ほんぎやくの、ともがらの中使《し》なり。
信濃《しなの》の国。青栗《あをぐりの》七郎が」四オ 弟《をと、》、阿静坊安念《あじやうばうあんねん》と号《かう》す。
此安念《あんねん》法師、白状《はくじやう》に、よつて。むほんの 輩《ともがら》 を。
所ゝに、をいて、めしとる。
其同類《どうるい》。一村《のむらの》 小次郎近村《ちかむら》。籠山《こみやまの》次郎。宿屋《しゆくの》次郎。
上田原《の》平三。父子三人、園田《そのだの》七郎成朝《なりとも》。狩野《かの、》小太郎。
和田《わだの》四郎左衛門尉義直《のぜうよしなを》。同五郎兵衛尉義重《のぜうよししげ》。澁川《しぶ》刑部《ぎやうぶ》
六郎兼守《かねもり》。和田《わだ》平太胤長《たねなが》。磯野《いその、》小三郎。粟津《あわヅの》太郎父子《ふし》。
青栗《あをくりの》四郎。信濃《しなの》の国に。保科《ほしなの》次郎父子《ふし》。伊勢国《いせのくに》に。
金《きん》太郎。臼井《うすゐの》十郎。狩野《かの、》又太郎以下。をよそ百卅余人《よにん》。
伴類《ばんるい》二百余《よ》人に」四ウ をよべり。
実朝公《さねともこう》、聞召。急《いそぎ》、彼者共を。めししむずべき由。
諸国の守護人《しゆごにん》とうに、仰下さる。
朝光《ともみつ》。朝政《ともまさ》。行近《ゆきちか》、忠家《たゝいゑ》、是を奉行《ぶぎやう》す。
此らんしやうを尋るに。信濃国《しなの、くにの》住人、泉《いづみの》小太郎親平《ちかひら》。
去ゝ年《きよ〱》より、このかた。叛逆《ほんぎやく》を、くハたて。上伴《じやうばん》のと
もがらを相かたらひ、故《こ》左衛門督殿《のかみどの》を尾張中務丞のやしなひ君の大将《しやう》
軍《ぐん》として。先《まづ》、相州《さうしう》を。ほろぼさん 謀《はかりこと》 を。めぐらす、
と云云。
然に、三月八日。鎌倉《かまくら》中、兵起《ひやうぎ》出来の由。諸国風聞《しよこくふうぶん》する
の間。遠近《ゑんきん》の御家人《ごけにん》」五オ ら、馳来《はせきた》り。ぐんさんする事、
幾《いく》千万と云事を知らず。
和田《の》左衛門尉義盛《のせうよしもり》、其比、上総国《かづさのくに》。伊北《いぎた》の庄《しやう》にあり、此
事によて、馳来《はせきたり》、御所《ごしよ》に参《さん》上す。
御対面《たいめん》有て、仰出されけるハ。
義盛《よしもり》が子共。義直《よしなを》。義重《よししげ》ら。此度叛逆《ほんぎやく》の同類《どうるい》たり、
と、いへ共、父《ちゝ》が数度《すど》の勲功《くんこう》に、つのり。彼両息《ぞく》の罪《つみ》
を。のぞかる、
と、云云。

義盛《よしもり》。老後《らうご》の見めを、ほどこし、退出《たいしゆつ》す。
然に、一族《ぞく》の平太胤長《たねなが》が事に付て、翌日《よくじつ》、又、義盛《よしもり》。一族《ぞく》九十八人を引卒《いんぞつ》し、御《ご》」五ウ 所《しよ》の南庭《なんてい》に、れつざす。是、めしうと胤長《たねなが》を。かうめんせらるべきの旨《むね》を。申に、よて也。

廣元朝臣《ひろもとのあそん》、申次たり。

彼胤長ハ。今度の張本《ちやうぼん》として。殊《こと》に、けいりやくを、めぐらすの旨《むね》。聞召の間。御許容《きよよう》に、あたハず。すなハち、行近《ゆきちか》。忠家《たゞいゑ》らが手より。山城判官行村《しろのはんぐハんゆきむら》に渡し。陸奥岩瀬《みちのくいわせ》の郡《こほり》に、はいるせらる。

義盛《よしもり》、恨《うらみ》をふくむ、と、いへ共。勝劣《しようれつ》を論《ろん》ずれば。虎《とら》と鼡《ねずみ》のごとし。よて、二度《ふたゝび》、子細《しさい》を申に、およばず。胤長を、御免《めん》なく。」六オ あまつさへ。一族《ぞく》の眼前《がんぜん》を渡され、其跡《あと》を、判官行村《はんぐハんゆきむら》に、下さるゝ事。列参《れつさん》の面目《めんぼく》を、うしなふ、と、せうし。彼日《かのひ》より。悉《こと〳〵く》出仕《しゆつし》をやめ。一味《み》の起請文《きしやうもん》を、かきをハんぬ。

義盛《よしもり》がむほん。既《すで》に必定《ひつぢやう》す、と沙汰《さた》有て。鎌倉中《かまくらぢう》、しづかならず。

かくのごときの。大事《だいじ》出来に付て。将軍家《しやうぐんけ》。鶴岡《つるがをかの》八幡宮に、をひて、御祈禱《きたう》のぎあり
義盛も。年来《ねんらい》きえの僧。尊道坊《そんだうばう》と号するを。祈願《きぐハん》のため、大神宮《じんぐう》へ詣《けい》す。
天」六ウ 下の乱《みだれ》なるべし、と。世上《せじやう》、日を、をひ。いそがハしく。諸人の心、閑《しづか》ならず。

此義盛ハ、久安《きうあん》元年乙丑《きのとのうし》年たんじやうす。平家の先祖《ぞ》。葛原《かつらハらの》親王十代の孫《そん》。杉本《すきもとの》太郎平義宗《たいらのよしむね》が嫡男《ちやくなん》也。

然に、頼朝公《よりともこう》。石橋《いしはし》山の合戦に討《うち》まけ。舟にて安房《あハ》の国へ、おもむき給ふ、と、いへ共。御安否《ごあんぷ》いまだ、定《さだ》まらず

和田《の》小太郎義盛、さがミ三浦より。最前《さいぜん》に馳参じ。御味方となる。其時、侍《さふらひ》所の別当を望申により、頼朝公、世に」七オ 出、義盛を。治承四年十一月、侍頭《さむらひがしら》に、ふせらる。

其後、数度《すど》の忠勤を、ぬきんで。猶以、恩沢《をんたく》に、あづか

り。一門一家《け》。其門葉《もんよう》に至まで。世に、さかふる、と、いへ共、一族の平太が遠流《をんる》に付て、遺恨《ゐこん》やんごとなし。子共一類一味の義。尤《もつとも》至極せり。

父のために孝あれば。いやしけれ共、賞《しやう》ぜらる丶。しゆんの徳、是也。

扨又、親のため。道なければ。忠あれども、罪せらる丶。是、獅子の国の例也。

然に、和田《の》新兵衛督《のかミ》朝盛《ともゝり》ハ常盛か男なり」七ウ 将軍家御ちやうあひ浅からず。とうりん、あへて。あらそハず。ていれば、父祖《ふそ》。君を射奉らん、と、するの間、偏に、世をのがれ出家し、鎌倉を忍出。西をさして行

義盛、此事を聞。おどろき思ふ所に。室内《しつない》に一通の書状を、求め出す。

披見するに、いハく。

叛《ほん》逆のくハたて。今にをいて、定て、やめられがたきか。然といへども、一族にしたがつて。主君を、射奉るべからす、又、御《ミ》方に、こうして。父に、敵すべからず。」八オ

しかし、無為《ぶゐ》に入て。自他の難を、まぬかれんにハ、

と云云

義盛聞て。

かれ、既に、ほつたいたり、と、いへ共。をひかへすべし、朝盛ハ、ことなる精兵《せいびやう》也。時によて、軍兵《ぐんびやう》の棟梁なり。

と。つよく、おしむに、よて、義直《よしなを》、馬にむち打て追《をつ》かけ。駿河の国。手越《てごし》のえきより。朝盛入道を相ぐし、馳帰る

義盛がむほん。去《さん》ぬる三月八日より。五月迄の逆乱《ぎやくらん》、天下へ、其聞え有て。諸国より馳参じ」八ウ 鎌倉近隣に。駒の立所《たてど》もなし。

然に、将軍家刑部《ぎやうぶ》左衛門《の》尉忠季を御使として。義盛がもとに、つかハさる。世を、はかり奉るべき由。其聞えあり。殊に、もて、おどろき、思召所也。

先《まづ》、蜂起をやめ。鎌倉《かまくら》中を退《しりぞ》ひて。恩義を待奉るべき、

と云云

義盛云。上にをいて。全《まつたく》御恨を、ぞんぜす。相州の所為。傍若無人たるの間。子細を承ハらんがために。発向すべきよし申に、よて、鎌倉中、御」九オ家人ら。悉、御所に召よせらる。

是、義盛が、日比むほんの、くハたて。既に決定《けつじやう》たるによて也。

然に、三浦平《の》六兵衛《の》尉義村。同九郎衛門尉胤義、はじめハ義盛と一味し。起請文を、かくと、いへ共。是を、かいへんせしめ。兄弟《きやうだい》各〻相わかつて。相州へ参じて、云。

先祖三浦平《の》太郎胤連《たねつら》。八幡殿に、ぞくし奉り。奥州の武衡《たけひら》、家衡を。せいせしより、このかた。子孫にをいて。戦功を、ぬきんで畢《をハんぬ》。

今、一族のす」九ウすめに付て。累代の主君を射奉らバ。たちまち、天のせめ。のがるべからず。はやく、せんひを、ひるがへし参じたり

義盛すでに。出軍の旨を申。

是によて。尼《あまミ》御臺所《だいどころ》。ならびに、御臺所。ゑい中をさり。北の御門を出。鶴岡の別当坊へ移らせ給ふ。

然所に、義盛が一族。嫡男《ちやくなん》和田《の》新左衛門《の》尉常盛。同子息新兵衛《の》尉朝盛入道。三男《なん》朝比奈《の》三郎義秀。四男和田《の》四郎左衛門《の》尉義直。五男同《き》五郎兵衛《の》尉」十オ義重。六男《なん》同《き》六郎兵衛《の》尉義信。七男同《き》七郎秀盛。此外土屋大学《つちやのだいがくの》助義《よし》清《きよ》。古郡《ふるこほり》左衛門《の》尉保忠《やすたゞ》。渋谷《しぶやの》次郎高重。中山《の》四郎重政。同《き》太郎行重《ゆきしげ》。土《と》肥先《ひのせん》次郎左衛門《の》尉惟平《これひら》。岡崎《の》四郎左衛門尉実忠《さねたゞ》。梶原《かぢハら》六郎朝景《ともかげ》。同《き》次郎景平《かげひら》。同《き》三郎景盛《かげもり》、同《き》七郎景氏《かげうじ》。大庭《おほばの》次郎景兼《かげかね》。深澤《ふかさハの》三郎景（ママ）。家、大方《おほかたの》五郎正《まさ》直《なを》。同《き》太郎遠政《とをまさ》、塩屋《しほやの》三郎惟守《これもり》。或《あるひ》ハ、しんせきとし。或ハ、朋友《ばういう》とし。其縁類《えんるい》の輩《ともがら》。よりきの人〻に」十ウ至までも。たゞ風に、草のしたがふがごとし。

迚《とて》も、はつべき命《いのち》。討死して、名を、後記に、とゞめんと。義によつて、身を。一塵《ちん》よりも、かろんず。

重賞《ちうしやう》の下にハ。かならず死夫《しふ》あり、と、いへる本文《もん》。

思ひ知れたり。

勇士《ようじ》の本意。たゞ心を、へんぜざるを、もつて。義《ぎ》とせり。有難《がたき》人ゝ也。

義盛が一党《たう》。一百五十余《よ》人の軍兵《ぐんびやう》を。三手に相わかち。建保《けんほう》元年。癸 酉《みづのとのとり》五月二日の申刻《さるのこく》。御所の南西《なんさい》。さて又、幕府の南門《なんもん》」十一オ ならびに相州《さうしう》の上小町西北《せいぼく》の。両門を取まき、合戦す。

其声《こゑ》、大山《さん》も。くづれて海に入。こんちくも、おれて。たちまちに、しづむがごとし。

波多野《はだの》中 務 丞《なかづかさのぜう》忠綱《たゞつな》。せんとうに、すゝむ。三浦《うらの》兵衛尉《の》義村、是に馳《はせ》くハゝる。

相摸修理《さがみのしゆりの》助泰時。同次《き》郎朝時。上総《かづさの》三郎義氏ら。御所に有て、ふせぎ、たゝかひ、兵《ひやう》略を、つくす。

義盛、是を見て。

朝比奈ハ、なきか。此門やぶらぬ事。ゆいかひなしと、おめきければ
朝比奈、是に」十一ウ 有と。いかれる有様。やしや、らせつのごとし
既に、そうもんを押破《をしやぶり》。南庭に乱入《みだれ》。千人、門を、をさんより。一人、関《くハん》を、ぬかんには、しかじ、とこそいへ。誠に、はんくわいが。鴻門《かうもん》に入、紀信《きしん》が、鵜林《うりん》を破しも、是には、いかで、まさらん。

あまつさへ。御所に、火を、はなち。一宇も残らず、焼立る。狼烟《らうえん》、天を、くもらかし。鯨波《けいば》、地をどうず。将《しやう》軍《ぐん》実朝公ハ。火難を、のがれ、はいぼくし。法花堂に入しめ給ふ。

朝比奈、猛威《まうゐ》を、ふるふ事」十二オ 鬼神《きじん》のごとし。いかれに敵する者。一人も、死を、まぬかるゝ者なし。いハゆる。五十嵐小《いがらしのこ》聟次《ぶんじ》。葛貫《くずぬきの》三郎盛重。新野《にひの、》左近将監《しやうげん》景直《かげなを》ら以下。皆以、義秀がために、がいせらるゝ。

其中に。高井三郎《の》兵衛尉《の》重茂《しげもち》わだの次郎が子よしもりがおい義秀と、せめたゝかふ。互に、弓を捨《すて》、ぐつばみ(ママ)を、ならべて。雌雄を決せん、とす。両人ともにもて。馬より、くんでおつ。終に重茂、討れぬ。

然ども、義秀を取おとす者、唯。此一人也。其上、一族のほ」十二ウむぎやくに、くミせず。独《ひとり》、御所に参じて。命を失《うしな》ふ事。人もて、かんたんせず、と、いふ事なし。爰《こゝ》に義秀。馬にのる、其隙《ひま》に、相摸《さがみの》次郎朝時《ともとき》。太刀を取て、義秀と、たゝかふ。其勢《せい》を、たくらぶれば。さらに、たいやうをハ、はづる、と、いへ共、朝時、立逢《あふ》て、疵を、かうふる。然共、其命《めい》を、またふす、是、兵略《ひやうりやく》と。きんりよくとの、いたす所。ほとんど、傍輩《はうはい》に、こえたるが故也。

又、足利《の》三郎義氏。政所の柱の、かたハらに、をい」十三オて。義秀に相あふ。義秀をつて、義氏がよろひの袖を、をつ取。こと、はなはだ。きうにして。義氏、しゆんめに、むち打。ほりけの西に、とばしむ。其時、鎧の袖、中より、たつ。然共、馬たをれず。主《ぬし》も、落ず。義秀、心ざしを、はげます、と、いへ共、合戦すごくにして。ぜうめつかれ。きハまるの間。なづんで、ほりけの。東に、とゞまる。

両士《じ》の。かうりよくを論ずれば。互に。かうじやく、なき事。いちじるし。見る者」十三ウたなごゝろを打。舌をならす義秀、猶、橋の上に、まハり、義氏を、うたん、とする、きざミ。鷹司官《たかつかさ》と、いふ者。其中に、へだて。相さゝふるに、よて、義秀かために、がいせらる。

此間に、義氏《よしうぢ》、のがるゝ事を、えたり。

又、米町《こめまち》の辻《つじ》。大町大路《ち》とうの。爰かしこに、をいて合戦す。

足利《の》三郎義氏。筑後《の》六郎知尚《ともなを》。波多野《はだの》中務《の》次郎経朝、塩《しほ》田《だの》三郎義季《すゑ》、かつにのつて。けうとを、せむ廣元《の》朝臣。御《ご》」十四オ文籍《ぶんしやく》を、けいごせんために、法花堂《ほつけだう》より。政所に帰る時に。御家人らを、そへ送らるゝ。

又、侍従能氏《よしうぢ》高範卿の子安藝《の》権守範高《のりたか》あつた大宮司のりまさ子今日、馳来。両人共に、山内《の》辺に、馬を、ひかふるの処に、義盛が退散の隙を、うかゞひ、法花堂に参入す

三日の暁《あかつき》。小雨そゝく。義盛が軍兵《ぐんびやう》、やうやく。かての道も、たえ。馬もつかれ。あらかじめ兵《つハもの》もつき。

前濱《まへばま》の辺に退《しりぞき》しに。三日の寅刻《とらのこく》に、義盛に、くミす
る。横山右馬丞《の》時《とき》」十四ウ兼《かね》。波多野《はだの》三郎時兼がむこ横山ノ五郎兼時
がおい以下の大将たる者。数《す》十人、軍兵《びやう》を卒《そつ》し。こしご
えの浦に、馳來るの処に、既《すでに》合戦最中也。
よで、其同類皆。蓑笠《ミのかさ》を、彼所にすて。つんで、山とな
す、と云云。
しかふして馳来て。義盛が陣《ちん》に、くハゝる。義盛。時兼
が合力《かうりよく》を待え。彼是、軍兵《ぐんびやう》三千余騎に、又なりぬ。
義盛、いきほひ衆《しゆ》を、いさめ、御家人らを、ついほつす。
辰の刻に至て。曽我《そが》。中村。二宮《のミや》。川村の輩《ともから》」十五オ雲
のごとく、さハぎ。蜂《はち》のごとく、おこつて。大路《ち》。をよ
び。いな村が崎の辺に陣す
法花堂の御前より。をんくハむあり、と、いへ共。さう
なく、参上する事あたハず。
御《ミ》教書《げうしよ》を。つかハされんと、するの所に。数《す》百騎の中に。
波多野《はだの》弥太郎朝定《ともさだ》。疵《きす》を、かうふりながら。めしに、を
うじ。石橋の砌《ミぎり》に参じ、是をかく。彼御教書《げうしよ》に、将軍
御判を、のせらる。
安藝《の》国《の》住人。山太《の》宗高。御使者として、馳参ず」十五ウ軍
兵、是を拝見せしめ。千葉介《のすけ》成胤。多勢を卒し、馳参じ。
由井《の》濱に、をいて合戦す。
義盛、又、御所を、をそハんとす
然共。若宮の大路ハ。匠作《しやうさく》。武州、ふせきたたかひ給ふ。
町の大路ハ。上総《の》三郎義氏。那古屋ハ。近江守頼茂《よりしげ》。大
倉ハ。佐ゝ木五良義清《よしきよ》。結城《ゆうぎの》左衛門尉《の》朝光《ともミつ》ら。各ゝ陣す
るの間。通らんとするに。よん所なし。
よて。由井の浦。ならびに。若宮の大路にて合戦し。時
をうつす事、やまず。軍兵」十六オら、をの〳〵兵略《ひやうりやく》を
尽す。
身方《ミかた》の、つハもの。由利中《ゆりのちう》八郎維久《これひさ》。若宮の大路に、を
いて。三浦のともがらを、おほく射る。其矢に、姓名《しやうめい》
と云者、当《あたつ》て死す。古郡《ふるこほり》左衛門尉《の》保忠が郎従也。
保忠、大に、いかつて。件《くだん》の矢を取。則時《そくじ》。射かへすの
所に。匠作の鎧の、くさずりに、たつ、其矢じるしを見

るに、維久、と、あり。
然ば、維久ハ。義盛に、くミせしめ。身方の大将軍を。
射奉るのよし。ひろうす、と云云。
又、出雲守定長」十六ウ 折節、鎌倉に、こうするの間、武
勇《よう》の家に、あらず、と、いへ共。ことに、はうぜんの忠
を尽す。是、形《ぎやう》部卿頼経朝臣の孫。左衛門佐経長《のすけつねなが》の男
也。
又、日光山《ざんの》別当。法眼弁覚《ほうげんべんかく》大かた与一《ぞくしやう》弟子同宿らを引卒《ぞつ》
し。町の大路に出て。中山太郎行重《ゆきしげ》と、しバらく、あひ
たゝかふ。行重しりぞきぬ
長尾新六定景《さだかげ》が子息《しそく》。太郎景茂《しげ》。次郎胤景ら。義清。惟
平に、あひあふて戦ふ
然に、胤景が弟。こわらハあざ名かう丸とし十三長尾《なが》」十七オ より馳
参じ。兄の陣に、くハゝり。武藝を、ほどこす。
義清。惟平、是を感じ。かれに対して、矢をはなたず。
大刀《ち》を討《うた》ず、と云云。
義秀。義清。保忠ら。三騎くつばみを、ならべて。四方
の兵《つハもの》を、せめほろぼす。身方の軍兵、度ゝ《ど》に、をよび。
はいぼくす
匠作《しやうさく》。小代《をしろの》八郎行平を、使者として。法花堂の御前へ。
申されて、いハく。
身方多勢の。たのミ有に似たり、と、いへども、さら
に、けうと退きがたし。けんりよを」十七ウ めぐらさる
べき
と云云。
将軍。はなはだ、おどろかしめ給ひ。はうせんの事、猶
以、評義せられん、と、ぎす。
時に、廣元朝臣。政所に、こうせしむるの間。其めしあ
り。
然共、けうど路次《ろし》に、ミつ。是によて。けいごの武士を
給り、参上すべきのよし、申に、よて。軍兵を、つかハ
さるゝの時。廣元すいかんにくずばかま参上するの後。御りうぐわん
に、およぶ。
廣元、御願書《ぐハんじよ》の執筆《しゆひつ》たり。其おくに。御自筆をもて。

二首の御哥を。く」十八オ わへらる丶、と云云
則。宮内兵衛《の》尉公氏《きんうじ》をもて。彼願書を、鶴岡に、奉らる。
義盛、由井の濱にをいて、血煙を出し戦ふ。がいこつ、行路《ぎやうろ》に、よこたハり。足のふミ所なし
唐《たう》に、ハ。しと云鳥を。三年かひて。虎をとり。我朝の武士ハ。恥ある郎等《らうどう》に。恩をしつれば、命《めい》にかへる、と云事に。おもひしられたり。
人、誠に、一死あり。或ハ、大山より、をもく、或ハ、鵝毛より、かろし、とす。
異朝の項羽、高祖、七十余度のた丶かひも。九年が間也」十八ウ 我朝、保元平治《ほうげんへいぢ》より。このかたの合戦も。入乱《いりミだれ》てハ。一時《とき》二時、半日《しつ》、一日とこそ、聞えしに。此度、義盛が合戦ハ、夜日《よひ》三日。いきを、つぐまもなし。たゞ、血をすひて。のんどを。うるほすばかりなり。
将軍実朝公。法花堂に、にげ入。しばらく、息を休め。おほせられて云。
飲酒《をんしゅ》にをいてハ。ながく、ちやうじせんと、ほつす。其故ハ。朔日《ついたち》の夜に入て。数盃《すはい》の会あり。然に、二日に。義盛、をそひ来る。其刻《きざミ》、なましゐに。かつちうを、たいし。馬に、のらしむ」十九オ と、いへ共、二日酔《ゑひ》に、ばうぜんたり、向後《きやうこう》ハ、酒を。たつべき、と。せいぐわんし畢《をハんぬ》。
しかうして。度々のた丶かひの後。のんどを、うるほさんがため。水をたづぬる所に、武蔵の国の住人。葛《か》西《さいの》六郎。作筒《さゝゐ》と。盃と取添て。是を進む。其期《ご》に、のぞむて。以前の心、たちまち、へんじて、是を用ゆ。時に、さだまらずして。ひけうなる事也。但《たゞし》。自今以後ハ、かならず。おほく、のむ事、このむべからず
と云云」十九ウ
是、をろかなる。君子の仰《おほせ》哉。
それ、軍中にをいて、士卒《じそつ》、いまだ。いひかしかざれば。大将、食せず、官軍。雨露に、ぬる丶時は、大将、油幕《ゆばく》を、はらず。故に、大将は。士卒《じそつ》と、志を一つに、せん

がため。一樽《そん》をえても、兵とともに。飲《いん》ずとこそ、申ゆへ。

君子に、私の言葉なし。誠に、ひけうを振舞給ふ事。申のぶるに、たえたり。

然に、義盛が一党は。家を出るより。死を定《ちやう》。生《しやう》を不《ふ》定《ちやう》とす。故に、万死《ばんし》を出て」二十オも、一生を願ず。たゞ是、修羅道に入ての戦ひ也

大智度論に。

たとひ、世界に、みてる宝も。身命《しんみやう》に、あたる事あるなし

と、いへり。

此人〻。名を命《めい》に、かへ給ふ事。弓矢の道にハ、しかじ。けいせう歳寒《さいかん》に、あらハれ。貞臣《ていしん》、国危《こつき》に、あらハるとハ、此等《ら》の人の事なるべし

将軍がたの軍兵《ぐんびやう》は。生《しやう》を定《ぢやう》。死を不定とす。然共、名をおしむ武士ハ。爰を、せんど、戦ひ。皆、討死す。

一年《とせ》、頼朝公。かうらい国」二十ウを、せめらるゝ時。大将軍を給り。はんくわいをも、あざむきし。ちんぜいの住人。小物《こもの、》又太郎祐政《すけまさ》を、はじめ。其名を、えたる武士。あげて、かぞふべからず、皆、朝比奈がために、討れぬ。

陣無己《ちんぶき》が詩に。

一身三千にあたる

と、いへるハ。此人の事なるべし。

去程に、朝比奈に、をそれ、或ハ、かれが発向のかたの。道をたがへ。或ハ、あふとする時ハ。道をちがへ。義秀に、あふ者なし。

爰に、武田《の》伊豆《の》守信光《のぶみつ》入道光蓮《くハうれん》。朝比奈に行あ」二十一オふたり。

義秀、くわうれんを、うたんと進む。子の悪三郎信忠《のぶた、》。父の命《めい》に、かハらんと。身を捨《すて》て、両人が中へ入。朝比奈、悪三郎が無二《むに》の躰《てい》。孝子を、かんずる故か。たたかハずして馳過ぬ。

彼悪三郎。承久三年兵乱《ひやうらん》の時。京がたの合戦に、をいて。官軍をやぶり。其名を、えたる。大剛の者也。

此度、夜日《よひ》。三日の合戦《かつせん》に、をひて、朝比奈に、面を背《そむ》かず。いきのこりたる者。悪三郎信忠一人也、是大剛のつハもの也」二十一ゥと、北條武蔵守を、はじめ。諸人、ほうびせられたり。

昨日の申《さる》の刻《こく》より、今日、酉《とり》の刻迄。戦ひやむ事なし。義盛が一党。やうやく討死す。

然に、義盛。さいごの合戦と。いちじるく。大将ども一所に。くつばミを、ならべ。声をあげ。大勢の中へ、切て入。義盛年六十七江戸左衛門尉能範《よしのり》が。諸従《しよじう》らに、うたる。和田《の》四郎左衛門《の》。尉《ぜう》義直とし三十七伊《い》具《ぐ》馬《まの》太郎盛重がために。討とられぬ

同《き》五郎兵衛《の》尉義重とし三十四同《き》六郎兵衛《の》」二十二ォ尉義信とし廿八同《き》七郎秀盛とし十五此五人の大将。枕をならべ討死す。

朝比奈《の》三郎義秀とし卅八士《じ》卒《そつ》を引ぐし。由井《ゆゐ》の濱に来て。舟に、のらんとす。

舟軍《いくさ》のならひとして。舟より陸《くが》へ、あがる時ハ。心剛に有て、進ミやすく。乗時ハ、をくれて退きがたし。此義、誰も、しれる事也。其上、仕度もなき舟を、俄に、もよほし。のらんとする事。切《せつ》に、のぞむが故也。是によて。将軍がたの諸卒。蜂のごとく、おこり来て。をそハん」二十二ゥと、ぎす。

朝比奈、是を見て、大声を、たて。切て、まハる有様。鳴神《なるかみ》のごとし。山をひゞかし。地をうごかす。御方の軍兵。朝比奈に、をそれ。嵐に木の葉の散ごとく、扇谷くるみがやつ。亀江谷《かめがえがヤツ》。泉谷《いづミがやつ》。四方八方へ、はいほくす。

其間に。大《だい》船六艘もよほし。士《じ》卒五百人取乗。沖に、さほさし。安房の国に、おもむきぬ。

扨又、和田《の》新左衛門《の》尉常盛とし四十二山田《の》先《せん》次郎左衛門《の》尉。岡崎《の》与一左衛門《の》尉。横山《の》右馬《の》丞《ぜう》。古郡《ふるこほり》左衛門《の》尉。和田《の》」二十三ォ新兵衛《の》入道、以上大将六人、戦場を、のがれ、ちくてんす。士《じ》卒らも、皆討れ。世上無為《ふゐ》に、ぞくす。

相州由井の濱に出。行近。忠家をもて。たいまつを、ともし、首《くび》を、じつけんす。

相州、仰を蒙《かうふ》り。即刻、京都へ。御書を、しんぜらるゝ、将軍家の御判を、のせらるゝ所也。

其御書に、いハく
和田左衛門《の》尉義盛。土屋大学助《の》義清。横山右馬丞《の》時兼。すべて、相摸《さがみ》の者共、むほんを、おこす、と、いへども。義盛、命を」二十三ウ おとしをハんぬ。

御所がたに、べつの御事なし。然共、親類おほきうへ。戦場よりも、散々《ちり〳〵》になるよし、きこしめす。

朝比奈《の》。三郎義秀、大将として。大勢、舟に取乗、沖に、さほさし出る。西海へも落行ぬらん。

有範。廣綱をの〳〵。そなたさまの御家人らに。此御文の案を、めぐらして。あまねく、相ふれて。用意いたして。討捕て、まいらすべき也。

五月三日　　大膳大夫《ぜんのだいぶ》」二十四オ

相摸守

佐ゝ木左衛門尉殿

日本国の武士と。義盛、夜日《よひ》三日の合戦ハ。朝比奈が手柄に、よつて也。
将軍方に、名をうる武士。悉、義秀がために害せられぬ。義秀に、面《おもて》を、そむかずして。生残りたるハ。武田《たけたの》悪三郎信忠たゞ一人也。是、大剛のつハもの。其上、孝子たり
或文《ふみ》に。此悪三郎父子の哀を、記せり
武田伊豆《の》入道光蓮。次男信忠と、義絶たり。武州泰時。此義を聞しめ給ひて。光」三十四ウ 蓮に尋て、云。
信忠ハ、公私。太功の子息也。何《なん》の過失に付て。不和に及ぶや
の由。しきりに、なだめ。仰らるゝ、と、いへ共。数ケ《すか》条の不可に、よる上ハ。けんめいに随ひがたき旨、申切《き》る。
或時、光蓮。武州へ詞候《しこう》(ママ)す、信忠、其便宜《びんぎ》を、うかゞひ。推参せしめ。直《ぢき》に申て、云。
信忠、父のため孝ある事。をこたりなし。義絶の故は、

何事ぞや。

先《まづ》、建暦《けんりやく》年中。和田左衛門《の》尉《の》義盛むほんの時。諸人、防戦をもつて。叓とす」二十五オ と、いへども。朝比奈《の》三郎義秀に、をそれ、或は、彼が発向の方に、たがひ。或ハ、見逢《あふ》と、いへ共。かたハらの道に、のがれ。義秀に逢を、もつて。ミづからが命《めい》、亡《ばう》とす。

然に、父光蓮ハ。武州を尋奉り。若宮の大路東がは、米《こめ》町の前を。由井の濱の方に向ふ。義秀ハ、牛渡津《うしとヅ》の橋より。同《く》西がハに打出。御所の方を、さして、馳参ず。

義秀、光蓮を見て。すこぶる。あぶミを、あハせ進ミよる。光蓮ハ、是に目をかけす。下」二十五ウ り行《ゆく》。義秀、相逢て、うたんとす
時に、信忠、たちまち。父の命に、相かハらん、と。身を捨《すて》て、両人が中に、へだゝるの所に、義秀、太刀を取、と、いへ共。信忠、無二の躰《てい》を見て。直《ちき》に感詞《かんし》を、くハへ戦ふに、をよバず、馳過畢《をハん》ぬ。


かつハ是。信忠が武勇《ぶよう》を。兼て知かの故か。

次に、承久三年、兵乱《ひやうらん》の時。信忠、先登に進ミ。数《す》ケ所《かしよ》の、ようがいを、やぶる。

高度の武勇をば。武州、しろしめさるゝ所也。

然ば、父に、をいて。あいれんを」二十六オ 忘るゝ、と、いふ共。上として。いかで御口入なからんやと云ゝ。

武州、閑《しづか》に。事の始終《しじう》を聞召、御落涙に、をよぶ、よつて、殊に、御詞《ことバ》を加へられて、云。

信忠申所、皆、子細あり。泰時に、めんじて、めんきよせらるべし。

ていれば、光蓮、申て云。

御旨《し》を、をもんじ奉る事。勿論と、いへ共。此一叓《じ》に限りては。まげて。御免を、かうふらんとす。

ていれば、次に、信忠に対して、云
汝か申所。皆、虚言《きよごん》なし。武略に於《をゐ》てハ、誠に神妙《しんべう》な

り」二十六ウ
をよそ、父の慈愛といひ。子の至孝と云、今に忘却する事なし。
すべからく。をのれが。けうきを、はかるべし
と云〻。
武州、重而仰なし
信忠、泣〻、座を立。
見る者、是を、あハれむ、と云〻。
然に、義盛、つゐには討負、一ぞく共、悉、滅亡す。
負いくさに成て。朝比奈。由井の濱に来て。大船六艘に五百人取乗、沖に、さほさし出る威《いきほ》ひ、鬼神よりも勝《すぐれ》たり。
五百人乗所へ、敵五人十人来て、おそふ共、をく」二十七オれて、乗がたき者也、さぞ朝比奈。しんがりをや、したりけん
此義秀が猛威を、ふるふ事。漢家《かんか》本朝に、たとゆるに、物なし
然所に、朝比奈が地獄に入て。焔广《えんま》王《わう》と強力《がうりき》くらべ。さもや、あらん。
狂言ながらも。誠実、感ぜり
と、いへり

○頼政あやめの木像、伊豆の国に有事　（二）

見しハ。今、われ。伊豆の国へ、いきたりけるに。村里はなれ。人倫、絶たる山中に。山のだうと名付、古寺あり。あたりの山そ」二十七ウびえ。古木、枝を、つらね。嶺の嵐ハ。妄想《まうざう》の夢を、さまし。谷めぐり。旲水きよく流て、波ぼんなうの。あかを、すゝぐか、と覚たり。境地、比類なし
寺内を見るに。昔、七堂がらんの跡あり。

本尊ハ、阿弥陀を安置《あんぢ》す、仏前のかざりハ、禅宗也、仏檀の脇に。法師と尼公。二人の木像を、あらハし、をきたり。

昔。上手の仏師作《のさく》と見えて、殊勝也。

住侶に、あひて、此木像を尋ければ。住持、答て。

是は、頼政あ」二十八オ やめ夫妻《ふうさい》の像也。
源三位頼政の子息。伊豆守正五位。源朝臣仲綱と申人、伊豆の国を知行し。当国へ下り給ひけるが。父母の菩提寺を。末代に残しをくべき、と有て、伊豆国中を一見し。地形《ちぎやう》を尋給ふ。当地の景。勝れたり、と有て。此寺を建立し、頼政あやめのまへ父母《ぶぼ》を。木像に、あらハし奉らん、と。仏師を召れ、作《つく》り給ふ
伊豆守いハく。
　父母の御面相をば、われこそ、よく見しりたれと、まさかりを」二十八ウ 取て。手つだひ。作らしめ給ひぬ
と、かたる。
われ聞て、扨ハ、源三位頼政にて、おハしけるぞや。文武に達せし人、其名をこそ聞及しに、木像に向ひ奉れば。生《しやう》身《じん》の頼政に、向顔《かうがん》の心地侍《はんべ》りぬ。
此あハれに、もよほされ。
　ゆかりより。まさ木を。きざむ影のまへ。あやめも知らぬ中津《なかつ》名ぞしる
と。ぎやくえんながら。こしおれを、つらねければ。住持、聞て。
旅人ハ、やさしくも。頼政。あやめ。仲綱を。かくし題に読」二十九オ 給ひけるや。
是に付て、思ひ出せり。
頼政一世《せ》の内の名哥。おほし、と、いへども、中にも、ほまれを取給ひしハ。かくし題の哥也
いでさらば、頼政の由来。この寺の縁起に見えたるを。あらかじめ語りて、聞せむ。
抑。兵庫頭頼政と申ハ。清和天皇。第六のわうじ貞純《さだずみ》の親王。二代のへうゐい。ただのしんほつ。満仲《まんぢう》が子。摂津守頼光が三代のこうゐん。三川《の》守頼綱孫《のそん》。兵庫頭仲政の子也
此頼政は。文道武藝に達」二十九ウ し。其名を得給へり。然り、と、いへ共。地下《ちげ》にのミして。天上を。ゆりざりければ。

人しれぬ。大内山の山もりは。木がくれてのミ。月を
見る哉
と、よみて。すゝミたりしかば。不便《ふびん》なり、とて。四位
を、ゆるされ。天上の人にて、久敷つかへ奉りけるに、
述懐仕りて。
のぼるべき便《たより》なければ木《こ》の本に。しゐをひろひて。
世を渡る哉
と、申たりけるに、よつて。七十五にて、三位《ミ》を、ゆる
されて後。望ミたんぬとて」三十オ出家し、源三位入道と
号す。
大かた、此頼政ハ、哥にをいては。てびろき者にぞ。お
ぼしめされける
鳥羽院《の》の御時に、河藤《かハふぢ》。鞭桐《ぶちきり》。火桶《ひおけ》。頼政と。四つ題を、
下され。一首にかくして、まいらせよ、と。勅定有けれ
ば。
宇治河の。瀬ゝのふち〳〵落たぎり。ひをけさいかに。
よりまさるらん
と、申たりければ。時の人。我らは、一つの題をだにも、
一首に、かくすハ。ゆゝしき大事なるに。あまたの題を。
程な」三十ウく仕りたる事、誠に有難《がたき》と、感じ給へり。
君も、いみしく。つかうまつりたる、と。えいかん、あ
りけり。
殊に、名をあげ。面目《めんぼく》を、ほどこしけることハ、鳥羽院《の》
の御内に、菖蒲《あやめ》のまへとて。世にすぐれたる美人あり、
心の色ふかふして。かたち、人にこゑ。君の御いとおし
みも。たぐひなかりけり。
うんかくけいしやう。心を、かくる事、隙なし。
有時、頼政。あやめを、一目見しより。後も、いつも、
其時の心地」三十一オして、忘もやらす。常に、文を通《かよ》ハ
しけれ共。一筆一言《ごん》の返事《へんじ》もせず、頼政こりぬまゝに。
度ゝにして、三年過ぬ。
いかにして、もれ聞えけん。君。あやめを、御前に、め
し。
まことや、頼政が申ことの。つもるなり

と。綸言ありければ。菖蒲、かほ打あかめて、御返事を申さず。

其後、頼政を、めして。御尋あらばや、とて、召れけり。是ハ、五月五日の。かた夕暮ばかり也

頼政ハ、木賊《とくさ》色の狩衣に、はなやか」三十一ウ に引つくろひて、参上。縫殿《ぬひ》の正見のいたに。かしこまる院、御出有けり。何事を、仰出されん、と思ふ処に。

　まことか、頼政。あやめを忍び申なるハ

と、御諚《ごぢやう》あり。

頼政、大きに色を失ひ。をそれ、かしこまる。

院ハ、御覧じ。はゞかり、おもふにこそ。勅定《ちよくぢやう》の御返事ハ、をそからめ。たゞし、あやめをば。たそかれ時の、そらめか。又、立まふ袖の、をひ風を。よそながらこそ、したふらめ。いつかハ近付。其し」三十二オ るしをも、わきまふべき。一目見たりし。頼政が眼精《がんせい》を。見ばやとぞ、思召ける。

あやめが年たけ。色顔すこしも、かわらぬ。女二人に。

菖蒲を具して。三人、おなじ、しやうぞく。おなじ、かさねになり。三人。頼政がまへに。つらなり居たり。うつばりの、つばめの。ならべるがごとし。窓の梅《むめ》の。ほころびたるに似たり。

いかに頼政。其中に。忍び申あやめ、侍《はんべ》る也、朕、占《しめ》。おぼしめす女なり。御ゆ」三十二ウ るしあるぞ。ぐして、罷出よ

と、綸言有ければ。頼政、いとゞ色を、うしなひ。顔を犬地に付て、誠に、をそれ入たり。

思ひけるハ。十善の君。はかりなく、おぼしめさるゝ女を。凡人《ぼんにん》、いかでか。申よるべかりけり。其上、たとひ。雲の上に、時ゝなると、いふ共。愚なる眼精。をよびなんや。まして、よそながら。ほの見たりし、かたち也。何を、しるしならんとも、おほえず。綸言を、かうふりて。給ハらざる」三十三オ も、びろう也

見まがへつゝ、よその袂を引たらんも。おかしかるべし。当座の恥のミに、あらず。累代の名を、くたしはてんこ

と。心うかるべきにこそ、と。なげき入たる景気。あら
ハ也ければ。重て、勅定に。
あやめハ、誠に侍《はんべ》る也。とく、たまハつて。出よ
とぞ仰下されける。
御諚《ごぢやう》をハらぬさきに。かひつくろひて。頼政、かくぞ仕
る。

○五月雨にぬまのいしかき。水こえて。いづれかあや
め。引ぞわづらふ

と、申たり」三十三ウ ければ。御感《ぎよかん》のあまりに、龍眼より、
御泪を。ながさせ給ひながら。御座《ごさ》を、たゝせ給ひて。
女の手を。御手に、とりて。引たておハしまし。
是こそ菖蒲よ。とく汝に、給る也
とて、頼政に、さづけさせ給ひけり。
是を給ハりて。あひぐし、仙洞を罷出れば、上下男女。
哥の道を、たしなまんもの、尤《もつとも》かくこそ、徳をば。あら
ハすべけれ、と。各ゝ感涙を、ながしたり。
三年の程。心ながく、おもひし。情の、つもるにや。」三十四オ
やさしかりける事共なり
伊豆守仲綱ハ。彼あやめの腹の息《そく》なり。
頼政、討《うち》物取て。名を、あぐること度ゝ也。世くだつて
後も。頼政ほどの人なかりけり、諸道たつるほどの。能《のう》
毎《ごと》に。威をあらハさず、と云事なし。
花鳥風月、弓矢、ひやうぢやう。すべて。好ミと、この
む事。名をあげ。人に勝れたり。なかんづく、弓矢に、
しるし、おほかりけり
仁平三年、宮中にをいて。鵺《ぬゑ》を射る」三十四ウ 其誉《ほまれ》、天下
に隠《かくれ》なし。保元の合戦の時。一方の大将を給り。けう
とを、しりぞき。故に。丹波の国にてハ、五ケのしやう
を給り。子息仲綱ハ。伊豆国を知行し。天下の人に、ほ
められ、目出度有べき処に、三位《み》入道。平相国禅門。清
盛を、ほろぼさん、と。日比、思慮を、めぐらさる、と、
いへ共。私のけいりやくを以て。はなハだ、かたし。
是に、よつて、治承四年卯月九日。夜更て。長兄《きやう》伊豆
守仲綱。弟源太夫。」三十五オ 判官兼綱を相ぐし。一院の第

二《の》宮三条高倉の御所に参じ、申されけるハ。
平家。栄花、身にあまり。悪行年久成て。運命、末にのぞめり。清盛を、ほろぼし。天下を、とらしめ給ふべし
と、様〻すゝめ申されければ。宮、御同意有て、むほんを、くわたて給ふ、と、いへ共、戦ひに、宮。討負させ給ひ。宮も討れ。入道子息兄弟も。果給ひぬ
頼政、生害に至《いたつ》て
　埋木《むもれぎ》の花咲こともなかりしに身のな」三十五ウ る果はあ
　ハれ成けり
と。いひもはてず、七十七歳にして、切腹し給ひぬ
と、語る
愚老、聞て、泪を、もよほし。此時、哥よむべしとハ。いかで思ひ給ハんなれ共、若きより。此道、心に、かけ給ひければ、最後にも。思ひ出けるぞや、と、袂を、ぬらし侍《はんべ》る

(三)

○扇の。徳を知《しる》事

見しハ。今、あめか下おさまり。国ゆたかに。山も、うごかず。嶺の松たいらかにして、風をだやかに。千秋萬歳《ばんぜい》。目出度将軍」三十六オ の御《ご》時代也
かるがゆへに。毎年、四座《よざ》の太夫。江戸へ、のぼり。御城に、をいて。能を御覧ぜらるゝ。
舞楽は是。嘉齢延年の法。国土安全の。まつりごとゝかや。町人迄も見物し、浅からぬ御めぐみに、あへり。舞遊の袖。耳目《じぼく》おどろかす計也。是、ひたすら、扇の徳と知れたり。
宗祇の発句に
　風ふかぬ。世にもてはやす扇哉
と、申されし
宗養。
　枝を風。ならさぬおりに扇かな。
又
　袖のうちに。治る風の」三十六ウ 扇哉

と。臨江斎せられしも。実《げに》、治る今の御代《ごよ》。

泰平楽の御《ぎよ》遊。扇に、しくハなし。

古人も、能をば。花に、たとへり。花にます、面白事。たぐへて、なし。

爰に。のうの、ことハりを、しるせる一巻《まき》あり、花傳書と名付。是、扇の徳を、あらハせり
扇の、はじまる事。大唐に、はんぢよ、と云女。蝙蝠《へんふく》の羽《ハ》を見て、是を、まなぶ。かるがゆへに、扇のかたち。こうもりの羽《は》に、似《に》たり。

古哥に。

日暮れば軒に飛か」三十七オ ふ。かハほりの扇の風ぞ涼し
かりける

と、詠ぜり。
彼、はんぢよか扇ハ、病ある者をあふげば。忽に平愈し、老たる人ハ。わかきに、かへる。
扨又、我朝に、扇はじまる事は。都に城殿《きどの》と云人、入唐《につたう》し。扇を見ならひ。帰朝し。折はじめ、末代迄も、あまねく、此扇を。賞翫《しやうくハん》す。
されば、扇の徳義に付て、思ひ出せる事あり
永禄の比ほひ。信長、弓矢を取て。天下の人おそるゝ。敵方の者と、いへば。女」三十七ウ 童子。出家迄も、悉《こと〴〵く》。切てすて。猛威を、ふるひ。関西へ、せめのぼり。洛中を焼《やき》立《たて》。狼烟《らうえん》、天を、くもらかし。鯨波《げいば》、地を動《うごか》し。おどろあへり
信長は、同《き》十一年十月十五日に入洛。人民《にんみん》、をそれ、おのゝく有様。鬼神《きじん》のごとし。
然に。松永弾正少弼《のせうひつ》。降人と成て。天下無《ぶ》双の。つくもがミを進上す。
堺の。今井宗久ハ。松島と云。名物の茶つぼを、さゝぐる。されども。信長公。是にも御目を、かけられす。御きしよく、こ」三十八オ となる事なし。
故に、諸人。いよ〳〵、おぢおのゝく有様。虎に、あへる、けだものゝごとし
然所に、当時《だうじ》、都。連哥の宗匠。紹巴《でうは》、末ひろがりの扇二

本、台にすへ。信長公の御前へ。直《ちき》に、さゝげ、かしこまる。

如何に、と、見る処に。紹巴。

　にほん手に入。今日のよろこび

と申ければ。信長公、喜悦に、おぼしめし。

　舞あそぶ千代万代の扇にて

と、付させ給ひ。御かんゑつ、なゝめならず。御ゑミを、ふくませ給ふ。

此由、諸人、聞《きゝ》」三十八ウ 此信長をば、信長鬼《しんちやうき》と云。鬼《をに》、来限し。世ハ、くらやミになる、とこそ。おもひしに。かゝる、やさしき道を。しらせ給ふの有がたさよ、と。洛中洛外の。よろこびあへる事、かぎりなし。

されば、承久の合戦に、をいて。官軍討負。悉、滅亡し給ひぬ。

扨又、生捕多し。首を、きらるゝ其中に。清水寺《せいすいじ》の住侶。敬月《きやうげつ》法師。宇治の合戦に向ふに、よつて、害せらる。其期《ご》に至て、一首の和哥を。大将軍武蔵守」三十九オ 泰時へ、こんず。

　勅なれば身をば捨にき。武士《ものゝふ》の。やそ宇治河の。瀬にハたらねど

泰時、是を聞。すこぶる感懐のあまりに。死罪を、ゆるされたり。

誠に、たけき武士の。心をも、なぐさむるハ。和哥。扇の明徳也

猶もつて、今の御代。天下おさまり、万歳楽の舞曲。枝を風。ならさぬおりに。扇を賞《もてあそ》び給ふこそ。末代迄の、ためしなるべけれ。

○濃州青野原《じやうしうあをのがはらの》合戦の事　(四)

見しハ昔《むかし》。石田治部少輔《ちぶのせういう》三成。近江の国佐和山の城に有し」三十九ウ が。大坂へ馳参じ。秀頼公を、いさめ申て云。

当春、陸奥《みちのく》にをいて、会津景勝、弓箭《ゆみや》おこし。乱国によつて。家康下知に隋ひて。西国の大名共。皆、東国へ、はせくだる。捨をく国ハ、皆、切取に仕べし。

其上、西国に相残る侍《さふらひ》是皆、大閤の御恩を、かうふり。

秀頼公御威光を。仰願ふ者共也。

先年、大閤。天下を、秀頼公へ、御ゆづり有、と、いへども。御」四十オ ようせうに、おハします故《ゆへ》。家康。心のま丶の振舞に、よつて。天下の侍。皆、家康下知に、したがふ。

此度、幸なる時節。是、天のあたふる処也。悉、大坂へ馳集《あつまつ》て、ひやうぢやうし。先、伏見大津の城を、せめおとさんに。何の子細有べき
と。回文を、つかハしけり。

是によつて。毛利《もり》右馬頭輝元。長束大蔵《なつかおほくら》。増田《ました》右衛門尉。大谷刑部少輔《せういふ》。前田徳善院。此等の家老を始とし。扨又、関東立に。虚《きよ》。病《びやう》を、かまへ、下らざる武士。四国九州。」四十ウ 五畿(ママ)内に、おほかりき。

其私曲、のがれがたきがゆへ。治部少輔と一味して。爰かしこより。はちのごとく、おこつて、慶長五年七月十七日。大坂《ざか》へ馳集《はせあつまり》。十万余騎に着到す。


軍識《ぐんしん》に云。

佞人、上にあれば、一軍皆詔《うつたふ》
と、いへるがごとし。

京わらハべの云けるハ。

家康公ハ、名大将。治部がたハ大将なし。たゞ、是、一揆の寄合也。

其上将の勇弱《ようじやく》。勢《せい》の多少。兵のしようれつ。天地各別也
天下の罪を、身にきして。をのれを、せむる」四十一オ 心に、あらずや。

是、ひとへに、武運の、つくべき。ぜんへうなり
とぞ。つぶやきける。

同《き》十八日。伏見の城を、相渡べきよし。大坂より使を立る。

伏見の城代、かくごに、をよばざるよし、返答し。即刻。外《と》城近辺、焼払。大坂より、よせくるを。相待処に。伏見の城せめ衆にハ。筑前《の》中納言、満前《びぜんの》(ママ)中納言、増田《ました》右衛門尉。長束大蔵《なつかおほくら》。嶋津兵庫頭、大将として。七月晦日に、城を取

まき。夜半より。ときの声を、あげ」四十一ゥて、せむる。
城内にハ。松平主殿頭。同名五左衛門尉。鳥井彦右衛門尉、内藤弥次右衛門尉。子息小一郎。此五人を頭として。人数《じゆ》おほくたて籠《ごもり》。大閤以来の名城、落べき義に、あらず、と、いへ共。江州かうかの者共。心がハりし。敵を城中へ引入。殿主《てんしゆ》へ、火をかけ。焼立るに、よつて。八月朔日卯《うの》刻《こく》、落城す。

諸勢、かつにのつて、いきほひ。翌日、大津の城へ取かゝる。

寄手にハ、柳川《の》侍従。伊藤民部。安藝《あきの》中納言。堅田《かただ》兵部《の》少輔」四十二オ 坂田《さかだ》作左衛門尉。石川民部。高田小左衛門尉、筑紫上野守。久留目藤《くるめとう》四郎。南条中務太《のたいふ》輔。石河掃部助《かもんのすけ》。木下備中守。大将として、堀をうめたて、をつきよせ。せむる、と、いへども。大津宰相《の》高次《たかつぐ》。たて篭《ごも》り。城中堅固に有て。ふせきたゝかふ。

諸軍ハ、瀬田《の》長橋、打渡り。美濃の国。関が原に陣取。伊勢口《くち》。北国おもてへ、人数《にんじゆ》を、つかハし、舟大将九鬼大隅守ハ。尾張三川の。津ゝ浦ゝへ渡海し。浜辺の在家を放火す。」四十二ゥ

此よし、諸国より。はや馬を打て、江戸へ、つぐる事、櫛のはを引がごとし。

家康公、聞召。

治部《の》少輔ぎやくしんの、くわたて。たゞ是。蚊力《ぶんりき》、山をおほひ。蛍光、月にたゝかふに似たり。

此度、みちのく兵《ひやう》乱を、しづめ、諸軍、江戸へ帰陣し。

願ふに、幸なる時節哉

と、仰有て。関東御仕置として、結城宰相秀康卿を残し置給ふ。

中納言秀忠卿ハ。東山道を御進発。御供の人ゝにハ。榊原式部太夫《のたゆふ》。森右近太夫《のたいふ》。大久保」四十三オ 相摸守。酒井右兵衛太夫《のたゆふ》。本田佐渡守を先として。都合、其勢五万余騎を卒し。夜を日に、つゐて。京都へ打てのぼらせ給ふ。

東海道先手《さきて》の衆にハ、羽柴左衛門《の》太夫。同刑《き》部少輔。福嶋掃部助。京極《の》侍従。織田有《のう》楽《らく》。同河《き》内守。山名《の》禅高。金森

法印。同《き》出雲守。黒田甲斐守。加藤左馬助。山岡道阿弥。藤堂佐渡守。羽柴三左衛門尉。池田備中守。有馬法印。同《き》玄番允《げんばんのぜう》。田中兵部《の》少輔。伊賀《の》侍従。羽柴越中守。浅」四十三ウ野左京太夫。生駒讃岐守。小出遠江守。徳永式部少輔。蜂須賀長門守。堀尾帯刀。中村式部少輔。冨田信濃守。山内対馬守。九鬼長門守。市橋下総守。稲葉蔵人《くらふど》。古田織部正《のかみ》。桑山相摸守。亀井武蔵守。寺澤志摩守。石河玄番允《げんばんのぜう》。佐久間河内守。石川伊豆守。丹羽勘《の》助。中川半左衛門尉。戸川肥後守。村越兵庫助。本田因幡守。佐久間久右衛門尉、古田兵部丞こと〳〵く。関西大名《の》衆に。井伊兵部《の》少輔《せういふ》。」四十四オ本田中務太輔《たいふ》を、さしそへられ。八月朔日《ついたち》、江戸を打立。同《き》十四日。諸勢、尾州清須に着《つき》。翌日、濃州《じやうしう》へ打越《こし》。対陣を、はり。互に、人数《じゆ》を出し、日夜たゝかひ、やむことなし

扨又、北国口ハ。羽柴筑前守。八月三日、三田山を越《こえ》。大聖寺へ取かゝり。惣がまへを、やぶり合戦す。

山口玄番《けんばん》。子息右京亮《のすけ》。成田《なりだ》左衛門尉を、はじめ。門をひらき、外城《とじやう》へ切て出。命《めい》をば一塵よりも、かろく。名をおしミ。一足も、ひかず、たゝかふ、と、いへども。多勢」四十四ウに無勢《ぶ》、かなハず。枕をならべ、七百余人討死す。

然に、濃州口の諸軍。ひやうぢやう有て。八月廿三日、河田の渡り。上下を、おもひ〳〵に打越《こえ》。前後左右に入乱《みだれ》。討《うつ》つ、うたれつ。火をちらし、たゝかふ有様。たとへんやうもなし。首の数《かず》。幾千共しるしがたし。

其日、岐阜の城をも、せめ落す。是、中納言秀信の居《ゐ》城也、瑞蔵寺三ケ《か》所の取手をも、せめ落す。此由、江戸へ、つげ来る。

家康公。同《き》下野守忠吉卿。関」四十五オ東勢を引卒《ぞつ》し。九月朔日、江戸を打立給ふ、御威勢。龍の、水をうるがごとく。虎の、山に、よせくるに似たり。

同《き》十四日にハ。美濃国赤坂の丸山に。旗を、さし上られたり。

敵陣を見渡ば。石田治部少輔を、はじめ。長束大蔵。増田右衛門尉。大谷刑部《の》少輔。徳善院。筑前《の》中納言。備前《の》中納

言。小西摂津《つの》守。安国寺。龍蔵寺。小野木《をのぎ》縫殿《ぬいの》助。小河《を》土佐《の》守。石原隠岐《の》守。美濃《ミの、》中納言。長曽我《が》部土佐守。安藝宰《の》相。吉川《きつかわ》」四十五ウ 駿河守。鍋嶋信濃守。五嶋《ごたう》大和守。平戸《の》法印。布施屋《ふせや》飛弾守。玉置《たまき》小平次。熊野《くまの、》新宮。高橋九郎。有馬修理亮。秋月三郎。青木紀伊守。太田飛弾守。高橋主膳。堅田《かつた》兵部少輔。対馬《つしまの》侍従。脇坂中務。朽木《くつき》河内守。森長門守。同豊《き》前守。糟屋内膳。小早川左衛門《の》助。赤座久兵衛。嶋津兵庫頭。皆、旗じるし、あらハれ。敵味方の間に。谷一つ有て。龍虎の威を、ふるふがごとし。

家康公、仰けるハ。

　日暮て、戦場に」四十六オ 至るならば。かたき、をくびやうやつばらにて、夜半《ハ》に、まぎれて、にげ行べし、明日の合戦に及ぶならば。一騎も、もらさず、討捕べしと。

其夜ハ、人馬《にん》の足を休めて。しづまり、陣を取給ふ。夜も明かたよ。すハ、かゝれ、と。一度に、どつと。ときを、あぐれば。たゞ百千のいかづちの。鳴落るごとし。然共、かたきの勢《せい》。兼て、もとむる合戦なれば。爰をせんどゝ、死を、あらそひ。入乱れ。をつつ。まくつつ」四十六ウ 首を捕《とつ》つ。とられつ、算を乱し。土煙をたて。ときの声。やさけび《(ママ)》の音に。山もうごき。地を、ひゞかす事、修羅道の有様も。是にハ、しかじ。

忠吉卿ハ。団扇を取て、衆をいさめ

　一世の天運、此時也、討死して、名を後記に、とゞめよ

と。下知し給ひけるが、入乱れたる合戦なれば、大将と、おぼしき武者と、馬上より組《くみ》て落《おち》。数ケ所のきずを。負給ふ、と、いへども、おさへて、首を討《うち》。比類なき御働、軍中の専一《せんいち》。後」四十七オ 代迄の名誉を残し給ふ。

一時《とき》ほど、合戦の勝負、見えざりけるが、終にハ、かたき。討負、にげ行を。しやうぎだをしの。をひかけぎり。つきふせ。切ふせ。幾千万とも数知らず。骸骨ハ、地に敷、足のふミ所なし、青野原《あをのが》の草葉は。皆、紅葉《もみぢ》して。血ハ、川とぞ、ながれける。昔、ぶつしやこくに。血の雨ふつて。国土くれなゐと成し

も。かくやとこそ、おもハるれ。

此度の大合戦に。大名小名。身命《しんミやう》を、なげうち」四十七ウ強《こハき》を破《やぶつ》て、御方《ミかた》を、たすけ。かたきを砕《くだき》て、敵を、なびかし。おもひ〳〵の。智謀武略ふんこつ手柄。あげて記しがたし。

然に、嶋津が一党ハ。味方まくべき一戦ぞ、と、兼て見合、人数《にんじゆ》をま（ママ）つめ。伊勢路をこえて、和泉の国。堺の浦の舟に取乗、からき命たすかりて。筑紫の国へ、にげのび。女房子どもに行あひ。にげ手柄云けるハ。実《げに》、ことハりと聞えたり。

扨又、石田治部少輔ハ、藪原の中に。かくれ居た」四十八オりしを。さがし出して、縄をかくる。小西摂津《ツ》守《の》行長。安國寺をも、からめて来る。

此三人を、一同に、車三つ作りて、のせ。洛中を引廻り、六条河原にて、首を切。三条橋本に、かけられたり。

此三人ハ、此度、むほん張本《ぼん》人。討死せず、縄にかゝり、耻をさらす事。云に絶たり。

中にも、治部《の》少輔。大逆無《ぶ》道《だう》はなハだしうして。私欲を、かまへ、天下を、くつがへし。民間を、なやます事。天道のにくみ。人罰《にんばつ》により。勝利《しようり》を」四十八ウうしなふ事。車輪を、めぐるがごとし。

一舌《いつぜつ》の、さへづりにて。数《す》万人を、ほろぼし。其身の、なれる果を見よ、と。まゆを、そばめ。つまはじきして。くちびるを。うごかさず、と、云事なし。

然るに此度。秀頼公を。打果さるべき処に。いまだ幼少といひ、大閤恩重《をんぢう》。報ずる、と有て。一命をたすけ置給ふ事。有難し、と。かんぜぬ者ハ、なかりけり。

刑罰を、はぶき。せいれんを。うすふす。此二つハ。仁《じん》政の太目《だいもく》也」四十九オ
仁ある君ハ。をもき過《とが》をば。かろくし。かろき過をば、ゆるし、民百姓《たミはくしやう》までも。其所を、やすんじ、国のとめるを。もとゝし給ふとかや。恵《けい》なるときんば。もつて、人を、つかふに足《たれ》り。

此度、大坂籠城の人民《にんミん》までも、命を、たすけ給ふ御慈悲。有難次第也。

九月廿七日に。家康公、大坂の城へ入せ給ふ。居ながら、扶桑日下《にっか》の逆心の 輩《ともがら》を。こと〳〵く、ついばつせしめ。ちうさくを。いや〳〵のうちに、めぐらし、勝《しよう》事《じ》を千」四十九ウ 里の外《ほか》に、え給ふ。

今又、天下の人。したがひつき奉る事。吹風《ふく》の。草木を、なびかすがごとく。世のあふぎける事。ふる雨の。国土を、うるほすに、おなじ

慶長八年征夷大将軍。氏長者《うぢちやうじや》。しやうがくゐん。じゅんわゐん。両院別当《の》。従《じゅ》一位。右大臣。源朝臣《の》家康公に、にんぜらる。

月を送り。年を、ふるに、したがつて。天下せいひつに治り。御代豊《ゆたかに》（ママ）にして。民安楽に、さかふる事。此君の御めぐミ。あふぎても。猶あま」五十オ り有ぬべし

○大頭《だいがしら》。勧進舞の事　付能登守教経の㕝　㈤

聞しハ。今、或人、物語せられしハ

今日大頭が。勧進舞を。三番、聞しが。中にも。せつたい。あハれにて。泪を、ながしたり。

佐藤庄司が後家。次信《つぎのぶ》。忠信が妻子《めこ》共集《あつまつ》て。二人のさいごの躰《てい》を尋《たづぬ》る所に。弁慶《べんけい》、八嶋の合戦を、語り出したり。

源氏ハ、くが。平家《べいけ》ハ舟也。次信。義経公の矢表《やおもて》に立ふさがり。能登殿の大矢に当《あたつ》て。馬より下に、落」五十ウ たり。

菊王丸。次信が首を、とらん、と、せしに。忠信。菊王丸を射ころし。忽に、兄のかたきを討《うち》。兄弟、天下に、武勇《ぶよう》のほまれを残したり。

此舞。義理有て、哀《あハれ》也と、かたる。

愚老《ぐらう》聞て。

せつたいの舞。尤《もつとも》あハれ也。

されば、われ。東鏡の文書《もんしよ》を見たりしが。頼朝公。秀衡が子共を、ほろぼさむ、と。文治五年己酉《つちのとのとり》七月十九日。鎌倉を打立。奥州へ発向し。悉《こと〳〵く》、退治《たいぢ》の時。泰衡

が郎従。忍《しのぶの》佐藤庄司、大将とし。数《す》千騎《ぎ》」五十一オを卒し。石那坂《いしなざか》に陣《ちん》し。堀をほり。あふくま河の水を。其中へ入。石弓をはり、合戦す。後、はいぼくす、と、いへ共。頼朝公。かれが武勇《ぶよう》を感じ、罪《つみ》ゆるされ。本所に帰る。是、次信。忠信が父也、と記せり。

然則《しかるときん》ば。せつたいの。尼公のうハさ。相違せり

扨又、但馬前司《のぜんじ》経政。能登守教経。備中守師盛ハ。一《の》谷にて討死す。遠江守義定。此三つの首を得たり。

然ば、二月十九日。八嶋の合戦に、をいて。判官《はうぐハん》義経。田」五十一ウ代冠者信綱。金子十郎家忠。同《き》与一近則。伊勢《の》三郎義盛らを相ぐし。汀に馳向ふ。

平家《べいけ》ハ、舟。互に、矢石《やせき》を、はなつ。

此間に、佐藤三郎兵衛次信。四良兵衛忠信。後藤兵衛実《さね》基《もと》。新兵衛基清《もときよ》ら戦ふ時に。平氏《べいじ》の家人《けにん》。越中《の》次郎兵衛盛綱。上総《かづさの》五良兵衛忠光《たゝみつ》ら。舟より、をりて、合戦する間に。廷尉《ていい》の家人、次信、射とられをハんぬ、と記せり。所に。せつたいの舞に。能登殿、八嶋にての。舟いくさ。次信を射《い》る事」五十二オ皆、虚言《きよごん》也と、いへば。老人、聞て。

尤《もつとも》、能登殿。一谷にて討死《うちじに》、治定《ぢぢやう》也。平家物語の作者も。知《しる》といへ共。あへてもて、偽《いつわり》を書たる、と覚《おぼえ》たり

舞も、此物語に応じて、作れり

後鳥羽《の》院の御時。信濃前司行長と云者。藝のほまれ有けるが。世に浮《うき》事有て、遁世したりしを。慈《じ》鎮和《しんくわ》尚、召出され、つかへしが。此物語を書たり。

それ如何に、と云に、源氏にハ。範頼。義経と云。猛《まう》強《きやう》の大将あり。平家は、一谷にて、大将軍、皆」五十二ウ討れ。わづか、いき残る人ゝハ。船に、さほさし。にげ行給ふに。白鷺の、浜松に。とまりたるを見ても、源氏のはたか、と。肝をけし。跡より白波の立来るをも。それか、と、おどろき。たゞ〳〵。行衛《ゆくゑ》も知ず、落《おち》行給ふ有様。焼野の雉の。隠所《かくれところ》もなく。鷹《たか》の、せむるがごとし。

されば。独ずまふは。とられぬ、と。俗に、いへるがごとく。合戦も、又おなじ。

能登殿ハ、弓馬の達者、所〻にて、猛威ふるひ給ひければ」五十三オ。此人を、いかしをき。平家の大将となし。八嶋にをいて。源平の合戦入乱《みだれ》。花を散し。面白《おもしろく》、書れたり。

是、世間の風俗として。かく、やさしく、作られたるを。誰か、是を論ぜん。そうじの、いへる事は。皆、ねなしかづらにて。なき事をのミ書れたる、と也。

扨又、紫式部ハ。上東門院の。くわんぢよにて侍《はんべ》る。才智、よに、すぐれたるに、より。此君の仰にて。源氏物語。此人の筆作也。是も、作り事成と、いへ共」五十三ウ末代に至て、伝ふるは。よのつねの習ひ也。過にし事をば。何事も、とがめて。えきなしと、いへり

見聞軍抄巻五之終

（五行空白）」五十四オ

見聞軍抄《けんもんぐんしう》。目録之《もくろくの》六

承久《じようきう》。乱《みだ》れの事 (一)

関東公方持氏公《くハんとうくばうもちうぢこう》。御滅亡《ごめつばう》の事 (二)

熊谷《くまがへ》の里《さと》に。直実木像《なをざねもくざう》有事 (三)

老士《らうじ》。兵法《ひやうはうの》故実《こじつ》を知事 (四)

佐原《さハらの》十郎木像、三浦に有事 (五)

鎌倉《かまくら》八幡宮《まんぐう》。立始《たちはじめ》の叓 付武蔵《むさし》に、石山つき給ふ叓 (六)

（三行余白）」一オ

」一ウ

見聞軍抄《けんもんぐんしう》。巻之《まきの》六

○承久乱《しようきうみだ》れの事 (一)

見しハ今。愚老、鎌倉をあんぎやし。爰かしこを見廻に。山陰《かげ》に、一つの草庵あり。立寄。住持にあひて。物語なす所に。此寺に。いにしへより、つたハる。重物の中に、鎌倉将軍家の事を。記し置たる。古き文一巻《まき》有、と、いひて。委《くハしく》、物語し給ひぬ。

われ問《とう》て云。

承久乱と云事を。いひつたふる、と、いへ共。たしかに、語る人なし。

老僧聞て。

承」二オ久乱と云事ハ、天地開闢より、このかた。我朝、希代の大《だい》乱。語るに日もたらず。され共、其方、望なれば。あらかじめ、語り聞せん。

頼朝公三代目の将軍、実朝公。右大臣の宣旨を、かうふ

り。其拝賀として。承久元年正月廿七日。鶴岡八幡宮へ
御参り。酉の刻出御。宮寺《ぐうじ》の楼門に入給ふ。夜陰に、を
よびて。神拝の事終り。漸、退出せしめ給ふの所に。当
宮の別当あじやり公暁《きんけう》。石階《いしばし》のきハに。うかゞひ待て。
釵を取て。」二ウ 実朝を害し奉る、其後、随兵《びやう》共。宮中
に走入。しう敵を見るに、人なし。
或人、云。
　上の宮の砌に、をいて、当宮公暁。父のかたきを、討
のよし。名乗らる、、と云ゝ。
是によつて。武士共馳参じ。悪禅師を討奉る。
然者、実朝に。御子なきが故。源家の御遺跡《ゆい》。すでに絶
なんとす
頼朝公の後室時政女思慮を、めぐらし。関東に将軍なくし
て、国土おさまりがたし、と。京都へ、そうもん有て。
頼経公を。鎌倉へ申下し給ひぬ」三オ
是ハ。京の光明峯《ほう》寺殿。九条の摂政道家の御息。六条判
官為朝の。むこ君の御子。母方に付てハ。頼朝の伯母。

されば、頼朝と頼経とは。いとこなり。故に、是を申請
し給ひぬ。
将軍、いまだ、御ようちに、おハします故。万事、二位
禅尼の御はからひ也。其比の、しつけんハ、北條陸奥守
義時右京の権太夫共号す、時政息也。義時の子息、武蔵守泰時ハ。侍別
当也
然に、承久三年辛巳《かのとのミ》三月廿二日、波多野《はだの、》次郎朝定、一二」三ウ
品の御使として。伊勢太神宮に進発す。是、今《こん》あかつき。
二品の夢想あり。おもて二丈ばかりの鏡。由比の浜の浪
に、うかぶ。其中に、声有て云。
我ハ、是、太神宮也、天下を、かんが見るに。世大き
に乱れて。つわものを徴《こらす》べし。泰時、われを、太平
に、かゝやかさん者也、と云ゝ。
是によつて、二品、信心を。こらす。しかれば。先もつ
て、伊勢大神宮へ、御祈禱あり。朝定ハ。祠官外《の》孫たる
の間。ことさら、もつて。使節に」四オ 応ず、と云々。
五月十五日。京都よりの飛脚。鎌倉へ下着す、申て云。

昨日《きのふ》十四日、幕下。ならびに黄門実氏、二位の法師、尊長《そんちやう》に、おほせ。弓場殿《ゆばどの》に召籠らる。十五日午刻に。官軍を、つかハし。伊賀の廷尉を、ちうせらる。則。勅使光親卿に、仰付られ。関東北條右京兆《でう》。追討の宣旨を。五畿七道に下さるゝの由、と云ゝ

関東の分の。宣旨の御使。今日、同到着《く》、と云ゝ。よつて、是を相尋らるゝ処に。かさい谷《たに》。」四ウ 山里殿辺より。是を召出す。押《なれ》松丸と、号す。所持の宣旨。ならびに、大監物光行が添状。おなじく、東士の交名。注進の状等を取て。二品の亭にをいて。披見する所に、同日《き》、三浦九郎右衛門尉胤義義村弟わたくしの書状。駿河前司義村がもとに到着す。是、勅定に応じ。右京兆《でう》を誅すべし。くんこうの賞に、をいてハ。請《しやう》によるべきの由。仰下さるゝの趣き、是をのす。

義村、返報にあたハず。彼」五オ 使者を追返し。件の書状を持、右京兆の許に行向て、云。

義村。弟のほんぎやくに。おなじからず。御方にをいて。無二を。ぬきんずの由、と云ゝ。

其後、陰陽道親職《ちかもと》。泰貞。宣賢。晴吉《はれよし》らを、まねき。午の刻をもつて。ぼくぜいあり。関東太平に、ぞくすべきの由。一同に、是を、うらなふ。

相州時村。武州泰時。前大官令禅門覺阿。前武州義氏以下、郡集《ぐんじゆ》す。

二品。家人らを、簾下に、まねき。秋田城《の》」五ウ 介景盛を、もつて。しめし、ふくめて云

皆、心を一ツにして、承るべし。是、さいごの言葉也。故大将軍。朝敵を、せいばつし、関東を、さう〳〵してより、このかた。官位といひ。ほうろくといひ、其恩すでに山岳より高し。めいぼつよりも、ふかし。ほうしやの、こゝろざし。浅からんや。然に、今。逆臣のさかしらに、よつて。非義の綸旨を下されをハんぬ。名を、おしむの、やからハ。はや〳〵能登守秀康。三浦判官胤義らを」六オ 討取《うつ》。三代将軍のゆいせきを、全くすべし。但、院中に参らん、と、ほつする者ハ。

只今申切べし。ていれば、群参の侍、悉く、命に応じ。且ハ、涙におぼれ。返報を申事。くハしからず、只。命を、かろんじて、思ひを、むくハんことを思ふ。誠に、是。忠臣、国のあやうきを、見るとハ。此いハれか。武家。天気にそむくの、おこりは。舞女《ぶちよ》亀菊が申状によつて。摂津の国。長江、倉橋の両庄の。地頭しよくを。ちやうじすべきの」六ウ 由、二ケ度、宣旨を下さるゝの所に。右京兆《のでう》。是ハ、幕下将軍。くんこうの賞に、つのり。定めふせらるゝ輩を。させる。ざうたいなくして、あらためがたき由。是を申に、よつて。逆鱗はなはだしき故也、と云ゝ。

晩鐘のほど。右京兆、舘にをいて、相州。武州。前の大膳大夫入道、駿河の前司。城介入道ら。評義意見まち〳〵也。しよせん、関を。足柄。箱根の。両方の道路に、かため。官軍を、相待べきの由」七オ と云ゝ。

大官令覺阿が云。群議のおもむき。一旦しかるべき、但。東士《じ》一揆せずんば。関をまもり。日をわたらんの条。かへつて、敗北の因たるべきか。たゞ、運を天にまかせ。はや〳〵、軍兵を。京都に、はせつかハさるべし。ていれば、右京兆。両義をもつて。二品に申の処に、二品の云。

上洛せしめすんば、更に、官軍を、やぶりがたからんか。安保《あぶ》の刑部丞実光以下。先、武蔵の国の勢を卒し。すミやかに参洛すべし。」七ウ

ていれば、是について、上洛せしめんがために、今日、遠江。駿河。伊豆。甲斐。相模。武蔵。安房。上総。下総。常陸。信濃。上野。下野。陸奥。出羽等、国ゝの飛脚。右京兆の奉書に。一族等を相具すべきのよし、家ゝの長に、仰す所也。

其状の書様。京都より。関東を。をそふべきの由。其聞え有の間。相模権守時村。武蔵守泰時。御勢を相具し。打立所也。式部丞朝時をもつて、北国にむけら」八オ る。此趣、はやく一家の人ゝに、相ふれ。向ふべき者也、と云ゝ。

廿日に、世上、無為のこんきを。ぬきんづべきの旨。鶴岡の別当法師に、しめし。三万六千の神祭を行ハる。廿一日午刻。一條大夫頼氏。京都より下着去十六日ニ出京す二品の亭《でい》に至る申て云。

宰相中将。能登守秀康。後藤左衛門尉基朝。筑後守有範。山城守広綱。左衛門尉能範。此等の者共ハ。将軍家ふだいの下人。勅定に応じ。官軍とな」八ウる。其外、おほくもつて。院中に、こうす、と、いへ共。旧好を忘ず、馳参ず

と云々

二品、感悦ながら。京都の有様を、尋らる。頼氏、委細を、のぶ。

去ぬる月より。洛中閑《しづか》ならず。人けうふを、なすの処に。十四日の暮に。親廣入道をめし。又、右《いう》幕下父子を召籠られ。十五日の朝。官軍きそひおこつて。高陽院殿の門々を。けいゑいす。をよそ一千七百余騎

と云々。

内蔵頭清範。是を着到す。次に、範」九オ茂卿、御使として。新院を、むかへ奉られ、則、御幸し給ふ。次に、土御門院。六條冷《れん》泉等の宮。各々高陽院殿に、入御《じゆぎよ》し給ふ。おなじき大夫尉惟信。山城守廣綱。廷尉胤義。高重等、勅定を奉り。八百余騎の官軍を引率《いんぞつ》して、光季が、高辻。京極の家を。をそふて合戦す。火急にして、光季。并に息男。寿生の冠者光綱。自害し、宿宅に火をはなつ。南風はげしく吹。余烟、数十町に、をよぶ

と云々。

然に」九ウ前大膳大夫入道覺阿が云。

日時を。へべからず。たゞ今夜中に、武州一身といふ共、むちを揚られば。東士、悉、雲の龍にしたがふがごとく、なるべきか。

ていれば、右京兆。殊《ことに》甘心す。但、大夫さくハん入道善信。宿老たり。此ほど、老病。きさうの間、籠居す。二品、是をまねき、善信に、しめしあハせて云。

関東の安否《ふ》。此時、至極しをハんぬ。群議を、めぐら
さん
と、ぎす。
ていれば、ほんりよの、をよぶ所ハ。しかも」十ォ 軍兵
を、京都に。発しつかハさん事。尤、こひねがふの処に。
日数をふるの条、すこぶる。けくわんと、いつつべし。
大将軍一人は。先、進発すべきか、と。
ていれば、右京兆の云
両義一揆す。何ぞ冥助に、あらざらんか。明朝は、進
発すべきの由。武州に、しめし付。今夜門出し。藤沢《の》
左衛門尉清近が稲瀬川の宅に、宿す
と云〻。
廿二日卯刻に、武州、京都に進発す。従軍十八騎也。い
ハゆる子息。武蔵太郎時氏。弟、陸」十ゥ 奥六郎有時。
北條五郎。尾藤左近将監。関判官代。平三郎兵衛尉。佐
久満《まの》太郎。葛西次郎。勅使河原小三郎。横溝五郎。安藤
左近将監。塩河中務丞。内嶋の三郎等也。

右京兆、此輩を、まねき。門出を賀し。皆、兵具をあた
ふ。其後、相州。前の武州義氏、駿河の前司義村。同次
郎以下、進発す。
式部丞ハ。北陸の大将軍として。首途す、と云〻。
右京兆。前大膳大夫入道覺阿。駿河入道行阿。大夫さく
ハん入道」十一ォ 善信。隠岐入道行西《ぎやうさい》。壹岐入道。筑後
入道。民部大夫行盛《ぎやうせい》。加藤大夫。判官入道覺蓮。小山《を》
左衛門尉朝政。宇都宮入道蓮生。隠岐左衛門入道行阿。
善隼人《ぜんはやとの》入道善清。大井入道。中條右衛門尉家長以下の宿
老ハ。上洛に、をよばず。各〻、鎌倉に、とゞまり。且
ハ、祈禱を、めぐらし。勢を、もよほし。つかハす、と
云〻。
去《さんぬる》廿二日より。廿五日。今暁《こんげう》に至て。しかるべき東士
に、をいては。悉もつて上洛す。右京兆にをいて」十一ゥ
其交名を、記しをく也
をの〱、東海。東山、北陸三道に分つて。上洛すべき
の由。是を定め下す。東士すべて。十九万騎《ぎ》也

東海道。大将軍　従軍。十万余騎
相州。武州。同太郎武蔵前司義氏。駿河前司義村。千葉介胤経
東山道《の》大将軍　従軍。五万余騎
武田五郎信光。小笠原次郎長清。小山左衛門尉朝長。結城左衛門尉朝光
北陸道《の》大将軍　従軍。四万余騎」十二オ
式部丞朝時。結城七郎朝廣。佐々木太郎実信。
今日、黄昏《くわうこん》に及で、武州駿河の国に至る。爰に、安藤兵衛尉忠家。此間、右京兆の。命に、そむくの事有て。当国に籠居す。武州上洛の由を聞。駕をめぐらし来り。加《くハふ》る。武州の云。
客ハ、勘発の人也。同道しかるべからずと云ゝ。
忠家云。
儀をぞんずるハ。無為の時也、命を、軍旅に、すてんがために。進発する上ハ、鎌倉に申されず、と、いふ共。何事か」十二ウ あらんやと。
ていれば、つゐにもつて。相つるゝ、と云ゝ。
廿六日、武州。手越のえきに着《つく》。
今日、秀澄官軍方美濃の国より、飛脚を、京都に。重て申て、云
関東の兵士《ひやうじ》。官軍を、やぶらんために。すでに、上洛す。其勢、雲霞のごとし。仏神の冥助に、あらずんば。天災をはらひ。のがれがたからんかと云ゝ。
是によつて、院中あハて。三院御立願にをよびて、五社に御幸《ごがう》あるべし、と云ゝ。
廿七日、勅使。狎《なれ》」十三オ 松丸を返し進ず。進士判官代隆邦。宣旨の請文を書《かく》、則、押松丸に、付しをハんぬ。
廿九日、佐ゝ木兵衛太郎信実。北陸道の大将軍に。相したがつて、上洛する所に。爰に、官軍。阿波の宰相中将の家人、河勾《ワ》の八郎家賢。伴類《ばんるい》を引卒し。六十余人、越

後の国。加地の庄。願文山に籠るの間。信賢、是を追討し、をハんぬ。関東の武士。官軍をやぶるの最初也。

相州武州、大軍を卒し、上洛する事。今日」十三ウ えいぶんに達す

院中上下。たましひを、けす、と云〻。

六月一日。狎松丸帰洛し。高陽院殿に参る。関東のしさいを、尋ね聞召れ。心神《しんじん》を、いたましむ。げうてんの外他《た》なし、と云〻。

三日、関東の大将軍。遠江の国府に付の由。飛脚入洛するの間。公卿せんぎ有て。ふせぎ、たゝかハんために。官軍を、方〻に、つかハさる。よつて。今暁、をの〳〵進発す。いわゆる北陸道ハ。宮崎左衛門尉定範。糟屋左衛門尉有久。仁」十四オ 科次郎盛朝。東山道。大井戸の渡りは。大夫判官惟信。筑後左衛門尉有長、糟屋四郎左衛門尉久季。鵜沼へハ。美濃の目代帯刀左衛門尉。神地《かんぢ》蔵人入道。池の瀬にハ、朝日判官代。関左衛門尉。土岐判官代。関田太郎。まめどハ。能登守秀康、山城守廣綱。下総前司盛綱。平判官胤義。佐〻木判官高重。鏡《かゞみの》右衛門尉久綱。安《あ》藝宗《きのそう》内左衛門尉。食渡《いひど》へハ。山田左衛門尉、臼井太郎入道。すのまたへハ河内判官」十四ウ 秀澄。山田次郎重忠。市脇へハ伊勢守光員ら也。

五日にハ、関東の両将。尾張の国一の宮辺に着をハんぬ。合戦の事、評義有て。此所より、方〻の道に相分る。うぬまの渡りにハ。毛利蔵人大夫入道西阿。いけぜにハ武蔵の前司義氏。板橋にハ。狩野介入道。まめどハ武州。駿河の前司義村。以下の数輩。すのまたにハ。相州。城介入道。豊嶋《とよしま》。足立。江戸。河越のともがら也。晩に、をよんで、山」十五オ 道の討手。武田五郎。同小三郎。小笠原次郎。小山新左衛門尉ら。大井戸を渡り。官軍といどミ、たゝかふ、大将軍惟信以下はいぼくす。有長。久季ハ、疵を、かうふる。秀康。廣綱。胤義以下。けいごの地を、すて。帰洛す。

六日、武蔵太郎時氏。陸奥六郎有時。大軍を引卒し。まめどを渡り、官軍と戦ふ。皆はいそうす。をよそ株川《くいぜ》。

すのまた。市わきとうの、やうがい。悉もて。はいぐんす。
七日に、相州。武州」十五ウ以下の東士。東海道の軍士。野上。たる井の両宿に陣し。合戦のせんぎあり
義村、申て云。
北陸道の大将軍。上洛なき以前に。軍兵を分ち、つかハすべきか。然ば、勢多ハ相州。手上《たなかミ》ハ城介入道。武田五郎ら。宇治ハ武州。いもあらひハ。毛利の入道。よどのわたりハ。結城左衛門尉。三浦の義村。向ふべき
の由と云ゝ。
八日寅の刻に。秀康。有長、疵を、かうふりながら、帰洛す
去《さんぬ》る六日。まめどの合戦に、をいて。官軍はいぼくす」十六オるの由。諸人そうもんす。顔色を、へんじて。をよそ御所中、さうどうし、女房、上下の北面とう。東西に、はしりまよふ
忠信。定通。有雅。範茂以下の公卿《の》朝臣ハ、宇治、勢多。田原とうに、向ふべし、と云ゝ。
次に、えいざんに御幸《ゆき》あり。女御、又、出御し給ふ女房ら、こと〳〵く、もつて、乗車す。上皇《わう》。土御門院。新院。おなじく六條親王。冷泉《れんぜい》親王。皆、御騎馬也。先、尊長法師の押小路の河原の宅に、入御し」十六ウ給ふ
此所にをいて。諸方の、ふせぎ。たゝかふ事。ひやうぢやうあり。黄昏にをよび、山上に、ミゆきし給ふ
内府定輔。親兼。信成。隆親。尊長各甲冑ら、御供に、こうす。
主上。上皇ハ、西坂本梶井御所に、入御《じゆぎよ》し給ふ。両親王ハ。十禅師に、しゆくせしめ給ふ、と云ゝ
今日、北陸道の大将軍、上洛するの所に、越中の国。はんにやの丶庄に、をいて。宣旨の状、到来す。佐ゝ木の次郎実秀冑ヲ不着軍陣に立て。是を読む。士卒。勅旨に」十七ウ応じ。右京兆を、誅すべきの由也。
其後、官軍に相逢て、合戦す。東士、討勝て、官軍、悉

もて、はいぐんす。

九日、上皇。坂本に、おハしまし。ひとへに、山門をたのミ思召の由、仰らる。

衆徒の微力を、もつて。東士の族威を。ふせきがたきの旨、そうもんす。

よつて、還御有べきか。いなや、其沙汰有。

所に、右京兆。誅せしむべきの由。浮説有て、人ゝ一旦、喜悦の思ひをなす、と云ゝ
十二日、官軍を、諸方に、つかハさる。ミほが崎」十七ウ へハ、美濃の堅者《しゆしや》くハんごん一千余騎。勢多へハ。山田次郎。伊藤左衛門尉。并に、山僧三千余騎を引卒す、食《いひ》渡《ど》へハ民部少輔。入道能登守。下総前司。平判官。二千余騎。うかひの瀬へハ長瀬判官代。河内判官、一千余騎。宇治へハ二位兵衛督。甲斐の宰相中将。右衛門佐朝俊、伊勢前司清定、山城守佐ゝ木の判官。小松法師。二万余騎。真木の嶋へハ足立の源三左衛門尉。いもあらひへハ一條宰相中将。二位法師。坊門」十八オ 大納言とう也

今日、相州。武州は、野路の辺に。きうそくす。
十三日、相州以下。野路より。方ゝの道に相分る。相州ハ、勢多に向ふの処に。橋の中。二ケ間《けん》を引。楯をならべ。矢じりをそろへ、官軍并に、えいかくの悪僧。つらなり立て。東士をまねく。よつて。いどミ戦ひ。威をあらそふ、と云ゝ。
酉の刻。毛利《の》入道。駿河前司。淀。平上とうに、向ふ。
武州ハ、栗子《くるす》山に陣す
武蔵前司義氏。駿河次郎泰村。武州」十八ウ に相ふれず。宇治の橋の辺に向て、合戦を、はじむ。官軍、矢石《せき》を、はなつて。雨脚《きやく》のごとし。東士おほく、もつて。是にあたり。平等院に引籠る。夜半に及て。前武州義氏。室伏《ぶし》六郎保信らを、もつて、武州の陣に、進じて云
暁天を相待。合戦を、とぐべき由、ぞんずる所に。壮士ら、先登に、すゝむの、あまり。すでに、矢合をはじめ。さつりくせらるゝ者。はなハた、多し。ていれば、武州。おどろきなから。宇」十九オ 治に、向ひ

をハんぬ。此間、又、合戦して。東士廿四人、たちまちに、疵をかうふる。官軍、しきりに、勝《かつ》にのる。武州。尾藤左近将監景綱。橋の上のたゝかひを。やむべきのよし。加制するの間。をの〳〵退去し、武州も、平等院に。きうそくす。

十四日、武州。河を越て。相たゝかハずんば。官軍を。やぶりかたきの由。相はかり。芝田橘《きち》六兼義らを、めし。河の浅き瀬を。尋《たづね》、きハむべきの旨。下知せられ。兼義。南條」十九ウ 七郎を伴ひ。真木の嶋に馳下る昨日、雨ふるによつて。緑《りよく》水のながれ、にごり。白浪みなぎり。渕底を、うかゞひがたし。水練の者を入。つゐに其浅深《じん》をしりて。馳帰り。河わたらせしむるの条。相違有べからず、の由申。

然ば、卯の三刻に及で。兼義。春日の刑部三郎貞幸ら。命に応じて。宇治川。伏見の津の瀬を。わたらんために。馳行。佐ゝ木四郎左衛門尉信綱。中山次郎重綱。藤兵衛尉忠家ら。兼義が後」二十オ に、したがひ。川ばたにそつて、下り行。信綱。貞幸が云

爰は瀬か

と云。

ていれば、兼義、つゐに、返答にあたハず。数町をへるの後。むちをあぐ。信綱。重綱。貞幸。忠家、同く渡る。官軍、是を見て。同時に、矢をはなつ。兼義、貞幸が乗《のり》馬。河中にをいて。をの〳〵、矢にあたり。水にたゞよふ。貞幸、水底に、しづミをハつて。命をたえんとす。心中に、諏訪の明神に。祈念して。腰の刀を取て。甲の上帯。小具足を切。やゝ久くして。」二十ウ わづかに、浅き瀬に、うかぶ。水練の郎従らがために。すくハれをハんぬ。

武州、是を見て。手づから、数ケ所。灸を、くハふるの間、正念に住す。相したがふ所の子息。郎従ら、以上。十六人、水に、ぼつす。

其後、軍兵おほく。水の面に。くつばみを、ならぶるの所に。ながれ急にして。いまだ、たゝかハざるに。十人

に二三ハ死す。
関左衛門入道、幸嶋《かうの》四郎。伊佐大進《のだいしん》太郎。善右衛門《の》太郎。
長江四郎。安保の刑部の丞。以上九十六人。従軍八百」二十一オ
余騎也。
信綱ひとり。中嶋の古柳の陰にあり。後。すゝまんとす
る勇士《ようじ》ら、前士多く。水に入によつて。渡らんと、ほつ
するに。思慮を、うしなふ
信綱子息太郎重綱を。武州の陣に、つかハして云。
　勢を給り。むかひの岸に、着《つか》せしむべし
武州、勇士《ようじ》を、加へべきの由を、しめし、餉《しやう》を、重綱に
あたへ。是を給り、をハんぬ。又、父の所に帰る。
卯の刻より、此中嶋に、勢を相待ほどゝ、いへ共、重綱
帷計ヲ頭ニまとふ往還の間。」二十一ウ 尅を、うつすに、よつて。日
出るのほどに、をよぶ也。
御方、兵略を失ひ。あきれて見ゆる所に。武州、太郎時
氏を、まねきて、云。
　吾衆。はいぼくせんと、ぎす。今に、をいてハ。大将
軍、死べきの時也。なんぢ、すミやかに、河をわたし。
軍陣に入て。命をすつべし
と。
ていれば、時氏。佐久満《まの》太郎。南條七郎以下。六騎を引
具し。進ミ渡る。
武州。言語《ごんご》を発せず。見るの間に。駿河次郎泰村主従五騎。
以下数輩。又、渡る」二十二オ
爰に、官軍。東士水に入を見て。勝に乗て、気色あり。
武州、駕をすゝめ。河をこえん、と、ぎす。貞幸。騎の
くつばミを取と、いへ共。更に、こうりうする所なし。
貞幸、はかつて云。
　甲冑を著し。是をわたらば、大略、没死せず、と、い
　ふ事なからん。はやく、御甲《よろひ》を、ぬかせしめ給ふべ
　し。
ていれば、田のうねに下立。甲をとくの所。其乗馬を引
の間。心ならず、とゞまりをハんぬ。
大将軍、先登を見て。諸卒」二十二ウ 悉、川に入。信綱ハ、

先登の名あり、と、いへ共。中嶋にをいて、時刻をへるの間。岸に、つかせしむる事ハ。武蔵太郎時氏と。おなじ時也

しがらみ綱ハ。信綱、太刀を取て、是を切。兼義が乗馬《のりむま》。矢にあたり、たふる、と、いへ共。水練たるにより。無為に岸につく。時氏、はたをあげ。矢石を、はなつ。東士。官軍、戦ひ。勝負を、あらそふ。東士すでに。九十八人、疵を、かうふる。

武蔵前司義氏らハ。筏にのり、河を渡る。尾藤左近」二十三オ将監。平出弥三郎をして。民屋を、こぼち取。筏を、作らしめ渡る。大将軍武州。岸につくの後。武蔵。相模のともがら、攻たゝかふ。

官軍の大将。二位の兵衛督有雅《の》卿。宰相中将範成卿。安達源三左衛門尉親長ら。防戦のじゆつを失ひ。はいぼくす

筑後六郎左衛門尉知尚《なを》。佐ゝ木太郎右衛門尉。野《や》次郎左衛門尉。右衛門佐朝俊。大将軍として。宇治川の辺に。残りとゞまり相戦ひ。皆、悉、命をほろぼす。此」二十三ウ外の官兵は。弓矢を忘れ、敗走す。

武蔵太郎時氏。彼跡に進ミ。ついばつ、せしむるの、きざミ。宇治川の北の辺の。民屋に、火をはなつの間。をのづから、にげ籠るの者共。煙にむせび。度を失ふ。

武州、深草山に陣す。右《いう》幕下の使。此所に来る。

武州云。

　明日ハ入洛すべく候。

幕下の使長衡に。則、南條七郎をもて、遣ハし。幕下の許。其亭《でい》を、けいごすべき旨。しめし付る、と云ゝ。

毛利入道西阿。駿河の」二十四オ前司義村ハ。淀、いもあらひ等の、やうがいを、やぶり。高畠の辺に陣す。

相州は。勢多の橋に、をいて。官兵と万戦して。夜陰に、をよび。親廣。秀康。盛綱。胤義、軍陣を捨《すて》て、帰洛す。親廣は、関寺辺にをいて。れいらくす。官軍佐ゝ木弥太郎。判官高重以下、此所にをいて。誅せらる。

十五日、秀康。胤義ら四辻に参ず。宇治。瀬田の両所に

をいて、合戦して。官軍はいぼくして云。
たとひ」二十四ウ 万《まん》ゝの事有、と、いふ共。更に、一死
を、まぬかれがたからん
の由。同音に、そうもんす。
よつて。勅使を。武州の陣に、つかハさる。
両院土御門新院両親王ハ。賀茂。貴舟の片土に。のがれしめ
給ふ、と云ゝ。
辰の刻。勅使国宗。院宣をさゝげ。樋口《の》河原にをいて。
武州に相逢て、子細をのぶ。
武州。院宣を拝せしめん、と称し。馬より下り。供する
勇士。五千余輩あり。此中に。院宣をよむべきの者。こ
うするかの由。岡崎次」二十五オ 郎兵衛尉を、もつて。相
尋るの所に。勅使川原小三郎が云
　武蔵の国の住人藤田三《の》郎ハ、文《ぶん》博士の者也。
藤田を召出し、院宣を、よましむ。
其趣。今度の合戦は。えいりよより。おこり出ず。謀臣
らが。申をこなふ処也。今にをいてハ。申請るにまかせ。
宣外せらるべし。洛中にをいてハ。らうれいに、をよぶ
べからずのよし。東士に、下知すべき者也、と
其後、又。御随身頼武。院中にをいてハ、武士の参入
を。」二十五ウ 相とゞめられんや、の旨。重て、仰下さるる、
と云ゝ。
盛綱。秀康ハ逃亡す。胤義は、東寺の門の内に、引籠る
の処に。東士、入洛し。三浦、佐原の輩。合戦する事、
数反して、両方の郎従。おほくもつて殺死す、と云ゝ。
己《ミ》の刻に。相州。武州。六波羅に、つく。申の刻に。胤
義父子。西山木の嶋にをいて、自殺す。其首を、義村尋
取て。武州に送る。
しよくを、とるの程に、官兵の家屋。悉、放火す。都《みやこ》
人皆、迷惑逃亡す。」二十六オ
戦場のがるゝ所の。歩兵《ぶひやう》、尋もとめ。首を切。白刃を、
のごふに、いとまあらず。人《にん》馬の死しやう。ちまたを、
ふさぎ。行歩《ぎやうぶ》やすからず、郷里まつたき家なし。八十五
代のけうきに、あたつて。皇家たえんとす。

今日、関東の祈禱の、けつぐわん也、此期に、をよんで。官兵はいせきせしむ。仏力神力の。いまだ地に落ざることを、と云〻。

十六日に、相州武州、六はらに移り住す。右京兆の。爪牙耳目のごとく」二十六ウ に。治《ぢ》国の要計を、めぐらし。武家の安全を。もとむ。をよそ、今度合戦の間。ざんたうの、うたがひ多し、と、いへ共。かろきに、したがふべきの由。和談をへて。四面のの(ママ)綱、三面を解く。是、世の讃する所也。

十七日、武州。六はらに、をいて。勇士ら、くんこうの事。其浅深を、きうめいす。

馬を、河に打入るの時。芝田。兼義、いさゝか。先立と、いへ共、乗馬、矢にあたり。岸につくの刻《きざゝ》、見え来らず、と云〻。

兼義、云、

佐ゝ木」二十七オ信綱が、河を、こゆることハ。偏に、兼義が引導に、よつて也。けいせきの案内を。しらざるがために。いかで、先登に、すゝまんや。ていれば。決しがたきの間。春日刑部三郎貞幸に、相たづぬ、と云〻。

起請をもつて。叓の由をのぶ

其状に云

去ぬる十四日に。宇治を越さるゝ間の事。岸より落す時は。芝田先立《さきだつ》と、いへども、佐ゝ木すゝミよつて。芝田ハ、佐ゝ木が馬の。弓手の方にあり、貞幸、同く」二十七ウ妻手《めて》の方に、ひかへたり。佐ゝ木が馬。両人が馬の、あるよりも。むちだけばかり、先《さ》きんず。中山《の》次郎重次。又、馬を。貞幸が馬に、ならぶ。但、是ハ。中嶋より。あなたの事也、貞幸、水底に入て。後の事ハ、ぞんじ知らず候。

以下、是を略す。

武州、此状を一見するの後、猶、かたハらの人に、尋るの所に。報ずる所、又、もつて府合する間。兼義を、まねきて云

浄（マヽ）論しかるべからず。たゞ、貞幸」二十八オらか口状
の、とおりを、もつて。関東に、ちうしんせん、と、
ほつす。しかれば、賞に、をいてハ。定て、所存のご
とく、たるべきか
と。
ていれば、兼義か云。
かち立の賞を、あづからず、と、いへ共。此論に至て
ハ。承伏すべからず
と云ゝ
ほんぎやくの卿相雲客。ならびに、勇士の所領とう。武
州、尋記《たづねしる》す分。をよそ三千余ケ所也。件の地を。一品。
右京兆。今度、ようかんの。くんこうの。浅深に応じて。
残さず、あてをこ」二十八ウなハる。
右京兆。是を執行す、と、いへども、自分にをいてハ。
針を立る領地なし。世もつて、美談とす、と云ゝ。
此度、戦場へ向ひ給ふ。公家の人ゝ。諸侍召預け。関東
西国へ召具す。路次中にをいて。みな、悉、誅し。遠嶋
へ、おもむき給ふ。上皇ハ、隠岐の国。土御門ハ土佐の
国。新院は佐渡の国。六條の宮ハ但馬の国。冷泉の宮ハ
備前の国。御なげきの有様。のべ尽すべからず。
それ、天照《しよう》太神ハ。とよ秋」二十九オ津須の本主。皇帝の
祖宗也。しかるに、八十五代の今に至て。何が故にか。
百皇ちんごの。ちかひ有て。三帝。両親王。今、はいる
の。ちぢよくを、いだき給ふぞや。尤、是を、あやしむ
べし。
をよそ、去ぬる二月より以来。皇帝ならびに。摂政以下。
天下あらたまるべきの、おもむき。夢想に、告給ふ事多
し。新院の御夢に。或夜、舟《せん》中の御あぞひ（マヽ）、あるの所に。
其舟を、くつかへす。或夜、又、老翁一人。一院に参上
し。え」二十九ウいりよハ一六の由。つげ申。
又、七十三日に、天下の事を、定むべき者、と云ゝ。
此等の怪《け》。そうべう。しやしよくの。しめす所に、あら
ずや。
然ども、君臣共に。是を、おどろき給ハず。いにしへを

伝へ聞に、推古天皇。守屋を亡し給ふハ。仏法を、ひろめんため。朱雀院の御宇に。東西に、をいて。将門。すミともを、誅罰し。後の冷泉院《れんせい》。さだたう。むねたう兄弟を、亡し給ふは。かれら、国家を乱すが故。是、皆、治世《ちせい》」三十オ の、まつりごと也。

北條右京兆義時ハ。希代の賢臣。国家を、静謐に、おさめ。天下太平、目出度御代なるに、日本ハ、王土なるを。頼朝に、うばひとられ。幸なる時節、取かへさん、と。欲に、まどハせ給ひ。弓矢を、おこし。天下の乱れ。かへつて、御身のなげき。万民の、かなしミ。是、上一人の故也。天下ハ、一人の天下に、あらず、天下の天下なる、とかや。

それ、我朝ハ。神国。是によつて。七百余社三十番神。王位を、か丶やかし。」三十ウ 日夜、結番有て。国家を守り給ふ所に。か丶る国の、らんげき。ほんぶの、おもふ所にあらず。二位禅尼。夢想のつげ。天照太神。正八幡の御はからひ也。

今度、かつせんの張本《ぼん》人。公卿等を、六はらに、わたさる。

按察使光親ハ。武田五郎信光、是を預る。中納言宗行卿ハ。小山新左衛門尉朝長預る。入道二位兵衛督有雅卿ハ。小笠原次郎長清預る。宰相中将範茂卿ハ、式部丞朝時預る。大納言忠信卿ハ、千葉」三十一オ 介胤綱預る。宰相中将信能は。遠山左衛門尉景朝をあづかる。刑部僧正長賢《ながかた》は、結城左衛門尉朝光。是を、あづかる。

上皇、出雲の国。大濱に着御。御供の勇士。御いとま給り、帰洛す。彼便《びん》風に。七條院。并に修明《しゆみやう》門院等《とう》へ、こんぜらる御哥

○たらちめの。消やらでまつ。露の身を。風よりさきに。
いかでとハまし。

又

○しるらめや。うきめをミほの浦千鳥。鳴〳〵しほる袖
のけしきを

とぞあそばしける

中」三十一ゥ 御門入道前の中納言宗行を。小山左衛門《の》尉朝長、相伴ひ、下向す。遠江の国。菊川のえきに、しゆくす。夜もすがら、眠こと、なく。ひとり閑窓に、むかつて。法花経を、どくじゆす。又、旅店の柱に、書付ることあり。

昔。南陽県菊水。汲二下流而延レ齢、今東海道《の》菊河
宿《しゆくして》二西岸二而失レ命

と云〻。

是に付て、思出せり、長源法師。東国修行の比。此菊河に来り。中《の》御門。此所に、しゆくして。西岸に命を失ふ、と。

或家」三十二ォ の柱に。か丶れたりける、と、聞なれば。其家を尋るに。火のために、やけて。彼詞も残らぬ由、申者あり。今ハ、かぎりとて。残しをきけん形見さへ。跡なく、成にけり。はかなき世のならひ。いとゞ、あハれなるにや。

書つくる。形見も今ハなかりけり。跡ハ千年と誰かいひけん

と、詠ぜり。

古跡《ふるあと》あハれなり、と。とふらひたりし長源も。今ハ、むかしと、なりぬ。され共。高きいやしき。菊河のな」三十二ゥがれハ、朽やらず。其言の葉は、末の世迄も。残り、とゞまる物ならし

然るに、上皇。つゐにハ、隠岐の国あまの郡。苅田の郷《さと》に、ちやくぎよ。し給ふ。仙宮ハ、すいちやうこうけいを。柴扉《さいひ》桑門に、あらため。所は又。雲海沈〻として。南北を、わきまへざれば。鴈書。青鳥のたよりを、得る事なふ。烟波《バ》まん〳〵として。東西に、まよふが故に。又、銀菟。赤鳥の行度《ぎようと》を知らず。たゞ、離宮のかなしひ」三十三ォ 城外のうらミ。ます〳〵、えいねんを、なやまし給ふ計也。

土御門は。佐渡より、土佐へ移し奉る。其時の御哥に

○何として此二文字に。ちきりけん。さどを出てハ。とさにこそいれ。

順徳院の御哥に
○人ならぬ草木も物のかなしきハ。三つの小嶋の。秋の
夕暮
と、詠じ給ふ。
後鳥羽院ハ。隠岐の国に、をいて。延應元年二月廿二日崩御。其後、御灵《れい》、光物と成て。こくうを、へんまん」三十三ウし。人民を、なやまし。都鄙、安からず。
是によつて、鶴岡の乾の麓に、一宇のしやだんを、建立し。後鳥羽院を。くハんじやうし奉る。新宮大権現と、あがめ。重尊僧都を。もつて。別当職に、ふせられ。彼おんりやうを、なだめ奉らる。是に、よつて、天下の。怪異《けい》も、しづまりぬ。され共、其おんねん。やまざるにや。其後の御たくせんに。関東滅亡、わが所行也。関東滅却も。廿二日。朕が崩」三十四オ御も廿二日、と云〻。御怨念。をそれ、すくなからずや

○関東公方《くわんとうくばう》持氏公《もちうぢこう》。御滅亡《ごめつばう》の事　(二)

聞しハ昔。永享《えいこう》の比ほひ。鎌倉の公方をば。左兵衛督持氏公と申。
扨又、官領上杉安房守憲實、是も、鎌倉山《の》内に有て。関東諸侍の棟梁たり
然に、持氏公。御若君賢王殿。御元服に付て。憲實、御異見申。却て御気色に、そむく。
憲實いはく
君に、つかうまつる事。」三十四ウ能《よく》、其身を、いたす、と云〻。かるがゆへに、某《それがし》。度〻諫言に、をよぶ。上《うへ》、義をもて、し給ふに。下《しも》、あに、不義ならんや。国は、とめるをもて、利とせず。上下仁義ある時ハ。大利、其中にあり。無道の君に、つかへ。害を得ざるさきにと、いひて、鎌倉を、しりぞき。上州白井へ、引籠る。
されば、将軍義持公。御他界このかた。京の公方義教公と。関東持氏公。御不和の義なれば。憲實、幸の時節を、よ」三十五オろこび。京都へ、うつたへ申て、云
関東持氏公、御政道、たゞしからざる儀を。折〻、いさ

め申所に。あまつさへ、上意に背奉る。今のごときの。御成敗に至てハ。必、関東に、むじゆん出来し。乱国と成ゆべし。急、軍兵を、さしつかハされ。持氏公追討有て。天下一統に。御静謐。しかるべきよし

言上す

皆人、是を聞。それ、君を、いさむるハ忠也。然といへ共、ほしいまゝに。はからふべからず。と、古老も、いへり。君、承引なくと」三十五ウ も。折を得。時をうかゞひ。幾度も諫言すべし。さあらんに、をいてハ。誠の志《こころざし》理に通じて。終にハ、君臣合躰《てい》の道、立ぬべし、其わきまへなく。あまつさへ、讒臣のうつたへ。大乱のもとひ、なるべし。義教公、聞召。時至て、をこなハざれば、其災あり、とかや。関東持氏。退治の綸旨を申下し。討手の大将にハ、上杉兵庫頭を、仰付られたり。

此人ハ、上杉安房守が舎弟。京の公方に、つかへ奉る。然に、関東発向の吉日」三十六オ を、えらび、永享十年戊《つちのえ》午《むま》七月廿五日。急、京都を打立、其勢。五万余騎。いさミ進ミて、馳下り。其日、近江の国。野路篠原に付。明れば、馬場。柏原。今須に陣す。行〱、前陣ハ。遠江浜名の宿に付。後陣ハ、尾州熱田。名古屋に、陣をとる。

諸国の武士、宣旨にしたがひ。馳加ハりければ。御勢十万余騎。其いきほひ、おびたゝし

鎌倉にハ。京勢発向の由、聞召。数万の軍兵を卒し。箱根山に。持氏」三十六ウ 公、御旗を立られ。城壁を興じ。敵寄来る順路をば。山を崩して、ふさぎ、難所〱に、石弓をはり。相待所に。京勢、伊豆の国へ打入。山中をこえ。切《せつ》所《しょ》の道をば。山をくづして、谷をうめ。平地となし。十万余騎の軍勢。箱根山へ、をしよせ。一度に、どつと。ときを、あぐる。

持氏公。待まうけたる軍なれば。又、どつと。鬨音《ときのこゑ》をぞ、あハせける。

互に、取つたへたる弓馬の道。義を、をもんじ。命」三十七オ を、かろんじ。既《すでに》、前陣ハ入乱れ、討《うつ》つ、うたれつ、火花を散し戦ふ。がいこつ、地にしき、足のふミ所なし。

され共、大軍、互に。相向て、合戦すべき地形に、あらず、山岸。片岨《かたそハ》をかたどり。爰の山陰。かしこの谷あひ。石岩《せきがん》こりしき。不平の地。懸引、自由に、あらず。

京勢ハ、西の山〳〵。谷底に陣し。鎌倉勢ハ、東の嶺嵩《ミねだけ》に陣をはり。旗をなひかし、数月《すげつ》を送る

然所に、鎌倉勢の陣中にて。」三十七ウ 誰いふ共なく。上野の上杉安房守憲実。北国勢を引卒し。鎌倉へ打入由、沙汰しければ。後陣聞あへず。陣を散して引返す。

此雑説《ざうせつ》。一円なき事。御運の末のわざハひ也。前陣の者共。何とハ知らね共。味方くづれに、皆、崩れて。持氏公も、こらへずして。むなしく、鎌倉へ、御馬を治め給ふ。

京勢ハ、此由を聞、綸旨の御威光あらハれたり。末代濁世たり、と、いへ共。日月、地に落たまハず。いかで」三十八オ 勝利を、えざらん、と、勝《かつ》に乗《のつ》て威《いきほ》ひ、鎌倉へ、をし寄る。

鎌倉にハ、数万騎の軍兵《ぐんびやう》、引籠る。敵打入べき口〻を、ほり切。爰を、せんどゝ。ふせぎ、たゝかふ、と、いへ共。一口押破《やぶら》れ。残党またからず爰へ、をしよせ。かしこへ攻よせ。数万騎の鎌倉勢を。皆、悉、討ほろぼす。血ハ、たくろくの川と、ながれ。つるぎは、道路の塚につミ。かばねハ、算を乱すがごとし

永享十一年己未《つちのとのひつじ》二月十日。持氏公」三十八ウ は、永安《やう》寺にて御腹めされ、御息義久公ハ。報国寺にて御生害。御最後の御有様。のべ尽すべからず。

其節、落書《らくしよ》に。

上杉の。ばうにてしうをうちころす。あハにくしとぞ。いハぬ人なき。

義教公、関東の公方を、たやし。京ひとりにて。天下御静謐有べし、と、喜悦に、おぼしめす所に。中一年有て、嘉吉元年。辛酉《かのとのとり》二月廿四日、赤松満祐。将軍義教公を害し奉る。

落書に。

ふたと」三十九オ せに。京鎌倉の。御所たえて。公方にことを。かきつ元年

とぞ、よミたる。
義持勝定院殿《どの》御《ご》時代のごとく。都鄙御一統に、ましまさば、車の両輪《わ》、天下豊饒《ぶにょう》たるべきに。京の公方。御一人と、思慮を、めぐらさる故に。御身にむくひ。ほどなく亡び給ひぬ、と。京わらハべも、いひあへり。

○熊谷《くまがへ》の里に。直実《なをざね》木像《もくざう》ある事　㈢

見しは今、武蔵の国熊谷の里を、愚」三十九ウ 老、通る時分。路次ちかくに寺あり。立寄見れば。本尊ハ阿弥陀。左右に善導、法然を。絵像に、うつしかけ。浄土寺と覚えたり。かたハらに、木像あり。是は、当寺の。開山か、と、とへば。住持答て。

是ハ、いにしへの。熊谷《の》次郎直実にて、まします。此人、一谷《のたに》合戦に。あつもりを討て。ゑどの習ひを悲しミ。京の黒谷へ参り、法然坊の御弟子となり。出家し。蓮生坊と名付。念仏三昧の身と成て。終にハ」四十オ 極楽往生の。そくわいを。とげられたり。此義、皆人、もてあそべる。俗書。盛衰記に、委《くハしく》、見えたりとかたり給ひぬ。

われ聞て。

扨ハ、音に聞伝へし。熊谷にて、おハしけるぞや。是ハ、此所の住人。其名をえたる武士。末代迄。木像に、あらハせるこそ。殊勝なれ。されば、熊谷、敦盛を討て、発心せし事。数多《あまた》の文に。しるす、と、いへども。此説、虚言《きよごん》也

熊谷ハ、久ケ《くげの》権之頭と、境を相論し。其論に負。遺恨やん」四十ウ ごとなくて、入道す。然共、熊谷ハ。善にも悪にも。つよき人なれば。発心堅固を感じ、敦盛によそへ、書加へたる事も有ぬべし。

われ、或文を見侍るに、直實が事を。ゆゝしく記せり。頼朝公。世を治め給ひて後。八月、靏岡にをいて、放生会を。行《をこなハ》るに、よつて。矢ぶさめの射手《て》。并に、的立の役を。あて、もよほさる。其人数に。熊谷《くまがへ》をもつて。的を立べきよし、仰有所に。直實うつふんを含《ふくつ》て。申

て、い」四十一ォハく

御家人は。皆、傍輩也。然に、射手ハ騎馬。的立の役人ハ、歩行《かち》也。すでに、勝劣を、わかつに似たり。此義にをいてハ、直實、御意に随ひがたし

と申。

頼朝公、重而仰に、いハく。

角のごときの諸役ハ。其身の器を守り。仰付らるゝ事なり。全、的立の役ハ、勝劣をわかたず。且ハ。新日吉の社の祭りに。御幸《ミゆき》の時。本所の衆を召て。矢ぶさめの的を。立られをハんぬ、其らんしやうを思ふに。なを、射手の」四十一ゥ役より、こえたり。急、直實。的を立べし

と有しかども。

何と仰成とも。的立べからず

と、いひて、的をたてず。

其砌ハ。頼朝公、命に背《そむき》しかども。天下無双の勇士。常に、御感なゝめならず。此者、異様。数度にをよぶ、といへ共。頼朝公。御気色かハらず。御ゆるし有事。武徳のいたれるがゆへ也。

それ、いかにとなれば、頼朝公、仰に云

熊谷次郎直実ハ。朝夕の忠を。はげますのミにあらず。去ぬる治承四」四十二ォ年の比ほひ。佐竹の冠者、追討するの時。ことにもて。くんこうを、ほどこす。所〻にをいて、先がけに、をよぶ。せむとう、さらに。身命を、かへりミず。おほく、けうとの首を、えたり。其武勇を感ぜしめ給ふに、よて、武蔵の国。旧領とう。直光押領を停止《ちやうじ》し。りやうじやうすべき旨。直《ちきに》仰ふくめらる。しかふして、直實、此間、在国し。今日、鎌倉に参上せしめ。件のくだし文を、給ハると云云」四十二ゥ

下《くだす》　武蔵の国。大里の郡、熊谷次郎平直實。ちやうふする所の。所領の叓

右。件の所ハ。かつハ、先祖のさうでん也。しかるに。久下権之頭直光。押領の事を、ちやうじし。直實をもて。地頭職と、なしをハんぬ。其ゆへ、いかなれば、

佐竹四郎。常陸の国おくのこほり。花園の山に立籠りぬ。鎌倉より、せめしめ給ふ時。其日の御合戦に。直實、万人にすぐれ。一陣に先がけし。かけやぶり。一人当千の高名を」四十三オ あらハす。其けんじやうに、件の熊谷のかうの。地頭しよくに、なしをハんぬ。子〻孫〻永代。他のさまたげ有べからず。ゆへに、くたす。百姓ら承知すべし。あへて違失《ゐじつ》すべからず

治承六年五月卅日　頼朝

さて又、文治の比ほひ。秀衡が子共退治として。頼朝公、奥州へ発向し給ふ時。下野の大掾政光入道。だかうを。けんず、其後申て、いハく。此間。紺の直垂を、ちやく」四十三ウ する者。御前に、しかと、こうす。何者に候、と、尋申。仰に、いハく。

かれハ、日本無双の勇士。熊谷《がへの》小次郎直家也

と、のたまふ。

政光、重而申て、いハく。

何事に、天下無双の。剛者に候ぞや、

と、とふ。

仰に、いわく

平家追討の時、一谷にをいて。父直實と相ならび。はんくわいを、ふるひ、命をすてん、と、する事。

度〻に及ぶ故也

と

此父子を。天下無双の。剛者と仰有し事。おほく、記し見えたり。

然」四十四オ に、建久三年。壬子《みづのえね》十一月廿五日。久下権之頭直光。武蔵の国。久下と熊谷との境に付て。直実と相論あり。直光ハ、直實が伯母の夫《をうと》也。すでに、頼朝公、御前にをいて、一決をとぐ。直實、武勇にをいてハ、一人当千の名を、ほどこす、と、いへども。対決に至てハ。再往知十之才に、たらず。然ども。不審を、のこすに、よつて。将軍家、度〻返しとハしめ給ふ

直実申て、云《く》、此事、梶原平三景時。直」四十四ウ 光を

引級するの間。兼日、道理を申入るよしか。今、直実、非にあづかる者也。御成敗の所。直光、まゆをひらくべし。蒐角に、あたハず、と、せうし。こと、いまだ、をへざるに。御感状文書等を。懐《ふところ》より取出し。是皆、益なし、とて。御つぼの内へ、なげ散し。座を立。なを、ふんぬにたへず。西さふらひ所に、をいて。自《みづから》。刀を取て。もとゞり払ひ。南門に走出。帰宅におよバず、ちくてんす。

将軍、大きに、おどろ」四十五オかしめ給ふ所に。西をさし。京都の方へ、おもむく、と云云

将軍聞召。いそぎ雑職等を馳遣《つかハ》し。相模伊豆の。所ゝの道を、とめ。ならびに、箱根の別当。走湯《そうたう》の専光坊。両所へ、御使を立られ。直実が遁世を。相とゞめよ、と。をひ〱、人をつかハさる所に。走湯山の住侶専光坊。使者を、しんじ申て云く

直實が事。御旨を承り。則、海道に。はしり、むかふの所に。上洛を、くわたつるの間。こつぜんとして。行あ」四十五ウひをハんぬ。すでに、法躰たる也。然に、其性《しやう》。ことに異様にして。たゞ〱、仰のおもむきと、称し。抑留せしむるの条。かつて、承引すべからず。

よて、まづ、出家の功徳を、さんだんし。次に、あひかまふる。草庵に、みちびき来り。同法《どうぼう》らを、あつめ。浄土宗の法門を談じ。漸、彼うつふんを。和順せしむるの後。一通の書札を作り。遁世ちくてんの事を、諫浄す。是によて。上洛にをいてハ。ゆよの気、出来るかてい」四十六オれば、案文を送り進ず、と云云

其状に云く

遠くハ、月氏《ぐハつし》の先蹤《じう》を、とふらひ。ちかくハ、日域《じちいき》の旧記を案ずるに。有為のさかひを出。無為の道に入。ていれば。もつハら、制戒の定れる所。仏勅限りあり。抑。灵山金人の。王舎城を出。だんどくせ

んに入て。猶、まやの恩徳を。はうぜんがために、忉利天に。安居せしむる事九十日。扨又、花山の法皇の。はうわうじやうを、さつて。熊野山にのぞミ、又、皇祖の、ぼた」四十六ウ いを、すくハんがため。那智の雲に。参籠せしむる事三千日。皆、智恩を表し。恩理を、ほうぜんが故か。爰に、貴殿。はからざりき、出家の道を、たて。遁世有べきのよし。其聞えあり。此条、めいりよに。つうずるに似たり、と、いへども。すこぶる。主の命に、そむかしむるものか。

をよそ、武略の家に生《むま》れ。弓箭に、たづさハるの、ならひ。身を殺す事を、いたまず。偏に、死をいたさん、と、思ふ者ハ、勇士の」四十七オ とる所也。是、則。布諾《ふだく》にそむかず。芳契を忘れさる謂也然に、今。忽、入道し遁世せしめば。仁義の礼にたがひ。累年の本懐を、うしなハんか。しかし、縦《たとひ》。出家の儀有と、いふとも。元のごとく。本座にかへらしめよ。若、しからずんば。物儀《もつぎ》にそむかず。よろしく、天意に。かなふべきものならんや、是を、なす事いかん。

此直実、ふかんするの鳫札を、もつて。らいよう称美の。きかんに、つたへんがために。右京進仲業に」四十七ウ 是を、あづけをかる、と云云

将軍家、此状を、披覧有て。はなハだ、感ぜしめ給ふ。

専光房、申て云。

直実法師、上洛の叓。偏に、羊僧が諷詞《ふし》に付て。思ひ留り畢《をハん》ぬ。但、左右なく、えい中に。帰り参るべからず。しバらく、武州に。隠し置べきの由を申。

二品、猶。秘計を廻し。上洛の事を、とゞむべき由。仰らるゝ、と云云。

専光坊、其後。さま〲なだめ給ふ、と、いへ共、遺恨やんごとなく。年へて後。京黒谷。法然坊の弟子」四十八オ となる、と記せり。

直実、天下無双の勇士たるにより。頼朝公。其身異様を

も、とがめず。かへつて、なだめ給へるの有難さよ。剛敵を、ほろぼし。国を治め給ふ君子のたから。勇士に、しくハなし。

扨又、直実。権之頭に、相論に負たるハ。一ツのあやまち也。され共、君子のあやまちハ。日月の蝕に、おなじ。貞観政要に。鉛刀《の》一割と、いへるがごとく。をろかなる人も。自《じ》然に、一度、用に立事あり、と、いへども。重て、用」四十八ウ ひべからず

善人も、万《まん》に一ツ。あやまちあれども。常に敬すべし。子夏が語に、小人の過ハ。必、かざる、と、いへり。小人ハ、あやまつて、あらたむる事なく。おほひ隠すに、よつて。いよ〳〵其罪をもし。君子のあやまち、と、いふハ。直実が、あやまつて。速に、悪事をあらため、発心堅固の身と、なる、是也。論語に。あやまちを見て。こゝに仁を知、と云云。直實は。智仁勇の徳有て。名誉の人也。

是に」四十九オ 付て、思ひ出せり。後鳥羽院御宇。鴨社《のやしろ》の氏人。菊太夫長明とて。和歌管絃の道。世の人に知られたり。或時、社司を望けるが、叶ハざりければ。世を恨、出家して山に入。其後、大原に引籠《こもり》。つれ〳〵の、すさひにや。方丈記と名付。書たる文あり。読て見れば。世のあたなる事を書初《はじめ》。をのが一生涯を記せり。ゆく川の流ハ絶ずして、しかも。もとの水にあらず。よどミに、うかぶ。うたかたハ、かつきえ。」四十九ウ かつ結びて、久敷とゞまる事なし。世間に有人と栖と、かくのごとし。玉敷《たましく》都のうちに。棟をならべ。いらかを、あらそへる。高きいやしき人。誠かと尋ぬれバ、皆替て。昔見し人ハ、三十人が中に。はつかに、ひとり二人也。長明四十の春秋を送《をくる》間に。世のふしぎ。見聞する事、多し。五十の星霜を経。六十の露。消がたきに及びて。末葉のやどりを。むすべる事あり。其家の有様。よのつね」五十オ ならず。広さハ。わづか方丈、高さハ七尺が内也。せばし、と、いへ共。夜るの臥所《ふしど》有。昼居《ひるゐる》座あり。一身を、やどすに不足なし。がうなハ。ちいさき貝を好む。是、身を、

しるに、よて也、我が身、又、かくのごとし、と云云され共、数寄の道。やむ事なきにや。琴を持行て。或時ハ、琴をしらべ、或時ハ、月花に向ひ。哥を吟詠し。身づから、心をやしなひ。閑かなるを望《のぞミ》と、し。愁なきを、楽《たのしミ》とす。とかや。

其後、長明を、和哥の」五十ウ 寄人にて、有べき由。後鳥羽院より、仰下されければ、長明、一首を詠ず。

沈ミにき。今さら和哥の浦波に。よらばやよらん。海
士のすて船

と云て。弥ゝ籠居《ろうきよ》たり、此哥、新後拾遺に見えたり十訓抄《じつせんしう(ママ)》に。世をも人をも。恨るほどならば、長明が心にこそ。あらまほしけれ、と書り。是に付ても。直実が発心、いよ〳〵感ぜり

○老士《らうじ》。兵法故《ひやうほうのこ》実《じつ》を知事」五十一オ　(四)

見しハ。今、若き衆寄合。物語し給ひけるハ。保元平治より。このかたの合戦を、聞及しに。其名を得たる剛《かうの》者、おほし。中にも、悪七兵衛景清。武蔵坊弁慶ハ。きりやう骨柄《こつがら》、人にすぐれ。大剛《の》者と、聞えたり。此等の人。戦場へ出ての振舞。たゞ、龍の天に、かけりて。雲を、をこし。虎の。山に、よりて。風を生するが、ごとく。いかる時にハ。天广鬼神も、をそれ。通力を、うしなふ。まして、人間に、をい」五十一ウ てをや。面を、あハする人なし。

然ば、源平両家。八嶋の合戦、度ゝにて。をつつ。まくつつ。かけつ返しつ。火花を、ちらし、たゝかふ。両陣に、さたしけるハ。此度、毎日の合戦なれば。さだめて、弁慶と。景清との出逢、有へし。是ハこれ。両虎二龍の戦ひ。死を、ともに、すべし。めいよの、かうの者。二人死せんずる事の。いたハしさよ、と、いひあへる処に。平氏がたより、景清。かつちうを帯し、出たる、きやう」五十二オ がいは、たうはつ。びしやもんの。悪广がうぶくのため。ふんぬの、かたちを。あらハし給ふも、かくやらん。大太刀、打ふつて。おめき、さけぶ其声。天にひゞき、地にど

うじ。山も、くづれおち。身ハ、こんりんざいに、しづむ心地せり。

其時ハ、弁慶。俄に、むね虫くひ付たるとて、虫薬《むしぐすり》を尋まハつて出ず。

扨又、源氏の陣より、弁慶。黒糸おどしの、よろひを、き。大眼《まなこ》を、にらまへ出る有様。只是、黒雲のひまより。朝」五十二ウ日の、見ゆるがごとし。形勢《ぎやうせい》ハ。まけい。しゆらわう。やしやらせつの。いかれるに、ことならず。大長刀《なぎなた》を、ひらめかせば。でんくわう。らんじて、身を、とおし。肝に、さわつて。玉しひ失はてぬ。

其時ハ、景清。先陣のかけに。足のうらに。とげをたてたり。ぬくぞ、まてしばし、と、云て、二人つゐに。はだへを、あハせず、とかや

是ハ、あまり。分別過たる人達にこそあれ、と。あざむき。放言をはき。高名顔に。のゝじ」五十三オりあへり。

爰に、老悴の翁有しが。若き比、武士修行し。数度の軍功を、ぬきんで。関東に、名を得し。人なるが。一年、関東ぼつらくより。世に落ぶれたる牢人。末座《ばつざ》に、つらなり、片角に。そらいねぶりして居たり。

此人、兵法の。故実を、よく存じたり。此物語を聞て。しハぶき声。くるしげに、よろぼひ出。

愚《ぐ》、ふ肖の身にて。をそれおほき申事なれ共、旁ゝもつて。道に、あらざる事を、のた」五十三ウまふ物哉。往者をば、とがめず、と、申事の条。各ゝの荒言ハ。たゞ、いさかひ過ての。ちぎりきとかや。其上、弁慶と。景清が出逢の沙汰。聞もおよばず。作りごとを、いふ人ゝ哉。たとひ、左様の義有とても、武略のかけ引ハ。いにしへも今も。敵をほろぼし。国をおさむる事。たけく、いさめるのミに、あらず。兼てハ、謀を、めぐらし。智恵を先とす。然に、士ハ、たゝかふべき所を見て、すゝミ。かなふまじき時を。知て、し」五十四オりぞき。死すべきに死《し》。のがるべきを。のがれて、敵を、くつするをこそ。良将《らう》とハ申ゆへ。

扨又、敵をごらば。我をごらず、敵をごらずハ。われを

ごれ、と、いへる本文あり、此利しらざるを、片向《かたかハ》破《やぶり》の猪武者とハ、いへり、かやうの事にこそ、孔子も、子路を、いましめ給ふ事のゆへ。

　いかりを、なせる。心をろかさ

と云、前句に。

　あづさ弓。いる野の臥猪《ふすゐ》。のがれめや

と付たりし。けんざい、と、いへる。連哥師の心をも。はぢざらめ」五十四ウ や。

伝《つたへ》聞、景清。武蔵坊こそ。張良が一巻。呉子孫子が伝へし処を。常に、心にかけ、敵のために。気を発する処。勇士の、をのれと、心に得る道なれば。文武の達者、一人当千《ぜん》の兵《つわもの》と云て。末代迄も。ほまれを残せり。其上、威あつて。たけからず、是、君子の徳也

いまだ、戦場を、ふまざる輩ハ。あらましも。武略を聞事なくんば。察するにたらず、と。兵書にも、しるし侍べり。

高士と云て武き人あり」五十五オ 闇の夜と理を知ぬ者を、をそれける、と、有《ある》文に見えたり。

あハれ、ねがハくハ、愚老、今より末も、命ながらへ、荒言《くわうげん》有つる。若殿原たちの武勇《ぶよう》を見ばや

と、申されければ。皆人、無言せり

○佐原《さはら》十郎木像《もくざう》、三浦に有事　(五)

見しハ今、相模三浦のこほり。佐原と云在所を。愚老、通りしに。草ぶきの内に。大なる木人あり

是は、如何なる人ぞ

と、とへば、里の翁、答て。

是ハ、佐原十郎」五十五ウ 義連《よしつら》と申て、頼朝公の時代。かくれなき人にて、まします

此人、先祖を尋るに、人皇五十代。桓武天皇。十代のこうゐん三浦大介平義明の子息。此人、天下に。大剛者《の》の名を、得給へり。

それ、いかに、と、なれば、頼朝公、寿永の比ほひ、平家たいぢとして、蒲冠者範頼。九郎判官義経。両大将と

して。十万余騎を引卒し。関西へ、おもむき給ふ。

義連いハく。

われ西国より、いきて帰らん事不定。末代の、かた」五十六オミに。姿を残しをくべき

と、身のたけに、くらべ。六尺五寸に作りをき給ふ。

然に、平家、都をしりぞき、大将軍、一谷に、城郭を、かまへし所に、源氏の大将義経、一谷のうしろ。ひよ鳥ごえ、と云嶺に、あがり。下を見おろせば。せきがんこりしき。けハしく有て。駒の足も、をよびがたく、あきれ果《はて》て、見えし所に。義経先立て。つゞけ、つハもの、と。下知し給へば。三千余騎のつハもの。我をとらし、と、嶺より」五十六ウ おめき、さけんで、おとす所に、行先つまつて。だんの上にぞ。落とゞまる。それより、下を。さしのぞき見れば。岩尾そばだつて。苔むせり。刀のはに。草生たるがごとし。上を見あぐれば、二十丈もや有らん。下へ、おとすべきやうも、なく。上へ、のぼるべき便も、なし。互に、かたつを、のミて。あきれ果。思ひわづらへる所に。三浦党の中に。佐原十郎義連。進ミ出て、申されけるハ

我等、甲斐。信濃へ打こえ」五十七オ 鹿狩《しゝがり》、鷹狩の時。うさぎを一ツ、をひ出し、鳥一ツ立ても。傍輩に、見おとされじ、と、思ふにハ。是に、をとる所やある。

義連、先陣仕らん

とて。手綱かひくり、鐙ふんばり。たゞ一騎。まさきかけて、おとす。

義経、是を見て。義連うたすな、つゞけ、もの共、と下《げ》知《ぢ》して。判官殿、つゞき、おとされたり。

是によつて。一谷のいくさ、やぶれ。此人、後代に、名誉を、とゞめ給ひぬ。

父義明は。兵衛佐頼朝公。伊豆の国にをいて、義」五十七ウ兵を、あげられし時。最前に、御味方となる。

佐殿ハ。相模石橋山の合戦に、討負させ給ひ。大介殿ハ。当地、衣笠の城に楯籠《たてごもり》。八十九歳にして。討死し給ふ。

其後、頼朝に、関八州の侍、一味する由、聞及び。平家

の大将軍。小松少将惟盛。薩摩守忠度。三河守知度ら。発下《はせくだり》、ふじ河。西の岸に陣する事。治承四年十月廿日也
頼朝も出向ひ。東の河岸《きし》に陣す。
然所に、廿日の夜。ふじ河の水鳥。むらがりて立、羽音。軍」五十八オ 勢のよそほひを、なす。平家の軍兵、是に驚き。天の明ぼのを待ず。はいほく帰洛す。
是に依て、頼朝。同廿三日、相模の国府に帰陣せしめ給ふ。此所にをいて。始て、北條殿をはじめ、諸侍の勲功の賞を、をこなハる。或ハ本領。或ハ新恩を、欲《よく》す。次郎義澄を。三浦介になし給ふ。是、亡父大介義明。大功、万士に、こえたるが故也
其後、頼朝天下を治め給ひ、建久三年七月廿五日。勅使《ちやうし》（ママ）として。肥後介中原景良。」五十八ウ 鎌倉に参着す。征夷大将軍の除《ぢ》書を、持参する也、例に任せ。鶴岡の廟庭に、つらなり立て。使者をもつて。除書を進ずべきの由、是を申。
則、三浦義澄を、つかハさる。義澄郎従を甲冑の宮寺に、まうでゝ。此状を請取、景良。名字を問の所に。介の除書。いまだ至らざるの間。三浦次良の由、名謁《なのり》畢て、則、帰参す。幕下御そくたい西廊に出御。義澄、此除書、捧持《ほうぢ》進ず。千万人の中に。義澄、此使」五十九オ に応ず、面目《ぼく》絶妙也
亡父義明。命を将軍に奉る。其勲功。髯《ひげ》をけづる、と、いふ共、没後《もつご》に、むくひがたし、と仰也。よつて、子葉に。抽賞せしめ給ふ、と云ゝ。
将軍頼朝。故介が。無二の忠功を感じ。没後《ほつご》を、とふらハんがため。一宇を建立せん、と思召立。三浦《の》矢部の江の内に、をいて。地形を巡検し給ひ。右京進仲業に仰付られ。建久五年九月廿九日。当地にをいて。一堂を御建立。満正寺《まんしやうじ》いまに残れり
と、かたる」五十九ウ 所に。かたへに、老人有て。又、云けるハ
件の十良殿ハ。武勇のほまれを、うるのミならず。才智利口、人にすぐれ。頼朝公御感の仰を、かうふる事。度ゝに、をよべり。

頼朝は、治承四年の冬の比。鎌倉に打入給ひぬ。おなじき五年辛丑《かのとのうし》六月十九日。大介義明が旧跡を。御とふらひ有べき由、仰あり。大介殿の次なん。三浦介義澄ハ、義連の兄也。此旨を承り。三浦の一ぞく群集《じう》し。けつこうの用意。美を尽」六十オ す。

頼朝公、鎌倉を出御の御もよほし有て。陸奥の冠者頼隆以下。をの〱御供に、こうす。上総権介廣常ハ。兼日仰によつて。佐賀岡濱《ばま》に参会す。郎従五十余人。こと〱く、馬より、をり。沙《いさご》の上に、平伏す。広常ハ、くつばミを安じ。敬屈《きやうくつ》す。時に、十郎義連。御駕の前に、こうせしめ。廣常に向て。下馬すべきの由しめす。

廣常が云。

　公私共に。三代の間。いまだ其礼なさざる者

と

しかうして」六十ウ 後。頼朝公、大介が旧跡を御覧有て、命《めい》をかろんじ。忠功あさからざるの旨。仰有て後。義澄、美膳を尽す。

しゆえんの間。上下沈酔。其輿を、もよほすの処に。岡崎《の》四郎義実。武衛の御水干を。所望するの所に。則、是を給る。仰によつて。座に、こうしながら、是を着用す。此人は、三浦庄《の》司平義継が四男。岡崎四郎義実と号す。件の人の子息。佐那田《さなだの》余市義忠ハ、石橋山の合戦に討死し。忠功、他《た》」六十一オ に、ことなる人也。其故に。頼朝公、義実を引汲《ぎう》し給ふ。

然所に、廣常。すこぶる。義実に、御水干を、ゆるさるゝ事を。ねたミ申て、云。

此美服ハ廣常がごときの者。拝領すべき物也。義実がやうなる老者を。賞ぜらるゝの条。存外と云々

義実いかつて、云《く》

広常。功あるの由、思ふ、といふ共。義実が最初の忠に、たぐらべがたし。更に、対揚の存念。有べからず、と

云々。

其間、たがひに、過言にをよび。たちまち、闘諍を、くわ」六十一ウ たてんとす

武衛、あへて。左右なく、御詞を発せられず。両方を、なだめがたく思召所に。義連はしり来。義実を、しつめて云《く》君。入御《じゆぎよ》によつて。義澄けいゑいを、はげます。此時、いかでか。らんすいを好むべきや。若、老狂のいたす所か。廣常が躰《てい》。又、物儀《もつぎ》に、かなハず、所存あらば。後日を期すべし。

今、御前。遊宴を、さまたぐる事。はなハだ。拠ところなきの由、再往。制止を、くハふるに、よつて。をの〳〵、言葉をやめ、無為に成ぬ。

武衛仰」六十二オ に、いハく。

両人相論、難儀に思召所に。義連、しいて、いさむるに、よつて、無事に、ぞくす、義連、御心に相叶ふの由。再三、御信感有て。鎌倉へ還御し給ふ。

件の大介殿の息。義連の木像也と、かたる。

愚老聞て。佐原十郎義連。長《たけ》六尺五寸と。年代記などにも、見えたり。今の木像に、たがハず。此、あハれに、もよほされ。せめてハ、里人へのあいさつに

武士《ものゝふ》の。むちうつ、駒のひづめにハ。こりしく岩も。さ
ハらざりけり

と。逆縁ながら、とふらひてこそ通り候へ」六十二ウ

○鶴岡《つるがをか》八幡宮《まんぐう》立始《たてはじめ》の叓《こと》 付武蔵《むさし》に。石山つき給ふ事 ㈥

見しハ今、愚老。鎌倉を、あんぎやし。鶴岡八幡宮へ参詣し。此本社の由来を、里の翁に、問ければ、翁答て云

此宮の根源を尋るに、清和天皇の御宇。天安二戊寅の年。八幡大菩廾を、山城の国。鳩峯《の》石清水へ、うつし給ふ。然に、後の。冷泉院《れんぜいゐん》の御宇、伊与守源朝臣頼義。勅定を、かうふり。安陪貞任、高宗任《たかむねたう》を、せいばつするの時。丹祈《き》の旨有て。平康《こう》(ママ)」六十三オ 六年の秋。八月、当所へ。ひそかに、石清水をくハんじやう有て。ミづがきを。相州由比の郷に立給ふ。是を、若宮八幡と号す。

扨又、永保元年。二月、陸奥守、おなじき朝臣義家公。

此宮のしゆふくを加へ給ひぬ
然に、兵衛佐頼朝公。治承四年七月十七日、伊豆の国にをいて、義兵をあげ。相模の国。石橋山の合戦に討負。小舟に乗。安房の国へ落行給ふ所に。安西《あんざいの》三郎景益《ます》、御身方に馳参じ、武衛、九月十三日、安房の国を」六十三ウ打立。上総へ、おもむかしめ給ふ所に、千葉介常胤。子息六郎太夫胤頼。多勢を卒し、御味方《に》参上す。それより、上総、下総、武蔵、相模の武士。悉、武衛、路次中。御迎に馳来り。御身方にこうす。十月七日に。鎌倉へ打入給ふ。
はるかに、鶴岡八幡宮を拝ミ奉り。此次でに。故さでんきう。亀谷《かめがへ》の旧跡を。かんりんし給ふ。
先、若宮御再興有べし、とて、小林の郷の北の山を、てんじて。宮廟をかまへ。つるまき田と号し、田地あり。此水田」六十四オを、三町あまり。池にあらため、大庭平太景能、仰を承て。宮寺の事を執行《しゆぎやう》す。然共、いまだ。くわかうのかざりに、およハず。先、茅芝《ばうし》のいとなミを、なし給ふ。走湯山の専光坊を、もつて。しばらく、別当職に、ふせらる。此宮、御信仰浅からず
扨又、おなじき五年に至て、頼朝公仰には、当宮、去年、かりに建立、そこつの義なれば、松を柱。かやの軒を、用ひらるゝ所也。若宮、再興有べし、と。大工の棟梁を尋給ふ
武蔵」六十四ウの国、浅草にがうじと云、名人の棟梁有、此者を召寄られ。梶原平三景時。土肥次郎実平。大庭平太景能。昌寛らを奉行として。花構の儀を、なし。もつハら神威をかざり。同《き》年七月廿日。宝殿棟上の義式あり、と云々。
此宮を。末代迄関東武士、弓矢の鎮守に、いハひ給ふ。
扨又、頼朝公、建久二辛。亥年、若宮の上の地に。初て、正八幡宮を勧請。同《き》四月廿六日。棟上の儀あり、と云々
続後撰に。
石清水。たのミをかくる人」六十五オは皆。久しく世にも。住とこそきけ。

前《さきの》右大将頼朝、詠し給ひぬ。

今、源家康公。東西の逆徒を。悉、討亡し。武州江戸に、おハします。天下一とうの御時代。仏神を尊敬有て。民をなで、慈悲の政道たゞしく。取をこなひ給ひしかば。諸国に盗賊もなく。国土ゆたかに、さかへ。万民、よろこびの思ひを、なす。其上、日本国の寺社を御建立。猶もて、鶴岡八幡宮。若宮大権現、はそんを御再興。家康公、鎌」六十五ウ 倉へ御社参有て。天下太平。永久の御祈誓と云〻。

還御の便路に。武州金沢《かねざハ》の湊。御見物有べし、とて。能見堂に、しバらく御やすらひ。しほのみちひ御覧有て。

金岡が、筆を捨し、と。いひ伝ふるも、ことハりなり。まん〳〵たる大海。平地に波瀾をたて。見るがうちに。千里ハ、さながら雪をしいて。真砂平〻たり。つたへ聞、いにしへの。干珠。満珠。山海増減の。満干《みちひ》の玉を、誰有て。今爰に、しつめけるよと。御たハふれ」六十六オ。御錠有し也。

此湊より、御舟にめされ。江戸へ御渡海也。見渡せる四方の山〻。扨、江戸の山手ハ。いづくぞ、と、御尋也。かんどり承て。先、西に当り。久かたの空に、しろく見えゆハ富士山。北に、けふりたつは浅間のだけ。ならびて高きハ、日光山。東なるハ筑波山。扨」六十六ウ

○武蔵野ハ。月の入べき山もなしお花がすゑに。かゝ
るしら雲

と、古今集に見えてゆ。又、玉葉に

出るにも。入にもおなじむさしのゝ。お花を分る。
秋の夜の月

と。詠ずる哥の、すがたにてゆ

○雲ゐる嶺も。しらぬ行末

と云前句に

○武蔵野や。草のは山の。陰《かげ》分て

と、宗祇付てゆ。

江戸の湊。日のうちに。出る舟。入舟。幾千艘とも数を、しらず。此舟共。武蔵の国に、山なくゆへば。舟

路の行衛ハ。いさしら波の。尾花の末に、見えゆこそ。
江戸にてゆへ
と申。
君聞召。実〻、それハ、さぞ有らん
○武蔵野ハ。草のは山も霜枯て。出るも入も。月ぞさ
ハらぬ
と。菓高所を。」六十七オ 葉山とハ、よミしぞかし。

夫《それ》、海路を渡る舟。荒き波風にあふ、と、いへ共、夜るの舟ハ。南斗北斗を見。昼の舟ハ。山を目がけて乗《のる》。故に、難風をも、のがれぬ。前の事ハ、悔て益なし。しよせん、むさしの国に。山なくして有べからず。末代のためしに。石山をつくべし、と。仰られたり。

然間、日本国中より。大石をはこぶ。西国の大名衆ハ。津の国の御影石こそ。かたふして、其色しろし、とて。此大石を、数千艘の舟にのせ。江戸の湊へ」六十七ウ 持はこび。慶長十一午の年。武蔵野に、石山を、つき上られたり。其上に、御座所《ざどころ》。金殿玉殿、いらかを、ならべ。扨又、殿主ハ、雲井にそびえて。おびたゞしく。なまりがハらを、ふき給へば。雪山のごとし。相模。安房。上総。下総の海上より。此山を目がけて、舟を乗《のる》。よろこぶ事かぎりなかりけり。

大学に。君子ハ民の父母《ぶぼ》たり、と云云。

実に、有難や。万民を、やすんずる事ハ、国家をたもち給ふ人の。たのしひとかや。漢書に」六十八オ 君。道を得《うる》ときんば。人、是をいたゞく事。父母《ふぼ》のごとし。是を、あふぐ事。日月のごとし、と、いへり。

今又、道の道たる時にあひ。広大なる御めぐミ。滄《さう》海よりも、ふかく。しゅミよりも高き。武蔵野の石山。末代までも。是を、など、あふがざらん

見聞軍抄六之終

(二行空白)」六十八ウ

見聞軍抄《けんもんぐんしう》　目録《もくろく》之《の》七

(二行空白)」一オ

」一ウ

見聞軍抄《けんもんぐんしう》。巻之《まきの》七

○三浦泰村《やすむら》。合戦《かつせん》の事　(一)

見しハ昔。三浦の山里に。八十有余の翁あり。三浦《の》大介義明《あきら》が。末流、と、いひつるが。いにしへ、鎌倉にをいて。合戦有し事を語る。

われ問《とつ》て、いハく。

三浦《の》泰村が。合戦の事。聞つたふ、と、いへ共。たしかに、語る人なし。いづれの将軍の時ぞや。

翁、答へて

三浦のけいづ。記しをきたる文の内に。泰村が合戦。具《つぶさ》に見えたり。いで、さらば、語り」二オて、きかせん。

泰村が、めつばうハ。将軍頼継公の御時代。其比の、しつけんハ。北条左近将監。平時頼也。後西明寺殿と、かうす。

然に、泰村が先祖をたづぬるに、大介義明が子息。三浦

介義澄、々々がちやく男。三浦平六兵衛義村。々々がちやくなん。若狭前司泰村。次男能登前《の》司《じ》光村と云て。二人あり。頼継公の時代。出頭し。ならぶ人なかりき。然所に、宝治元年に至て。鎌倉中に。様々の怪異《けい》あり。正」二ウ月廿九日。羽蟻群飛して。鎌倉中に、じうまんす。諸人、ふしぎの思ひを、なす、と云々。

おなじき年。三月十一日。由比の濱のうしほ。色をへんじて。赤き事血のごとし。人群集して、是を見る、と云々。

同十二日戌の刻に。大流星、丑寅の方より。未申に行に。其声あり。長《たけ》五丈。大さ。えんざのごとし。比類なし、と云々。

同十七日。黄蝶とぶ。はゞ一丈計。列すること三段ばかり。をよそ鎌倉中に、じうまんす。人云《く》。」三オ是兵革のもとひ、なるべし。かくのごときの怪異。承平二年。常陸。下野に有て。将門が乱逆《らんげき》あり。天喜五年。陸奥《みちのく》出羽の間に。其怪《け》有て。貞任、戦ひにをよび畢ぬ。然に、今。此叓出来。猶若。東国の。兵乱有べきかの由。古老うたがふ、と云々。

扨又、頼朝公時代。藤九郎盛長と云人ハ。兵衛佐殿。伊豆の国へ、流罪の時節より。ぢつきんせし。忠臣也、頼朝公、世に出給ひて後。盛長出頭、他にことなり。盛長が、ちやくなん。秋田」三ウ城介入道覺地《かくち》俗名景盛と号す。覺地が男。城介義景へ家督をわたし。覺地入道は、高野山に隠居す。去《さんぬる》四月十一日。高野入道、鎌倉へ下着し。甘繩《たまなハ》(ママ)の本宅に有。彼入道子息。秋田城介義景。孫、九郎泰盛に対し。諷詞《ふし》を加へて、いハく。

三浦の一党。当時、武門に秀て。傍若無人也。やうやく、澆季にをよばゞ。我等が子孫。定て、対揚の儀にたらざるか。尤、愚慮を、めぐらすべき所に。義景といひ。泰盛といひ。くわんた」四オんのひんせい。無備なきの条。寄怪《きくわい》(ママ)と云々

五月六日。若狭前《の》司泰村が次男。駒石丸を。左親衛《しんゑ》の養子と成べきの旨。約諾あり。是によつて。自他の賀幸《がかう》と

云〻。

同《き》十三日未刻。御台所せんげ年十八、是ハ。故、修理亮時氏の息女。左親衛の。をといもうと也。御なげき限りなし、と云〻。

同《き》十八日の夕。光物。西より東の天に、わたる。其ひかり。しばらく消ず。時に、又。秋田城介義景が。甘縄《たまなハ》の家の上に。白旗一な」四ウがれ出現す、と云〻。

同《き》廿一日。若狭前司泰村。独歩のあまり。けんめいを、そむくによつて、近日、誅罰を加へらるべきの由。其沙汰あり。よく〳〵、つゝしむべきの旨。札のおもてに注《しる》し。鶴岡の鳥井の前に、立をく。諸人、是を見る、と云〻。

是に付て。世上しづかならず。三浦の輩。逆心有によるか。件の氏族《じぞく》ハ。官位といひ。俸禄といひ。時にをいて。恨をなすべからず、と、いへども。人心さらに計がたし、と云あへる処」五オに。身に、あやまり有故にや。泰村が郎従共。叓さハがしく。馳走する躰。たゞことならず。是、乱世のもとひ也
泰村。光村等。ぎやくしんの存望。すでに発覚する、と、いひつべし。

是によつて。左親衛、夜に入て。人をつかハし、泰村。并に親類郎従らが辺に行まハり。其有様を、うかゞハしめ給ふ所に。面〻に、兵具を。家内に調へ置《をく》。あまつさへ、安房。上総以下の領所より。舟を以て運び取ハ。皆甲冑」五ウの類ひ。更に、をんミつの、くハたてに、あらざるか。夜に入てハ。よろひ、はらまきのよそほひ。あるのよし、方〻より。左親衛の御方へ、告申の趣あり。あながちに。上には御信用なき所に。忽以て、府合するの間。内〻御不審に、おぼしめす、と云〻。

同《き》廿九日、三浦五郎左衛門尉。左親衛へ参じ申て、云《く》去《る》十一日。むつの国津軽の海辺に。大魚流れよる。其形、ひとへに。死人に似たり。先日、由比の濱の。海水あかき色の事。」六オ若《もし》、此魚の死する故か。おなじき比。奥州の海浦の波たうも。あかふして、紅《くれなゐ》のご

とし、と。告来る
と云ゝ。
此事、古老に尋らるゝ所に。先規不快の由申。
いハゆる、文治五年の夏。かくのごときの魚有て。泰衡、
誅罪せらる。建仁三年の夏。又、おなじく、秋田の浦に。
其魚流れ来る。左金吾の御事有。建保元年四月。又、此
儀有て。義盛が大軍《おほいくさ》あり。ほとんど。世の御大事か、
と云ゝ。
六月一日、左親衛。近江四郎」六ウ 左衛門尉氏信を。御
使として。若狭前司泰村に、仰らるゝ事あり。其旨趣《しいしゆ》を
人知らず。氏信、彼家に向ひ。侍所に至て。先。事の由
を案内せしむ。然に、亭主。相逢のほど。かたハらを見
れば。弓数十張。そや、并《ひ》に。よろひのからふと多し。
氏信、是を、あやしミ思ふに付て。郎従友野太郎に。此
舘《たち》の案内を、うかゞハしむる所に。馬屋侍に。つミ置所
の、よろひ。からびつ等。百二三十合かの由。氏信に」七オ
達す。しばらく有て。泰村、氏信を出居《でゐ》に請じ。仰の事
を承り。後ハ、互に、雑談にをよぶ。
泰村云。
此間、世間の物忩《そう》。偏に一身のうれひに似たり。其故
ハ。兄弟共に、他門の宿老にこえ。已に、正五位下た
る也。其外一族、おほく、官位を帯す。剰《あまさへ》、守護職
数ケ国。庄園数万町つかさどる所也。栄運きハまり、
をハんぬ。今にをいてハ。上天の加護。すこぶる、計
がたきの間。ざんその、つゝしミなきに、あらず
と云ゝ
氏信、帰参」七ウ し、御返事を申。
彼輩、用意の次第。相語るに、よつて。殿中御用心、い
よ〳〵、げんミつの。御沙汰にをよぶ。
二日にハ。近国の御家人ら。南より。北より、馳参じ。
左親衛の。くわく外の四面を、かこむ事。雲のごとく。
霞のごとし。をの〳〵旗をあぐ。相模の国《の》住人らハ。皆、
南の方に陣をはる。武蔵の国の党々。并《び》に、駿河。伊豆
の国以下の輩ハ。東西北の。三方にあり。既《に》、四門を閉

て。たやすく推参の者な」七ウし。

時に、遠江守盛連。子息ら。悉、左親衛の御亭《でい》に参籠す。是、若狭前司とハ。一類たり。と、いへ共。あへて同意の儀なし。且ハ、光盛以下ハ。故匠作時氏、旧好ををもんじ。更に、二心をぞんぜざるが故也。兄二人の者も。又、是おなじく、参入す。

然に、佐原太郎経連。比田次郎廣盛。次郎左衛門尉光盛。六郎兵衛尉晴連ら。いまだ、門をさゝざる以前に参入す。三郎五郎左衛門尉盛時ハ。いさゝか遅参の間。光盛ら、はな」八ウハだ、あハつ。時連いハく。


　たとひ門戸を閉らるゝ、と、云共。五郎左衛門尉参入せば。とゞこほるべからずか

と云々。

詞、いまだ。をへざるに。はさみ板の上に、手をかくれば。諸人、目を付るに。是、盛時也。一じゅんの程に。件のはさミ板を飛こえ。庭上に立。兄弟ら、殊に、是をよろこぶ。諸人、是を感ぜず、と、云事なし。左親衛、又。しきりに御入《じゅ》輿、すなハち。蓮仏をもつて。先、面々に、是を、賀し仰らるゝ。次に、御前に」九オめし、よろひを給ハる、と云々。

三日に、左親衛。無為の御祈請《きしやう》を、はじめらる。則、大納言法師りうべん、五穀をたち。殿中にをいて。如意輪のひほうを修《じゆ》す、と云々。

今日、若狭前司泰村が南庭に。落書ありひの木板にしるす其詞に、云

　此ほど、世間のさハぐ事。何故とか、しらて候。御辺うたれ給ふべき事也、思ひまいらせて。御心得のため申ゆ

と云々。

若州、是を見て。」九ウ身に、凶害を、ぞんずる人の。しわざたるのよし。是を、しやうし。すなハち破却し畢ぬ。

泰村いハく。

自《みづから》にをいてハ。更に。野しんを、ぞんぜざる、と、いへ共。すべて、物さハがしく。国々の郎従らを、も

よほされ。来集の事あり。定て、ざんそのもとひか。是によつて、御不審あるべくんば。郎従をひ下さしむべし。若、又、他の上を、いたましむべき事あらバ。衆力《りき》なくんば。御大事を、さゝふべからず」十オ。よろしく、進退貴命に、したがふべし

と云々。

同《き》四日、若州。并に一族らの。郎従けんぞく。彼是、諸国領所より来集す。毛利の入道西阿が宿所にハ。甲冑の士卒。相列して、だんへきをなす。又、惣の御家人。左親衛の御方へ群参。日を追《をつ》て。数軍ますの間。鎌倉中の門々戸々に、自他の軍勢。差《しや》別なし。既に、重事に、をよぶべきの有様也

是によつて、今日。皆退散すべきの由。保ゝ《ほうく》の奉」十ウ行らに。仰付らる。諏方《すハ》の兵衛《の》入道。万年馬《まんねんば》の入道等《ら》。御使として。ふれ申べき旨。直《じき》に、けんせいを加らるゝ。然に、関左衛門尉政泰ハ、御旨《ぎよし》に応じ。鎌倉を立て。常陸の国に、下向するの処に、路次にをいて。泰村を追討せらるべきの由。或人の告を聞。泰村に相加ハらんため。夜に入て。鎌倉に帰るかれハ泰村いもうとむこのがれがたきの旨、ぞんじ切が故也。

子の刻、毛利《もりの》入道西阿が妻白き小袖を着従女一人具すこつぜんと。若狭前司泰村の西」十一オの門の。宿所に至て、云。

此ほど、さうどうの事。何となく、思ひ入ざるの処に。貴殿を伐《うた》るべきの由。たしかに其告あり。此上ハ、相かまへて。勝利を、もとめらるべし。然ば、毛利入道ハ、定て、是に、くみする志を、はげますか。縦ひ。二心あり、と云とも。我が身、諷諫《ふかん》をくハへ。一同なさしむべし

と云て、帰る。

五日《の》暁けいめい以後。鎌倉中、いよ〱物忩《ぶつそう》也。未明に、左親衛。先。万年馬入道を。泰村がもとに、つかハさる。郎従ら」十一ウの騒動を。相しづむべきの由。仰付られ。次に、平左衛門入道盛阿《じやうあ》を、つけて。御書を、同人に、つかハさる。是則。世上の物忩は。若、天广《ま》の人性《じんせい》に入

か。上計に、をいてハ。貴殿を誅罸せらるべきの。かまへ、あらず。此上ハ。日比のごとく。異心あるべからざる趣也。あまつさへ、御誓言を。のせらるゝ、と云ゝ。

泰村、御書をひらく時。盛阿が詞を以て。和平の子細をのぶ。泰村、ことに、喜悦。又、具《つぶさ》に、御返答を申所に。盛阿、座を立の後。」十二オ 泰村、猶、出居《でゐ》にあり。

泰村、此中。しんしよくを、忘るゝ、と云ゝ。

泰村が妻室。ミづから、湯漬《ゆづけ》を其前に持来り。是を、すゝめ。安堵の仰を賀す。泰村、一口。是を用ひ。すなハち反吐《ほんと》す、と云ゝ。

爰に、高野入道覺地。御使を、つかハさるゝの旨。聞伝へ。子息秋田城介義景。孫子《まご》九郎泰盛をの〳〵兼て甲冑を着に向て。諷詞を尽して云。

和平の御書を。若州に、つかハさるゝの上ハ。向後、彼氏族《じぞく》。ひとり、をごりを、きハめ。ます〳〵、当家を。ない」十二ウ がしろに、するの時。なましゐに。対揚の所存を、あらハさば。かへつて、わざハひに。逢べきの条、うたがひなし。たゞ、運を天にまかせ。今朝、よろしく。しゆうを決すべし。かつて後日を。期すべからず。

ていれは、是によつて、城九郎泰盛。大曽祢左衛門尉長泰。武藤《ぶ》左衛門景頼。橘薩广《ま》十郎公義以下。一味の族《やから》、軍士を引卒して。甘縄《たまなわ》の舘《たち》も馳出し。おなじき。門前小路の東に行。若宮の大路。中下馬の橋に至て。鶴岡の」十三オ 宮寺。赤橋に行わたる。相かまへて。盛阿帰参する以前に、神護寺の門外にをいて。時の声を作る。公義、五つ石だゝミの。紋の旗をあげ。筋替橋の。北の辺に進て。かぶらを。とばす。此間、陣を。宮中に張、所の勇士。悉、もつて、是に相加ハる。

泰村、今更、仰天しながら。家の子郎従等をして。ふせぎたゝかふの処に。橘薩广《ま》余一公員甲冑を着せす、狩しやうぞくたりハ。兼日、心を先登に進ミ。ひそかに、泰村が近辺の荒屋に宿す。時の声に」十三ウ 付て、進ミ寄所に。小川次郎に射《の》殺さる。中山馬《ば》五郎、同く相ならび、皆。泰村が郎等に

殺さるゝ。

是より先に。盛阿、駕を馳帰参せしめ。叓の次第を。左親衛へ申、と、いへ共。三浦の一類。用意の事あるの条ハ。もちろんたり、と、いへ共。かた〳〵、御沙汰有によつて。和平の儀を。めぐらさるゝの所に。泰村すでに、攻たゝかふに、をよぶの上ハ。なだめ仰らるゝ所なし。陸奥の掃部助実時をもつて。幕府をけいご」十四オせしめ。次に、北條六郎時定を。大手の大将軍となす。時定、車排をとらしめ。旗をあげ。塔の辻より。馳逢。相したがふの輩、雲霞のごとし。諏方兵衛入道蓮仏。無双のくんこうを、ぬきんず。信濃の四郎左衛門尉行忠。殊に、勝負を決し。分捕をえたり。をよそ泰村が郎従。精兵《せいびやう》所ゝの。辻ちまたにまうけ。矢石《やせき》をはなつ。御家人も又。身命を忘れ。責戦ふ。巳の刻に。毛利蔵人太夫入道西阿。甲冑を着し。従」十四ウ軍を卒し。御所に、まいらんがため。打出る所に。彼妻《かのめ》泰村が《いもうと》西阿がよろひの袖を取て、云。

若州をすて。左親衛の御方へ、参る事ハ、武士のいたす所か。はなハだ。年来の一諾《いつたく》に。たがひ、をハんぬ。後聞を恥ざらんや

といへば。西阿、此言葉を聞。退心を、さしをき。泰村が陣に、加はる。甲斐の前司泰秀が亭《でい》ハ、西阿が近隣也泰秀は、御所へ馳参ずる間。西阿に行逢といへ共。是非をあらそひ。留《とむ》るに、あたハず。親」十五オ昵のよしミを。ぞんじ。且ハ、泰村に。与同するの。本意を、しりぞかず。一所にをいて。追討を加ハらんがため也。尤、武道に、かなふ。心はへあり、と云ゝ。

万年馬の入道。左親衛の南庭に馳参じ。騎馬せしめながら、申て、云。

も利入道殿。敵陣に加ハられをハんぬ。今にをいてハ。世の御大事。かならず然《しか》たるか。

左親衛、此事を聞。おどろき、午《むま》の刻に。御所に参じ、将軍の御前に。此由、申され。重て、知謀を、めぐらさるの所に。折節」十五ウ北風。南にかハるの間。泰村が南

となりの人屋《にんおく》に。火をはなつ。風しきりにあふぎて。煙、彼館《たち》におほふ。泰村。并に、ばんとう。けふりに、むせび。舘をのがれ出。故右大将軍の。法花堂に参籠す。舎弟能登守光村ハ、永《やう》福寺の惣門の内に入。従兵《じうびやう》八十余騎、陣を張。兄の泰村が許に。使者をつかハして、云。

当寺ハ、殊に、すぐれたる城くハくたり。此一所にをいて。相共に。討手を待べき

と云ゝ。

泰村、答へて、云。

たとひ、鉄へきの」十六オ 城郭なり、と、いふ共。のがれえがたからん。おなじくハ、故将軍の御ゑいぜんに、をいて。をハりを、とらん、と欲《よく》す。はやく、此所へ来会すべき

と云ゝ。

専使《せんし》、互に。一両度に、をよぶといへ共。火急の間。光村。寺の門を出て。法花堂に、むかふの所に。其中途にをいて。一時《とき》合戦す。甲斐の前司泰秀。家人。并に出羽

前司行義。和泉の前司行方等。是を相さゝふるに、よつて。両方の従軍。おほくもつて討死す。光村、終にハ。堂に入。」十六ウ しかふして後。西阿。泰村。家村。資村。并《ひ》に、大隅前司重澄。美作の前司時綱。甲斐の前司実章。関左衛門尉政泰以下。絵像御影の御前に列候し。或ハ、往事を談し。或ハ、最後のしゆつくわいに、をよぶ、と云々。

西阿ハ、常に。念仏を修するの者也。諸衆を、すゝめ、しやうし。一仏浄土の因に。かたぶかんがため。法事讃を、をこなひ。是を廻向す。左親衛の軍兵。寺門に責入。石橋に、きそひのぼる。三浦の壮士《さうじ》ら。ふせぎ、た」十七オ たかひ。弓釼のげいを尽す。武蔵の太郎朝房。責戦て大功あり。両方いどミ戦ふ事、ほとんど三刻に、をよぶ。敵陣、矢きハまり、筋力も尽て。泰村以下、宗《むね》とたるの輩。二百七十六人。都合五百余人、自殺す。此中。幕府の番帳に、しるさるゝ類。二百六十人、と云ゝ。次に、壱岐の前司泰綱。近江の四郎左衛門尉氏信ら。仰

を承て。平内左衛門景茂を。追討せんがため。彼長尾家
に行向ふ。時の声を作るの処に。父子ハ。法花堂」十七ウ
にをいて。自殺するに、よつて帰る。但。子息四郎景忠
に行逢て。是を生捕、持参す。

申刻、首じつけん、せらるゝの後。京都へ、飛脚を進せ
らるゝ。御消息二通。内一通は奏聞。一通ハ、近国の。
守護地頭らに。下知せしめんため、と云ゝ。

そうもんの状ハ、略しをハんぬ。其状に云く

毛利《もりの》入道西阿。不慮に同心せしむるの間。ちうばつせ
られ畢ぬ。
若狭前司泰村。能登前司光村。ならびに、一家のとも
がら。よ」十八オ たうら。兼日、用心せしむるの由。其
聞えあるの間。用意せられゆ処に。今日五日巳刻に。
箭を射出せしむるの間。合戦に及び、其身以下。一家
のともがら。余党ら。誅罰せられをハんぬ。
をの〱、此旨をぞんじ。馳参ずべからず。且又《かつハ》。
近隣に相ふれべきの由。あまねく、西国の地頭御家人
に、下知せしめ給ふべきの状。仰によつて執達如レ件

六月五日　　左近将監」十八ウ

謹上　相模守殿

今日。法花堂の法師一人、召出され。とハしめ給ふ所に、
申て云。

昨日、泰村以下の大軍。俄に、堂内へ乱《みだれ》入の間。の
がるべき方角を失ひ。堂の天井にのぼる。隙より、う
かゞひ見るに。泰村以下の大名。一期のをハり
と云て。日来の妄念を語る。
光村ミづから、刀を取て。我ハらを、けづり、猶見知べ
きか。いなやを、人ゝに問て。其流《ながる》る血。御影をけが
し奉り。あまつさへ。仏閣に火をかけ。焼」十九オ うしな
ハしめ。自殺のかばねを。隠すべきのよし、を、いふ。
泰村が云。御堂をけがすさへ、をそれあり。不忠至極た
るべき旨。しきりに、制止を加ふる間。火災にあらず。
をよそ、泰村ハ。事にをよびて。をんびんの気あり。
其詞に云く

数代の忠功を、思へバ。たとひ累葉たり、といふ共。罪を、なだめらるべきの条。なんぞ、いハんや。義明以来《このかた》。四代家督たり。又、北條殿のぐわいせきとして。内外《け》の事を。輔佐《ふさ》するの所に。一往のざん」十九ウ に付て。多年のなじミを忘《わすれ》。忽、もつて。誅罰の恥を、あたへられ。恨といひ。悲しミといひ。討会する者也。後日《にち》に、定て。思ひあハせらるゝ事あらんか。但。駿河の前司殿ハ。他門の間より。おほく死罪を申行ひ。彼子孫を亡し畢《をハん》ぬ。罪報の果す所か。今すでに。冥途におもむくの、さハがしく。北條殿を恨ミ。奉るべきに、あらず

と云て。落涙千行。其声ふるつて。言語《ごんご》の旨趣《しいしゆ》。つまびらかにせず、と、いへども」二十オ。けれう、かくごときか、と云ゝ。

上総権介秀胤泰村いもうとむこ上総の国一宮大柿の舘《たち》にあり。七日に討手の大将として。大須賀左衛門尉胤氏。東《とう》の中務入道素暹《そせん》ら。馳むかふ所に。当国の武士。雲霞のごとく

加て。彼地にて合戦す。秀胤、かねて用意し。舘のくわくぐわい四面に。炭薪をつミをき。火をかけ、其内に入て。秀胤ちやくなん式部大夫時秀。次男修理亮政秀。三男左衛門尉泰秀、四男六郎景秀。郎従こと〳〵く、亡びぬ。」二十ウ 下總の次郎時常秀胤舎弟自殺す。常陸の国にをいて。左衛門尉政泰をば。小栗次郎重信、合戦し討亡す。去五日の合戦に。亡師以下の、けうミやう。宗とたる分《ぶん》。是を注《しる》す。今日、御寄合の座にをいて。披露にをよぶ、と云ゝ。自殺討死等

若狭前司泰村。同《き》子息次郎景村。同《き》駒石丸

能登前司光村。同《き》子息駒王丸。駿河式部三郎。

同《き》五郎左衛門尉。同弟九郎重村。三浦《の》又太郎。

式部太夫氏村。同《き》次郎。同三郎。三浦《の》三郎員《かず》村」二十一オ

毛利《もりの》蔵人入道西阿。同子息兵衛大夫光廣。同三郎蔵人《くらふど》

同次郎蔵人入道。同子息吉祥丸。大隅前司重隆、同子息

太郎左衛門尉重村。同次郎。平判官太郎左衛門尉義有。

同次郎高義。同四郎胤泰。同次郎。高井兵衛太郎実重

同子息三郎。同四郎太郎。佐原十郎左衛門尉泰連
同次郎信連。同三郎秀連。同四郎兵衛尉光連
同六郎政連。同七郎光兼《みつかね》。同十郎頼連。肥前太郎左衛門
尉胤家。同四郎左衛門尉光連。同六郎泰家
佐原七郎左衛門太郎泰連。長江次郎左衛門尉義重
下総三郎。佐貫次郎兵衛尉。稲毛左衛門尉。」二十一ウ
同十郎。臼井太郎。同次郎。波多野《はだの》六郎左衛門尉
同七郎。宇都宮美作前司時綱。同五郎、同子息掃部助。
春日部甲斐前司実景。同子息太郎。
同次郎。同三郎。関左衛門尉政泰。同子息四郎。
同五郎左衛門尉。能登左衛門太夫仲氏。
宮内左衛門尉公重。同太郎弾正左衛門尉。同弟十郎。
多々良次郎左衛門尉。石田大炊助。印東太郎
同子息次郎。同《き》三郎。平塚左衛門尉光廣
同子息太郎。同小次郎。同三郎。同土用右衛門尉。
同五郎。得富小太郎、遠藤左衛門尉。」二十二オ
同次郎左衛門尉。佐野左衛門尉。同子息太郎

佐野小五郎。榛谷《はんがへ》四郎。同子息弥四郎。同五郎
同六郎。白河判官代。同弟七郎。同八郎。同式部丞
上総権介秀胤。同子息式部大夫時秀。同修理介政秀
同五郎左衛門尉泰秀。同六郎秀景。垣生次郎時常
武《たけ》左衛門尉。長尾平内左衛門尉景茂。同新左衛門尉定時
同三郎為村。同次郎左衛門尉胤景。同三郎左衛門尉光景
同次郎右衛門尉胤景。同新左衛門四郎。秋庭又次郎信村
岡本次郎兵衛尉。同子息次郎。橘大膳亮惟廣
同子息左近太夫、同弟橘蔵人」二十二ウ
　存亡《の》不審衆、生捕《の》輩　　駿川式部大夫家村、金持次
郎左衛門尉。駿河八郎左衛門尉胤村。毛利文珠丸
豊田太郎兵衛尉。同次郎兵衛尉。長尾次郎兵衛尉
美濃左近太夫将監時秀。大須賀八郎左衛門尉。
小笠原七郎。大須賀七郎左衛門尉、土方右衛門次郎
此人〻の親類。門葉、諸国に多し、皆、誅罰せらる〻事、
あげて尽しがたし。
泰村が後家ハ。鶴岡別当法師定親のいもうと也。二歳の

男《なん》あり。

去《さんぬる》五日、平左衛門入道盛阿をもつて。泰村に、つかハさる御書を、後家返し」二十三オ 進ずる所也。御尋の有故か。是ハ重宝の由を、ぞんじ。紛失せしむべからずの旨。泰村、しめし付るの間。到来の時より。まもりの緒に、ゆひ付。火難によて。そこつに走出る、と、いへ共。猶、身にしたがふ、と申。此由聞召、御感あり、と云ゝ。

光村が後家ハ。後鳥羽院北面の。醫王左衛門尉能茂法師のむすめ。当世無双の美人也。赤子あり。光村、ことに、もつて。あいねんふかし。最後の時。たがひに小袖を取替《かハし》。是を、あらため着す、其余香」二十三ウ 相残るのよし。今に、しうたんし。むせび啼、と云ゝ。

あはれなる次第。尽しがたし
と語る。

○卅年以来。天下治《おさまる》事　(二)

見しハ今。天下おさまつて。三十年このかた也。然者、今の時代の若さふらひたち。武道を心がけ給ふ、と、いへ共。四十内外《うちと》の人ゝハ。いまだ、よろひを、かたにかけず。敵に向《むかつ》て。矢を一筋、はなちたる人なければ。人の武勇《ぶよう》も見ず。わがてがらをも、いひがたく。」二十四オ 明暮、昔の。いくさ物語のミ、し給ふ。

いにしへ、一戦。城ぜめなどに。敵方に、勢兵の大矢。一人成ともあれば。此陣、此城にハ。そんじようそれ、と、いひて。三人ばりに、十三ぞく。ミつがけを引て。よろひのうらを、かへし。射とおす強弓《つよゆミ》あり。此者の矢先にハ。くろがねのたてを、つゐたりとも。かなふべからず。いざ、此陣ひけや、と。千騎万騎のつハもの。いきほひ失て。引退《しりぞき》し、と也。

扨又、我等が親おほぢの時代の。いくさ物語を聞しに。城ぜめ」二十四ウ などに。鉄炮を千挺二千挺。かけならべたる虎口《こぐち》場へも。おもても、ふらず。命《めい》をば一塵よりも、かろく。死を、善道に、まもり。名を義路に、うしなハじ、と。切てかゝり。先立て、うたるゝ者を。ふミこえ、のりこえ。

死骸を堀のうめ草に、なして。城を、せめおとせし、と申されし。されば、いにしへと。今との兵《つわもの》の勇弱《ようじやく》。大きに替りて、聞えたり。

然に、文武は。車の両輪《わ》のごとし、と。古人申伝へたり。尤。文有《あり》と云共。武なくんば、いた」二十五オ づらごと、なるべし。扨又、武勇あらば、縦、文なく共、くるしかるまじ。たゞ〱、仏神に、いのりても。ねがハしきハ、武の道なり、と。利口がましく、荒言を、はき給へり。

かたへに、老士の有しが、是を聞。

をろかなる。若殿原達の云事ぞや。それ、世ハ。昔より今に至迄。文武の二つに、わかれて。其徳、天地のごとし。敵をほろぼし。国をおさめ。天下泰平をいたす事。文武の二道。一つもかけてハ不可也、たとへば。車一輪にし」二十五ウ て行。鳥、片翼《へんよく》にして。とばん事を。欲するに、おなじ。然に、文よく衆に叶ひ。武よく敵を威《ゐ》す、と。文記《もんき》に、見えたり。

昔、仲哀天皇の御宇に。三漢《(ママ)》を、せめ給ひけるが。利なくして帰らせ給ひたり。神功皇后《じんごう》。是、文道のたらぬ処也とて。唐師のために。沙金をさしそへ。唐国《からこく》へ人を渡給へば。張良が一巻を。学び得て、帰朝す。

神功皇后。今は、かふよ、と思召立て。三漢を、せめしたがへ給ふ。

それより、このかた。」二十六オ 日本より他国《ひとのくに》まで、治《おさむ》る事。偏に、文武二道を専《もつはら》し給ふ故也。威有て、道なき者。必ほろぶ、と、兵書《ひやうしよ》に記されたり。何事も。ふるき世のミぞ、したハしき。今やうハ、無下に。いやしく成行ゆひぬ。

昔、源平の軍兵。大内の四方の門を。しゆごする所に、山門の大衆発向し。源兵庫頭頼政が。かためたる門を。をしやぶらん、と。せんぎしける所に、三塔一の法師。摂津の。堅者豪運と云学匠。殊にハ、詩哥に」二十六ウ 達して。宏才利口の者なるが、大音あげて、せんぎしけるハ。まて、しばし、此頼政は。六孫王《ぞん》より、このかた。弓矢の藝に、たづさハり。代ゝ、其名を得。天下に、か

くれなき。文武に達せし、おのこ也。其上、和漢の才人。風月の達者。旁〻、まさる人にて有者を。誠や一年《とせ》。近《こん》衛《ゑの》院の御位の時。当座の御会に。深山見花《しんざんけんくわ》と云題を、出されしに。何れの人〻も。よミわづらひ給ひけるに、此。

頼政

○深《み》山木の。其梢とハ見えざり」二十七オ し。桜ハ花に。
　あらハれにけり

と云。秀哥を、つかうまつりて。えいかんに、あづかりし。やさおのこが、かためたる門を。いかゞ、情なく。耻辱を、あたふべきや、と。せんぎしければ。三千の大衆、先陣より後陣に至まで。もとも〳〵と同じ。引しりぞきぬ。さしも乱の折なれ共。昔人ハ、心やさしく、おハしける故。かく、せんぎ有て。頼政、なんを、のがれ給ひたり。

それ、和哥ハ、力をも入ずして。天地をうごかし。目に見」二十七ウ えぬ鬼神《をにかミ》をも。哀とおもハせ。猛き武士の。心をも、慰る、と。紀貫之が古今の序に、書しも。思ひ知れたり。

易に。同声相応じ。同気あひもとむ。水ハ、うるほへるに、ながれ。火ハ、かハけるに、つく。雲ハ龍にしたがひ、風ハ、虎にしたがふ、と云云。

しかれば、子路。孔子にとつて云。

子。三軍を、ゝこなふときんば。誰とか、くミせん。

孔子、こたへて、のたまハく。

ほうこ馮河して死すとも。悔る事なからん者にハ。われくミせず、必や。叓にの」二十八オ ぞんで、をそれ。謀を、このんで。なさんものにや

と、いへり。

たとへば、文武ハ、人の手のごとし。文を左にし。武を右にす。旁〳〵、武一方にて。文を学び給ハねば。たゞ、片手なき人のごとし

と。申されければ、各〻無言せり

○宮城野《みやぎの》の萩《はき》に。悪鬼《あつき》心を留《とむ》る叓　㈢

見しハ昔。愚老、みちのくのあんぎやせしに。名所旧跡、限なし。是なる道のちまた、巌の上。社見えたり。所の老翁に」二十八ウ あひて。

如何なる神ぞ

と問ば、老人答て

是ハ、世に、其かくれなき。日の本の将軍、たゝせ給ふ。しらぬハ、をろかなる人哉

といふ。

われ聞て。

是ハ、此所始て一見の者也。日の本将軍の来歴。委《くわしく》、語り給へ。

老人、聞て。

此社に付て。神秘《じんひ》のいハれあり。二千余回以前。尺尊、天竺。りやうじゆせんへ出世し。こんし三界。皆是我有。こちう衆生、悉是吾子、と、法花経に説《とき》。ねはん経には、一切衆生。悉有仏性。如来常住。無有へん」二十九オ やく、と、のべ。中陰経にハ。草木国土。悉皆成仏、と説給ひて。一切衆生。皆成仏たり。然間、地獄けかつせり。鬼ども、あつまつて。ひやうぢやうしけるハ。しやかと云仏、今世に出。衆生を教化なすに、よつて。人間皆仏になる故に、鬼ども。すでに、がしにをよぶ。日本近き、えぞが嶋ハ。我等が、けんぞくの栖《すみか》。是、幸をえたり。いざ、此しまより日本に渡り。人間を、おもふまゝに、ぶくせん、と、云。

尤と、どうじ。一百卅六」二十九ウ 地ごくの鬼ども。えぞが嶋より。奥州へ渡り。西国へ、おもむかん、と。ミやぎが原を、とおりしに。其比、秋にや有けん。宮城野の萩の花盛にて。色うつくしく、匂ひあり。露をふくめる枝の風情。こゝろ言葉も、をよばれず。千種の色も、猶そへて。草葉にすだく。松虫の、声りん〳〵たり。はたをる音ハ。きりはたり、てう〳〵、と。つづりさす虫。くつハむし。すゞむし。ひ」三十オ ぐらし。きり〳〵す。色ゝの色ねをそへ。花も虫も、心ありがほ也。千載集に。

さま〳〵に。心ぞとまる宮城野の。花の色〳〵。虫の
声〳〵。
と。詠ぜし哥の、すがた也
鬼ども云けるハ。
此花の色。虫の声。地ごくにてハ。見も聞もせず。しやばへ来りての思出。おもしろし。おもしろし。此野に、しばらく、やすまん
と。色ねにまどひ。日数を送る、誠に、鬼の目に泪、と、いへるハ、此事ぞや。鬼」三十ウ 共、此花に。心をとゞめたるも断也。
世に、千草万木有、と、いへ共、桜ハ吉野。紅葉ハ立田。萩ハ宮城を。古哥にも、ほめて、よまれたり。
續後拾遺に。
分過る。人の袖までミやぎ野の。萩の錦ハ。うつろひ
にけり
と詠ぜり。
然は、鬼共。えぞが嶋より。奥州へ出来る由、御門、聞

召。大きに、げきりん有て。それ、ふてんの下。くわんかいのうち。いづれか、王土にあらざらん。なに者か、王民にあら」三十一オ ざらん。其上、くわんちうハ。天子のちよく。さハぐわいハ。しやうぐんの、りやうたり。いそぎ。青陽位照天しやうぐん。みちのくへ下り。悪鬼共を、悉、たいぢすべき由、勅定也。
此照天ハ。身の長《たけ》八尺。むねのあつき事一尺二寸あり。此人、びしやもんの化身。我国の来護と云〻。
照天将軍、勅を、かうふり。そのかミ、吾朝に。えいりよにまかせ。雲に、ひゞく、らいを、とる臣下あり。(時カ)まけうきに及ぶ、と、いへ共。日月」三十一ウ 地に落給ハず。いかでか、例を追《をハ》ざらん。
草も木も。わが大君の国なれば。いづくか鬼の。栖な
るべき
と、宣旨を、ひたひに、あてゝ。運命を、天にまかすべし。と。
日本国中の軍兵を卒し。奥州此所に付給ふ。

鬼ども、是を聞。宮城の、花を、ふミちらし。せつなが間に、此所へ、はしり付。らいでん雲を、ひゞかし。目の前に、くわえんをたて。天地を、うごかす其けしき。たとへんやうぞ、なかりける。

将軍」三十二ォ ハ、すこしも、さハぎ給わず。思ひ〱のよろひき。駒に打乗、打のつて。くつばミを、ならべ、弓、鑓、なぎなた、太刀ぬひて。一同に、おめきさけんで、かゝりける。

日本ハ神国なれば。諸神《しよじん》ちからをあハせ。鹿嶋明神、現じ給へば。伊勢。住吉。賀茂、春日。諏訪。熱田を、はじめ、神名帳《じんみやう》に、のする所の三千七百五十余社。ないし、山家村里の小社《こやしろ》。道祖神迄も。やしろ、しんどうし、黒雲のうちに。光をはなつ」三十二ゥ て。八百万《の》神達あらハれ出。はたを、さしかけ。ほこ、つるぎ、弓ひきて。はなち給ふ、其矢が。千の矢先と成て。鬼のかたへ。雨のごとくに、ふりかゝれば、鬼共、肝をけし。つうりき自在も、つきはて。ふしつ。まろびつ。にげ行を。将軍、いよ〱力を得。をつかけ。をひ倒し、爰に、切伏。かしこに、つきふせ。一鬼も、のがさず、ほろぼし給ふ。かばねハ、行路《ぎやうろ》に、よこたハり。血ハ、川とぞ、ながれける。かる」三十三ォ がゆへに、国土安穏に。御代豊に、さかふる也。

然に、将軍ハ。われ後〻《ご〱》末代まで。日本国の守護神と成て。仏法王法のはんじやう。国家を、まもらん、と、ちかひ。甲冑をたいし。弓に矢をはげ。今にをいて、立給ふ。

古語に。将軍ハ国の柱棟たり。処〻門々。せいきを、つかさどる、と云〻。

末代に至迄も、民豊に、さかふる事。偏に、当社の深恩《じんをん》。誰か、信仰せざるべきと、委、物語りせり 」三十三ゥ

○結城《ゆうき》。落城《らくじやう》の事 ㈣

聞しハ昔。関東の公方。左兵衛督持氏公。鎌倉に、おハし

まし、御政道たゞしく。諸国永久に治る所に。官領《れい》上杉安房守憲実。むほんによて。京の公方。義教公の下知として、関西の軍兵発下《はせ》り。箱根山の合戦に。持氏公、討負させ給ひ。永享《えいこう》十一年。己未《つちのとのひつじ》二月十日。鎌倉にをいて。長男義久公。御父子、滅亡し給ひぬ。

次男春王殿。三男安《やす》王殿。両若君ハ。鎌倉を忍び出。日」三十四オ光山《ざん》に入。衆徒を資《たのミ》。隠れましまします所に、結城七郎光久。此由を聞。累代の主君にて、おハしませばとて。御迎に参り。結城の舘《たち》に入申。いつき、かしづき奉る。

安房守憲実。鎌倉山《の》内に有て、此由を聞。

せんだんハ二葉なれ共。四十里のいらんを、けし。火は、けしほとなれ共。一切の物を焼ほろぼす。毒の虫をば、頭をひしぎて。なうを取。かたきの末をば。胸をさきて。肝をとるとかや。両君《きミ》を」三十四ウ いかしをき。わが大敵なるべし

と、急、京都へ、此由うつたへ申によて。両若君を。誅し申せ、との綸旨を。下し給ふ。

安房守、此御綸旨を。諸国へめぐらし。関八州ハ、申におよバず。北国。出羽。奥州の軍兵。夜を日に次て。下野の国へ馳来る。其勢十万余騎。結城の城を、二重三重に取まく、軍兵じうまんする事。雲霞のごとし

縦。鉄城。鉄壁をもて。かこふ、と、いふ共。此威《いきほ》ひにハ叶ひがたし。

然共、此城ハ。前」三十五オ に大河ながれ。うしろの大堀にハ、大船を、うかへ。鳥ならで通ひがたし。城に楯籠人ゝ。結城七郎光久。次男八郎光義。尾口弾正顯《あき》憲。千葉備後守成吉。長井斎藤兵衛尉。高尾権太夫。松井筑前守。藤岡左兵衛尉。今川修理助。小山喜太夫。高崎四郎左衛門尉。大田和備中守。石橋太郎兵衛尉。久堅主膳。宮井左近太夫。森左兵衛尉をはじめ。むねとの侍。五百余騎籠る。敵ハ大軍といへ共、名城なれば攻よるへ」三十五ウ き兵術《ひやうじゆつ》なし。人、沙汰しけるハ。それ天の時ハ、地の利にしかし、と云ゝ。

其上、城籠る者共、志を一同し。命をば、主君に、なげう

つ。

孟子に。地の利ハ。人の和《くわ》に。しかず、と、あれバ。地といひ。人和といひ。力攻にハ成がたし。攻あぐんでぞ。見えにける。大手に向て。矢軍斗にて。数日を、むなしく送る。

七郎、申けるハ。

両若君は。いまだ合戦を見たまハず。いざや、いくさして。御目にかけん

と。

両君を、高矢倉にのぼせ申。大手の戦場、広か」三十六オらねば、弐百余騎を、もよほし。家〻の旗。さし物を、さし。大将軍にハ。七郎光久。さび月毛の。八寸あまりの駒に。なしぢに、まきたる。白ぶくりんの鞍をかせ、小桜おどしの、よろひ着。半月の差物を、さし。打乗て、大手の門を押ひらき。団扇をあげて、衆をいさめ。真先かけて、切て出る。

をつつ。まくつつ。懸《かけ》つ。かへしつ、する風情。柳の糸の。風によられて。むすび、ほごれつ。入乱れ。花を散して」三十六ウ面白さに。敵も味方も、目をおどろかす。

左右に堀有て。互に、加勢も叶ハずして。一時ほどの戦ひに。首を取つ。とられつ。さしちがへて。死するもあり。

七郎光久は。敵と。馬上より、くんでおち。おさへて首をとり。太刀の先に、さしつらぬき。高く、さし上。軍中にて。両若君の御目に、かくる。

両君、是を御覧有て、光久が戦場の振舞。ゆゝしし、と、のたまへば、味方も。敵も、えびら。もちだて」三十七オを、たゝひて。猛大将。比類有べからず、と。ほめたりけり。

しバしが程の戦ひに。矢きハまり。筋力もつき。息もつぎあへねば。互に、つかれのあまりにや。相引してぞ。のきにける。

両若君。諸卒を御前に、めされ。今日のはたらき。忠功浅からず。と、御感有て。七郎をはじめ。皆、悉、御盃を下されければ。各〻、涙をながし。よろひの袖を、ぬらし。武士の家に生《むま》れ。君の御ために、命」三十七ウを捨るハ。人

臣の本懐。後世の思出なるべし、と。衆口一同にぞ申ける。
其後、七郎。大手の矢倉に、あがり。大音上て、申けるハ。
両君の厚恩に。討死せんハ。当家の眉目《ミめ》。一門の名誉たり。りうもん。げんじやうの。地に、骨ハ埋む共。名をば雲井にあげん、と、思へば。命にをいて。露塵ほども、おしからじ。さりながら。七郎をはじめ。一門が其中に。老たる母と。おさなきむすめ。数多《あまた》持たり。」三十八オ かれらが死せん事こそ。ふびんなれ。わづか廿人の内外《と》也。たすけ給ふべきならば。城内を出さん
と、よばハる。
安房守、此由を聞。
女の義ならば、幾人も出しゆへ。命を、たすくべき
と、いふ。
七郎聞て。あら、うれしや、さらば出さん、と。両若君を。姫君のかたちに作り。女房二十人の内。八人おんなじやうなる、むすめを。こしにのせ。城中を出す。
安房守、云けるハ。
此内に、若《もし》。両若君や、おハします」三十八ウ。よきに、さがせ
と、下知すれば。けいごの武士。輿《こし》の戸を、ひらき見るに。常に、鎌倉にて。見なれ申せし事なれば。いかでか、見そんずべき。
両君、是にまします
と、いひければ。一度に、どつと、ときを、あぐる。
七郎、是を聞。
扨ハ、あらハれ給ふかや。御運の末の、かなしさよ。いたハしさよ
と、涙を、ながし。
いざや人〻、討死せん。たとひ、此世に。いき残りて、あればとて。千年を送り。扨、万年のよ」三十九オ ハひを。たもつべきや。両君《きミ》の御ために、討死し。名を後代に、残さん
と。門をひらき。五百余騎、おめき、さけんで、切て出る。
比ハ嘉吉元年。辛酉《かのとのとり》六月廿四日。申の刻。大軍そなふる

其中へ。ましぐらに切て入。けふを、さいごの合戦なれば。父討るれ共。子たすけず。つばをわり。しのぎをけづり。前《さき》へ進む者ハ、あれ共。命ををしミ。一足も退《そく》く者ハ、なし。刀のつかの。くだくるを限り。死を限りに」三十九ウ 戦ひ。半時《じ》が其内に。五百余騎。枕をならべ討死す。それ、せんだんの林に。余木なく。こんろんざんにハ。土石悉。びきよくなるがごとく。七郎光久が一ぞく。郎従ら迄も。悉、討死する事。有難かりける人〻也。

七郎光久ハ。世にこえたる忠臣なれば。いざや、此人を。関東の軍神《がミ》に、まつらん、とぞ。いひあへり。

合戦過れば、安房守、思ひのまゝに。両君を生捕奉り。急、京都へ此由、申所に。両君《きミ》を。京都へ、のぼ」四十オ せ申せ、との。命旨《めいじ》成ければ。両君を、輿にのせ申。徳利《とつくり》文左衛門。漆涌三四郎。両人のめのと。御供す。けいごの武士。あたりを、かこミ。鎌倉へ立よらせ給ふ。

父持氏公。御自害まします。永安寺《やうあんじ》を、御輿の内より見給ひ。御手をあハせ、廻向し給ふ。御心のうちこそ、あハれなれ。老若男女。貴賤上下。皆、涙をぞながしける。

是より過行ば。さぞな鎌倉に、御名残おしく、おぼすらん、と。をしはかり。片瀬。こしごえ。相模河。大磯」四十ウ 過て。鞠子川。波立あぐる浦づたひ。小田原に付給ふ。

それより、箱根山。爰ハ、持氏公。御合戦場《ば》の由、聞召。御泪を流させ給へば。見る人、皆、袖をぬらしけり。

諸行無常の鐘の声。ひゞく嵐ハ、うつの山。うつゝの夢を。都路の。便《たより》を今ぞ菊川《きくがハ》や。青野が原に、かゝらせ給ふ所に。京よりの飛脚、けいごの武士に行向ひ。両若君の御事ハ。首にて、京着有べしとの。宣旨のよしを申。

御兄弟ハ聞召。何事ぞやと、ゝ」四十一オ ひ給ふ。二人のめのと、是ハ、たゞ。御よろこびの御使とぞ、こたへける。

春王殿。

よろこびの。世にあふミとハ成もせで青野が原の露と
消まし

と、よミ給へば。安王殿

○あひ川や。すそをひたして行袖に。たる井の露と。消
　やはてなん
と。詠じ給ふの、いたハしさよ。
御輿を。垂井の金蓮寺《こんれんじ》の道場へ入奉る。
上人、対面有て
　われ、もと。藤澤にゆひし時。故鎌倉殿。御芳志を、かうふりたり。毎日、仏前にて。廻向」四十一ウ仕る、其故にや。両君の御入寺。本望哉
と。盃を出し。上人ひかへ給へば。春王殿、扇を取て。
　いざや、まハん。安王も。つれ舞せよ
と、有しかば。安王殿も。おなじく立てぞ舞給ふ。
古郷《ふるさと》ハ、跡に鳴海のうらめしや。袖行水の、あハれをば。
　誰とふらハん、後の世を。たすけ給へや、上人
と。舞おさめ給へば。上人ハ、墨染の衣を。ぬらし給ひけり。
二人のめのと。
　此中路次の御つかれ。御しんならせ給へ
と、申ければ。しばし、御」四十二オしん有けるを。御そばへ立寄。三刀《かたな》づゝ、害し奉る。
春王殿十三歳。安王殿十一歳。おなじき年の秋。あだし野の露と。消させ給ふ。
御最後の御有様、筆に尽すべからず

○深沢《ふかさハ》村大仏《ぶつ》。一見の事　付 平 時行《たいらのときゆき》事　(五)

見しは。今、愚老、鎌倉を行脚せしに、堂ハなくて、大佛見え給ふ。
　是ハ、如何なる人の。建立ぞや
と、とへば。里の翁聞て。
此大仏は、昔。一人の僧有て。諸国勧進し。此深」四十二ウ沢村に、一宇の精舎を建立す。大佛の御頭《ぐし》。是をきよし奉るに。めぐり八丈余あり。阿弥陀の像を、安置し給ふ事。嘉禎四年五月十八日也。仁治二年三月廿七日。棟あげの義あり、と云〻。

同《き》四年六月十六日に。供養を、のぶ。導師ハ、郷《きやう》の僧正良信。讃衆十人。勧進聖人浄光房と号す。此六年のあひだ。都鄙を勧進す。卑尊奉加せず、と、いふ事なし。鎌倉将軍頼経公の時代也といふ。

扨、大仏殿ハ。いつの比、そ」四十三オ んじたるや

翁、答て。

此堂、破損に付て。人多死《おほくし》たる子細あり。元弘治乱より、このかた。天下の侍、勅定を守り。左馬頭直義朝臣。鎌倉に有て。関東守護する所に。相模次郎平時行。直義を追出《ついしゆつ》し。東八ケ国を、なびかし。逆威をふるふ。此由、御門聞召。時行、追討すべき旨。足利宰相源尊氏卿に。討手を仰下されける。

相公《しやうこう》、勅使にたいして、申されけるハ。

さんぬる元弘の乱《みだれ》のはじめ。尊氏、御方に参ずるによつて。天下の士」四十三ウ 卒。皆、官軍にぞくして、勝事を一時に決しゆひき。然ば、今、一統の御代。偏に、尊氏が武功と、いひつべし。抑ゝ《そもく》、征夷将軍の任ハ。代ゝ源平の輩。功によつて、其位に居《ゐ》する例。あげて、かぞふべからず。願《ねがハく》ハ、東《とう》八ケ国の。官領を、ゆるされ。此度、忠ある軍勢の輩に。直《ちき》に、恩賞を執行ふやうに、勅諚なされ下さるゝに、をいては。夜を、日に、ついて罷下。朝敵を退治仕べきにてゆ。若、此両条。勅許なくんバ」四十四オ 関東征罰の事。他人に、仰付られべくゆとぞ申ける。

此両条ハ。天下治乱の端《はし》なれば。君も、よく。御思案有べかりけるに。望ミにまかせ。東《とう》八ケ国の官領を、ゆるされ。征夷将軍の事ハ。今度の忠節によつて。重而仰下さるべし、と、勅約有ければ。時日をめぐらさず。尊氏卿、関東へ進発す。

都を立れける日ハ。其勢、わづか。五百余騎有しかども。近江。美濃。尾張。三川。遠江。駿河の勢。馳くハゝりければ」四十四ウ 五万余騎に成ぬ。尊氏卿、大軍を卒し、

鎌倉へ馳下る。

時行、此由を聞。源氏ハ若手の大勢、と、聞ゆれば。待軍して。敵に、気を、のまれてハ叶ハじ。先《さき》ずる時ハ。人を制するに利有、とて。我が身は、鎌倉に有ながら。名越《なごゑ》式部太輔を大将として。東海。東山。両道を、押て、せめのぼる。其勢三万余騎。建久二年八月三日。鎌倉をたゝん、と、しける夜。俄に大風吹て。家を悉、吹破ける間。天災を、のがれん」四十五オ とて。大仏殿の中へ、にげ入。をの〳〵、身をちゞめて、居たりけるに。大仏殿の虹梁。ミぢんに、おれて。倒ける間。其内に集る軍兵共。五百余人。一人も残らず。おしにうてゝ。死《しゝ》たりと、かたる。

われ聞て。

扨ハ、此時、堂損じたるや。

一人の僧有て。諸国勧進し。大佛を建立せられし事。前代の珍事也、鎌倉将軍九代相続し。目出度時代なれば。さぞな、大堂大社の建立多かるべし。皆破損し。此大佛。末代」四十五ウ 迄も、残りとゞまる事。たとへば、昔。阿闍世王。王城にをひて。万燈を、仏に供《くう》じ給ひける。又、貧女有て。髪をきり、かづらにひねり。銭三文にうり。一文にて油をかひ。一文にて、燈心をかひ。一文にて、土器《かハらけ》を買て。一燈を佛に供じ奉る所に。万燈ハきえ。一燈ハ消ず。阿難、此因縁を、仏に問給ふ。

仏のたまハく。

万燈の功徳ハ、芥子のごとく。一燈のくどくハ、虚空のごとし

と、いへり。是、貧女の志。真実の故也。

此貧女」四十六オ 終にハ。須弥燈光仏となる、とかや。

是によつて。長者の万燈より。貧の一燈、と、いひ伝へり。

浄光房、大仏建立。漢和ことなれ共。たゞ、是におなじ。

有がたかりける事共也。

扨又、時行と尊氏卿。合戦の次第、いかゞ有つるやと。問ば。翁答て。

名越式部太輔。戦場へ、おもむく門出に。か丶る天災《ざい》にあひ。此軍《いくさ》、はか〱しからじ、と、さ丶やきけれ共。扨、有べき事ならねば、式部太輔、鎌倉を立て。夜を日につぎて、道を」四十六ウ 急ける間。八月七日、前陣すでに。遠江佐夜中山を越たり。

足利相公、此由を聞。敵、長途を経。来急せば討べし、とハ。是、太公、武王に教《をしゆる》所の兵法也、とて。同八日、平家の陣へ。押寄、合戦す。入かへ〱、三十余度、戦ひしが。鎌倉勢、討負はいほくす。され共、所〻にて、とつて返し。佐夜中山。江尻。高橋。箱根。さがミ川。十間坂。腰越。片瀬、此等十七ケ所の戦ひ有、と、いへ共。一度も、勝利をえず。平家三万騎の兵《つハもの》共、皆討れ、相模次郎時」四十七オ 行をはじめ。むねとの大名四十三人。大御堂の内に入て。皆、自害す。それより、関東尊氏卿に、ぞくす。威勢、自然《じねん》に、をもくなる。暦応元年、上洛し。源尊氏。征夷大将軍に任じ。武士の輩、諸国を押領し。身にハ五色をかざり。食にハ、八珍を尽し。茶湯。酒宴。けいせい。田楽に。無量の財を、あたへしかば。国おとろへ。人やせて。うれへ、かなしむ斗也。

故に。盗賊兵乱やむ時なし。其上、天地怪異《けい》多し。是まつたく。天の災」四十七ウ を下すに、あらず。只国の政《まつりごと》なきに、よつて也。

然間、皆人、愚にして道を知らず。天下の罪を、身に帰して。をのれを責る心を、わきまへず。

夢窓国師、是を悲しミ。尊氏公に申されけるハ。

近年天下の様を見るに。人力をもつて、天災を、のぞくべからず

是、吉野の先帝崩御の時。様〻の悪相を、現じ給ふ。其神炅。御いきどをり、ふかくして。国土に、災《さい》を下し。わざハひ、なし給ふ、と知《しら》れたり。願《ねがハく》ハ、一宇を御建立」四十八オ 候ひて。彼御ほだいを。とぶらひ給ハヾ、天下しづまりゆべし

と、仰られければ。尊氏公、聞召。此儀尤、と、甘心せ

られ。頓《やが》て、夢窓国師を。開山として。一寺を建立せらるべき、とて。亀山殿の旧跡を点じ。天龍寺を作られたり

僧堂。山門。惣門。鐘楼。方丈。惣して七十余宇の客舎。八十四間の廊下までも。建立し給ふ事。康永四年に成就終《をハつ》て。此寺、五山第二の列に至れり。勅願寺と号し。別してハ、武家の祈禱所」四十八ウ として。一千人の僧衆をそ置れける。かく有て、尊氏公。天下、又、武家の世と成たり

尊氏公、天龍寺を建立し。夢窓国師へ帰依し給ふに、よつて、をしへの状に、いはく

　夢窓国師。尊氏将軍へ。拾三ケ条。教訓状之叓

一慈悲、正直。思案。堪忍。和合《を》為《し》レ城《と》。油断為《をなす》レ敵《と》事

一尊二崇《し》仏神三宝《を》一。修二造《し》寺社《を》一可レ守二家運《を》一事

一随《て》レ録《に》。施《し》レ物《を》。知二人間《の》欲《を》一可レ恐《る》二天道《を》一事

一不レ乱《みださ》二主君父母《の》礼義《を》一。可レ存二忠孝《の》之志《を》一叓

一学二文書《ぶんしよを》一。忍二賢仁《を》一。可レ入二忠言正路《ニ》一事」四十九オ

一専《とし》二合戦《の》軍法《を》一。以レ夜《を》継レ日《に》。弓馬《の》道可レ嗜事

一不レ隔《て》二貴賤上下《を》一。可レ愛《す》二衆生之輩《を》一事

一書札、礼義以下。己不レ存者《ぜば》。可レ敬《す》二他人《を》一事

一忘二自恩《を》一不レ忘二他恩一。不レ成二慢心《の》思《を》一事

一讒言。思惟。両舌、科疑。可レ任二天命《ニ》一事

一憐《ミ》二民百姓《の》愁《へを》一。糺二臣下《の》猥《を》一。可レ致《す》二憲法《の》沙汰《を》一事

一弁《へ》二生死無常因果《の》道理《を》一。可レ念《ず》二後生菩提《を》一事

一於《て》二貪欲。婬欲。殺生欲。衣食欲。勝負欲。見聞欲 等《とうの》楽《に》一。可レ行《ふ》二中道《を》一事

右のをしへを。尊氏公、専と守り。政道たゞ」四十九ウ しく、ましまます故。世久敷、静謐に治り、御当家相つゞく事。義輝公迄、十四代、前代未聞也。御めぐミ四海に、ほどこし給ふ。御威光のべ尽すべからず。

○大名《だいミやう》。流罪《るざい》の事　㈥

見しハ。今、或国大名の、ましましけるが、屋形作《づく》り、いらかを、ならべ。破風、軒ぐちに至るまでも。七宝を、ち

りばめ。くわう〳〵たる玉楼金殿。たとへんやうも、なし。目をおどろかす斗也。其上、異国本」五十オ 朝の。重宝を、そろへ集て。賞《もてあそ》び給へり。

我国に有てハ。たゞ、かりそめの行歩《ぶ》にも。きよくろくの上に。ひようこの皮を、しきてのり。或ハ、金谷《きんごく》の花にめで。或は、南楼の月をながめ。山に入てハ鹿《しゝ》がり。野辺に出てハ鷹がり。すなどり。せうよう。酒宴らうゑいし。日夜朝暮。名利名聞に、ふけり給ひぬ。其国に住民《すむたみ》百姓。空をかける、つばさ。地をはしる、けだものまでも。心のまゝに振舞。草木迄も、なび」五十ウ き、したがふ有様也。

されば。

おさめたる。国をばあふけ。打なびき

と、宗長、前句をせられしに。

民の草木も。風ハしるらし

と。宗碩付られたり。

山谷に。

主人、心。安楽なれば。花竹も和気《くわき》あり

と、いへり。

たゞ、神や仏にて。ましますらん、と。たつとく不思儀に。思ひ侍《はんべ》る所に。此大名。如何なる子細にや。上意に、そむき。俄に、流罪の身と。成行給ひぬ。

老人申されけるハ。

それ、天命に応ぜざるときんば。かならず、治《ち》世久し」五十一オ からず。上ハ、天を、をもんじ。下ハ、万民をも。あなどらざるハ是義也。宮殿《くうでん》衣服をも。くわれいに、するを。をごるといふ。おさまる御代にハ。材椽《さいてん》けずらず。茅茨《ばうし》きらず。堯舜は、天下の王にてましませ共。かやぶきの家に、居給ひぬ

昔。我朝に、民苦を問使《とふ》とて。勅使を、国〻へ下されて。民の苦を問給ふ。今の御時代にハ。国〻の政道を、かんかミ給ハんがため。諸国に、後見《うしろみ》ましますとかや。

然に、此大名。今天下の、を」五十一ウ きてに背給ふ故に。時日をうつさず、わが国を打捨。ひよくれんりと、ちぎりし。妻や子に、わかれ。再会の期《ご》なき事を、かなしひ。

たゞひとり。さすらへ人と成行給ふ。妻子珍宝。ぎうわうゐ。りんミやう終時《じうじ》。不随者。実今《げに》、思ひしられたり。人間の栄耀。風前の塵と。白居易が作りしも、ことハり也。其下〻の諸侍。倶に運つき。天下の御威風に。蛛の子の散ごとく。ちり〳〵に成て。落行中に、ふうふつれ」五十二オて行もあり。いとけなき子を。うしろ前に、か〻へ、老たる親の手を引て。野の末、山のおくに。身を、かくさん、と。なげきかなしひ給ふ有様。目も、あてられぬ次第なり。

それ、人間のならひとして。はなれがたく。捨がたきは。をんあいの、ふるき栖《すミか》也。其上、此人〻、世にましまス時ハ。くわんろく、いやしからず。身にハ、五色をかざり。食にハ、八珍をつくし。心のま〻の、たのしひに、あへる事ハ。たゞ夢の覚たる心地。三」五十二ウ界《がい》ひろし、と、いへ共。一身の置所なし。古語に。官、私曲を、をこなつて。失する時、悔《くゆ》と、いへるがごとし。今ハ目出度御時代にて。仁を、もつハらと、をこなひ給ふ。仁者ハ、よく。人を、よミんじ。よく人を、にくミんず、と、云て、仁者ハ、人の善悪を知《しる》と也。

孔子ハ、少正夘《せうせいばう》をころし。周公旦ハ、弟のくわんしく。さいしくを、ころす。舜ハ、四凶をさる、と云て。其時、天下に、四人の悪人あり。皆、ほろぼし給ぬ、是治世の、をこなひ也。

孟子に。仁者にハ敵なし、と」五十三オ云云。仁者閑《しづか》也、と云て。第一無欲なる故。心閑なり。不仁者ハ。名利にふけり。心さハがしく隙なし。君子の道ハ。世の飢寒を見てハ。かれがために、うれひ。其労苦を見てハ。これがために、かなしひ。賞罰ミづから、うくるごとくす。寒けれ共、かハ衣をきず。あつけれども、扇をとらず。雨ふれ共、がいをはらず。是を、将の礼といふ。人とがを。くやミ、つ〻しミて。徳を、をこなへば。わざハひ、さりて福来る。もし、福にほこりて。とがを、をそれ」五十三ウざれば。福去て、わざハひ来る。其上、国のしゆごたる人。仁義なくして。いたづらに、国を、ついやす事。鼠

のごとし、と。有文《ふミ》に見えたり。

弓箭とる身は。文武の二道を。昼夜、心にかけ。君を尊ミ。兆民をなで。絶たるをつぎ。すたれるを、おこし。国家静謐のために。身心《しんじん》を、くるしめ。上下の安泰をのミ。心とし給ふならば。天眼くらからず。など、神明の加護なからん。将《しやう》に、義あれば。臣に忠あり」五十四オ人の運命、末に成行時ハ。よくしん出来て。万民を、なやまし。不当不応の義あり。然者、此大名の振舞を。かねて見及び候に。諫言、耳にさかひ。長臣を、なひがしろにし。賢人首《かうべ》をたれ、佞《ねい》人威をふるふ。昼夜、名利ばかりに、つながれ。天命をも、をそれず。公儀をも、はゞからず。いかる時ハ、とがなきに、人をころし。あやまれるとも、おもハず。無始より、なれたるところの。悪逆を、ほしいまゝに作りて。我と、身」五十四ウを、くるしめり。民を、つかふに。時節をも、かんがへず。労役をも、わきまへず。わづかの、よくしんを、ふくミてハ。詞を、たくミにし。はかりことを、めぐらし。事を左右《さう》によせて。大きに申かけ。下臣《げしん》の家財を、うばひ取。冥《みやう》の照覧をも、はゞからず。理不尽に、賞罰令《れう》ずる事。まことに悲歎のうらミ。あげて、かぞふべからず。其せめ、却て身をほろぼす。

古語に。節たる彼南山。これ石。巌ゝたり、かく〳〵たる師尹《じいん》民具《とも》に」五十五オ尓《なんぢ》を見る、と、いへり。君子ハ、身を、つゝしミ有べき事也。

伝に云《く》。誅賞あやまつときんば。善悪乱《みだる》、と、いへり。自業自得果《どつくわ》。のがれがたし、と、申されし

○秀頼《ひでより》公。仏神《ぶつじん》を祈《いの》り給ふ事　（七）

見しハ。今、秀頼公と申せしハ。大坂の城にて生《むま》れ給ひしが。父秀吉公の、ゆいげんにより。城より外へ出る事なく。只あんなんと、廿二年の光陰を。城のうちにて送り給ふ。処に。長臣にゆひける。大野」五十五ウ修理助申けるハ。達人四海を友とす。曲士《ぐし》、一遇《ぐ》をまもる、と。貞鉄集に、かゝれたり。いたハしや、わが君。井中の蛙《かいる》にて。大

海をも知給ハぬことの。もどかしさよ
といふ。

秀頼公、此よしを聞給ひて。

われ太閤の男と生れしより、一度、天下の望ミあり、然共、わがちからにて叶ひがたし。

修理助うけたまハつて。

世すでに。けうきにをよぶ、と、いへ共。信心まこと有時ハ。れいかん、あらた也。たゞ〳〵、仏力神力を。頼ミ給ふ」五十六オ べし
といふ。秀頼聞て。

いしうも申たる。修理助哉。

父たくハへ置給ふ、金銀のふんどう。数の蔵に、ミてり。此時のため、なるべし。

然に、太閤御治世。京都にをいて。大仏殿御建立。佛を、しつくいを、もつて作り。上をさいしき。仏の御長十六丈。御堂の高さ二十丈。目出度、成就せし所に。慶長戊戌の年。太閤御他界。八月十八日、東山にをいて。さうし奉る。

同《き》廿二日の。大地しんに。大仏の像、損亡し。同《き》七壬」五十六ウ 寅の年、十二月四日。大仏殿失火す。父の御建立むなしくなす事。遺恨やんごとなし。ほとんど。末代のためにとて、銅《あかゞね》をもつて。大きに、仏をいさせ。さて大仏殿をこんりうし。あたりの末社に至るまで。金銀を、ちりばめ給ふ事。慶長十五庚戌《かのえいぬの》年也。

其外、日本国中に。ありとあらゆる。寺社を、しゆざうし。こんじやのれいじん。じつしやのじやじん。山神。道祖神に至るまで。ひたすらに」五十七オ 祈つて。秀頼、天下の主《ぬし》に。ならばや
と、願ひ給ふ事。羽なき鳥の。千里の外迄も。飛めぐらん、と思ふがごとし。

縦、百千万億の仏を作り。堂塔を建立し。善根、誠に、勝れたり、と云共。いさゝかも。願主私欲あれば。法会の違乱出来。三宝の住持久しからず。

荘子に。張南軒が云、

為にする所無して。するハ義也。為にする所有て。するハ義にあらず。もつて義の旨を。尽すに足《たれ》りと、いへり。万事」五十七ウ私欲有て、する人ハ、利を、いまだ、えざるさきに。かへつて、わざハひを。うくると也。乱世の根本《こんぽん》ハ。欲心を、もと丶せり。欲心へんじて。万般《ばんとく》のわざハひを。なせり。たゞ、天運に任せ。前業をかへり見て。希有の心なかれ。其上、経に。仏力も業力にハ、かたず、と説れたり。

扨又、神ハ。道理を納受し給ふ。前との非を、しるを、後《ご》との位とす、と、古人も、いへり。

されば

○すくなるや。神のこ丶ろに。かなふらん

と前句に。

あらぬさま」五十八オなる。ことないのりそ

と。連哥師も付られたり。

雲ひらけて。空を見るときんば。則、天文《ぶん》清し。風をすまして。水を見るときんば、則、川流《せんりう》平なり

と、文選に見えたり。

国家を、おさむる人。悪を払ふ時ハ、則、泰平を、いたすべし。君の心。一塵のわたくしあれば。其わざハひ、四海にみちなん。猶、おそる丶に、あまりあり。

昔。大納言卿。賀茂の社に、まうで丶、をよびなき位を。ふかく祈り給ひき。御戸の内より。気高」五十八ウげなる御《ミ》声にて

○桜花。賀茂の川風うらむなよ。散をばえこそ。とゞめかねけれ

と、こたへ給ふ。

秀頼、天下の人口を。わきまへ給ハぬ事の。うたてさよ。かほどまで、願ひ給ハずとも。武運、天に叶ひなば。武将の位を、つぎ給ふべし。是皆、非也。いふにたらず。京わらハべ、一首の狂哥を書て。高札を立る

○ひでよりの。天下をしらぬ物ならば。神や仏の。はぢのかきあげ。

誠に、秀頼公。あづからぬ果報を、ふかく」五十九オ祈り給

ひて。物もいはず。とがもなき神仏に。末代までの。きず
を、つけ給ふべきぞや

見聞軍抄之巻七ノ終

（五行空白）」五十九ウ

見聞軍抄《けんもんぐんしう》。目録之《もくろくの》八

(一) 秀忠公《ひでたゞこう》。摂州発向《せつしうはつかう》の事
(二) 昔《むかし》いくさ。物語《ものがたり》の事
(三) 戸田一刀齊。兵法《へいほう》手がらの事
(四) 文武《ぶんぶ》の学《まな》び。をこたらざる叓《こと》
(五) 遊民《いうみん》。御政道《ごせいだう》の事《こと》

（四行空白）」一オ

」一ウ

見聞軍抄《けんもんぐんしう》。巻之《まきの》八

○秀忠公《ひでたゝこう》。摂州《せつしう》へ発向《はつかう》の事　(一)

見しは今。天下太平にして。国土ゆたかに、さかふる事。上一人の御めぐミ。ふかく、おハします故也。尚書《じやうしよ》に。赤子を、やすんずるがごとし。心に、誠に。是を求れば。あたらざる、と、いへ共。遠からず、と云云。今、此君。民をあハれミ給ふ事。子のごとし、民ハ。君を、あふぎ奉る事。父母のごとし。有難さ、言葉に。のべ尽しがたし。

然所」二オに、当年。十月三日四日比より。俄に、江戸さハがしくなる。

是ハ、いかなる子細ぞと、とへば。

大坂にまします秀頼公。わがまゝを、ふるまひ。石垣をつき、堀をほり。城を堅固にかまへ。諸牢人を扶持し。天下を、くつがへさん、と、し給ふ。

片桐市正《いちのかミ》と云、長臣あり。将軍に対し、弓を引給ハん事。薄氷を、ふむがごとし。おもひとゞまり給へ、と。いさめければ。秀頼公、いかつて。下として、上をあざむく」二ウ徒者《いたづらもの》。たゞ討殺せ、と、有しかば。市正、をのが屋敷に取籠り。其上、甲冑をたいし。人数をまつ（ママ）め。日中に、大坂を立て。希有に殺害をのがれぬ。人、是を、沙汰しけるハ。昔、殷の紂ハ無道也。臣下に、比干と云、賢人あり。王の政道たゞしからざるを。いさむる、と、いへ共。聞給ハず。しきりに、いさむる時に。王、むつかしくやおもひけん。賢人の肝に、七毛七穴有、と、きく。さひて見よ、と殺し。心《むね》をさく、と也。かゝる無道の王」三オも、有けり。

秀頼公、たゞ是に」三オことならず、と。いひあへる所に。公方に聞召。秀頼、逆心を、くわたて。敵をなす条。たとへば、せいゑい、海を、うめんとし。蚊子《ぶんす》、鉄牛を、かむに似たり。され共。時の至るを、をこなハざれば。かへつ

て、其わざハひを、うく、と、いへる本文あり。扨又、しづかなる世をバ。文《ぶん》をもつてし。乱るゝ国をば。武をもつてす。孫子に。人を、ころしても。人を、やすんずれば。是を、ころしても可也。其国をせめても。其民を」三ウ あひせば、是を、ころしても可也。たゝかひを、もつて。戦ひを、やめば。たゝかふ、と云共、可也と、いへり。

秀頼らうぜき。しづめん、と、仰有て。日本六十六ケ国へ。大坂立と、御ふれ有て、先、諸軍勢の法度を、ふれ給ふ

軍法

一喧嘩口論。かたく停止の上。もし、違背の輩にをいてハ。理非を論ぜず。双方共、誅罰すべし。或《あるひハ》。親類縁者のちなミを存《ぞんじ》。或。傍輩知音の好ミにより。かたん」四オ のやから、これ、あるにをいてハ。本人よりも曲事たるの間。急度、申付べし。自然、用捨せしむるに、をいてハ。後日に相聞ゆるといふ共。其主人重科たるべき事

一先手を指越。縦、高名せしむといふ共。軍法背《そむく》上ハ、罪科に、しよすべき事 付先手に相理《ことハ》らずして。物見を、出すべからざる事

一子細なくして。他の備に、相交輩。これあらば。武具馬共に。是を取べし。若、其」四ウ 主人、異義をよぶに。をいてハ。共に、もつて、曲事たるべき事

一人数押の時。脇道、仕べからざるよし。堅、申付べき事

一諸叓、奉行人の申旨。違背すべからざる事

一時の使として。如何様の者を、さし遣すといふとも。違背すべからざる事

一持鑓ハ。軍役の外たる間。長柄を、さしをき。もたすべからず。但、長柄の外、もたするにをいてハ。主人馬の廻に。壱本たる」五オ べき事

一陣中にをいて。馬を取はなつべからざる事

一押買《をしがひ》狼藉、すべからず。若、違背のやからにをいてハ。見合に成敗すべき事

一小荷駄押の事。路次中、右の方に付て、相通《とほし》。軍勢に、

まじハらざるやうに。兼日、堅、申付べき事
一船渡《ふなわたり》の儀。他の備に相交らず。一手越《ごし》たるべし。夫馬已下。同前の事
右条〻、若。違背の輩にをいてハ。罪科」五ウに、しよすべき者也

慶長十九年十月日

かく、諸国へ、軍法を、ふれ給ふ。

秀頼、此よしを聞。おどろき。あやまりなきの旨。申ひらかん、と、し給へ共。世上の人口《にんこう》、らいのごとし。

國語に、民の口をふせく事。川をふせくよりも。はなハだし。河ふさがりて。人を、そこなふ事。必、おほし。

民も又、しかのごとし、
と、いへるに、ことならず。

秀頼、力なく。籠城の仕度也。然共、敵を、ふせく」六オへき。人数なければ、とて。金をあたへ。武士を扶持せん、と。高札を、立られたり。是、をろかなる、はかりことぞや。

孟子に。
非礼の礼。非義の義。大人ハせず
と、申されし。
ていこう、孔子に、問《とつ》て、いはく。
君。臣をつかひ。臣。君につかへん事いかん。
子答て、のたまハく
君。臣をつかふに。礼を、もつてす。臣。君に、つかふまつるに。忠をもつてす
と、いへり。
其上、君子ハ。義士をつかふに。財を以てせず
と也。
故に、義士ハ。不仁者のため」六ウに。死せず、と、略記に見えたり。録を、をもんずる士ハ。かならず、義死を、かろんずる也。
然に、先年。石田治部少輔と。一味する逆臣の輩。高野山。吉野のおくに入て。さまをかへ、身をかくし。天下の乱《みだれ》を願ひ居たりし。吉田左衛門助。明石掃部助。五嶋又兵衛。

森豊前守。長曽我部。此等の者、大坂へ参じければ。秀頼公、かれらを。いくさ大将に定めらるゝ。此外、青野原の大合戦に、討もらされの臆病者共。扶持する人の」七ォあらざれば。山のおく。岩のはざまに。かくれゐて。このミを、ひろい。鹿《しゝ》狸《むじな》を、ころして。命をつぐ者、かぎりなくあり。これらの者ども。金《かね》といふに、心まどひ、大坂の城に入。矢のねをみがき、鉄炮《てつぽう》を用意して、天下の軍勢を。ふせがん、と、する事。たとへば、らうが。をのを、まし。しやぢくに、むかふがごとし。

関西の軍勢。はや、雲霞のごとく。はせあつまつて。大坂の四面を、かこむ事。稲麻竹葦のごとし。城内の人ハ。さな」七ゥがら、籠鳥《ろうてう》の雲をこひ。釣をのむ魚の。うへを、しのばざるを。なげくがごとし。たのしミ、つきて。悲しひ来る、と、いへる。古人の言葉、思ひしられたり。

然ば、江城《えじやう》にハ、越後の少将、上総守忠輝卿を残しをき給ふ。尾張中納言義直卿。駿河中納言頼宣卿、先陣にて。将軍ハ、坂より東の勢を、そつし、慶長十九(「年」脱カ)十月廿三日に御進発。大御所ハ。駿府《しゆんぷ》より打立給ふ、御威勢。虎の、ほらを出るが、ごとく。龍の、雲にのぼ」八ォるに似たり。

霜月十日に、京着あり、翌日、大坂《ざか》の城へ、をしよせ。秀忠公の御旗を、さしあげられければ。諸軍、一同に、せめかゝり。おめきさけぶ其声。上ハ、ほんでん迄も聞え。下ハ、けんらう地神《ぢじん》も、おどろき給ふべし。はなちかくる大鉄炮、石火矢にハ。いかなる大ばんじやく。鉄《くろがね》のつゐ地成とも。たまるべき、とハ見えざりけり。

去程に、石垣せいろう、くづれ落。大坂の城ハ。ひとへに、くらやミとなる。秀頼ハ、あきれ果。身ハ城に」八ゥましませ共。玉しひハ飛て出。たゞ、うつせミのからだ也。扨又、金にて、やとハれし。数万人の弱兵《じやくひやう》共。此いきほひに肝をけし。もとより、をくびやう神が、首にのつて、命の果のかなしさに。五尺の身の、かくれ所を。天にあふぎ。地にふして、願へども。土のそこへも入がたし。とばんと思へと、羽ハなし。あまりの、うらめしさに。はだにつけたる金、取出し。此金ゆへに、二つとなき。命捨《すつ》るの

悲しさ、よ、と、後悔すれ共、かひぞなき。愚人」九オは、財のために死《し》。鳥ハ、食のために、ほろぶ、と。古人、いへるがごとし。

其中にも。名をおしミ、義理を立る侍ハ。衆をいさめて、矢倉にあがり。鉄炮をはなち。門をかためて、ふせぐ、と、いへ共。かなふべし、とハ見えざりけり

女房子供、町人ハ。城戸、逆茂木の間より。ころび出つゝひれ臥て。たすけ給へ、と。なきかなしむ有様は。是や、あか子の。母をしたふが、ごとく也。

さすがに、たけく、おハしまし。御いきどをり深き将軍も。ふびんにや」九ウおぼすらん。其上、罪をゆるくするハ。名将のはかりこと成べし、文をもつて、事を、やハらげ。武をもつて、敵ををどし。秀頼公の一命。万民迄も。たすけ給ふ、の有難さよ。

四民ようたるときんば。国いましハ安楽也、と。略記に、見えたり。

それ、将は。国の命《めい》也。将よく、せいしようするときんば。国家安定《あんちやう》也。天ハ。寒暑をもつて、徳とし。君子ハ。人愛をもつて、心とす、と、いへり。

罪科ある者を、なため。大慈大悲」十オの。本誓に、かなひ給へる事。誠に、有難き御あハれミ。慈悲ハ、上よりくだるとハ。今こそ、思ひしられたれ。

極月廿二日に。大坂の山城《さんじやう》。かゞたる、かんぜきを、切たひらげ。陸地と、なし給ふ。将軍の御威勢。前代未聞也。今又、国もおさまり。日月影しづかに、めぐり。吹風、えだを、ならさず。雨つちくれを、うごかさず。誠に、永久目出度。御時代と知られたり

」十ウ

○昔《むかし》いくさ。物語《ものがたり》の事　(二)

見しハ。今、若殿原達、寄合。武道の手からを、放言《はうごん》し。其上、昔の軍《いくさ》物語を、なせり

源平八嶋の合戦にをいて。平氏《へいじ》がたより、悪七兵衛景清と名乗。おめひて、かゝりければ。源氏の侍、此名に、をそれて。四方へ、はいぼくす。

義経、是を見て。

やれ、三浦等ハ、なきか。佐々木。熊谷。平山。弁慶ハ、なきか。あの景清一人を討《うつ》とれ。

と、下知し給へ共。あのやうなる。死生も知らぬ。ふてき者に出逢。命を捨て、せんなし、とて」十一オ出る者なし。然処に。武蔵国住人水《ミ》尾谷《おのや》十郎。同四良二人、発向《はせむか》ひけるに。景清、大長刀《なぎなた》を、ひたひにあて。飛《とん》て、かゝりければ。四郎ハ、はやくにげ。十郎ハ、あやうく見えしが。希有にして。にげのび。馬かげにて、いきをつきたり、と、盛衰記にあり
又、平家物語にハ。武蔵国住人水尾谷四郎と、名乗《なのつ》て。かゝりけるに。景清、大長刀を、ひらめかしければ。水尾谷ハ、小太刀にて。かなハじ、と思ひ。たゝかハぬ前に。貝吹」十一ウて、にげたる、と、記《しる》せり。

扨又、謡に作りたるハ。水尾谷ハ、太刀打おつて、力なく。引しりぞきしに。景清、をつかけ、飛《とんで》かゝつて。水尾谷が。着たる甲の、しころを、つかんで。うしろへ引ば、水尾谷ハ。身を、のがれんと、前へ引。互に、ゑいやと引力に。はちつけの板より引ちぎつて。しころハ、こなたに、とまれば。主《ぬし》ハ、先へ、にげのびぬ。

はるかに、へだてゝ水尾谷ハ。立帰り。

汝おそろしや。うでの力ハ。つよき、
と、云ければ。景清ハ。

いや〱、水」十二オ尾谷か首のほねこそ。つよけれ
と。互に、笑ひて。両陣引退《しりぞく》、と、作りたり。

此三説、いづれも、かハりたり。され共。にげやうの、しなこそ、かハれ。三説ながら、水尾谷が、にげたるハ治定。

其上、謡に相違あり。

其景清と、みおのやが、出合たる前日《まへび》の合戦に。越中《の》次良兵衛盛續《もりつぐ》、小舟にのり。判官殿を。くまでを、もつて、かけはづし。小林神五宗行が。甲の、ふきがへしに。くまでを、からりと打かけ引。宗行まへつばに、つよ」十二ウく取つきて。むちをうつ。主も馬も。誠に、すくやか也。水に、うかへる小舟なれば。汀に、引あげたり。宗行、くまてに。

かけられながら。馬より飛でをり。首をのべ。えい〳〵とぞ、引たりける。盛続も、大力《ちから》せうれつ見えざりけり。こんがうりきじの。首引とぞ覚たる。両方つよく、引程に。はちつけの板。ふつと、引きり。はちはの《(ママ)》。こつて。かうべにあり。しころハ、くまでに、とゞまりぬ。

盛續、舟を、こきかへせば。宗」十三オ行、陣に帰り入。源平ともに、目をすまし。敵も味方も、かんたんせり。

判官、宗行を召て。

唯今の振舞、人間と見えず。鬼神のわざと覚たりとて。しろかねにて、くハがた打たる。たつがしらの甲《かぶと》を給ハる。

此甲ハ、源氏重代の重宝《ちようほう》也。銀《しろかね》にて。龍《れう》を、前に三つ。うしろに三つ。左右に一つつゞ《(ママ)》打たれば。八龍と名付。保元のいくさに、鎮西八郎爲朝の、ちやくしたりける。重代の宝なれ共。命に、かハらんとの志を、か」十三ウむじ、がうりきの振舞、しんべうなりとて。是を給る、と、盛衰記に見えたり。

然則《ときん》ば。水尾谷が甲の事ハ、相違せり。菟角に。水尾谷ハ臆病者にて。にげ名を、末代迄も残し。景清ハ、剛者の名をえたり。此景清ハ。我も人も、あやかりたし。聞も、耳のけがれ。をくびやう者水尾谷が。にげ名と云て。爪はじきし給ひぬ。

爰に、兵法の故実を、しれる老士の、有けるが、此物語を聞。

をろかなる人ゝの云事ぞや。此景清と、水」十四オ尾谷が武略。かけ引の勝劣。誰か是を定めん。軍書に。小をもつて。大に敵せず、とハ。是、老士のいさめに、あらずや。かく、のがるべき所を。のがれてこそ。水尾谷ハ、名誉のつハもの、と。後代迄も、ほまれを残し給へり。故に。こハき者よハく。よハき者こハし、と、いへる本文あり。

夫、戦場にをゐて。叶ハぬ所を見てハ、討死をし。のがるべき所を知てハ。命を全《まつたく》して、後日《ごにち》に、本望を達す

るをこそ。仁義の勇士《ようじ》とハ申ゆへ。是非の進退《だい》を」十四ウも、わきまへず、のがるべき所にて、犬死をして。敵に利を付るハ。血気の勇士とて。道にそむく所也。

元光（ママ）二年。三月廿一日。楠兵衛正成、津の国にをいて。隅田《すだ》。高橋と合戦し、討勝《かつ》て。猛威をふるふ所に。又、京都より。関東名誉の武士。宇都宮治部太輔。宣旨を蒙り。七百余騎《き》にて。同年七月十九日発下《はせ》る。河内国住人。和田弥太郎、此由聞、楠に向て、申けるは。

先日の合戦に、須田。高橋が、五千余騎にて、向ひしをさへ。味方小勢」十五オにて、討勝《かち》たり。其節《の》落首に

〇渡辺の水。如何斗。早ければ。高橋落て。須田流
　るらん

と、読しも。思出て、おかしかりき。其上、今度ハ。味方、勝に乗て、大勢。敵ハ、機を失ひて小勢也。たゞ是、たうらうが斧。今夜逆寄《さかよせ》にして。討散さんとぞ云ける。

楠、しバらく思案して、いひけるハ。合戦の勝負、大勢小勢に、よるべからず。たゞ、軍士の志を。一つにする、と。せざる、と也。されば、大敵を見てハ、あざむき。小敵を見てハ、をそ」十五ウれよ、と、申事あり。敵、先場の軍に。大勢討負、引退く跡へ。宇都宮一人、小勢にて、むかふ志。一人も生きて帰らん、と、思ふ者。よも、あらじ。其上、宇都宮ハ。関東一の弓矢とり。其兵七百余騎。志を一つにして、戦を決せば。味方、大半ハ。かならず討るべし、天下の事。此度の戦ひに、限るべからず。行末はるかの合戦、おほかるべし。良将ハ、たゝかハずして勝、と、いへり。明日ハ、態《わざと》此陣、天王寺を退き。宇都宮に一面目させ。後日」十六オに発向すべし。とて。天王寺を、しりぞきぬ。

宇都宮ハ七百余騎、天王寺へ、をしよせ。近辺の在所に、火をかけ焼はらひ。たゝかハぬ以前。に。宇都宮は一勝《かち》したる心地して。本堂の前にて、馬よりおり。上宮太子を、伏拝ミ奉り。是ひとへに、武力のいたす所に、あら

ず。たゞ、しかしながら、神明仏陀のおうごに、かゝりけり、と。信心を、かたふけ。くハんぎの思ひを、なせり。然処に、楠。四五日をすごし」十六ウ大軍を、もよほし。夜中に、四方山嶺《みね》にて、かゞりをたかせ。遠くより。敵を取まく躰に、計ければ。宇都宮、是を見て、最前、敵を追散。一面目えたり。小勢にて、かなふべからず、とて。同《き》七月廿七日に、天王寺を引て、上洛す。宇都宮かゝれば、楠引て、謀ごとを、千里の外に、めぐらし。又、楠かゝれば、宇都宮退きて。名を失ハず、ほまれを末代に残す。彼ハ、項王がいさミを、心とし。是ハ、張良が謀ごとを、宗とする人」十七オゝ也。軍中にをいて。進むべきを知て、進むハ。時を、うしなハざらんがため。退くべきを見て、退くハ。しりへを全くせんがため。是をしるを。文武の名将とすと、申されければ。若き衆、閉口せり

○戸田《とだの》一刀斎《たうさい》。兵法《へいはう》手がらの事　(三)

見しハ昔。天正の比ほひ。相州三浦三崎に。北條美濃守氏親、在城也

其比、戸田一斎と云、兵法者。諸国修行し、三崎へ来る。関東無双《ぶ》の手づかひ、と云て。諸侍」十七ウ弟子に、成給ひぬ

面《おもて》にハ。五ケ《ごか》。八ケ《はつか》。七つ太刀。十二ケ條などゝ云て。さま〳〵の太刀を、をしへ。其上しやの位一つを、専と、をしゆる所に。弟子衆、いひけるハ

此上は。陰《かげ》の太刀。極位を教給へと望む。一刀斎聞て。

この車《しや》(ママ)の外に奥義なし。是を肝要と、つかひ給へ。寄特は、工夫より顕るゝ者也。右に、をしへ様ゝの太刀ハ、皆方便。是、足代《あししろ》にて。車一刀にきす。其上、鈍刀、骨をきらず。利剣を用べし。運命ハ、天然也、進とも」十八オ死せず。退とも、いきじ。身を捨てこそ、うかぶ瀬もあれ。秘すべし

とぞ申ける。

然に、其比、三官《ぐハん》といふ唐人。北條氏政の印判をいたゞき、諸越《もろこし》に渡り。天正六年戊寅七月二日。三浦三崎の湊へ、唐舟《せん》着岸す。此舟に、十官と云唐人。から国にて、兵法名人の沙汰あり、諸侍、所望する処に。討太刀なし。面白《おもしろく》ハ有まじけれ共。ひとり、兵法つかひて見せん。白刃の長刀をもつて。広庭にて、つかハんと、いふ。

則」十八ウ 長刀のさやを、はづして、出す所に。長袖のいしやうを、ぬぎすて。如何にも、かろく。くゝりばかまを着し。蛛舞などの出立也。大男にて大力。ことに、かろわざの名人也。筋骨《すぢほね》たくましう。眼《まなこ》ざし、つらだましゐ。人にかハつて、見えにける。大庭に出。長刀をつ取て。立たる威勢。誠の敵に出あひ、勝負を決《けつす》が、ごとく。眼をいからかし。はがミし。大声をあげ、長刀を、自由にふつて。うしろ前。弓手、妻手《め》へ。二間三間」十九オ 飛。広庭にて土煙を立。半時がほど、あせ水をながし。八方を、さしからミ。大勢のかたきを、一方の角《すミ》へ追入。扨、長刀を、からり捨たる有様。はんくわいが、いかりも、かくやらん、と、諸侍興さめ。目をおどろかし。見物せり。

皆人、沙汰し給ひけるハ。

十官が、たゞ今の振舞。かたき二百も、三百も、有中へ、一人切て入。西より東へ、をひまくり。北より南へ、追まハし。たてさま、横さま、十文字。算を乱したる手づか」十九ウ ひ。秘術おほかりき。大長刀を自由自在に、ふりけるハ。木刀よりも、かろし。兵法の位。一刀斎にも、をとるまじ。此十官と、日本人、太刀討かなふべからずと、皆人、いひあへり。

一刀斎、是を見。此沙汰を聞。

十官に、白刃の長刀を持せ。われ、扇にても勝べしと云。

皆人、聞て。是を見物せん、と。十官を、いさめすゝめて。木《き》長刀を持せ。一刀斎ハ、扇を持て、向ふ所に。十官、小敵を、あなどらず。をそれたる気色《きしよく》。老士」二十オ のいさめを宗とし。張良が秘術を、つくし。すさまじき有様。一刀

斎も、かなふべし、とハ見えず。

一刀斎、是を見。扇を捨、両手をひろげて、か丶る。十官、いよ〳〵、をごらず。大事に取て。長刀を、大きに、ちらさず。きつさきを、向ふに、あて丶、ひらめかし。きうに、か丶る時ハ。一刀、跡へ、しさり。一刀、手を、ひろげて、す丶めば。十官しりぞき。広庭にて。をつつ。まくつ。かけつ、かへしつ。面白さ。春の薗生に、蝶鳥の」二十ウ散かふ花に立うかれ。入乱て、あそぶがごとし。

然に、一刀斎。飛入て、長刀を、ふミおとしければ、十官も、見物衆も、興をさましたり。弱よく強をせいし。柔よく剛を制す、とかや。一刀斎がじゆつぢ。はかりがたし、と、いへり。

○文武《ぶんぶ》の学《まな》び。をこたらざる事　⑷

見しハ。今、年久、国治り。民安穏に、さかへ。目出度御時代也。然所に、当年。秀頼公、逆心に付て。江戸より、御馬出され、大坂」二十一オ落城す。いよ〳〵、天下太平、弓矢治り。閑なる御世上也。

され共。文武の二道を、忘るるときんば。必、国乱る丶、と、いへる本文あり。万叓、常に、油断有て。其期にのぞんで、なさん、と発《ほっ》する事、軍見て矢作《はぐ》がごとし。

然に、将軍家。諸侍の御法度を。大坂御城に、をいて。仰ふれらるる旨。則、是にのせ奉る

武家諸法度

一文武弓馬之道。専可二相嗜一事　」二十一ウ
文を左にし。武を右にするハ、古の法也。兼、備ずんば、あるべからず。
弓馬ハ是。武家の要枢也。兵を号《なづけ》て、凶器とす。やむ事を得ずして、用ゆ。治《ち》にも、乱を忘ず。何ぞ修錬を、はげまさゞらん哉
一可レ制二群飲。佚遊一事
令條《れうでう》に載る所。厳制、殊に重し。好色にふけり。博奕を業《わざ》とするは。是、亡国の基也
一背二法度《を》一輩。不レ可隠二置於国々《ニ》一事」二十二オ

法ハ是。礼節之本也。法を以て、理を破り。理を以ては、法を破らず。法を背くの類。其科、軽からず

一国〻大名小名并ニ諸給人各《をの〱》。相二拘《かゝへ》士卒一有《あらバ》下為《たりと》二反逆殺害人二告者上速《はやく》可二追出《ついしゆつす》一事

夫、野心を、さしはさむものハ。国家を、くつがへす。利器、人民を絶《たつ》の鋒鈒也。あに、許容するに、たらんや

一諸国居《ゐ》城。雖《いふとも》レ為《たりと》二修補一。必可二言上一。況《や》新儀構《をかまゆる》営《いとなミ》堅令二停止一事」二十二ウ

城《じやう》の百雉《ち》に過たるハ。国の害也。塁《たむろ》を峻《けハしく》し、湟《みぞ》を浚《ふこ》するは。大乱の本也

一於二隣国一。企二新儀一。結《ぶ》二徒党一者。有レ之早可レ致二言上一事

人皆、党あり。亦、達する者少なし、是を以て、或は、君父に順ハず。たちまち、隣里に違《たが》ふ。旧制を専にせずして。何ぞ、新儀を、くハたてんや

一私。不レ可レ締《むすぶ》二婚姻一事

それ婚合ハ。陰陽和同之道也。容易《いるかせ》に」二十三オすべからず。暌《き》に曰《いハく》。冠《あた》あるにあらずんバ、婚媾《こんかう》してん、と志し。将に、通ぜんとすれども。寇ある則バ、時を失ふ。挑夭に曰《いハく》。男女、正を以て。婚姻、時を以てすれば。国に鰥《やもめ》なる民なし、と。縁を以て、党を成《なす》は。是、姦謀の本也

一衣裳之科《しな》。不レ可二混雑一事

君臣上下。各別たるべし。白綾。白小袖。紫の袷。紫の裏。練。無紋の小袖。御免なき衆。みだりに着用有べからず。

近代、郎」二十三ウ従。諸卒。綾羅。錦繍等《とう》の飾服《しよくふく》。古法に非らず。甚これを制す

一雑人《ざつにん》、恣《ほしいまゝ》。不レ可二乗輿一事

古来、其人に依て。御免なく、乗《のる》家《いへ》有レ之。御免以後、乗家有レ之。然るを、近来《このごろ》、家郎。諸卒に及ぶまで。乗輿、誠に、濫吹の至也。向後にをひては。国大名已下。

一門《の》歴〻并ニ医陰両道。或ハ、六十已上の人。或ハ病人等は、御免に及バず乗べし。其外、昵近《きん》の衆ハ。御免以後、

乗べ」二十四オし。
国ゝ諸大名の家中に至りてハ。其主人、仁躰を撰び。吟味をとげ、これを免《ゆる》すべし。みだりに乗《のせ》しめば、越度《をつど》たるべき也。但、公家《くげ》。門跡。諸出世の衆ハ。制の限にあらず
一諸国諸侍。可レ致レ用二倹約一叓
富者《とめる》ハ。弥《いよいよ》ほこり。貧者《ひんなる》ハ。及ばざる事を耻《はづ》。俗《しよく》の凋弊、これより甚しきハ、なし。厳制せしむる所也
一国主。可レ撰二政務之器用一事」二十四ウ
凡、国も治る道ハ。人を得るにあり。明に、功過を察し。賞罰、かならず当る。国に善人有則《ときん》ば。其国弥殷《いん》也。国に善人無則ば。其国かならず、亡ぶ。是、先哲の明誡也
右可レ相二守此旨《を》一者也
慶長十九極月日
かくのごとくの御法度。天下の諸侍。違背せず、と、いふ事なし。
いにしへ、月氏《ぐわつし》国の照堯。震旦の魏文。日域《じちいき》の聖徳《しやうとく》。これ」二十五オらの先徳。文を以て、世をおさめ。武を以て、四夷をたいらげ給ふ。かきがくわんしん論に。木をきつて、兵をなし。竿を揚て、旗をなす、と云ゝ。
秦の始皇。天下を合て、刀がりをし。子孫永久に、文斗《ばかり》を以て。世をおさめん、と、し給ひけれ共。陣勝と云者、有て。国に乱をおこし。木刀を、こしらへ。竹の先に、しるしを付て、戦ひければ。数千万人討負。秦の国を、かたふけたり。其後、漢の高祖、弓矢を以て。終」二十五ウにハ、かれらを、ほろぼし給ふ。
然者、射礼《いれい》とて。大内にて弓射る事あり。的は、しゅうが眼《まなこ》と名付て、是を射る。
明徳天皇の御宇に。正月射初給ふ。天子も、弓場《ゆば》どのへ出御有て。武道を、ならハせ給ふ。公卿以下、皆、そくたいにて。的を射る。是に依《よつ》て。天子の御座《おハします》左右に、常に、弓矢を立置給ふ。是、文武の二道をば。かくべからざるが故也
昔、かうらい国と、日本の戦ひ。度ゝに、をよべり。然所

に、仁徳天」二十六オ皇の御宇。かうらい国より、鉄《くろがね》のたて。銛《くろがね》の的を。日本へ奉りしを。たて人の、しやくねと云者。精兵《びやう》の射手《いて》にて、是を射通しければ。それより、日本を。責とらん、と、思ふ事を、とゞめけり。

其上、当朝ハ。仏法流布の国也。四广《しま》の夷《ゑびす》とて。四方の国より、夷きそひ。世を、くつがへさん、と、望をかくる。三十三年してハ、国乱波《こくらんは》と云て。大浪を立て。一切の有性《うじやう》を、つきうづめん、とす。是、外道のきざす時。此波起る也」二十六ウ君の君たる時ハ、王法の政事《まつり》いさぎよし。かかる時ハ。神明も仏陀も。加護有ければ。广軍をそれて。四海浪たゝず。扨こそ、四海太平。一天静なれ。是によつて、国おさまれる、とて。武を忘るゝ事なかれ、と。いへる本文あり。

故に、武藝を、もつハら学び。先、徳文をもつて、世をおさめ給ひぬ。今の御時代、あまねく、文をはげまし。武をたしなんで、五常を専とせり。其上、将軍家。仏神を信敬《きやう》し給ふ。」二十七オ数百年、天下治らざるに、よつて。日本国中の。灵寺灵社。絶果《たえはて》、野干の栖と成所に。絶たるを、おこし。破損を再興有て。先例を尋、とハしめ給ひ、皆、悉、御黒印をもつて。寺領社領を、出さるゝ事。あげて、かぞふべからず。

夫、天台山ハ、王城のちんじゆとして、八百五十余年にをよび。我朝第一の灵山也。此山めつばうせバ、国家も滅亡せん、と。大師、のたまひけるに、永禄年中、信長焼ほろぼし。既に」二十七ウ絶果たる跡を。又、あらためて。寺領を、あてをこなハる。

御教書に云《く》

比叡山延暦寺。近江之国志賀《の》郡《の》内。所ゝ、都合五千石目録在二別書一事《こと》永代令二寄附一畢。全可レ被二寺《じ》務《むせ》一之状如レ件

慶長拾五年七月十七日　　山門三院執行代

右のごとく。御政道たゞしく、おハしける故。仏法王法繁昌し。ひとの国までも、したがひ。御《ミ》調《つき》の舟、毎年絶る事なし。

○手向する。君をや神も守るらん

と云、前句に」二十八オ
○道ある時に。相坂の山

と、宗砌、付たりし。此句を、宗祇秀句成とて、えらび。竹林抄に、記されたるも。誠に、今の御時代。たかハず、と、おもひあたれり。四海遠浪の上までも、をだやかに。万民たのしびあへり。

詞花に。

○君が代は。白雲かゝる筑波根の。嶺のつゞきの。海と
なるまで。

久かれとぞ祝し申ける

○遊民《ゆうミん》。御政道《ごせいたう》の事　(五)

見しハ。今、江戸繁昌故。諸国の遊民。手」二十八ウ 打ふつて、江戸へ来る。なすわざなければ、或ハ、紙しでを切。杖のさきに付。伊勢。熊野。鹿嶋などゝ名乗《のつ》て。門毎を乞食する者あり。

或は、髪を切。山臥に学んで、大嶺。かづらき。愛宕と云も、あり。仏神の像を。ぬすミ取て、手に持。勧進と、いふもあり。古無。はちたゝきに成も、あり。其品、あげて、かぞふべからず。幾千万とも数しらず。其上、ぬすミをなし。町を、さハがし。首きらるゝ者限なし。御」二十九オ 奉行衆、聞召。呂氏が云。国に遊民なき時は、則、生《なる》者多し、と云〻。いたづらなる遊民。江戸に、をくべからず、と。町中を御せんざく有て。悉、をひはらひ。をのれ〳〵が本国に帰り。農作のつとめ、致べき旨、毎年、御政道有。是によて、町中。ぬす人なく、しづかに有て。よろこび、あへり

それ、四民といふハ。士農工商の四ツを、いへり。士ハ奉公人。農ハ百姓。工ハ職人。商ハあき人、此四ツの外ハ。皆、遊民也。耕せずして、食《くら》」二十九ウ ひ。織《をら》ずして、きる。出家沙門も。遊民の類《たぐひ》、と、大学に注せり。唐国《からこく》にハ、儒道を専と、をこなひ。仏は、天竺のえびすの法とて。さして用ひず、と、いへ共。我朝には、仏神を信敬し、仏法神道、繁昌ゆへ。出家沙門。祢宜。神主をば、

遊民の内にせず。あまつさへ、国王より。寺領社領を付をき。扶持し給ひぬ。いハゆる仏神は。一切衆生を、あわれミ。さいなんを、のぞき。異敵を、がうぶくし。王法、国家を守護」三十オ し給ふ。

我朝ハ、万事、から国の例を、まなび来れ共。此二儀斗ハ、相違せり。国王、四民を、よく、をこなへば。国おさまり。あながちに。財をむさぼらざれ共。財宝、用るに。たらず、と、いふ事なし。

遊民、国に多ければ、財をつゐやし。万民のなげきと、なる。故に、国主ハ、四民をあつうし。遊民なきやうに、成敗し給ひぬ。

昔、鎌倉に、遊民おほし。保ゝ《ほうぼう》の奉行らに、仰付られ。無益《やく》のともがらの交名を記」三十ウ し。悉、田舎へ追やり。よろしく、農作のつとめに。したがふべき者也、と。建長二年三月十六日。制札を、立られし事、記し見えたり。

尚書《じやうしよ》に。徳ハ是。よき、まつりごと。政ハ。民を養ふに、あり、と云云。

四民の中に、農人を第一とす。ゆへ、いかなれば。耕作を、よく、つとむれば。士工商も、ゆたかに。王法さかんに、国治りぬ。

孔子、のたまハく。

　道にこゝろざし。徳に、よりところす

と云ゝ。

徳ハ得也、とて。心に生」三十一オ れ得たる前をさす。徳の一字ハ。仁義礼智信の惣名也。

から国にハ。民の耕作を、すゝめしめんがため。天子。籍田の法を。つとめ給ふ事、礼記に見えたり。

日本にをいても、昔ハ、帝王。せきでんの法を。行ひ給ひし、と也。

君子、徳をえて。耕作の時を。さまたげず、をこなへば。五穀をとる事、はやし。四民の外ハ、手をあそばし。いたづら者なる故。古今、遊民の御法度あり、と、知れたり。

」三十一ウ

（七行空白）」三十二オ

それ、貧家にハ、親知《しんち》すくなく。いやしきにハ、古人うとし、と、いへる。古き言葉。今、予が身の上に、知られたり。

老悴と、おと」三十二ォろへ。いよ〳〵友ぞ、うとかりける。童子を、かたらひ。まことならざる。昔を、かたり、友と、なせば。昔を、語り尽さずんば。有べからず、と、いひて。やむ事なし。

いたく、いひし事なれば、或時は、黄葉を。金成《こがね》と、あたへて、すかし。或時ハ、顔をしかめ。がごうじと、をどせども、問やます。其せめ、もだしがたきに、よつて。丫《あ》童を、なぐさめんがため。狂言きぎよの、よしなしごとを。書あつめたる、笑ひぐさ。讃」三十二ゥ仏乗の因とも、なるべきか。

又、近き年中。世上の、うつりかハれる事共を。愚老、見聞たりし故。此物語のはじめ毎に。見聞《けんもん》の二字を、をき。古今ことなる事を。すこしも、かざらず。言葉を、くハへず。其時〻の有躰《てい》を、しるし侍《はんべ》れば。やさしき風俗。面白事ゆハず、是、世のため。人のためにも、あらず。たゞ、ミづからが心を。なぐさめんためなれば。清書にも及バず。草案のまゝにて。打をき侍《はんべ》」三十三ォりぬ

然共、古今集に

○行末ハ我をも忍ぶ人やあらん。むかしを思ふ心ならひに

と詠ぜし哥の心も、あり。されども、古語に。言葉すくなきハ、あやまち、すくなき、とこそ。申されしに。まのあたりの塵語《ちんご》を、ひろひ。世間の物語の中に。思出るにまかせ。心得ぬ古人の言葉を、書加へ。長〻敷戯言《けごん》を、つゞつて、もつて。禿筆をそめ。冷灰の胸次。卑《び》懐を、あらハす事。さぞ、ひがこと侍らん」三十三ゥ

誠に、かたハらいたく。ひとへに鸚鵡の。ものいふに似たり。後見のあざけり。あに、ざんぎを、あらハさずや、しかハあれども、人たる身ハ、安からず、と、いへり。此翁ハ、無智愚鈍にして。人たらぬ安かる身なれば。難波江の、よしあしとも。誰かハ、是を、ほめそしらん。

古き哥に

○何事も。思ひ捨たる身ぞやすき。老をば人の待べかり
ける。

げにや、をろかに送りこし。春秋の霜の色ハ。まゆの上に、かさなり。よ」三十四オハひは、山の端の月よりも、かたふき。身ハ、狩場の雉子《きゞす》より、つかれし、なげき。こりつむ、すゑも。今、薪尽なん時、至りぬれば。世の望ミ、一塵もなし。たゞ、一息《そく》の、絶なん、を、待ばかり也。

つらつら、往事を、おもへば。きのふのごとし。後果《こうぐわ》を期《ご》すれば。あすを頼ミがたし。愚老たもちこし、いそぢハ。只、夢に住で現とす。

扨又、ろせいは、夢のうちに。五十年のたのしひに、あひて。何事も、一炊の。夢の」三十四ウ世ぞ、と、さとり得しこそ。げに、殊勝なるべけれ。とハ、予も。まことしく、そゞろごとを書置ぬれども。まさに、生死長夜《ちやうや》の夢は、覚がたし。浄心《きよき》にあらざれは。口号《くちすさミ》侍る。よしあしと。人のうへのミ、いひしかど。言葉にも似ぬ。わが心哉

于時慶長拾九。寅のとし。季冬後《のち》の五日。記レ之畢《をハんぬ》

（二行空白）」三十五オ

右の序に、あらハすごとく。朋友、記し置たる。見聞集《けんもんしう》三十二冊の内に。小田原北條五代の沙汰有。是を、ぬき出し、十冊に集め。北條五代記と号す。

此外に残て。いにしへ今の軍あり。重て、又、拾ひ集め。是を見聞軍抄《けんもんぐんしう》と名付。

然に、近年。甲陽軍鑑《がん》と号す書物、出来。皆人賞《もてあそ》び給ひぬ。

愚老、つれ〴〵のあまりに。此文を披見するに。武田信玄一生涯を記し。其上、天下の弓箭《ゆみや》を、沙汰し。わき」三十五ウてもて。鎌倉の公方持氏公御滅亡。両上杉と。北條氏康戦ひの事を、記したり。

予《われ》、相州の住人。寛永年中《う》まで存命七十有余也。此弓箭の沙汰を聞。昔なつかしく、思ひ出侍りぬ。

愚老、いやしくも、北條家譜代の被官也。関東二百年このかた。諸国ミだれ、弓箭有つるよし。故老の物語を。よく聞おぼえたり。

されバ、甲陽軍鑑《かん》に云

持氏公。御生害の根源は。両上杉。うへ見ぬ鷲と、ほこり。御公」三十六オ方を、かろしめ奉り。逆威を、ふるふが故也。然に、北條氏康と。武州河越の夜軍《いくさ》に。両上杉、討負滅亡す。是ひとへに、主君を、ほろぼす罰也と、記す。

此儀、皆、相違せり、持氏公と。両上杉の時代、かハりたり。其上、公方の御滅尽ハ。氏康河越の軍。百余ケ年以前也。此甲陽記ハ。信玄弓箭の威勢。諸侍武篇の手柄を。世上へ、いひ広めんため。味方をつよく。敵方を、よハく作《さく》言す。其上、他国の弓箭を、聞」三十六ウ及び。虚実の是非をも、わきまへず。年号を記す、と、いへ共。年数《じゅ》前後をも、かんがへず。私言《しごん》をくハへ。皆いつハりを、記したり。

扨又、浄心入道が書たる北條記に。持氏公。両上杉の沙汰、専あり。此両札、大きに相違せり。此虚実、末代に至て。人諍論有べし。然則《ときん》ば。朋友誠実に。人疑心あらんハ、口惜事也。争《いかで》、いハで、たゞにや、やミぬべき。其品多し、と、いへ共。先もて鎌倉公方。両上杉の証拠を。

一つ書に上て、記し侍る。是をも」三十七ォて、虚説を、分《ふん》明《みやう》せらるべし

一、永享《えいこう》十一年己未二月十日。持氏公、御めつきやくハ。鎌倉山内。官領上杉安房守憲実、逆臣によて也、是を、甲陽に、氏康河越合戦の時節に、記す。百八年以前なれば。さら〳〵、おかしくて。よミ捨たり

一、享徳《こうとく》三年。甲戌十二月廿七日。公方、西御門成氏公。鎌倉御所にをいて。官領上杉右京亮憲忠を、誅せらる。是によて、関東諸国乱れ。弓箭有て。治世ならず」三十七ウ其後、上越の境に居住する。上杉民部太輔顕定。軍兵を卒し馳来て。逆徒らを追討し。鎌倉山内に有て、官領職たり。

扨又、上杉持朝の四男。修理太夫定正ハ。扇谷に有て、一味なり。此両人の中、不和出来。年久、戦ひ有つる故。両上杉と、いひ伝へり。然ば、甲陽に。両上杉と氏康、河越合戦の次第を記す。此氏康、軍《いくさ》ハ、九十三年以後。時代相違せり。かく、某《それがし》、申事。人うたがひ有べし。すべて、年代記。武」三十八ォ家の系図を引あハせ、治定せらるべし

一、両上杉戦ひを、伊勢新九郎氏茂、後北條早雲と号す。駿河に有て、聞をよび。幸の時節と、よろこび、延徳年中、伊豆の国へ打入。定正ハ、明応二年に病死す。早雲と終に、戦ひの沙汰なし。

早雲ハ、同《き》三年に、相模へ打入。三浦介義同《あつ》。受領陸奥守。法名道寸と、戦ひあり。

其比、顕定ハ。越後に有て。武州河越の城《じやう》。上杉。朝良と戦ひあり。早雲と顕定、戦ひ。たゞ一度」三十八ウ古記に見えたり。

顕定は、越後信濃の境。長森原にて。高梨に討れ給ひぬ。早雲さへ、両上杉とハ、かくのごとし。氏康父母未生以前。たゞ是、本来の面目を。甲陽に、記したるにや

一、大永四年。甲申正月十三日。武州江戸に。官領上杉修理太夫朝興居城《ゐじやう》を。北條氏綱攻ほろぼす、此合戦共、皆、北條五代記に有事

一、天文六年。丁酉七月十五日。官領上杉五良」三十九オ 朝定と、北條氏綱。武州河越の舘《たち》にをいて、夜軍有。朝定討負、滅亡し給ひぬ。此合戦を、甲陽に。両上杉と氏康夜軍、と、記す、相違の事

一、同十五年。丙午四月廿日。持氏公五代のこうゐん。古河の公方晴氏公。官領上杉憲政と一味し。武州河越の地にをゐて、氏康と合戦あり。公方も、憲政も、討まけ。追討せられぬ。是を甲陽に、両上杉と氏康夜軍、と記す。されば」三十九ウ 五代以前の持氏公を。跡の公方に記し。五代後《あと》の官領憲政を。昔の両上杉に記し。皆もつて、亘の相違したるは。俗にいふ。伊勢や日向の。物語に、ことならず。然共、証拠なくハ。人、疑論有べし

公方持氏四男公方成氏。〻〻《の》長《ちやう》兄《きやう》。公方政氏。〻〻《の》長子。公方基氏。〻〻《の》長男。公方晴氏。是五代也。官領上杉五代は。右に記し侍る、甲陽記に、信玄弓箭の威光。あげて尽しがたし、と、いへども。侍共、武篇」四十オ の手柄。まことしからぬ事を、写し侍る

一、甲陽九巻《のまき》。天文《ぶん》十一年三月九日。信州せざハ合戦は。辰刻はじまり。未刻をハる。此内、九度戦ひ有。原美濃守ハ、一人して。首十一討取。此内、さいはいを、手にかけたる首二つ。鑓刀疵。六十ケ所負《おふ》と、いへ共。堅固に帰陣す、と云〻。

此軍《いくさ》を、われ、ひはんして云《く》、首十一ハ、さもこそ、あらめ。一日の内に、六十ケ所、手負、死ざるハ。敵方ハ、皆。なまり刀を、さしたるに」四十ウ や。され共、貞観政要に。鉛刀《あんたう》の一割《いちかつ》と、いへるなれば。六十ケ所の内。いかで、一刀きれざらん、ふしん〳〵

一、九巻に《のまきに》。信州上田原合戦ハ。天文十五年十一月二日。敵ハ壱万騎。武田信虎ハ二千にて、合戦し。信虎討勝て。首数五千着帳す、と云〻。

私《わたくしに》云。武田家の合戦に。数度の大手がらを、記す、皆、此類なれば。たゞ一つを上て。余を略し侍る。二千人して、五千首取事、まことしからず」四十一オ

一、十四巻《のまきに》。なミあひ備前守ハ、長刀を持。われハ一人。

敵は二百人して戦ひ。七八十人切ころし。残る者共を、追ちらし。其身は、手もおハず、堅固に、のきたる、と云〻

私云。甲州侍、けなげを、はたらく事、皆、かくのごとし、備前守が手柄をもて。人の推察に有べし。是ハ、手がら過たるか

一、十八巻《のまきに》。ミしな備前守ハ。信玄ほうびの証文十五。首十六とる。此内、さいはい首七つと、云〻

私云。さいはい、首七つえり取」四十一ウする事。項羽高祖八ケ年のうち。七十余度の合戦にも。かほどの手柄、聞もおよばず。きどく〱

一、十八巻。広瀬江衛門尉ハ。証文十七。首五十九の内。さいはい首十一。但、さいはいを、皆取そへたる、と云〻

私云。備前守がさいはい首。七つ取さへ。たとふるに物なし。江《がう》衛門尉が、さいはい首十一。其上、証拠のために、さいはいを、皆取そへたるハ念者〱。されども、

此さいはい首に。名字一つもなし。われ推」四十二オするに、昔、戦場へ出る度毎に。相じるしとて。鑓に、しでを、或時ハ、一つ。或時は、二つ三つ付て、皆人持たり。是さいはいに、よく似たり。此、鑓しでを取そへ。にせごとを名付たるにや

一、甲陽記に。北條家に。誉の感状持たる侍を、尋るに。そんじようそれハ、証文二つ。これハ三つ。たれ〱は四つ五つといふ。

信玄云。

　それより上ハなきか。

と問給ふ。

高坂弾正答て。

　五つより上、持たる侍」四十二ウいハず。

其証文にて、北條家の武篇知られたり。信玄が家にハ。

　証文、五十、六十持たる侍おほし

と云〻。

然ば、十五巻に。原美濃守ハ、証文三十六。鑓刀疵五十三ケ所。一年《とせ》、甲州より小田原へ牢人し。四年奉公の内に。氏康証文九つ取。

氏康云。

渡辺の綱と、聞しも。原美濃守がごとくなる男《をのこ》ぶりか

と、ほめ給ふ

然者、氏康、あひづのこばた、と、いふ兵《ひやう》術を。武田信虎より、相伝有て後。武州瀧山」四十三オ にて、両上杉と合戦し。氏康、此けいこの武略をもて討勝。其返礼に。原美濃守を、甲州へ、かへされたる、と、九巻に記す。信虎ハ、たハけ人故。子息信玄に、甲州を追出されたる、と。さま〴〵の悪難を、甲陽に、しるす。其たハけ者。何事を知て、氏康に相伝せん。其上、氏康と信虎は、敵にて対面なし。

扨又、右に、氏康家中に。ほまれある証文。五つより上持たる者なし、と、あざけり。是、わがぬひたる太」四十三ウ刀にて。をのが身を害するに、あらずや。但。甲州侍は。けなげなる故。四年牢人の内に。氏康証文九つ取たる、とや。

是に付て、思出せり。氏政いハく。

去年、上州にをいて、輝虎と対陣の砌。敵がたに、長山神《じん》太夫とかや。聞し武者一騎。諸人にぬきんで。歩《かち》立《だち》の者共を下知し。懸引達者を振舞つるを見て、感じたり。かれを知者ハなきか。まねきよせ。わが家人《け》に、せばや

と、仰ければ。山角《かど》紀伊守」四十四オ 申て云

長山神《じん》太夫も。北條家へ参じゆハ、、をくびやうに成ゆべし

と申。

氏政聞召、すこぶる。御気色あしく、見えければ。御前に、こうする侍共。扨も申そこなひ哉、と無言す。

氏政云。

それハ何故ぞ、

と、問給ふ。

紀伊守云。

他国より、誉ある者。おほく、参集し。御家人に成、と、いへ共、御譜代の者に先立て。高名あらハす者。一人もゆハず。古来の者有て。新来の者に。いかで前《さき》を、いたさせ申べきや。長」四十四ウ 山神太夫も。当家へ参じゆハヽ。をく病者と、こそ申ゆべけれ

と申。

其時、氏政、御気色よく見えたり。北條家の侍共。かく武道を、たしなミたり。甲州の原美濃守氏康の、証文九つとる、と、記すハ虚言也。

然るときんば。信玄証文三十八。手疵五十三ケ所も、皆いつハり也。其上、右に記す甲陽軍(マヽ)九巻に。信州せざハ合戦に、原美濃守。一日の内に、首十一取。鑓刀疵。一日の内に、六十ケ所、負たる、と記す。」四十五オ 都合、疵。百十三ケ所也

甲陽軍記の目録ごとに。高坂弾正金言の事。高坂弾正分別ちがハざる事と、自讃、世に、こえたり、と、いへ共。此沙汰ハ、高坂弾正分別ちがひ也。百を捨《すて》て、十三ケ所と記すならば、美濃守がためにも、成べきか。是ハ、高坂弾正無《ぶ》金言。耳に逆ふ、と、いつつべきか

一、甲陽記に、他国の弓矢を、あざむき。自国の手柄を、専とす。是を、予、批判する事。本意にあらざるか。然共、先哲」四十五ウ の制法に。人をあなどれば。後、又、人に謾ぬ、と、いへり。

扨又、孟子に。

それ人。必、をのづから、あなどつて。しかうして。後に、謾《あなどる》。国ハ、必。をのづから伐《うつ》て。後に、人、是を、うつ

と云ヽ。

是まつたく。愚老、いふにあらず。ほとんど。をのが、まねく災なるべし。すべて、武道ハ。侍の常なれば。利口に、をよびがたし。北條家の侍ハ。わが武勇《ぶよう》を、人沙汰すれば。却て、辞し。其功を、われとハ、いハず。然に」四十六オ 戦場に出てハ。親子兄弟《しんしきやうてい》の中にも。武勇を見

おとされじ、と。前《さき》をあらそふは、武士のならひ也。敵味方、対陣し。弓鉄炮いくさ有て。既《すでに》。鑓をあハせ、しゆうを決せん、と。ほつする時節に至てハ。人毎に、先をかけんとす。其中にも、義士ハ。人に先立ならば。有無に、太刀討し、勝負をけつせんと、す。然に、むちたけ。弓杖《ゆんつえ》ほども、先立者有て。鑓をにぎり、荒言をはき。をごりを旨とし。」四十六ウ 武威を、あらハす、と、いへ共。いまだ、太刀討にも、およばず。其者の分限。はや知れたり。跡に、ならぶ人。若、われより先をやせん、と、気遣あり。其先立者。跡なる者に、こされてハ。出るかひなく。却て、人に、あなどられぬ。この境、すこしき味ひなれ共。耻をたしなむ武士は。をごりを、つゝしめり。いハんや、莚の上にて。侍たる者、武篇の広言。あたか、をく病者の、はかりこと」四十七オ なるべし

甲陽記に。武田家の弓箭。かんか本朝に、勝れたり、と、自讃し。天下に、名をうる大将を。かろしめ、あざむく事、身のわきまへなき故也。

揚子に云。

龍、泥《でい》に、わだかまる時は。いもり、とかげ、なれたり。龍、天に飛行するに、をよんでは。其神妙《じんめう》、計がたし

と、いへるがごとし。

すべて、敵味方の勇弱《ようじやく》。証拠なくして、沙汰に、をよびがたし。道理と、ひが事」四十七ウ を、ならべんに。誰か、道理に付ざらん。

一、永禄の比ほひ、関東に。弓箭を取て。ほまれある大将。氏康。信玄。輝虎の武勇《よう》。いづれを、とりまさり有べからず。され共、此三将の弓矢、浅深の証拠、人ハ。いにしへ、公方の御披官。官領《れい》上杉の郎従ら也。其子細ハ。関東諸侍。氏康旗《はた》下にぞくす、と、いへども、公方。上杉を、世にたてん事を願ひ、悉、一味し。或時は、輝虎に、くミし。相模大磯辺まで働《はたらき》。或時」四十八オ は、信玄と一味し。小田原近所。酒勾《さかわ》まで、働といへ共。氏康、武勇まさる故にや。はたして、皆。氏康旗下《はたした》となる。

古語に、智をもて、智をせめ。勇をもて、勇《よう》をうつハ。両虎の相たゝかふがごとし。故に、智勇をもて。智勇をうつべからず、と云ゝ。

信玄、輝虎ハ、血気の大将。ほしいまゝに。をごりを専とし。身のかへりミ。かつてなし、氏康ハ。両将の弓箭のかたぎを。かねて、はかり知て。しバらく、わが智勇」四十八ウ を、かくして。敵、油断し、をこたる其時を、うかゞひ。合戦する故。智も勇も。敵に、まさりて、討かつ。

是を、蘇子由。大智ハ智あらず。大勇ハ、ようあらず、と、申されし

一、甲陽に。信玄、弓矢の手柄を記す、と、いへ共。小国を持故。氏康に、あなどられ。よハき大将とす。北條家ハ。武道の手がらを、沙汰せねども。大国の主たる故。信玄をそれ。つよき大将のほまれ。世」四十九オ に隠れなし

一、甲陽に、伊豆の山中。相模の足柄、両城を。信玄、攻落すよし、記す。一年《とせ》、足柄の城代。信玄にくミし、逆臣す、と、いへ共。程なく害せられぬ。山中にハ、昔より、城跡《じようせき》なければ。虚言の嘲りたり。

氏康。信玄国を切て取、証拠は。沼津浦つゞき。香貫《かぬき》。志下《しげ》。志師浜《ばま》。真籠。江浦。多飛《たび》。口野。此七ケ所の浦里は。駿河海。氏康持也。

扨又。駿河国中に。長久保。戸倉」四十九ウ。泉頭《がしら》。志師浜。四ケ城有。信玄。勝頼時代迄。此駿河領を取かへし。くわいけいの恥を、すゝがん、と。一生涯。願ひ斗にて、果られたり

一、甲陽記に。元亀元年、氏政弟。助五郎。同《き》四郎両人を。甲州へ、人じちに渡す、と、虚言す。其証拠有。助五郎氏親ハ。永禄七年。下総高野台合戦にをいて。一門兄弟おほし、といへ共。前登にぬきんで、誉をえたる大将也。同《き》十二年、信玄。小田原へ、はたらきの砌も。助五郎、先陣に進」五十オ ミ。甲相の境。三《み》増《ませ》到下《たうげ》まで追討す。右の両合戦に。件の助五郎。新太郎兄弟、ほまれ

の証拠ハ。北条五代記に、悉《くハしく》、のせたり。

扨又、四郎といふ名字。北条家の内になし。人じち、望ミならば。氏政の若君、三人あり。これらの、おさなきを。人じちと、記すならば。まこと、しかるべし。然に、勝頼。天正五年、氏政の旗下《はたした》になる故。弓箭に、をとらじとの。にせことなるべし」五十ウ

一、永禄年中、数度、弓箭の誉ある助五郎を。跡の元亀元年。人質に渡由相違。其上、証拠あり。
助五郎ハ。天文十四己巳年誕生。永禄七年。高野台合戦の誉二十歳、同《おなじき》 十三年。狩野合戦二十六歳、天正十八年。韮山籠城四十六歳、慶長五年庚子二月八日逝去五十六歳、法名。一睡院殿。宗円是也。就中、証文あり。某溝河道喜父誉の感状三つあり。氏政名判。年号有て、助五郎。軍兵を下知し。合戦の沙汰あり。件の文言を、証拠のため、写をく者也。」五十次オ

一、永禄八年己丑十一月十日、三浦にをいて、北条助五郎氏親受領美濃守合戦のさた、専らある事

一、同き十二年己巳卯月十一日、助五郎駿州三保合戦事

一、同庚午五月十四日、助五郎豆州狩野合戦事
扨又。三浦浄心。父誉の感状三つあり。此内、永禄八年十一月十日。三浦にて。前の文に。同《おなじ》日付、同戦場。氏政感状あり。是皆。元亀より。前の年号。末代迄の証文。元亀の偽《いつハり》あらハれたり、疑心の人あらば。ねがふ所の、さいハひ。右の文ども、披見に入ゆべし。」五十次ウ

一、甲陽記に。先年、輝虎ハ。上杉の郎従らと一味し。小田原へ働、と、いへ共。退く時、敗軍せられたり。信玄ハ。のけ口に、をくれを、とらず、と云〻。
私云。輝虎の働をば。有のまゝに、沙汰し。信玄に、関東侍共くミし。小田原近所。酒勾まで、はたらき。退く時、敗北し。甲州境。三ませ到下まで。追討せられたる事をば。かつて、沙汰せず。あまつさへ。小田原町を焼。信玄ハ。浜ぎハ通り。早川口を、右に見て。湯本」五十一オに、旗を立たる、と記す。

湯坂の道。右ハ山。左ハ谷川。馬一疋ならでハ、通りがたし。信玄、湯本に旗を、立られたるハ。湯入の者を。

政道せんためか。帰陣に。早河を、右に見ると、記すならば。誠しかるべし
上野。下野。武蔵。下総の侍共、一味し。小田原へ動《はたらく》と、いへ共。かれらが名をば。一人も沙汰せず。我ひとり、羽ねおひて。飛来り、敵ハ。手も足も、なきやうに記す事。片腹いたく、いふに絶たり。
信玄、小田原へ動ハ。」五十一ウ 氏康に、逆臣あつて。国を乱すが故なり。然共、氏康、武勇まさるが故。皆悉、降人と成て。氏康被官になる。関八州を、永久におさめ。是、まさしき証拠に、あらずや
一、甲陽軍鑑ハ。高坂弾正と、いふ者有て。武田家弓箭の威光。諸侍武篇の手柄を、専《もつぱら》記す。甲州侍ハ、義理を知て。死べき所なれば、一足もひかず。名をおしミ。命を、かろんじ。君のため、忠功を、つくし。けなげなる事ハ。異国の、はんくわいをも、あざむ」五十二オ き。大手柄を、記し置、死たる後。弾正が内の者。此文の末を、書次たり。

其詞に云
天正十年の春。織田信長公。甲州へ発向の風聞あり。百姓共云。
累年、地頭に。非分の年貢を、責とられたり。ねがふに、幸哉。此度責臥《せめふせ》。取かへさん
と、のゝじり。ひしめきあへりければ。信長公の旗ハ。いまだ見えね共。百姓の、いきほひに、をぢて。西にある侍ハ。妻子《めこ》の手を引。東へにぐる。北の者ハ。南へ、と、筭を乱し、敗北す。勝頼は、肝を」五十二ウ けし。百姓共。かれにハ。いとゞ遺恨有べし、と。甲府を出て、にげ落。終には。天目山の江人《がうにん》（ママ）に。害せられぬ。
信長公。いにしへ、誉ある侍。御扶持有べし、と。高《たか》札《ふだ》を立られければ。誠と思ひ出る。甲州臆病者。後世の見せしめとて。百余人。皆、しばり首切れけると。有のまゝに、記しければ。弾正が言葉を、工ミにし。書置たる武篇の手柄ハ。皆、虚笑と成て。武田家の侍。

前代未聞。をく病者の証拠を、甲陽軍の、かゞミに、あらハ」五十三オし。後世のあざけり、と、なる事。弓箭《ゆみや》の冥加に、そむきし故也。

それ、君子ハ。仁義を専とし。慈悲愛敬有て、民をなで。政道たゞしく。国家をおさむるが。大将の道也。

天地開闢このかた。信玄にまさる。大逆無道の悪侍。聞も、およハず。父を追出し。甲州をうばひ取。をひを追放し。駿州《しゅんしゅう》をとり。両国の主と成て、逆罪を好ミ。子を殺し。親類、けんぞく。士民せつがい。あげて、かぞふべからず」五十三ウ

甲陽記に。賢聖の金言を、ひろひ集め、武田家の軍法。諸侍のをしへを。一つ書に上て、記せる中に

一、父母にハ、いさゝか。不孝すべからざる事。

　論語に、いはく

　　父母に、つかふまつる事。よく、ちからを尽す

　と、云々

弾正が、いハく。信玄、此言葉を。はづかしく思ひ給ひて。論語を。つゐに、手に取給ハす。父の罸《ばつ》あたりやせん、と、大事に、思召と。四の巻に記す。

主君の恥を、ちんずるに。いよ〱、恥辱おほし」五十四オ

一、甲陽一巻に

晴信云。

　われ出家する事、追出《ついしゅつ》する礼義也。其上、出家すれば、大僧正にも成べし

と、云て、発躰し。ミづから、法性院大僧正信玄と号す。かくのごときの者を。古人ハ、官賊といへり。いにしへ、是に、おなじき人あり。

承平の将門ハ。伯父鎮守府《ぶの》将軍。平國香を、討亡し。下総の国、相馬の郡に京を立。百官を、めしつかひ。ミづから平親王と名付たり。古今の官賊、悪名を残せり」五十四ウ

一、甲陽二巻《のまき》に云

　信玄、かゞミを。広さ一間《けん》にいさせ。此鏡に向て。おもてに、にくじをなし。

　われ不動に似たるや

と、とふ
郎従ら、是を聞。
　不動明王に、毛頭ちがハせ給ハず
と。衆口、同声に、こたふ。
是にも、昔。似たる者あり。秦の始皇死して後。太子幼少たり。家老に。趙高といふ者、謀逆をたくむ。然に、わが威勢のほどを、こゝろミんため。鹿をさして、馬といふ。諸人、馬にてハなし、と、思へ共。かれが威《いきほ》ひに、をそれ」五十五オ て。鹿をさして。馬といひければ。それに成たり。
悪逆なれ共。時の君。出頭の威に、おそるゝハ、古今の、ならひぞかし。故に、信玄、わがかたちを。大きに、木を、きざんで、不動に作り。身より、火えんをたて。左に、ばくの縄をさげ。右に、剱を持。死ての後迄も。民百姓を、をどさん、と。悪逆を工《たく》ミ。上を学ぶ下なれば、諸侍、無理非道を。ほしいまゝに振舞。万民をなやます。其むくひに。主従共に。百姓のために、害」五十五ウ せられぬ。かくのごときの悪人に。天の、とがめもなく。子孫安穏《をん》に有ならば。仏陀の正理《しやうり》も、むなしく。神明の本懐《ぐわい》も、いたづら事なるべし。天罰のがれがたし
甲陽記に、昔、関東にての、いくさ。扨又、古き文などに、見えたる。軍法を、書加ければ、此甲陽軍記を。皆人、見んと、おぼしめすハ、ことハり也。されども。二度と見る文にハ、あらず。其子細多し、と、いへ共。先もて、一巻《のまき》の目録に」五十六オ
一、高坂弾正金言の事
一、高坂弾正、分別《ぶんべつ》ちがハざる事など、巻毎に、自讃す。かやうの事ハ。自他の是非を、ならべて。その理、分明たり。
浄心法名入道が、世上の善悪を、記す。見聞集のをハりに。われ見聞し。そゞろ事を、記す内に。誠がましき事を、書加へぬれ共。まさに、生死《しやうじ》長夜の夢ハ覚《さめ》がたし。浄心《きよき》にあらされば。口すさミ侍《はんべ》る。よしあし、と。

人の上のミ、いひしかど。言」五十六ウ葉にも似ぬ。わが　何の益あらん
心哉　（一行空白）
と、書とめぬ。　見聞軍抄八終　（一行空白）」五十七ウ
扨又、三浦五良左衛門尉茂正、発躰し。三五庵木筭《ぼくさん》と。ミ
づから改名す。是を察するに。三五は。俗名をかたどりた
る歟。木筭ハ。俗に、いはゆる。三五十八、不合算《がうさん》に比し
て。身の程を、かへりミ。卑詞を、名付たるにや。
中庸に。
　君子の道四つあり。丘、いまだ一つ能《よく》せず
と云〻。
孔子も。ひげの言《ことハ》をもて。人を、をしへ給ひぬ。世のひけ
んをも。はゞからざる私言。いふに絶たり。此文、再見」五十七オ
あらん人。弾正に、ひとしからずや。
史記に。其人を、しらずんば。其友を見よ、と云〻。
他の、あざけりをも知らず、首尾不合をも、わきまへず。
敵といへば、悪難を、いひおふせ。わが家の武勇を。もつ
はら作言す。仁義にそむき。無道を沙汰する。甲陽記見て。

和訳
好生録

（延宝七年刊、二巻四冊）

○原本に目録なし。便を考え、仮に作りて、次頁に掲げた。

目録

好生録叙

大《ナルカナ》哉、好《ムノ》レ生《ヲ》之為《ルコト》レ徳也。蓋、天地《ハ》以《テ》レ生《ナスヲ》レ物為《ス》レ心《ト》。人生《テ》二於其中《ニ》一。而得《テ》二天地之《ノ》心《ヲ》一以為《ス》レ心《ト》。是故《ニ》人之情。莫《シ》レ不《スト云コト》二　好《ミ》レ生《ヲ》憫《ニ》レ殺《ヲ》焉。古《イニシヘノ》　者君子。利《シ》レ民《ヲ》愛《シテ》レ物《ヲ》。苟《モ》非《レハ》レ有《ルニ》レ故。不《ス》二敢害《テラ》一レ生《ルヲ》。雖下不《シテ》レ得《ムコトヲ》レ已　而用《ヒ》レ刑《ヲ》行《フ》上レ戮。然《モ》好《ムノ》レ生之心《ハ》。未《タ》二始《ヨリ》不《ンハアラ》一レ行《ハレ》二乎其間《ニ》一也。若《シ》夫《レ》後世庸人。物我交《ニ》戦《ヒ》　残忍鋒《ノ如クニ》起《ル》。於《テ》レ是《ニ》乎好《ムノ》レ生《ヲ》之徳滅《テ》而　暴《シヘタグルノ》レ物《ヲ》之情熾《サカンナリ》矣。不《ニ》亦痛《シカラ》一乎。且《カツ》也老家者流之以《ヲ》レ慈為《スル》レ宝《ト》也。能仁氏之以《ヲ》二戒殺放生《ヲ》一為《スル》レ事《ト》」一オ也。所《ル》レ謂好《ムノ》レ生《ヲ》之心者。可《シ》二以概見《ツ》一。但二教也泛《ク》愛《シテ》無《ク》レ差《シナ》。儒則《ハ》有《テ》レ義而存《スル》二其中《ニ》一焉耳《ノミ》。明《ノ》王廣宣。渉《リ》二今古之載籍《ニ》一。採《テ》二拓先習好《ムノ》レ生《ヲ》之言一為。而録《シテ》為《ス》二一篇《ト》一。真《ニ》可《シ》下以為《テ》中妄暴《ニル》二天物《ヲ》一者之誡《ノ》上《ト》矣。吾日《カ》東、水土仁厚《ニシテモトヨリ》。固異《ナリ》二乎三方之外《ニ》一。逮《テ》二干中葉《ニ》一。敏達天武之朝。始《メテ》施《シ》二禁殺之詔《ヲ》一焉。養老延久之間。復《フタヽヒ》行《ヘリ》二放生之会《ヲ》一焉　其竺《レ》乾之遺教乎《カ》。好生録雖《ニ》二東渡日久《シト》一。而瞽《メシヒ》二於文字《ニ》一。聾《ミヽシヒ》二於章句《ニ》一者。往往艱《メタ》二」一ウ　講誦《ニ》一。釋洞水蓋《ノ》竊《ニ》憂《フ》焉。因《テ》訳《スルニ》以《テシ》二国字方言《ヲ》一。附《シテ》二欹厥氏《ニ》一。鋟《メテ》二于桜《ニ》于洛《ニ》一以弘《ム》二其伝《ヲ》一。冀《クハ》俾《シテ》三レ人《ヲ》易《カラ》二読《テ》且暁《ツシ》一也。嗟《アヽ》夫《レ》愚婦蒙士。繇《ヨツテ》レ是《ニ》而　翺《ハシメテ》通《セハ》二大義《ニ》一。則戒殺之教行《ハレテ》。而好生《ノ》之徳洽《ネカラン》　矣。水之功《カ》。豈不《ンヤヨミセ》　嘉　乎哉。水也天賦温厚《ニシテヨノツネ》。居恒存《ヲ》二心於忍辱慈悲《ニ》一。余為《タリ》二之　俗兄《カ》一。廼感《シテ》二其志《ヲ》一。而為《メニ》レ之書《ス》

延宝丁巳臘八之日　虚卿父」二オ

」二ウ

〇此好生録《このかうしやうろく》ハ、唐《もろこし》の覚夢居士《かくむこじ》王廣宣《わうくハうせん》といふ人の述作《じゆつさく》なり。元来《もとより》、博学広聞《はくかくくハうぶん》の大儒《じゆ》にして。孔門《こうもん》の学《かく》、つくさす、と、いふ事なく。又、武林《ふりん》に、あそひて。蓮池禅師《れんちぜんし》に、まみえ。三帰《き》五戒《かい》を受《うけ》て。官位俸禄《くわんゐほうろく》を、たつとハす。ひとへに、志《こゝろさし》を仏道《ぶつだう》に、とゞめ。遍《あまね》く群籍《くんぜき》を、さくりて。生を、やしなひ。殺《せつ》を、いましむる要文《ようもん》を、とり。ひろひ、あつめて一巻《くハん》となし。我《わ》が日本《ひのもと》に、をこなはる。然《しかり》と、いへとも、真名《まな》ハ、童蒙《どうもう》のために、をきなひなきがゆへに。これあり、と、いへとも、用《もち》ひて読事《よむこと》なし、よまざる時《とき》ハ、利益《りやく》も、むなしうして。居士《こじ》の心も、つた」三オ ハらさるに似《に》たり。

故《かるかゆへ》に、今《いま》、一〳〵仮名《な》に、うつして、開板《かいはん》せしめ。難《かた》きを省《はふき》て、易《やすき》にかへ。其《その》大概《がい》を、しるして。少男《せうなん》少女《によ》の読《よむ》に、利《り》あらんことを、はかる。

庶幾《こひねかハくハ》、諸善《しよぜん》人、此書《しよ》の中にをひて、志《こゝゝさし》を求《もと》めハ。儒《じゆ》釈《しやく》の両家《け》ひとしく、仁愛慈悲《じんあいじひ》をもつて、本と、することを、しり。道《みち》にいり、身をおさむるの大全《ぜん》たるへきもの歟

恨《うらむ》る所ハ、我《われ》、智《ち》あさふして、かんがふる処《ところ》なき事を。後《のち》の君子《くんし》、よろしきに、したがひて、あやまりを、たゞさハ。ともに弘法《ぐほう》の願力《ぐハんりき》を、まとかにして。莫太《ばくたい》の利《り》益《やく》を、なすに至《いた》らん、是を、いのる 」三ウ

譚和《やくわ》好生録《かうしやうろく》

儒釈典故《じゆしやくてんこ》

○易《ゑき》に、いハく (1)

天地の大徳《とく》を、生《せい》と、いふ。

此心ハ、天地ハ、万物《ばんもつ》の父母《ちゝはゝ》なれハ。血気《けつき》のたぐひより、無情《むしやう》の草木《さうもく》まで。生《しやう》を養《やしな》ふを、もつて徳《とく》とす。しかも、天道《たう》ハ、その徳《とく》大なれとも。是《これ》を、徳《とく》とする心なし。心なし、と、いへとも、かならず、生として養《やしなハ》ず、と、いふ事なく。徳として、およバす、と、いふ事なし。故《かるかゆへ》に、人として、好《この》ミて、物の命《いのち》を、たすくるハ。をのつから、天地の、こゝろさしを得《う》る人なり。

嗚呼《あゝ》、人と物と、おなしく、天地の生を、うくる時ハ。物を殺《ころ》すハ、天地を殺すなり」四オ ものを、やしなふハ、天地を、やしなふなり。我よりして、物を見れハ。物ハ、我《われ》に、おなしからさるに似《に》たれとも。天地同根《どうこん》にして、万物一体《たい》なれハ。なんぞ、物と我とを、へだてんや。故《かるかゆへに》生を勧《すゝめ》て、殺を、いましむる。是、聖人《せいじん》の道《みち》を立《たつ》る、はしめなり

○書経《しよきやう》に曰《いはく》 (2)

堯帝《きやうてい》の仁愛《じんあい》ハ。天のひとしく、万物を、やしなふがごとく。舜王《しゆんわう》の徳《とく》ハ。生《せい》を好《この》むに専《もつハら》なり。故に、その時《とき》、百《もゝ》の獣《けたもの》も、人に近《ちか》づきて、たハふれ。千《ち》ゝの鱗《うろこ》も、水に、やすらひて、人に怖《をそる》る心なし。数《かす》の翅《つハさ》も、巣《す》を作《つく》る事ひきくして。人を憚《はゝか》りて、高《たか》きに、とゝまる愁《うれひ》なし。故に」四ウ 麒麟鳳凰《きりんほうわう》、園《その》にかけり、庭《にハ》にまふて。志《こゝろさ》しを、とけて、たのしひけるとかや

○易 云《ゑきにいはく》 (3)

信《まこと》、豚魚《とんぎよ》までに、をよふ

と。

又、詩経《しきやう》に云。

仁《じん》、草木《さうもく》までに、をよふ

と。

誠《まこと》に、草木《さうもく》の心なきや。豚魚《とんぎよ》の、わづかなるも、ひとしく、天命《めい》の賦《くバる》る所を、うけて。分に、したがひて、聖《せい》化《くハ》を、ねがふ。豚魚ハ、雨《あめ》ふるを、よろこひ。草木も又、雨に萌《きざ》す。いはんや、その余《よ》の、生有もの。天命を、たのしミ。聖化を願《ねが》ハざらんや。

是に依《よつ》て、君子《くんし》ハ、ミだりに、物の命を、殺さす。信《まこと》を、くだして、仁愛《じんあい》のこゝろを、ほとこしたまへり」五オ

(4)

○禹《う》王《わう》ハ、常に、味《あぢハ》ひを菲《うすふ》して。むまき物を、このます、旨酒を、にくみ。罪《ざい》人を見る毎《こと》に、車《くるま》より、おり給ひ、泣《なき》かなしひたまへり。

科《とが》ハ、をのれか、よこしまより、おこる、と、いへとも。命ハ、いやしくも、天地の賜《たまもの》なり。心愚《をろか》にして、此

罪を、まねき。みつから、ありかたき天性を損害《そんがい》せんことを。ふかく、あハれに、おほしけれハなり。

又、九年、洪水《こうずい》して、万民《ばんミん》、つかれ、かなしむ時《とき》。禹王《うわう》手づから鋤鍬《すきくハ》を取《とり》て。大華《くわ》と、いへる大山を殞《こぼち》。天沢《たく》の、よろしからす。風雨の、けしからざるハ。王たるものゝ、徳の、たらざれハなり、とて、御衣《きよい》を、しぼりて。天に、あくかれ給へり。

或《あるひハ》、竜蛇《りやうじや》の」五ウ あらけなきものをハ。唯《たゞ》、かりあつめて、とをき所へ、はなちやりたまひぬ。

是を、遠く、はなち給ふハ。まのあたりに、人を、そこなハんことを、をそれ給ひてなり。是を、殺したまハざるハ。生類を、あハれミ給へはなり

(5)

○殷《いん》の湯王《たうわう》、御幸《みゆき》して。猟師《れうし》の、四方《はう》に網《あく》をはり。鳥《とり》をとるを、見たまひて。網の三方を、とき捨《すて》て。唯《たゞ》一方と、なし給ひ。祝願《しくぐハん》して、宣《のたまハ》く。

あふさきるさも、心に、まかせよ。上るへきものハ、

のほれ。下るへきものハ、くだれ。いのちを、もちいさるものハ。此一方の網《あみ》に、いれと、なり。

嗚呼《あゝ》、禽鳥《きんてう》の、つたなきと、いへとも。天地の気《き》を、うくる事。」六オ 人と、ひとしけれハ。いかて、命を、おしまざるへきや。

此御言葉《みことハ》を聞て。飛《とぶ》ものハ、高くとび。さるものハ、とをく、さりぬとかや

(6)

○周《しう》の文王《ふんわう》ハ、民《たミ》のつかれを見給ひてハ。我身の、いためることく、かなしミ、わつらひたまひぬ。

寔《まこと》に、万民《ばんミん》は、国王《こくわう》の手足《てあし》なれは。手足の、いためるに、などか、ぬし、かへり見さらんや。

かくのことく、いやしき、さをとめに、いたるまて。心をとけて、あハれミたまふに、より。今の世までに、聖《せい》徳《とく》の名《な》を、のこし給ふ。

此御代《みよ》にハ、麒麟騶虞《きりんすうぐ》とて。生《いけ》る虫《むし》をも、ふます。なましき草《くさ》をも喰《くらハ》ざる。奇異《きい》の獣《けたもの》あらハれ」六ウ 出《いで》て。聖《せい》人《じん》の瑞気《ずいき》を、しめしける、となり。

是皆《これミな》、上一人の心を、もつて。禽獣《きんじう》だにも、生をいたハるの誠《まこと》有。

今の世に、物の命を好《この》ミて、殺害する人ハ。いにしへの獣《けたもの》にも、おとれるとこそ、いはんめれ

(7)

○周公旦《しうこうたん》ハ、山にも川にも。それ〳〵に、奉行を、すへをきて。草木鳥獣《さうもくてうしう》に至《いた》るまて。とると、とらざるとの法度を、たて給へり。

虎狼《とらおほかミ》のごとき大なる、けたものをハ。殺さすして。唯、かり、はなち給ふ。大小みな、命を、おしむ事、おなしけれは。そのよの、ちいさき、いきものも。ころすへきにハ、あらされとも。宗廟《そうべう》に、先祖を、まつるや。賓《まらうと》の、もてなしにハ、あさ」七オ らけきもの、肉《にく》を、まいらする事。敬を、もつはらと、する、いはれ、あれハ。まつりごとにハ、牛羊《うしひつじ》をも、ころす事あり。是みな、礼法

のためなれハ。止《やむ》ことを、えすしてなり。
大獣《じう》を、ミだりに殺《ころさ》ざるハ。その過《すき》たるを、つゝしミ。
はなはたしきを、いためハなり

○孔子《こうし》ハ、常《つね》に、蔬食《そしい》とて、草木の葉《は》の。食《しよく》すへきものを、
めして。むまき味《あぢハ》ひを、このミ給ハす。(8)
水を、むすひて。生命を、やしなふと、いへとも。た
のしミ、その中に有
と、宣《のたまへ》り。
主君《しゆくん》より、生るを、給ふ時ハ。殺さすして、是を畜《かひ》。山《さん》
梁《りやう》に、雌雉《しし》を見給ひてハ。
時《とき》なる哉
と、宣《のたま》ふ」七ウ
その心ハ、天運《うん》の物を、やしなふ事。鳥《とり》にだも、およハ
す、と、いふ事なし。この故《ゆへ》に、雉《きじ》も時を得《え》て。山梁《さんりやう》
に、たハふれあへることを、かんじ給ふなり。
子路《しろ》と、いふ弟子《でし》、孔子《こうし》の、時なるかな、と。のたまふ

を聞わづらひ。雉《きじ》を、めされたきか、と、おもひ。むか
ひ、とらゑん、と、せしかハ。三度《ど》、嗅《はうち》て、飛《とび》さりぬ、
とかや。
されハ、孔子ハ。慈愛憐愍《じあいれんミん》の、こゝろ、ふかふして。温《をん》
和《くわ》の、こゝろさし、かほばせに、あふるゝを、もつて。
鳥も、をそれなく。したしミ、やすらひき。
子路《しろ》ハ、孔子に、道を学《まな》ぶ、と、いへとも。聖徳、いま
た身に、そなハらす。害《がい》心、内に動《うご》くを、もつて。あへ
て、ちかつき、よらず。」八オ
いにしへの君子《くんし》、此心を、うしなひて。くハしく、註し
をかさるゆへに。大聖《せい》人の志《こゝろさし》かくれて顕《あらハ》れす。この
録《ろく》を、あめる人。爰に用《もちい》て、その心を、しるせり

○顔回《がんくハい》ハ、家貧《いへまづしう》して、竹の器《うつハもの》に、食を、もりて。な(9)
りひさこにて、水をのミ。その、をのれを、やしなふ事
うすし、と、いへとも。心ざし、道を、まもるに、ふか
けれハ。うき世のことハざを、心に、くハへす。物わす

れたる、ありさまにて。貧意《まつしきこゝろ》を、うつされす。故《かるかゆへ》に、孔子《こうし》、顔回が賢《けん》なることを、ほめ給ふ。されハ、鹿鳥《しゝとり》、食《くハ》ざるを、もつて。道《みち》に、あらす、と、せバ。誰《たれ》か、顔回か賢をしも、いはんや」八ウ

○高柴《かうさい》ハ、生物を殺さす。虫の、すでに、陽に、むかひて、(10)
頓《やが》て、出んするをハ。心を、とげて、ころさず。梢《こすゑ》の、わかやぎて、のびいつるをハ。功《こう》を感《かん》じて、をらす。故《かるかゆへに》孔子《こうし》、かれが気質《きしつ》の、いミしき事を、ほめ給ふ、となり。

此心、ひろごりて、世に行なハ。国《くに》を、おさめ。民を、あハれむ、たねとも、なるへきにや。孔子の、ほめたまふも。余義《よぎ》なし、とこそ、おほゆれ

○孟子《まうし》の、いハく。(11)
君子《くんし》たるへき人ハ。禽獣《きんじう》に至《いた》るまて。生て、たのしむをハ、是を見て、よろこひ。その死《し》せる、ありさまをハ。見るも、たえかたく、おもふ。是を、殺すに」九オそのこゝゑ、かなしけに。さけぶを聞てハ。その肉《にく》を食《しよくせ》ん事。中〳〵たえかたく、おもふと、なり。

故《かるかゆへに》斉《せい》の宣王《せんわう》の、牛《うし》を殺を、たえかねて。殺べき子細《しさい》あらハ。牛を、たすけ。羊《ひつじ》に、かへよと、宣《のたま》ひしを。孟子、ふかく、ほうびせられしなり。されハ、牛も羊も、命を、おしむ事。同《おなじ（ママ）》し、と、いへとも。牛ハ、まのあたり、殺を御覧《らん》し、しられけれハ。見るうへの、たえかたさを、もつて。見ざる羊に、かへよ、と、宣《のたま》へハ。その心、王《わう》たる人、仁愛《じんあい》ふかき、しるしなり。

此心を、をしひろめて。物を愛し、民《たみ》を、あはれミ給ハ、。堯舜の、むかしに、かへらんも。あんのうち、なるへし。」九ウ

孟子、是によりて。王たるに足《たれ》り。と感《かん》しけるにや。ます〳〵、その心を、やしなひ、そたてまいらせて。仁の

道を、うしなハしめさらん、となり

○子思《しし》の、いはく。(12)

天の性を、きハむれハ。をのつから、人の性を、きはむ。人の性を、きハむれハ。よく、万物の性をも、きハめしる

となり。

されハ、こまかに、天道《たう》を、さつするに。陰陽《いんやう》五行ハ、天地の、すかたなり。その中に、天理《り》といふ物あり。是を、天性とも、なづけたり。

此、天性《せい》陰陽《いんやう》五行の、あるしとして。めくミを、ほとこし。うるほひを布《しく》。人も、また、かくのことし。かたちハ、陰陽五行《ぎやう》の気《き》を」十オうけて生し。血気《けつき》と、あらハれ。五臓《ざう》と、あらハれたり。その中に、主人たる本心本性ハ天理なり。此性かたちの主人として、命を、たもち。気を、やしなふ事。天道の、万物にをひて。温《をん》沢《たく》を、ほどこすに。わたくし、なきがことし。

是、天の性を、きハめしれハ。人の性を、きハめしるに、あらすや。其上、万物《はんもつ》ミな、一天のめくミを、うけ。血気のたくひ。悉《ことごと》く、天理を、かうむる故。人と物と、あひへだゝる所《ところ》なし。

然《しか》るに、人として。物のいのちを、害《がい》せは。天理を、そこなひ。わが性を、やぶるなり。

天ハ、物を、やぶらず。しかるに、物を、やぶるハ。天を、やぶるなり。」十ウ 人ハ、天の性と、おなし。天理を、やふるハ、わか性を、やふるなり。つゝしまさるへきや

○荘子《さうし》と恵子《けいし》と、濠梁《かうりやう》と、いふ所《ところ》に、あそひしに。(13) 水の面《おも》に、あまたの魚、およき出て。たハふるゝを見て。荘《さう》子《し》、いはく

是、魚の、たのしむなり

と、いへり。

恵子《けいし》、いはく

君ハ、魚に、あらすハ。いかてか、魚《うを》の心の、たのし

ミを、しるへき
となり。
荘子《さうし》が、いハく。
汝《なんぢ》ハ、我に、あらすハ。いかでか、我、魚のたのしミを、しらさることを、しるそ。なんぢ、わか心を、さくり、しるからハ。われも又、魚の心を、をしはからさるへきや
と。
されハ、道《みち》ある人ハ。ものと、われと、その性おなじき事を。さとり」十一オしるか故に。人に、たのしミあれハ。魚《うを》も、かならす、たのしミ有事を、さとす。魚《うを》すてに、いきて、およぐを。たのしミと、するからハ。釣《つり》に、か丶り、あミに、ひかる丶ハ。いか計《ハかり》、悲《かな》しからさらんや。
然るを、人として。をのれか、よろこひを、さきたて丶。物の愁《うれひ》を、かへり見す。いたつらに、生類を殺して。口腹《くふく》に、みてしむるハ。禽獣《きんじう》の、つたなきにも、おとれる、とこそ、いふへけれ

(14) ○周《しう》の濂渓《れんけい》ハ、世俗《ぞく》の、たのしミを、物の数とせす。名利のために、心さしを、うつされす。あたかも、風月の、す丶しく、いさきよきかことし。
庭前に、草ふかうして。こも〲、しけれるをも。たやすく、かり除《のぞ》かす。

人、その故《ゆへ》を、問《とへ》ハ、答《こたへ》て」十一ウいはく。

をよそ、情《こゝろ》有ものハ、常《つね》に、思ふことあり。是、天地あれハ、かならす。草木《さうもく》の生るかことし。心の動《うご》く所ハ、思ひとなり。天地の動《うご》く所ハ、万物となる。

いかて、無心の草木とて。たやすく、苅《かり》すてんや。それ草たにも、ミたりに、からす。いはんや、もろ〱の生あるものをや。

(15) ○程明道《ていめいだう》ハ、いけすを、かまへて、魚《うを》を養《やしな》ひ。時ゝ《より〱》、魚の、およくを見る。

人、そのゆへを尋《たつぬ》れハ、いはく。生物の志《こゝろざし》をえて、たのしむ、ありさまの。心に、そミて、むかハまほしけれハ。うをの、たのしミを見るに。わが、たのしミと、なし侍ると。こたへたまふ、となり」十二オ

○邵康節《てうかうせつ》の魚樵問答《きよしやうもんだう》に。山人、釣人《つり》に向《むかつ》て、いハく。(16)おなじ、しわざと、いひなから。山に入て、木をこるハ、生類を殺ざるを、もつて。海に、のぞミて、釣《つり》するよりハ。其害すくなし。汝《なんぢ》ハ、身一人すぎんため。おほくの魚《うを》を殺事。とがの、尤《もとも》、はなはたしきに、あらすや。

釣《つり》人、答《こたへ》て、いはく

なんぢ、只《たゞ》わか魚《うを》とり。身を、やしなふのあやまりを、しりて。終日《ひねもす》とれとも、しかも、とらす。終日ころせ共《ども》。しかも、害《がい》なき心を、しらす。故いかん、と、なれハ。うをハ、餌《ゑバ》を貪《むさぼ》るに、よつて。来りて、針《はり》にかゝる。是、魚《うを》の、ミつから死《し》するなり。もし、人、魚を、むさぼりて。身を、水中に」十二ウすてゝ。江魚の腸に、入らんハ。是又、人の、ミつから死《しす》るにして、魚《うを》の、人を、ころすにハ、あらす。然らハ、わが、なす、しわざハ。こなたより、しいて、をひ求《もとむ》るにハ、あらす。魚の、餌《ゑ》を求るハ。欲《よく》のために、身を、すつるなり。

汝《なんち》、山に樵《きこ》るハ。此山を、きりつくしてハ、又、彼《かの》山を求《もとむ》。是みな、こなたより、物を、もとむるか故に。貪欲《とんよく》の、いやましなり。

とん欲《よく》、日ゝに、かさならハ。天性を害《かい》する事。生を殺すよりも、はなはたし。是に、よつて、おもふに。

魚ハ、餌《ゑ》を、むさほるがために、身をうしなひ。人ハ、利を、求るによりて。天性を、やぶるなり。

むかし、大公望《（ママ）》ハ。渭《い》」十三オ水の陽に。釣《つり》して、をくりけるに。すぐなる針《はり》に、餌《ゑは》も、つけず。水きハ三寸避《さけ》て。天命に、はなたれたる魚《うを》を、まちける、となり。

子荘《しさう》と、いふ人ハ。世をさけて、常《つね》に、猟《かり》を業《わざ》とせり。
後《のち》に、猟を止《やめ》て、釣《つり》して送《をく》りける。
ある人、問《とふ》て、いハく。
猟《れう》をするも、物の命を害《かいす》る事。同断《おなしことハり》なり。何ゆへ、
猟を止《やめ》て。釣を、このむそ
と、いへハ。子荘《しさう》答《こたへ》て曰《いハく》。
猟ハ、こなたより、をひもとむるがゆへに。非道《ひだう》に、
ものを殺なり。釣ハ、餌を用《もちひ》て、魚の、かゝるに、
まかすれハ。殺といへとも、その罪すくなし。我、是
によりて、すきハひを、かへたり
と、なり。
其後、釣をも、やめて。惣して」十三ウ 生命を、害せさり
しなり。
是みな、頓《にハか》にハ、やめがたけれハ。次第《したい》〳〵に。仁愛《じんあい》の
道を、そたてゝ。浅《あさ》きより、深《ふか》きに入こゝろさしなり。
釣ハ、かならす罪《つみ》にあらす、とハ、おもふへからす

⒄

○田子方《でんしはう》ハ、道にて、老馬《らうば》を見るに。是、かならす、人の
家《いへ》に畜《かハ》れたるが。老馬となりて、用《よう》に立《たゝ》ざれハ。人に売《うら》
んずる事を、おもひ。歎《なげき》て、いはく。
若《わか》き時ハ、力《ちから》をつくして、をひつかひ。老《をひ》てハ、また、
その身を捨《すつ》る事。道《みち》ある人の、せざる処《ところ》なり。
我、是を、かハんとて。買《かい》て、家《いへ》に帰《かへ》り。身をハるま
て。養《やしな》ひ、ころしける
と、なり」十四オ

⒄の2

哲宗《てつそうくハうてい》皇帝の時《とき》、程《てい》明道《ミやうだう》ハ。崇政殿《そうせいでん》の説書《せつしよ》の官《くハん》に、め
されたり。
帝《ミかと》、宮中《きうちう》に、まし〳〵て。手あらひ、口《くち》そゝき給ふ時。
蟻《あり》の、水に、おほるゝを御らんじ。すくハせたまふこと
を。明道《ミやうだう》つたへ聞《きい》て。
寔《まこと》に、さる事のゆひつるや
と、問《とひ》たてまつれハ。御門《ミかと》
しか、あり

と、宣《のたま》ふ。

明道、いハく。

君《きみ》、此心を、うつして。四海《かい》の民《たみ》に、をよぼしたまハ、。王《わう》たるの道《みち》、あきらかにして。慈悲《じひ》あひれんの大聖《せい》人と。殊《こと》に、あふき奉らんと。ふかく、かんじける、となり。

皆人の、いへるハ。

牛馬《うしむま》を殺《ころ》さんにこそ。罪とも、なるへけれ。なんでう、蟻《あり》ことき、ちいさきものハ。ころすとも、害《がい》なかる」十四ウへし

と、いふ。

をろかなるかな。殺さるゝものにハ、大小あれども。殺す心ハ。ミな一やうなり。

今、此君《きみ》の、蟻《あり》を、すくハせ給ふハ。もの、かずに、あらざるに似《に》たれ共。ちいさきハ、虫のうへなり。慈悲《じひ》の御心を見れは。ちいさきにハ、あらさるをや

(18)

○程明道《ていみやうたう》、同安《とうあん》といふ所の。主簿《しゆほ》のくハんに、あてられし時。粘《もち》にて、鳥を、さすを。きびしく、いましめて、いはく。

一命を、天に、うくるものハ。分《ぶん》に、おふじて、生を、いたハるの。仁愛《じんあい》を、おもふへし。

物に、をひて、あハれミ、あるものハ。人にをひても、救《すく》ふ所あり。

いにしへの君子《くんし》ハ。すこしき」十五オ 鳥翅《とりつはさ》に至《いた》るまて。心をそへて、慈悲《じひ》を施《ほとこ》しぬ。

此心を、をしひろめて。天下の政《まつりこと》を行《をこな》ひなハ、普《あまね》く、万民《はんみん》の業《わざ》を、すゝめて。あやうきを避《さけ》て。安《やす》きに、をらしめん事。かゝみに、かけて、しられたる事共也

(19)

○汪信民《わうしんみん》が、いハく。

人、つねに、野菜根《やさいこん》を食《しよく》しなは。何事《なにこと》も、みな、心のことく、なりぬへし

と、いへり。

胡《こ》康侯《かうこう》と、いふ人。此言葉を聞て。いみじき公言《こうげん》とて、賛《ほめ》侍りしなり。

人ミな、おほくハ。をのが味《あぢハ》ひを、このむに、よりて。魚鳥《ぎよてう》の生命を殺事、おほし。人と物と、おなしく。天性《せい》をそなふが故。ものに、わざハひを、くハふれハ。」十五ウ 己《をのれ》にをひても、又、わさハひを、くハへらるゝなり。それとハ、しらねとも、身にをひて恙《つゝが》あり。万《よろつ》、心に、まかせさる事あるハ。皆《ミな》、生命を、そこなふ、あたの遺《のこ》れる故なり。善《せん》を積家《つむいへ》にハ、余《のこ》れる慶《よろこび》あり。不善を積家《つむいへ》にハ。余《のこれ》る殃《わさハひ》あり、と、いへるハ、今の意《こゝろ》に、おなし

評曰

釈迦《しやか》ほとけ。はじめの教《をしへ》にハ。五種《しゆ》の浄肉《じやうにく》をハ、ゆるして。食せしめ給ふ。或《あるひ》ハ、鳥《とり》けだものゝ命、極《きハま》りて、ミつから死《し》したるや。我手《わがて》に、かけすして。人の殺せしや。殺《ころす》を、きかす、しらさるや。或ハ、魚などの。鳥に、くひ殺されしや。かくの」十六オ ことくの、たぐひをハ。浄肉《じやうにく》とて、ゆるしたまへり

是、仏《ほとけ》の本意《ほんい》にハ、あらされとも。漸ゝ《ぜん〱》に、殺生を、いましめんため。まづ、罪《つミ》のおもきを、いましめて。とがの、かろきをハ、ゆるし給ふなり。既《すで》に、大乗《じやう》の経典《きやうでん》を説《とき》給ふに、至《いた》りてハ。をよそ衆《しゆ》生《じやう》の肉《にく》をハ。一さい、食すへからす、と。ふかく、いましめたまへり

(20)

○金光明経《こんくハうミやうきやう》に、いはく。

釈尊《しやくそん》の寿命《じゆミやう》ハ。劫《こう》を重《かさね》て、久しき事。かぞへつくすへからす。ひとり今の釈尊《しやくそん》のミに、あらす、百千万億《おく》の諸仏《しよぶつ》。いつれも、寿命かぎりなし。

是みな、物のいのちを害《がい》せずして。おほくの生」十六ウ 命を、はなち。あまねく、衆生《しゆじやう》に食《じき》を、施し給ふ事。限《かぎり》なき因縁《いんえん》なり。

劫《こう》とハ、天地のはじめより。天地、既《すで》に、尽《つく》る、をハり

までを。一小劫と、いへり。その外《ほか》、芥子劫《けしこう》。払石劫《ほつしやくこう》。五百塵点劫等《ぢんでんこうとう》のきはめ有、と、いへとも。大むね、かくのことくなり。

或《ある》人の、いはく。

釈尊《しやくそん》ハ、十九にて出家《しゆつけ》し給ひ。三十にて成道《じやうたう》あり。八十三にて、入滅《にうめつ》し給ふ、と、きく。然《しか》るに、今の経《きやう》に。劫《こう》を、かさねて、ひさしきとハ、いかにそや

こたへて、いはく。

仏《ほとけ》ハ、ふ生不滅《しやうふめつ》にして。三世平等《びやうどう》の法位《ほうゐ》に、住《ぢう》し給ふ、と、いへとも。仮に、生滅《しやうめつ》の。すがたを、あらハし給ふハ。生あるものハ、かならす、滅」十七オある事を、しめし。苦界《くかい》を、いとひて。出離《しゆつり》を、ねかハしめんためなり。そのうへ、恒沙《ごうしや》の有情界《うじやうかい》ハ。唯《たゞ》、此娑婆《しやば》のミに、あらさる故に。しばらく此土の衆生を度《と》し給ひて。又、かしこの国土に。化《け》を、うつし給ふなり。今の一説《せつ》は。垂迹《すいしやく》を、いふにハ、あらず。直《じき》に、仏の本地を、あかすなり

○因果経《いんくハきやう》に、いはく。

をよそ、殺生《せつしやう》する人ハ。かならす、三つの悪報《あくほう》を受《うく》るなり。

一に、正報《ほう》とて、三途《づ》の苦患《くげん》を、うけ。地《ち》獄《ごく》。餓鬼《がき》。畜生《ちくしやう》の中に、おち入なり。

二に、余《よ》報とて。もし人界《がい》に生るれとも。つねに、病《やまひ》に、なやまされ。或《あるひ》ハ、定業《ちやうごう》ならずして。種ゝ《しゆぐ》の難《なん》に、あひて死《し》す。

三」十七ウに、冤報《をんぼう》とて。むかし、ころせし衆生《しゆじやう》、今《いま》、生《しよう》をかへて、毒虫《どくちう》の中にありて。これがために、さしころされ。又は、人間《げん》に、生をかへて。現在《げんざい》に、むかしのあたを、報《ほうず》るなり。

今、故なふして、人に、ころされ。種ゝ《しゆぐ》の横難《わうなん》に、かゝる人ハ、過去《くハこ》にて、生を殺《ころ》せし。冤《あだ》の、むくふ所なり。

世に、癲癇《てんかん》と、いふ病ありて。地に、ふしまろび。口

より、あハを噴《はき》て。ゐのし、や、羊《ひつじ》のなく、まねするものあり。是皆《これみな》、宿業《しゆくごう》の感《かん》ずる所なれハ。薬《くすり》を用るとも。愈《いゆ》べからす

と、なり

○殺生を、やむれハ。十の善事《ぜんじ》有。

(22)

一に、一切衆生《いつさいしゆじやう》」十八オ ミな、したしミ。その人にをひて、恐《をそ（マ》れ、ばゞ《マ）》かる心なし。

二に、一切衆生、見るごとに。ミつから、大慈悲《じひ》のこゝろを、おこして。ほさつの本願《ぐハん》に、かなひ。衆生も、此人にをひて、大じひの、おもひを、なす。

三に、過去《くハこ》より、つくり来《きた》る、殺生の悪業《あくごう》を、やむるによりて。三世のつミを、のかる。

四に、つねに病《やまひ》なく。身にをひて、なやむ事なし。

五に、物の寿命《じゆミやう》を、たすくるに、よつて。我《わ》か寿命を延《のぶ》るなり。

六に、鬼神《きじん》も、此人を守護《しゆご》して。禍《わざハひ》なからしむ。

七に、つねに、あしき夢《ゆめ》を見ず。

八に、物に、あだを、くハへされは。物のために恨《うらミ》かうむらす。

九に、一切の、あく道を」十八ウ をそれす。

十に、いのち、をハりて後《のち》。かならす、善道《ぜんだう》に生る、

と、なり

○殺生に、十のあく事《じ》有。

(23)

一に、心中つねに、毒害《どくがい》の気《き》を、いだきて。生を見てハ、いかにもして。殺したき、と、おもふ。此意《こゝろ》、生ゝ世ゝに、たえすして。地ごくの因《いん》と、なる。

二に、衆生、常《つね》に、此人を、にくミ、きらひて。眼《まなこ》を、ひらいて、見んとしも、おもハず。

三に、常に、悪念《あくねん》たえすして。悪事《あくじ》を思惟《しゆい》するなり。

四に、衆生、此人を見る事。をそろしき虎狼《とらおほかミ》を見るがことく、するなり。

五に、寝《いね》てハ、心恐怖《きやうふ》して。覚《さめ》ても、身やすからず。

六に、常に」十九ォあしき夢を見る。

七に、命をハらん、と、する時。死《し》を、をそれ、きやうらんする。

八に、短命悪業《たんめいあくごう》の、いんえんと、なる。

九に、死《し》してのち、かならす、地獄《ぢごく》に、おつ。

十に、譬《たとへ》(ママ)、人界《がい》に生るれとも、短命《たんめい》なり

○殺生に、因縁法業《いんえんほうごう》の四つ有。(24)
因《いん》とハ、一念《ねん》おこりて。物を、ころさん、と、おもふ。此意、殺業のたねを、うゆるなり。

縁《えん》とハ、種《しゆ》ゞの生類、まのあたりに、さへきりて。とらへ、殺へき、縁となるを、いふ。是、外の生類。内の殺《せつ》害《がい》のこゝろを引出して。あくを、そたつるを、もつて。縁と名付《なづけ》たり。

法とハ、是を、ころさんため。殺生の法を用ひ。あミ」十九ウを、たくはへ。弓矢《ゆみや》を求《もと》め、わなを、さし。粘《もち》をぬる等《とう》の道具《だうぐ》を、かまふるを、いへり。

業《ごう》とハ、まさしく、身を、はたらかして、物を殺さんとし。既《すで》に、殺しかけたるを、いへり。

前《まへ》の三つハ、宿業《しゆくごう》のならひ。心に、そみて致所《いたす》なれハ。一念《ねん》ひるがへして、やむれハ科《とが》なし。すでに、ころしおほせたるをハ。業《ごう》と名付《なづけ》たり。是、未来《みらい》の悪報《あくほう》を、まねくへき科《とが》を、成就《じやうじゆ》すれバなり

○弥勒慈氏《みろくじし》の大戒《かい》に、いはく。(25)
一に、ミつから殺生せざれ。

二に、人をすゝめて、殺さする事なかれ。

三に、殺生せざるを見てハ。讃歎《さんだん》すへし。

四に、人の殺生せ」二十ォざるを見てハ。わか心に、歓喜《くハんぎ》のおもひを、なすへし。

五に、殺生する人を見てハ、いかにもして。殺《ころさ》ざる方便《はうべん》を、めくらし、殺害《せつがい》を、すくふへし。

六に、かならす殺《ころす》へき子細《しさい》ありて。殺《ころ》さるゝもの、あらハ。末期《まつご》の一念《ねん》、極楽往生《ごくらくわうじやう》の旨《むね》を、すゝめて。死《し》を、

をそるゝの、かなしミを、なたむへし。若《もし》、殺さるゝもの。鳥獣《てうじう》の類《たぐひ》ならハ。一念に、呪陀羅尼《しゆたらに》を。読誦《とくじゆ》して。生来を、すくふへし
と、なり

○大蔵経《ざうきやう》に、いはく (26)
人、ものゝ命を、殺さゞれハ。寿命《じゆミやう》長遠《ちやうをん》の善報を、うくるなり。
或《あるひ》ハ、物命を愛憐《あいれん》し」二十ウ守護《しゆご》して。放生《はうじやう》を、をこなひ、食《じき》を、ほとこすハ。ミな、寿命《じゆミやう》を延《のぶ》る因縁《いんえん》なり

○富貴《ふつき》の人ハ。力《ちから》の、をよぶ所に、したかひ。放生を行ひ。或《あるひハ》、国《くに》の守《かミ》、里《さと》の司《つかさ》と、なりてハ。民《たミ》を制《せい》して、殺生をやめ、漁《きよ》人のあミを、さき。猟師《れうし》の弓《ゆミ》を、おり。渓《たに》に、毒を、ながして、魚を、ころしつ。山に、火を、つけて、獣《けたもの》を狩《かり》出す族《やから》をも。一〳〵禁制《きんぜい》して、物命を、すくふへし。 (27)

猶《なを》、其うへに、念仏回向《ゑかう》して。善行《せんごう》を行《をこな》ひなは。浄土《じやうと》の上品に、生れん事。必《かならす》、疑《うたが》ひなし。

貧《まつ》しき人ハ。財宝《ざいほう》の、すつへきなけれハ。贖《あかな》ひて、放生すへき力《ちから》なし」二十一オ只《たゞ》、よく、人を、すゝめて、殺生を、いましめ。教化《けうけ》して、放生を、をこなハしむへきなり。

又ハ、殺《ころさ》ざる人を見てハ。心に、随喜《ずいき》の、よろこひを、ふくミ。好《この》ミて、殺生する人を見ては。心に、かなしミの、おもひを生して。時〻《より〳〵》、教化《けうけ》して、やめしむへし。若《もし》、かくのことくならは、たとへ身貧《まつしう》して。ミつから、放生せさるとも。その功徳ふかき事。放生に、おなじき、と、なり。

仏《ほとけ》、大恵菩薩《だいゑぼさつ》に告《つげ》て、のたまハく。
をよそ、一切《さい》の、しゆじやう、宿世《しゆくせ》より、このかた。生死《しやうじ》に輪廻《りんゑ》する事。暫《しハらく》も、やむ時《とき》なし。爰に、むまれてハ、又、かしこに死し。三界を、めくり。六道《だう》に輪転《りんてん》する事。勝《あけて》、計《かぞふ》」二十一ウへからす。

その間《あいだ》に、をひて。一切衆生《しゆじやう》と、えんを結《むす》ひて、或《あるひ》ハ、父母《ちゝはゝ》となり、兄弟《きやうだい》となり。妻子眷属《さいしけんぞく》となり。主《しう》となり、臣下となる。今、生をかへて。鳥獣《てうじう》の身と成《なる》も、あるへし。魚鱉《きよべつ》《かめ》の生を受《うく》るものも有へし。然らハ、底《なん》そ、是を殺して、食し。過去《くハこ》の父母《ふも》眷属等《けんぞくとう》。朝《あさ》夕、料《れう》理《り》に、そなへんや。

故《かるかゆへに》、ほさつハ、諸《もろ〳〵》の衆生《しゆじやう》を見てハ。皆《みな》、是《これ》、我親《わがしん》子眷属《しけんぞく》の思ひを、なし。慈悲《じひ》愛憐《あいれん》の心を、もつて。いかにもして、我と、ひとしく。成仏《しやうぶつ》に至《いた》らんことを、

悲しミ給ふ

と、なり。

いかてか、一さいの肉《にく》を、食《くらふ》へきものならん」二十二オ

○人よく、一日斎戒《さいかい》を持《たもち》てハ。六十万歳《まんざい》の糧《かて》を得《う》るなり。(28)

又、持斉《ちさい》（ママ）に、よつて。五の福《ふく》あり。

一に病《やまひ》なく、二に身安楽《あんらく》なり。三に婬欲《いんよく》すくなし。

四に、ねふりなし。五に天上に生れて。過去《くハこ》境界《きやうがい》善《せん》悪《あく》を、さとりしる。宿命通《しゆくめいつう》を得《う》る

となり。

一日の致斎《ちさい》だに。おほくの功徳《くどく》なれハ。いかに、いはんや。六斉（ママ）を、たもち。八斉（ママ）を持《たもた》むをや。その功《こう》、あげて、かぞふへからす、となり

○易《ゑき》に、いハく

斉戒《さいかい》（ママ）を持《たもち》て。その徳《とく》を、あきらかにす(29)

と見えたり。

夫子《ふうし》の、つゝしむ所。かくのことくなれハ。持斎《ちさい》ハ、寔《まこと》に、聖人《せいじん》の、おもんし給ふ所なり。

然《しか》れ共、儒家《しゆけ》」二十二ウは。世上の法《はう》を、をこなふゆへに。長斎《ちやうさい》精進《しやうじん》する事あたハす。止《やむ》ことを、えさるによつて。日を定《さた》め。時を究《きハめ》て、或《あるひハ》三日。或七日。火を、あらため。不浄《ふじやう》を、しりそけ。神明《しんめい》に信《まこと》を、のべ。敬《うやまひ》を、いたすなり。

常《つね》に精進《しやうじん》せす。永《ながく》、たもたざるが本意《ほんい》にてハ、あらさ

る、となり

○易《えき》に、いはく。(30)

東隣《とうりん》の殺《ころすハ》レ牛《うしを》不《じ》レ如《しか》二西隣之《せいりんの》禴祭《やくさいに》一。

此心ハ、牛を殺して。牲犠《いけにへ》に、そなへ。神明を、まつる事ハ。祭礼《さいれい》の、尤《もとも》おもきを、いへり。禴祭《やくさい》ハ、うすき祭《まつり》なり。然共《しかれとも》、斉戒《(ママ)》の信《まこと》を、のべて。志《こゝろさし》を、ゆだね、敬《うやまひ》を、つくす時ハ。かろき、まつり、おもきに増《まさ》る、となり。

されハ、祭《まつり》ハ、時を、もつ」二十三オ て。たつとし、と、するかゆへに。月の朔《ついたち》にハ、必《かならす》あたらしきものを奉り。四時《し》の祭にハ。中の月を用《もち》ひ。又、冬至《とうじ》にハ、始祖《しそ》を祭。立春《りつしゆん》にハ先祖《せんそ》を祭。季秋《きしう》にハ、父《ちゝ》の廟《べう》を祭。忌日《き》にハ、父母の木像《もくざう》を、ねやに、うつし。在《います》か如《ことく》、祭るなり。是、時ゝ《とき〱》の祭。をハりを、つゝしミ。遠《とを》きを、をふの道《みち》なれハ。手向《たむけ》も、時の物を、まいらせて。唯《たゝ》、敬《うやまひ》を、もつて、かんよう、と、すへきなり。いかでか、物の命を、ミだりに殺して。先祖《せんぞ》の悪業《あくごう》を、かさねんや。

其上、神明ハ、物を、あハれミ。天道《たう》ハ、物を生するを、みちとす。

しかるを、殺して祭らんハ、罪《つみ》の甚《はなハた》しきに、あらすや」二十三ウ

○神農《しんのう》曰《のたまハく》 (31)

をよそ、鳥獣《てうじう》の、人に近付《ちかつき》て。飛《とび》つきなど、するハ、かならす口の中に。喉《のんど》のあいだに。物の、さしはさまるを、とりて得《え》むため、なり。

人、若《もし》、是を、とりて、えさせ、其害《がい》を救《すく》ふ時ハ。かならす、大成吉時《なるきちじ》を得るなり。たゞ、吉事のミに、あらす。よハひを、のぶること、しるし、あり

と、なり

○ある老人の、いはく。(32)

おさなきもの、ゝ、たハふれに。螺《ら》《はち》。蟻《き》《あり》。蠅《よう》《はい》。虫《ちう》《むし》のたく

ひ、ころす事。其父母《ふも》、かならす、是を、いましむへし。

徒《いたつら》に、物の命《いのち》を、ころすのミ、ならす。おさなひの、ならハせ。次第〱に募《つのり》て。殺生の気、さかんに」二十四オなるなれハ。おとなしく、なりて後《のち》。慈悲哀憐《じひあいれん》の心を、しらす。仁《じん》の道《みち》たえて。人がら、あしくなると、いへり

○君《きみ》に勧《すゝ》む。林間《りんかん》の鳥《とり》を打事を、やめよ。児《じ》の、巣中《すちう》に、(33)ありて。母《はゝ》の帰《かへ》るを望《のぞ》むと。

是、ふるき人の、こと葉なり。

その心ハ、かならす、林《はやし》に入て。鳥の巣《す》を、やぶらざれ。中に、鳥の児《こ》ありて。わか母《はゝ》の帰《かへ》るを、遅《をそ》しとこそ、あるへけれ、となり。

とりたにも、親子《しんし》の恩愛《をんあい》を、しること。人の子の、母《はゝ》を、おもひ。人の母の、子を、おもふに、ことならす。しかるを、情《なさけ》なく。無下《むけ》に、巣《す》を、こぼち。鳥を殺さんハ、人間《げん》のたねを、うしなへる。鳥翅《つばさ》にも、をとれるなり、と。」二十四ウ よミて、心を、いたましむる、ことは、ならん

○むかし、瑠璃王《るりわう》、おほくの人民《みん》を催《もよほ》し。釈尊《しやくそん》の眷属《けんぞく》三(34)万人を、ころせしなり。しかれとも、仏力《ふつりき》にも。是を、救《すくひ》給ふこと、あたハす。

その故ハ、過去《くハこ》に、その人を、ころせしゆへ。今、その人に害《がい》せらるゝ。因果報応《いんくわほうおふ》の、ことハりハ。仏の威《ゐ》神力《じんりき》を、もつても。いかんとも、ふせきかたけれハ也。

世中に、刀兵劫《とうひやうごう》なからん、と、ならハ。衆生の肉《にく》を、食《しよく》することを、やむへし、と、なり。

刀兵劫とハ。此世界《かい》、末代《まつたい》に、をよひて。滅《めつ》せんと、する時。まつ小の三災《さい》とて、刀兵のいくさ、をこり。おほくの人民《みん》を、ころし。又、飢饉《ききん》を」二十五オ こりて、残《のこ》る人を、ころし。その上に、疫癘《えきれい》はやり。又、人を殺すな

り。

その、はしめに軍《いくさ》おこる事。七日七夜《や》の間《あいた》なり。此時《じ》分《ふん》を、刀兵劫《とうびやうごう》と、いへり。

今の心ハ、まさしく、その時を、さすにハあらす。惣《そう》して、こゝかしこに。刀兵殺害の冤敵《をんてき》、いてくるハ、殺生の宿業《しゆくごう》、報《むく》ひきたりて。いとミ戦《たゝかふ》故《ゆへ》なり。

一念《ねん》、わづかに、殺害《せつがい》の意《こゝろ》あれハ。その心、天に通《つう》じ。妖星《ようせい》とて、わざハひの星《ほし》、出て。厲鬼《れいき》とて、疫神《やくじん》たゝりを、なす。

されハ、天の理と。人の心と、全《まつた》く、へだてなき故。善《せん》悪《あく》共に。人の機《き》の、感《かん》ずる所に、したがひて。その景気《けいき》、天に通《つう》じ」二十五ウ外に、あふるゝなり。

此ゆへに、天子道《みち》あれハ。天下、治《をさま》り。国主《こくしゆ》あしけれハ。一国ミだる。一人あしけれハ。一家《け》を、やふるなり(35)
○鳥獣《てうじう》の中に。五倫《りん》のミち。五常《じやう》の徳《とく》、そなハる物有。是等《これら》ハ、かならす。過去《くハこ》に、をひて、人たりしゆへ。今、悪道《あくたう》に、おち入て、鳥獣《てうしう》の身と、なれとも。前世の善力、いまた残れるを、もつて。自然《しぜん》に、くたんの徳《とく》を、そなふる、と見えたり。
或《あるひ》ハ、人間《げん》に、五倫《りん》五常《じやう》の道を、うしなへる人あるハ。過去に、をひて。鳥獣たりしゆへ。今、幸《さいはい》に、人界《かい》に、むまるゝと、いへとも。前世《せん》」二十六オの、あく生、のこれるに、よつて、禽獣《きんしう》の心、なをも、すたらす、と、しるへし。
五倫《りん》とハ、君臣《くんしん》。父子《ふし》。夫婦《ふう》。兄弟《きやうたい》。朋友《ほうゆう》、此五つの、ましハり。人の、常《つね》に、しるへき道なり。
五常《じやう》とハ、仁。義。礼。智。信なり。
鳥獣の、五徳有ものを、いはは。
裨《ひ》雅《が》に、いはく
蜂《はち》(ママ)ハ、花を集《あつめ》て、蜜《みつ》を作《つく》り。力《ちから》を尽《つく》して、わか君に
献《けん》ずる
と、なり。
是ハ、君臣《くんしん》の道を、しるものなり。

五雑祖《さつそ》に、いはく
蟻《あり》（ママ）ハ、五徳を具《そなへ》たる虫《むし》なり。得もの、あれハ。その類《るい》を呼《よぶ》ハ、仁の道なり。雨《あめ》ふらんする時ハ。穴《あな》を、ふさぎて、人に、さきたちて。天気を、しるハ。智《ち》の徳なり。往来《わうらい》す」二十六オ るに。前後《せんこ》に、行列《ぎやうれつ》をも、ミたさす。大小老若《らうにやく》のついでを、まもるハ君臣《くんしん》の義《ぎ》。兄《けい》弟《てい》の愛《あい》を、しる謂《いはれ》なり。

鴻苞集《こうはうしう》にハ。
時鳥《ほと、ぎす》、百鳥《はくてう》の巣《す》に、子を生ハ。百鳥、養育《やういく》して。臣下の、君に仕るかことく、する
と見えたり。

張花《ちやうくハ》が禽経《きんきやう》にハ、烏《からす》の孝行《こうかう》を、あかせり。巣《す》にありて、母の養《やしなひ》を、うけ。巣をはなれて後、はゝを、やしなふ。故《かるかゆへに》孝烏《こうう》と名付《なつけ》。慈烏《しう》とも名付たり。

幽明録《ゆうみやうろく》にハ。花隆《くハりう》と、いふ人。的尾《てきび》と、いへる犬《いぬ》を、養《やしな》へり。ある時、江《いりへ》のほとりに、して。くちなハに、まとハれ。絶入《せつじゆ》せしかバ。かの犬、なき悲《かな》しひて。主《しう》の活《よみがへ》るまて、食《しよく》を」二十七オ くらハざりしことを、しるせり。

異苑《いをん》にハ、符堅《ふけん》と云《いふ》もの、馬《むま》より落《おち》けれハ。その馬、ミつから、ひさまつきて。鐙《あふミ》をたれて、符堅《ふけん》に、あたへ。なく〳〵家《いへ》に、帰《かへ》りける事を、のせたり。

其外、雁《がん》の夫婦《ふうふ》の、節《せつ》を、まもるや。鶏《にハとり》に、五徳《とく》あるや。鳩《はと》の、礼を、しるや。あけて計《かぞふ》へからす

○魚《うを》の子ハ、塩漬《しほつけ》に、せされハ。干《ほし》て、三年《ねん》に、なるまては。水に入れハ、又、活る、となり。　(36)

田螺《たにし》のはらに、九十九の子有、鰍鱔《しうぜん》の類《たぐ》ひ、みな、はらに子あり。

是を、たすくれハ。かす〳〵放生するに、あたるなり。その功徳《くどく》、際限《さいげん》あるへからす、となり」二十七ウ　(37)

○水鶏《くゐな》ハ、人に似《に》たるものなり。是を、とらへんと、すれハ。おさなきもの、啼叫《なきさけぶ》がごとく。刃《やいば》を見てハ、両の

手《て》を、もつて。頭《かしら》をかゝへ。人の死《し》を、おそるゝ、かたちを、なせり。

水鶏、生《しやう》をかへて、おほくハ、人となると、なれハ。是を、はなせハ、一人を、たすくるに同《おな》じき、となり。

人の、魚鳥を、とらゆるを見て。南無宝勝如来《なむほうしやうによらい》と。十遍《へん》、心中に念し奉れハ。其魚鳥、ミな〳〵、害《がい》を、のがれ去《さる》、となり。

此仏、一さい衆生を守護《しゆご》して。安穏《あんをん》ならしめん、との誓《せい》願《ぐハん》なり。但、十返《へん》に限《かぎ》るべからす。おほく唱《とな》ふれハ、いよ〳〵利益《りやく》あり。若、唱《とな》へても、利生なくハ。信心うすきと、はげむへし」二十八オ

按《あんず》るに、殺生を、いましめ。放生を好《この》むことハ。仏の教《をしへ》にして。儒者《じゆしや》の本意に、あらす。皆是《みなこれ》、異端《いたん》の道《みち》なり、とて 誹《そしれ》り。

是、まことに、あやまりの 甚《はなハた》し。をよそ、天道ハ、生を、このむこと。若干《そこはく》、聖《せい》人の文書《ふんしよ》にも。しるし、をかれしなり。

ことに、儒家《じゆけ》の第一と、さたするハ。仁《じん》の道《みち》なり。仁の博愛《はくあい》の徳《とく》を、いふ。

博愛とハ。生命を、あハれミ。万民《はんみん》を、なつかしめて。慈愛《じあい》の恩徳《をんどく》を、ひろく 行《をこなふ》を、いへり。

しかるに、殺生を、みちとして。放生を、仏家の、わたくしと。さたする事ハ。我か本とする。仁の字《じ》の意《こゝろ》を、うしなふなるへし。かくの」二十八ウ ことき の人を。儒者《じゆしや》と、いふへきや。

いにしへより、道《みち》ある帝王《ていわう》や。聖人賢人《せいじんけん》と、いはれし人。いつれか、殺生を好《この》ミ給ふや。いつれか、又、放生を、さミしつるや。

しかれとも、一さいの殺生、みな〳〵禁《きん》じ 給《たまハ》さるハ。衆生《しゆじやう》の業縁《ごうえん》、きよからさるを、もつて。俄《にハか》に、おほやけの、まつりことに。うつしかたけれハ。世俗《ぞく》の、ならハせをも。一まつハ、ゆるし 行《をこな》ハるゝ。是、機《き》に応《おう》じて、物に、したがふの方便《はうべん》なり。

或《あるひ》ハ、ほさつの、衆生を。あハれミ給ふに、よつて。人王《わう》の、身を現《げん》じて、民を、をしへ。宰相官《さいしやうくハん》人の身と生れ。まつりことを、なすことあり。

その時ハ、世間《けん》の礼法《れいはう》に」二十九オ まかせて。大牢《たいろう》に、牛《うし》を殺して。帝王《ていわう》に奉り。大烹《たいほう》、羊《ひつじ》を殺して、賢《けん》人に飼《かれいひ》するも。止《やむ》ことなふして、いたすところなり。

唯《たゞ》、仏《ほとけ》のミ、大慈悲《じひ》のこゝろ。大威神力《ゐじんりき》ましく〳〵て。ひたふるに、殺生を、いましめたまひ。衆生《しゆじやう》を、みちびきて。信心清浄《しんじんしやうじやう》ならしめ給ふ。たうとき方便《はうへん》ならすや

（四行空白）」二十九ウ

譯和好生録　上末

戒殺放生之類《かいせつはうしやうのるい》 (1)

○魯《ろ》の孟孫公《まうそんこう》。狩《かり》して、麑《かのこ》を、とらへたまへ。西巴《せいは》と、いへる臣下《しんか》に、もたせて帰《かへ》り給ふ。

鹿《しか》の母、あとに、したかひ来りて。子を惜《おし》ミ、鳴《なき》かなしむ。

西巴《せいは》、是を見るに、しのひかたふして。ゆるして、はなちやりぬ。

孟孫《まうそん》いかり給ひて。主君《しゆくん》の命《めい》を、そむき。私《わたくし》に、はなちけるとて。終《つゐ》に、追払《をひはらひ》たまへり。

一年計のち、又、西巴を召かへされて、子傅《しふ》の官《くハん》を、ゆるして。御子の守《もり》に、付《つけ》られしなり。

左右《さう》の臣下、詔《うつた》へ申やう。

西巴ハ、君《きミ》に、そむきて、一度《たび》」三十オ 罪《つミ》を、いたせし

ものなり。しかるを、今《いま》、御子に、つけをかれ給ふ事。心えかたし

と、申けれハ。孟孫《まうそん》、仰《おほせ》けるは。

かれハ、一疋《ひき》の、しかの子をたにも。身にかへて、たすけしものなれハ。いはんや、主《しう》の子に、つらく、あたらむや。

是によりて、別《べつ》して、我《わが》子のもりに。つけをく

と宣《のたまへ》り

△むかし、楽羊《がくやう》は、魏文侯《ぎのぶんこう》の臣下として。中山君《ちうさんくん》を、せめける時。中山君、楽羊が子を、とらへて。烹《に》ころし、あつものに、こしらへて。父《ちゝ》が方へ、をくりけれハ。がくやう、ひるます。舌《した》うちして、食《しよく》しけり。文侯《ふんこう》、軍《いくさ》に、かちてのち。楽羊か功《こう》を、ほめ給ひて。をんしやう、おもく、せられし」三十ウ かとも。わが子をだに、くらひしものなれハ。たれをか、くらハさるへき。われを、くらハんものハ、楽羊なり、と、おもひ。心を、ゆるしたまハさりし、となり。

是に、よりて、時の君子《くんし》いはく。

楽羊ハ功《こう》ありて、かへつて、うたかハれ。西巴《せいは》ハ罪《つみ》を得《え》て。ます〳〵信《しん》ぜらる。

と。

蘇子由《そしゆ》も又、いはく。

麑《かのこ》を、はなつは、主命《しうめい》に背《そむく》と、いへとも。其心さし、国《くに》を、おさめ。民《たみ》を憐《あハれ》むへき、しるしあり。子を、くらふハ、君に忠《ちう》あるに、似《に》たれ共。其心を、はかるに、君を殺《しい》し。国を、かたむくへき、しるしなり

と。

是によつて、しるへし。道《みち》ある人ハ。慈愛《じあい》をもつて、本と、すへきことを。

また」三十一オ 白亀年《はくきねん》と、いふ人。ある時、仙人の、すミかに、いたりしかハ。一くハんの書物《しよもつ》を得《え》たり。此書《しよ》の中には、あまねく。とりけだものゝ。なく、ことハりを、しるしたり。

ある時、潞州《ろしう》の大守《たいしゆ》と一座《ざ》して。しゆえんせしに。大守馳走《ちさう》の為《ため》に。羊《ひつじ》を、ころして。料理《れうり》せよと、申付られし。

下人、羊を引《ひき》出さん、と、すれハ。一足《あし》も、ゆかす。ひたすらに、なきかなしむ。

大守、是を見て。白亀《はくき》年《ねん》に、問《とふ》て、いハく。羊の鳴《なく》こゑにも、ことハり有や。

亀年、いハく。

今、羊の鳴声《なくこゑ》を、きくに。腹《はら》に二疋《ひき》の子有。やかて、むまれん、とする。あハれ、子を産《むま》んまて。たすけよと、いへり、と也」三十一ウ

大守、是を聞て。あハれミ、殺さずして、をかれしかハ。久しからすして、二疋《ひき》の子を、うミける、となり (2)

○韓 忠献公《かんのちうけんこう》と云人。相州《さうしう》の 判官代《はんぐハんだい》に任《にん》ぜられし時、祭礼《さいれい》に、羊を、ころさする也。

其時《そのとき》、羊にけ出て。献公《けんこう》のまへに、ひざまづき。なくこと、良久《やゝひさ》し

公の、いはく

你、いのちを、たすけよ、と、いふ心にやと。

羊、いよ〳〵、かうべを、かしげて。礼拝《らいはい》する、かたちを、なせり。

献公、是を、たすけて。うなしに、札《ふだ》を付。長生羊《ちやうせいやう》《ながくいくるひつじ》と、しるして、はなちける、となり。

其後ハ、しゆえんにも。羊をハ、料理《れうり》せさりしとかや (2)の2

唐《たう》の玄宗《げんそう》の臣下《しんか》に、盧懐慎《ろくハいしん》と、いふもの、あり。慎《つゝしミ》」三十二オきよくして。もつはら、倹約《けんやく》を、まもれる人なり。常《つね》に、殺生を、好《この》ます。

客人《きやくじん》あれハ、下人を近付《ちかづけ》て、いはく。

料理《れうり》せバ、むしものにして。毛《け》を、さけよ。必《かならす》、首《くび》を、おるべからす

客《きやく》人、是を聞て。定《さため》て、鵞《か》鴨《かう》《あひるかも》の類《たくひ》成へし、と、おもへ

り。

しバらく有て、出すものを見れハ。粟飯《あハいひ》に、夕顔《かほ》の、むしものなり、

玄宗《げんそう》、盧懐《ろくハい》が人からを、しろしめして。ふかく、かんじ給ひ。

われ、なんじを用てより。居《ゐ》なから、天下の風俗《ふうぞく》を、
すなほならしむる

と。ほうび有つるとかや。

されハ、上を、まなぶ下なれハ。国人《くにたミ》の、まつりことをバ。かやうの人に、おほせをくべきことなり。

今の世の、しをき」三十二ウ する人ハ、時の権威《けんゐ》をかりて。過分《くハふん》の 奢《をごり》を究《きハ》め。多《おほく》の殺生を好《この》ミて。一膳《ぜん》の 味《あぢハひ》を、たのしむ。ミづから、かくのことくにして、下を制《せい》するとも。いかて、政道《せいたう》を用る者あらん。其手本の、あしけれハなり

(3)

○明海瑞《めいかいずい》といふ人、南平《なんへい》と云所を、知行《ちぎやう》して。学博《かくほ》の 官《くハん》に、あてらる、。

平生《へいぜい》、殺生を、いミて。猟《れう》を好まず。

一人の母《はゝ》にハ。毎日《まいにち》、肉半斤《にくはんぎん》を買《かい》よせて、たてまつり。

客《きやく》の来ること、あれハ。野菜《やさい》をもつて、もてなし。更《さら》に、魚鳥を、料理《れうり》せさりしなり。

去《さる》ゆへに、妻《つま》を、むかふる時にも。つねの野菜《やさい》に。塩物《しほもの》一味《ミ》ましくハへ。」三十三オ その余の、けつこう、なかりし。

是、ひとへに、殺生を 慎《つゝしむ》 いはれ、なり、と。延平府志《ゑんへいふし》に見えたり

(3)の2

徐節孝《しよせつかう》ハ、若《わか》かりし時より。殺生を慎ミ。蟻の 集《あつま》りて、蠢《うごめく》を、ミても。惕然《てきぜん》《いたむ》として、いためる心ありて。是を、ふまむことを、をそれられし、となり。

今の世の人、いはく

男《おとこ》たらんもの。蟻《あり》のたぐひをも、殺すに。忍《しの》びざるハ。武勇《ぶゆう》の、すたれる、しるし也

と。

をろかなる哉。武勇《ぶゆう》ハ、殺生のために、あらす、義《ぎ》を専《もつハら》とし、道を、たつる、いはれなり。

此ゆへに、義《ぎ》のためにハ。一命をも、かへり見ず。是、まことに、男児《なんじ》《おのこ》の極意《こくい》たり。しかるを」三十三ウ わづかの蟻《あり》ごとき。数《かす》ならぬ 生類《しやうるい》に、をひて。一生の極意《ごくい》を出して。勇を、はけむ、その人の心こそ。あさましけれ。無益《むやく》の殺生に。武勇《ぶゆう》を、いだす人。縦《たとへ》、戦場《せんぢやう》に、むかふとも。何程《なにほど》のことか仕出さんや。いかんとなれハ。武《ぶ》勇の、用る所を、しらされハなり。

永道人《ゑいたうにん》ハ、蠅《はい》の、まとに、せまりて。しきりに、出んと、するを、ミてハ。紙《かミ》を切さきて、是を、いだせしなり。仁愛《しんあい》の道、有ものハ。すこしき蟻《き》蠅《ありはい》の、たくひまで。其《その》くるしむを、ミてハ。忍《しの》びがたきの心生ず。大小ともに、天命の賦《くハる（ママ）》る所。性《せい》といふ物、そなハらさるハ、なし。ちいさけれハとて。ゆるかせに」三十四オ おもふへきや。

余《われ》わかかりし時。書《しよ》を、よむに。ちいさき虫《むし》の、書物《しよもつ》のあいだに。そひ、はさまれる、あれハ。よミをハりても、巻《まき》を、おさめす。出さりて後、たゝミ、おさめしなり、と。

是、斉《せい》の江泌《こうひつ》か、虱《しらミ》を見て。殺すに、たへざるの心と、おなしきにや（4）

○曹彬《さうひん》ハ、将相《しやう〳〵》の 高官《かうくハん》に、つかへて。天下の政道《せいたう》を、行しかとも。私のいかりを、もつて。つゐに、一人をも、誅《ちう》せし、ためしなし。

居所《をるところ》の堂室《たうしつ》、やふるゝに、よりて。子孫《しそん》、是を、たてなをさん、と請《こひ》しかバ。公の、いはく

時しも冬《ふゆ》なれハ。墻壁《しやうへき》《かきかべ》や瓦石《くハせき》《かハらいし》の間に。百《もゝ》の虫《むし》、寒《かん》を、しのぎて。」三十四ウ かくれをれり、家を、こほちなハ。百虫、ミな、死《し》なん、をそからす。しバらく、やミぬへし。

と、いへり。

噫《あゝ》、百《もゝ》の蟲《むし》、冬《ふゆ》に至《いた》りて。蟄《むしこもり》、気を、とゝのへて。や

すらひ、をれり。
仁者《じんじや》ハ、是を、いたハりて。生命を破《やぶ》ることを、つゝし
めり。
今の人ハ、水鶏山鼠《すいけいさんそ》の類《たぐひ》まて。蟄《むしこもり》（ママ）りて見えされハ。
土を、をこし。岩《いは》を傾《かたむけ》て、をひもとめ。時ならずして、
珍《めつら》しきなどとて。是をうり、是をかふ。国づかさ、是
を禁《きん》じ、とゞめさるハ何事そや
(5)
○蘇《そ》東坡《とうば》、わかかりし時。をる所の室《しつ》に。竹木、庭《にハ》に、ミ
ちて、むらがり植《うへ》たり。諸鳥《しよてう》、その上に、すを、くひ
て」三十五オ けり。
東坡《とうは》、是を愛して、童《わらハ》、僕《やつかれ》のたくひ、鳥を取へからす、
と堅《かたく》、制《せい》しける。
数年《すねん》のあいだ、諸鳥、馴《なれ》なじミて。ひきゝ枝《えた》に巣《す》を、く
ひて。人を、をそるゝ気色《けしき》なかりし、となり。
又、梧桐樹《ごとうじゆ》の有しが、鳳凰《ほうわう》、常《つね》に来りて。此樹《き》に、すミ
ける。
是によりて、里人、奇代《きたい》の徳《とく》有ことを、感《かん》じけるとかや。
真《まこと》の、こゝろさしを、もつて。異類異形《いるいいぎやう》のものまてに、
憐《あハれミ》を、くハふる故。ほうわうごとき。奇瑞《きずい》の霊鳥《れいてう》だも。
徳《とく》を、したひ侍るにや。
野老《やらう》の、いへる、こと葉に。
鳥翅《とりつバさ》、山に巣《す》を、くへば。蛇鼠鴟鳶《じやそしえん》のために。巣《す》を
やぶり、子を、とらるゝの」三十五ウ うれひあり。故に、
人の殺ざるもの、あれハ。その所に集《あつま》りて。件《くだん》の害《がい》
を、まぬかれをる
と、なり。
たのミて、人に、ちかづくを、人また殺してんハ。蛇鼠《じやそ》
と社《こそ》いふへけれ
(6)
○蔡君謨《さいくんぼ》、いまだ奉公《ほうこう》せざりし時。常《つね》に、このミて、鶉《うづら》を、
しよくしける。
あるゆふべ、夢《ゆめ》に、つゞれを着したる老人数《らうじんす》十人、来り
て。

命を助けよ

と、こふ。

また、同音《どうをん》に、詩《し》を、となへて、いハく。

食《しよくして》二　君《きミが》数粒《すりうの》粟《あハを》一　為《なる》二　君《きミか》羹《こう》中《ちうの》肉《にくと》

一　羹《こう》　断《たちて》二　数命《すめいを》一　下《くたすに》レ筋《はしを》猶《なを》未《いまた》レ足《たら》

口腹《くふくハ》　須《しゆ》　臾《ゆの》　間《あいた》　禍《くわ》福《ふく》相《あい》倚《き》す伏《ふくす》

願《ねかハくハ》　君《きミいましめてなかれころすこと》戒　勿　レ殺　死生《しせいハ》　如《ことし》レ転《てんずる》　穀《こくを》

此詩《し》の心ハ、われら田畠の中に」三十六オ　あそひて。君《きミ》の、あハを、ついやす事、一日に五六粒《りう》なり。その代《かハり》に、わか命《いのち》を、めして。あつものにして、食せらるゝ、うらめし。一度《ど》の食事に、数ゝ《かすゝ》の命を害《がい》して。しよくする所ハ、一はしにも、たらず。口腹《くふく》の味《あぢハひ》を楽《たのしむ》ハ。暫《しハらく》のんどを、すぐる間なり。しかも、其禍《そのわさハひ》を、いたして。罪《つミ》を、かさぬることハ、夥《おひたゝ》し。是を、やめて、わさハひを、ますと。是を、いたして、禍をまねくと。抑《そもゝゝ》たれにか、よらん。君の心に有べし。只《たゞ》ねがハくハ、今より、われらを、殺すことなかれ。生死《しやうじ》の輪転《りんでん》ハ、車《くるま》の、

庭《にハ》に、めぐるがごとし。因果《いんぐわ》、いつまでか期《ごす》へき。報《むく》ひを、えんこと。今の中《うち》」三十六ウ　成《なる》へし、となり。

君謨《くんほ》夢《ゆめ》さめて。あやしく思ひ。下人に尋《たつね》けれハ。

鶉《うつら》五六十、膳部《ぜんぶ》のために。たくハへ、をきたり

と、いふ。

いそき、是を放けれハ。又、夢に来りて、礼謝《れいじや》して、いはく。

君、われらを、たすけ給ハりし心ざし、かんじ申也。やがて、天子《てんし》へ、めし出されて。官位《くわんゐ》を、ゆるされ。

俸禄《ほうろく》を、うけ給ハん

と、いへり。

あんのごとく、後《のち》に、端明殿《たんめいでん》の大学士《がくし》に、任ぜられて。及第《きうだい》の功《こう》、浅《あさ》からさりし、となり

(7)

○梁国《りやうこく》の大守《しゆ》、劉之亭《りうしこう》と云人。或時《あるとき》、二人きたりて、命を、こふ、と、夢ミるなり。

さめてのち、おもひあたら」三十七オ　ずして、ありつるに。

明日、去方《さるかた》より、鯉《こい》二尺、生なから、をこせり。
亭《こう》いはく
　これ、必《かならす》きのふ夢見し、二人なるへし
とて、終に放《はな》ちけり。
その夜《よ》、また、右の二人来りて、礼謝《れいしや》して、いはく
　君、われらを、たすくるに、よりて。寿命《しゆめう》を、のぶへ
　し
とて、さりぬ
と。南史《なんし》に、しるしたり。
聞見録《ぶんけんろく》に
　昔《むかし》邵康節《せうこうせつ》、洛陽《らくやう》の天津橋に、ゆきて。杜鵑《ほとゝぎす》の声《こゑ》を、
　きゝて。天下の乱《みだれ》んことを、かんじられたり。
或人《ある》の、いはく
　ほとゝきすを聞《き》て。運気《うんき》を、かんがふるハ、いかにそ
　や
答《こたへ》て、いはく。
　国家《こくか》ミだれんと、する時。天運地《うんち》勢《せい》皆《ミな》、南《ミなミ》のかたより。
北《きた》の方に、うつるなり。」三十七ウ
ほとゝきすハ、南方の鳥にて、今、北《きた》に飛《とび》来る。是、
その気《き》を、しる、いハれなり。惣《そう》じて、飛行《ひぎやう》のたぐひ
ハ、天地の気《き》を、得《う》る事、人より先《さき》なり。故に、吉凶《きつきやう》
ミな、人の、しらず。顕《あら》ハれさるに、をひて、告《つげ》を、
いたすハ是なり。
　鯉《こい》の、夕《ゆうべ》、夢に見えしも、此ゆへにや
○貞元年中《ちやうくハんねんちう》に、周存《しうそん》と云もの有。人から、放生を好《このミ》て、(8)
天然《てんねん》、仁徳《じんとく》を、そなへたるものなり。
或時、鯉をはなつ、とて。たハふれに、詩《し》を作《つく》る、其詩《そのし》、
きハめて、よし。
そのすゑに、いはく。
　倘若《もし》成《なり》レ竜《りやうと》　去《さらハ》　還《かへつて》　旋《ほとこせ》二　潤物功《じゆんもつこうを》一
と。
此心ハ、鯉《こい》ハ三月三日に。三汲《きう》の滝《たき》を、こえて」三十八オ
竜《りやう》となる、と、いへは。汝《なんち》、若《もし》、竜《りやう》となりさらハ。あい

かまへて、雲《くも》を引《ひき》、雨《あめ》をほとこして。万物を、うるほし、養《やしなふ》へし。今、われ、なんちを、うるほすの功《こう》。汝《なんぢ》も又、是を、おもふへし、となり。

その、ち、天子、儒者《じゆしや》を集《あつめ》て。題《だい》を出して、詩《し》学《がく》を試《こゝろみ》給ふ時。周存《しうそん》も、そのれつに入て、白雲《はくうん》向《むかひて》レ空《くうに》尽《つく》と、いふ難題《なんだい》に取あたり、結句《けつく》に、つまりて、いかゞハせん、と、おもふ時。かの鯉《こい》の為《ため》に、作《つくり》し詩《し》を思ひ出し。そのうち、二字を、引かへて、いはく。

倘若《もし》従《したかつて》レ竜《りやうに》出《いてハ》還《かへつて》施《ほとこせ》二潤物功《しゆんもつのこうを》一

かくのことく、作《つく》りて、名誉《めいよ》を、あらハしける、と也。雲《くも》ハ、竜《りやう》に、したがふものなれは。」三十八ウ 白雲《はくうん》の題《だい》に、かなひて、よし。字《じ》を、かへたるに、ふかき、あちはひ有。かんかへ、しるべし。

周存《しうそん》、それより、博学《はくがく》の名《な》を得《え》てけり。是も、放生《はうじやう》のゐとく、なるにこそあれ　(9)

○万暦《はんれき》のころほひ。天子、儒者《じゆしや》を、あつめて。科第《くハだい》の有へきよし沙汰《さた》あり。

科第《くハだい》とハ、おほくの儒者《じゆしや》の中より。次第〳〵に、すくれたるを撰《えら》ひ出さるゝ。是、儒者の受領《じゆれう》なり。

痒生《やうせい》李《り》鎰《ゑき》と、いふ二人(ママ)のものも、かねて科第《ハわだい》を望ミつゝ。神慮《しんりよ》を、いのりける。

有時、夢に、社《やしろ》にまうでつゝ。件《くだん》のおもひを祈《いのり》けるに。楊應文《やうおうぶん》と云ものと。三人の名を、おなじく、及第《きうだい》の札《ふた》に」三十九オ しるし、をけり。

立寄《たちより》見れハ、應文《おうぶん》か名《な》の下に。祖父《おほぢ》陰功浩大《いんこうこうだい》と、いふ六字《じ》有。また、牛《うし》を、絵《ゑ》に書《かき》て、そへをきたり。

二人(ママ)たがひに、楊應文《やうおうぶん》を尋《たつね》けれ共。榜《ふた》ハ有て、その人なし。しかも、たゝしく。無錫県《ぶせきけん》の人なり、と、しるせり。

夢《ゆめ》さめて後《のち》。楊應文か家《いへ》を尋《たつね》て。右のよしを語《かたり》けれハ。答《こたへ》て、いはく

左もこそ仆ハめ。わが家、三代まて、相伝《あいつたハり》て、生類を、ころさず。牛《うし》を食せず。神明《しんめい》、其《その》功を、しろしめ

すにや

と、語《かたり》き。

かの六字《じ》ハ、祖父《おほぢ》より此かた。ひそかに、善《ぜん》を、をこなひし。その功、浩大なり、と、いふ心なり」三十九ウ

(9)の2

汪良彬《わうりやうびん》ハ、社日《しやじつ》の神まつりや。わか誕生《たんしやう》の日に、あふてハ。かならず、螺《にし》そくはくを買《かひ》て。ふかき、ぬまに、はなちけり。惣して、鳥獣魚鱉《てうじうぎよべつ》のたくひ。人の、あミにて取《とる》を見てハ。もらひて、あたへさるをハ。価《あたひ》をとらせて買《かひ》、はなちし、と也。

ある時、隣《となり》にて、牛を殺す。牛《うし》、にげはしりて。良彬《りやうびん》か家《いへ》に入、跪《ひざまつき》て、うつたへ有がことし。

良彬、是を、かひて。くさむらに、はなちて飼《かひ》をきけれハ。五年の後、牛死《し》したり。

後に、良彬ハ、兵部右侍郎《ひやうぶうじらう》の官《くハん》に、封《ほう》せられける、となり。

誠《まこと》に、いつしもとハ、いひなから。生れ日にハ、別《べつ》して、放生《はうじやう》を、いとなむべ」四十オき事なり。我身の、むまれ日を、たのしミ祝《いは》ひながら。物の命を殺す事。道に、あらず。

(9)の3

昔《むかし》、陶淵明《とうえんめい》は。我子《わかこ》を、学問《かくもん》に、つかハして。後に、召《めし》つかひのものを、やりける。

其文《そのふミ》に、いはく。

われ、なんぢを、いとをしミて。給仕《きうじ》のわらハを、つかハすなり。

是も又、人の子なれハ、いたハりて、よくせよ。

わが、汝《なんぢ》を、おもふことく、かれがおやも、おもふべきぞや

と、なり。

仁者ハ、わが、こゝろを、もつて、人の心を、をしはかり。物のあはれを、しること、かくのことし。

わか生れ日の、めでたからんにハ。物の、いのちも、めでたくこそあらんなれ。

社日《しやしつ》ハ、春分《しゆんぶん》の前後《ぜんご》。戌《いぬ》の日」四十ウを用て、耕作《こうさく》の神まつりを、いふ、と。礼記《らいき》の月令《ぐハちれい》に、しるせり。

(9)の3

楊序《やうじよ》と云人、夢《ゆめ》に、神の来りて、告《つげ》て、いハく。

なんぢ、十日をこえて。命をハるへし。もし、その数《かず》、億万《おくまん》の生命を、たすけなハ。此功《こう》によりて、寿命《じゆミやう》を、のぶへし

と也。

楊序《やうじよ》、いはく

死期《しご》すでに、きう〳〵に、せまりて。しかも、生類の類ハ、かきりある、ものなれバ。いかて、億万《おくまん》のいのちを、はなつべきや。

神の、いはく

仏書《ぶつしよ》に、魚《うを》の子ハ、塩漬《しほつけ》に、せざれハ。三年すくるも、水を得《え》て、生る、となり。汝《なんぢ》、是を、はかるべし

と。

楊序、心得て。神の告《つけ》を、しるして。辻《つぢ》に、たてをき、人の、魚《うを》を殺す」四十一オを、ミてハ。その子を、かひて、江《いりえ》に、なげ入ける。

そのゝち、件《くだん》の御神。夢《ゆめ》に、つげて、いはく。

億万《おくまん》の数《かず》、もハや、ミてり。なんちか、じゆミやう、是より、延《のぶ》べし

と、なり

(10)

○昔《むかし》、沙弥《しやミ》あり、たうとき尊者《そんじや》に、つかへ奉る。

ある時、尊者。沙弥の寿命《じゆミやう》、七日過なハ、をハるへきことを、しろしめして。父母《ふも》の家《いへ》にて、をハらしめん、と、おもひ。

家《いへ》に帰《かへ》りて、七日にしてのち、来るへし

と、をしへ給ふ。

沙弥、家に帰りて、七日を経《へ》て、なんなく来りぬ。

師匠《ししやう》、あやしく、おもひ。三昧《まい》に入て、かんかミ給ふに。彼《かの》沙弥、家に、かへる時。道《みち》にて、おほくの蟻《あり》ども、水に、くるしむを」四十一ウ見て。橋《はし》を、あミて、わたし、

すくひけり。

その功《こう》に、よりて。死《しす》べき命、のがれける、となり

(10)の2

▲（ママ）むかし、董昭之《とうしやうし》といふ人、いり江《え》を、わたる時。蟻《あり》の、芦《あし》の葉《は》に、取付《とりつき》て、おぼれなん、と、するを、ミて。手《て》に、たづさへて、きしに放《はなち》ける。
その夜《よ》、烏《くろき》装束《しやうぞく》せし者。百計《ひやくばかり》来りて、恩を、かんじける。

其後、ことありて、獄《ひとや》に、とりこめられしに。件の蟻、大勢を、ともなひ来りて。地の下を、ほりくづし、董《とうし》昭之《やうし》を、獄《ごく》屋より出せし、となり。

是によつて、おもふに。沙弥の寿命を、のへし事、さも、あるへし」四十二オ

(11)

○李奚子《りけいし》と、いふ人、はしめハ、山嫗《やまうバ》にて、ありける。
大雪の降《ふる》たびに。諸鳥、木ずゑに、たまりかねて。嫗《うは》の家に、入れハ。山うバ、是を、いつくしミて。五穀《こく》を、もつて、やしなひ侍る。

その功《こう》の、あさからさるに、よりて。五百歳《さい》を、たもちけるとかや

(12)

○李仲元《りちうげん》、ある時、なま鮎《あゆ》を、れうりせん、と、おもひ、たくハへける時。皁衣《くろきぬ》の装束《しやうぞく》したる、うば。夢中に、きたりて、いはく。
我腹《わかハら》に、五千の子を、はらめり。われ、たすかれハ。五千の子いくるなり。我、もし、ころさるれは。五千の子も、しするなり。

君、ねがハくハ、われを、たすけ」四十二ウよと、いふ。

仲元、夢覚て後。かのあゆを、いり江に、放《はなち》ける、とかや

(13)

○喩《ゆ》一郎《いちろう》と云もの、常《つね》に、殺生を、つゝしミ、放生《はうしやう》を好《この》ミけり。又、仏像《ぶつざう》を、つくりて、かす〳〵供養《くやう》しける。

或時、病《やまひ》に、をかされて、うつゝに、二人のおに来りて。

我を追《をふ》と、見る。

しきりに、にけさりて、行すゝめは。数多《あまた》の鳥けだもの、迎《むかひ》に出たり。

又、かたハらより、一千余人の僧衆《そうしゆ》、来りて。つれて、仏殿《ぶつでん》に、のぼる。

その時、僧《そう》中の主人《しゆじん》と、おほしきか、いはく。

此人ハ、おほくの生命を、買《かい》放ちし功徳《くとく》あり。はなたれし鳥獣の」四十三オ 中に、人界《がい》に、生を得《え》しもの。三十余《よ》類あり。此善根《せんごん》の力《ちから》に、よりて。寿命《じゆミやう》廿余年《よねん》を、まし、くハふへし
と。

見をハりて、のち。病、ほんふく、せし、と也。

あまたの僧衆と、みえたるハ。常《つね》に作りて、くやうせし。仏像《ぶつざう》の、あらハれけるにや。いと、たうとし (14)

○孫良嗣《そんりやうし》と、いふもの、鳥つはさの、人に、とらるゝ、あれは。すなはち、買《かひ》て、はなちける。

後に、死《し》しける時。墓《はか》を、つかんにも、家《いへ》貧《まづしう》して、産《なりハひ》の、あまり、なく、ついがき、いしたゝミも、せんかた、なかりし。

此時、数〻の鳥つバさ、むれくだりて。泥《どろ》を、ふくミて、墓《はか》を、こしらへける程《ほと》に。」四十三ウ いつとなく、たゝミて、高き墳《つか》と、なりぬ、とかや (15)

○大湖《たいこ》と、いふ所ハ、一村の民《たミ》、ミな、あミ引なり。
その中に、ひとり沈文寳《ちんぶんほう》と云者。善《せん》を、このミて、殺生せす。

一家《け》ミな、網《あミ》をひき。釣《つり》を、なすことを、つゝしめり。

其上、魚鳥を、かひはなちて。じひの心、もつはらなり。

後《のち》に、えきれいに、つかれて。なやむ時。夢に、一人《ひとり》の、おにの来りて、手に、はたを持《もち》て。けんぞく、あまた、ともなひ。下知《けぢ》して、云やうハ。

沈文寳《ちんぶんほう》か家《いへ》ハ。常《つね》に、放生を好むが故に。わざ有へか

らず。
其外の民、一〱村を、こぞりて。せめころすべし
と、いふ。
あんのことく、其村」四十四オ 三百よの家。ミな〱、えきれいに、とりころされ。只《たゞ》、沈文寶《ちんふんほう》が家のミ、あんをんにて。寿命を、たもちける、となり

○むかし、酒をつくりて、あきなふもの有。人から、仁愛《じんあい》(16)のこゝろ、ふかふして。殺生せす。
蒼蠅《さうよう》《あをばい》の、さけに飛《とび》入て、死する、あれバ。かはける、ところに、すくひ出し。いろりのはいを、ぬりて。水気《みつけ》を、とり。幾《いく》たびも、よミかへらせけり。

そのゝち、盗賊《とうぞく》の、はからひにて。無実《むしつ》の刑罰《けいばつ》に、をこなハれんと、する時。とがを、しらさんと、すれハ。いつく共なく、あまたの蒼蠅《さうよう》、飛《とび》きたりて。筆《ふで》の」四十四ウ 先《さき》に取つき。一字《じ》も、かゝせず。

時の奉行《ぶぎやう》、あやしく思ひ。ぬす人を、よびて。せめて、とひけれハ。無実《むじつ》のよし、あきらかに、しれけり。

是より、いましめを、ゆるされて。家に帰《かへ》りし、と也。

水に、おほれて、死したるものにハ。ふるき、かべ土《つち》を、ねりかへして。ひた身を、ぬり。只《たゞ》、両眼《りやうがん》を、あけて。天にむかへて、一夜を、ふれハ。その人、かならす、活《よみかへる》、となり。

是、件《くだん》の、はいのれうぢを、もつて。伝《つた》へたる物なり。

洪武皇帝《こうぶくハうてい》の時。此法を用ひて、しるし有に、より。今に、をよひて、書典《しよでん》に、のせをかれしなり

按するに、已上の諸善人ハ。或《あるひ》ハ、殺生を、いましめ」四十五オ 或ハ、放生を、このめる人なり。

ひそかに、件の善を、なしてハ。いかなる善報《ぜんほう》《よきむくひ》をか、得たる、と。先たちて、益《えき》を、もとむること、なかれ。

いにしへの、善を、をこなふ人ハ。此徳《とく》に、よつて、我身に、福《ふく》を、えんとにハあらす。既《すで》に、生命の為《ため》に、さいはいを、ほどこして。若干《そこばく》の慈悲《しび》を、いたす。

是、則《すなハち》きハまりなき得益《とくやく》也。

孟子《まうし》の、いはゆる、忍《しの》びさるの心を、もつて。四海《かい》を、たもつへきとハ、此義なり。

凡《をよそ》、一物に、じひ有ものハ、一切の物に、慈悲《じひ》あり。一切の物に、じひ、あらハ。四海《かい》の民《たミ》に、をひてハ、父《ちゝ》のことく。母《はゝ》のことく、ならん。万民《ばんミん》の」四十五ウ 父《ふ》母《も》のことくにして。天下《てんか》の主人《しゆじん》たらさるものハ、いまた有へからす。

縦《たとひ》、位《くらゐ》ハ、天下のあるじたらすとも。其徳《とく》を、一天の主《しゆ》と、おなじくせんハ。有がたき悦《よろこひ》ならすや。たゝ、慈悲哀憐《じひあいれん》の心を、先として。そのかハりに、福《ふく》徳《とく》を、えんと、おもふへからす

教《して》レ人《ひとを》不《ざる》レ殺《ころさしめ》類《るい》 (17)

○宣公《せんこう》、夏の比《ころ》ほひ、泗淵《しえん》と、いふ淵《ふち》に、あみを、おろして。魚《うを》を、とる、里革《りかく》と、いふ者。その網《あミ》を、すてゝ、

いはく。

魚《うを》、はらこもるを、とれハ。たね、つきて、かさねて、魚を得へからす。そのうへ、公《きミ》たる人の、あミを、わざと、するは」四十六オ 無藝《ぶげい》なり。文学こそ、しかるへけれ
と、いへり。

宣公《せんこう》、頓《やかて》、そこはくの、あミともを。ミな〳〵、隠置《かくしをき》て捨たり、と。偽《いつハ》りて、わか、あやまりたるよしを、すかし、の給ふなり。

師存侍《しそんし》と、いふもの、いはく。

宣公の、あミを、かくせるハ。そのまゝ、をけるにハ、をとれるなり。里革《りかく》か、殺生を、いためる心、わすらるゝ、ひまなし
と。

誠《まこと》に、師存侍か、いひけんやうに。かくすハ、里革一人のまへを、はつるのミにて。魚《うを》を、あハれむの、ため

にハ、あらず、里革だに、なかりせハ、折を、うかゞひて。又、取《とる》へき心なり。

若《もし》、生を、あハれむの仁心、ましまさバ。たとひ、罟《あミ》ハ有へく共。」四十六ウ 里革《りかく》か心、よろこハしくこそ思はめ。

されハ、古《いにしへ》ハ、網《あミ》のめ四寸にして、用ひけれハ。ちいさき魚ハ、をのつから、あミを、のかれけり。

礼記《らいき》の月令には。

　魚壱尺に、ミたさるをハ、市に鬻《ひさかす》《うら》ず（ママ）

と、見えたり

かくのことく、其法《はう》を守《まも》りて。魚を、とらバ、おなし殺生と、いへとも。害すくなかるへきをや

(18)

○河陽潘県《かやうはんけん》と、いふ所を、守護《しゆこ》せし人。何かとやらん、いひしが、惣して、百姓を、いましめて、魚を、とることを、法度《はつと》しけり。若《もし》、禁法《きんはう》を、やふるもの、あれハ、罪《つミ》に、をこなひし。

後に、官職《くハんしよく》相替《かハり》て、その所を去時《さるとき》。」四十七オ 水中に、おひたゝしく、さけぶ声《こゑ》して。人ミな、是を聞し、と、なり。

魚も、恩愛《をんあい》の、かたしけなきを、おもひて、跡《あと》を、しとふ心にや。

また、いか成悪人《あくにん》か、此所を知行《ちぎやう》して。殺し、たやされんことを、かなしむにや

(18)の2

○徐拭《じよしよく》といふ人、慈愛《しあい》の心、ふかうして。殺生を、いめり。

なかんつく、牛を殺すを、第一、にくミぬ。

常《つね》に、いふやうハ。

天子、大牢《らう》のまつりとて。牛を、ころして、天下の宗《そう》廟《べう》を、あかめ奉《たてまつる》ハ。国家長久《こくかちやうきう》のために、うやまひいたす礼なり。

さるによつて、おしむへき牛なれ共。礼儀のおもきにハ、かへがたし。

その外、ゆへなうしてハ。天子と、いへとも、是を」四十七ウ

殺し給ハず。

しかるに、その以下《いげ》の人〻。常《つね》の、しよく物に、牛を殺して。朝夕《あさゆふ》、膳部《せんぶ》に用ることハ、何事そやと。

さるから、徐拭《しよしよく》か所領する程の地ハ。かならす禁制《きんせい》して、ころさせざりしなり。

後に、尚書《しやうしよ》の官《くハん》に至《いたり》て、高位を、きハめし、とかや

○礼記の、王制に、禽獣魚鼈《きうしうきよべつ》。殺すへきに、あたらさるをは、市に、ひさかす。高位の人さへ、いにしへハ。ほしひまゝに、殺生せさりしなり。

故《ゆへ》ありて殺すハ、祭礼《さいれい》の奉りものと。病《やまひ》の時、薬に用ると。まらうとの参会《さんくわい》と、なり(19)

○温璋《おんしやう》と云人、京兆《けいちやう》のつかさ、たりしが、常《つね》に」四十八オなるこに鈴《すゝ》を付て。評定所《ひやうちやうしよ》の前に、かけ。民詔《たみうつたへ》のことあれハ。取次《とりつき》を用ひずして。鳴子《なるこ》を、ふりて、申告《つけ》ける。

ある時、ひとり、しつかにして、ありしに。かのすゞ、ひたと、なる。跡《あと》を、もとむるに人なし。たゞ、烏《からす》の飛《とび》まふか。そのほとりに立を、ミる。

おもふに、此からす、巣《す》を。やふられ。子を、とられたるらん、と推《すい》して。せんさく、せさせけれハ。案《あん》のごとく、その人、あらハれけり。おんしやう、その人を杖《むちうち》て。科《とか》を、しめしける、となり。

古《いにしへ》の人は。一物を、ミるだにも。忍難きの、こゝろあり。今の人ハ、何ことそや。たゞ巣《す》を、こほち、たまごを取《とる》」四十八ウのミならす。わなを、さし、あミを、はりて。かきりなく、生命の種《たね》を、つくす事。いたまし。国《くに》つかさ、是を、いましめさるハ、いかにそやと。

月令《くハちれい》に、いハく。

仲春《ちうしゆん》にハ、巣《す》やふり。たまごを取ことを、ゆるさす

いにしへの礼法、かくのことし

(20)
○孫《そん》総管《そうくハん》と、いふ人、韶州《でうしう》の守護《しゆご》を、申うけて行時《ゆくとき》。大風に、あひて、舟、はなれたる、しまに、つく。嶋《しま》に、大きなる殿堂《でんどう》あり。その中に入れハ。主人と見えし人、いふ様ハ。

汝《なんぢ》か父、牛を殺して、食せしに、よりて。おもき、つミを得て。地こくの、くるしみ、やむ時なし。」四十九オなんぢも又、このミて。うしを食するゆへ。寿命《しゆミやう》つゝまりぬ。たゝ、やうやく、此度の官にて、身を、はつべき

と、いふ。

孫《そん》総管《そうくハん》おどろきて。再三《さいさん》、救《すく》ひ給へ、と、こふ。

あるじ、いはく

なんぢ、守護職《しゆごしよく》に、おもむきて。民《たミ》の、牛を殺すを、制《せい》して。五百家のものを、すゝめて。殺業《せつごう》を、やめなは。なんぢと父と、ともに、罪《つミ》を遁《のがる》へし

と。

孫《そん》、つゐに、守護《しゆご》の地に至りて。政道《せいたう》のはじめに。まづ、牛を殺さゝれ、と禁《きん》じ。ひろく、すゝめて。牛の肉《にく》をも、しよくせざらしむる也。

半年程《ほど》へて。父の幽灵《ゆうれい》、夢《ゆめ》に見えけるハ。

なんぢ、牛を殺すことを」四十九ウ制《せい》してより。七百《ひやく》家を、すゝめけり。その功徳《くとく》の、莫大《はくたい》なるに、よつて。われ又、つミを、ゆるされて。天昇《せう》する也。汝《なんぢ》も又、命を、のふること、ひさしからん。是、獄主《ごくしゆ》の宣《のたま》ふ所なり

とて、うせぬ。

徐天衡録《じよてんかうろく》に、見えたり

(21)
○嘉靖《かせい》の歳《とし》の、はじめに、胡鐸《こたく》と、いふ人。福建《ふくけん》の方伯《はうはく》に任《にん》せられし時。郷官《きやうくハん》尚書《しやうしよ》林俊《りんしゆん》と、いふ人を、申うけて、さかもりせしに。りんしゆん、ねむるかことくにて、死したり。

やゝ、ありて、よみかへり。一座の人〳〵に、かたりけ

るハ。
あやしき哉、我、たま〳〵、めされて」五十オ 官府《くハんふ》に至《いた》りしかバ。主人と見えし人ハ。我父《わがちゝ》、尚書林総《じやうしよりんそう》也。
われに、かたりて、いへるハ。
今の、えんまわうハ、宋《そう》の世の范文正公《はんふんしやうこう》と、いふ人也。我ハ、その、けんぞくと、なりて。此官府《くハんふ》を、おさむるなり
と。
かなしきかな、なんぢ。むかし、県官《けんくハん》を、つかさとりし時。牛を殺すを、いましめず。是によりて、なんぢか寿命《じゆミやう》、十二ねん、へりたり。
予《よ》が、いはく、我《われ》、県官《けんくハん》にて有し時。民《たミ》に、牛を殺す事なかれ、と制《せい》し。ミつからも、殺《ころ》さゞりき。其法度《はつと》のふだ。いまに、その所《ところ》に有
と、いへは。県土《けんど》神《じん》を、めして。
其榜《そのふだ》のうつし有や
と尋るに。」五十ウ 少も、あやまたす。

是に、よりて、閻王《えんわう》に奏聞《そうもん》して、寿命《じゆミやう》を、かへし給ふ
と、ゆめ、ミしなり
と、かたれバ。一座《ざ》の人〳〵、ミな、おとろきて。誓《ちか》ひ
われら、いまより身終《をハ》るまで。うしを、ころさじ
と、いへり。
林俊《りんじゆん》それより、十二年を、たもちて、をハりぬ。
されハ、冥途《めいど》の官令《くハんれい》たるへき人。林俊《りんじゆん》か、牛を制《せい》して、ころさせざるを、しらず、と、いふこと有べからず。
しかるに、かくのことく、せめけるハ。その、ち、よの守護《しゆご》、かハりてより。はしめの制法《せいはう》を、やぶりける、と見えたり。
こゝをもつて、後の人を（ママ）、しめさんため。林俊をせめて、惣《そう》じて、官《くハん》に、ある人を。」五十一オ おとろかすならむ

(22)
○蘇東坡《そとうは》、黄州に、ありし時。陳季常《ちんきじやう》と、いふ人と、むつましく、かたりぬ。
まじハりの度毎《たびごと》に。泣《なく》と云字《じ》を用《もちい》て、詩《し》を、つくりけ

る。

その心ハ、季常《きじやう》ハ、殺生《せつしやう》を、このミて。もの、あハれを、しらさるに、より。鳥獣《てうじう》に至るまて。いのち、おしむハ、人に、かハらす。その泣《なき》かなしむの、やるかたなき、すかたを、詩《し》に、つくりて。いたむへき心を、引出さん、と、なり。

其後、季常、殺生を禁《きん》してより、一村の民まて、一人の徳に、うるほひて、殺生を、やめしなり。

中にも、心さし、ふかふして。」五十一ウ 肉食《にくじき》をも、せさりしものハ。東坡《とうば》か詩《し》を、よミて、呪陀羅尼《しゆだらに》のことくに、唱《とな》へける。

その詩に、いはく
未《いまた》《ざるに》レ死《しせ》　神《たましゐ》　已《すでに》　泣《なく》
と。

此語《ご》、まことに、人のこゝろを。いたましむるに。あらすや

○婺州《りしう》の居民《きよみん》に、陳𡵸《ちんげん》、陳岠《きよ》とて、兄弟《きやうだい》有。
ある人の方より、よめとりの、いハひとて。羊《ひつじ》を、おこせり。又、猟人《かりうど》、猪《ゐ》を、ひき来たりて、債《おいめ》《かりもの》の方に、すましける
兄の陳𡵸《けん》、悦《よろこ》びて。二つなから、れうりせん、とす。

弟《をとゝ》の陳岠《きよ》は、再《さい》三、とゝむれとも。きゝいれずして、殺けれハ。力《ちから》なく、やミぬ。

ある時、弟の夢《ゆめ》に、冥途《めいど》へ、いたりしかハ、案《つくへ》」五十二オ の上に、帖《てう》三本あり。一つにハ、放生《はうしやう》と、しるし。二つにハ、殺生と、しるし。いつれも封《ほう》じて、ひらかす。三つにハ、救《すくふ》生《ぐしやう》しるしたる帳を、ひらきて。獄卒《こくそつ》、陳《ちん》岠《きよ》に、いふやう。

その年の、その日に、あたりて。羊と猪《ゐのしゝ》を救《すく》ふ、その功徳《くどく》、莫大《ばくたい》なり。

則《すなハち》、なんぢか名《な》を、此帖《てう》に、しるさむと、なり。

陳岠いはく

それかし、兄に、すゝめて。殺こと、なかれ、と。ひたすら制《せい》しけれとも。きかすして。終《つゐ》に、ころしぬれハ、その、かひ、なし。いかて、救生の数に、入らるへき

と。

その時、かたハらより、黒衣《こくえ》白衣《はくえ》の装束《しやうぞく》せしもの、出《いで》て。陳岠を、礼拝《らいはい》して、いはく。

むかし」五十二ウ われらを、すくハんと、ひたふるに、兄《あに》を、制《せい》せられし、その恩《をん》、わすれかたし。われ、殺さるゝと、いへとも。君か心ざし、今に、ありかたき、とて、かんじける。

夢《ゆめ》さめて、兄《あに》に、件《くだん》のよしを、かたりしかハ。それより、家内《けなひ》ミな〳〵、殺生を、つゝしミける、と、なり

(24)

○嘉靖《かせい》年中に、宮古《みやこ》に、一つの牛ありて。刃《やいば》を、ふくミなから、通政司《とうせいし》の所に行。道《みち》に、ひれふして、うつたふる、

かたちを、なす。

通政大臣《じん》、その心を推して。牛を、庖丁《はうちやう》せしものを、たつね出して、訶責《かしやく》し。その上、天子へ、奏聞《そうもん》の表疏《へうしよ》を捧《さゝけ》て、法度《はつと》を申をろし。奉行《ぶぎやう》の」五十三オ かたへ、急度《きつと》、申わたしけり。

それより、在ゝ所ゝの牛を屠《はふ》るもの。ミな〳〵禁法《きんはう》を守《まも》りて、殺《ころさ》さりける、と、なり。

上たる人は、かくのことく、殺生を、みたりに、をこなハさる事を、しろしめす、と、いへとも。その徳意《とくい》を、つたへて、政道《せいたう》を、をこなふ。

奉行職《ぶぎやうしよく》の人、あしけれハ。君《きミ》の聖徳《せいとく》も、かくれて、顕《あらハ》れさるなり。

今の世ハ、上下ともに、みな、道《みち》を、うしなふことこそ、ほいなき、わさなれ

按するに、已上の諸君子《しよくんし》ハ。ミな、人を、いましめて、殺生を禁《きん》ぜし人なり。

すゝめて、殺ことを止《やむ》るは。その功《こう》、ミつから殺ざると、おなし断《ことハり》なり」五十三ウをよそ、道ある人ハ。いつれか、殺生を、いましめさるハなし。

その中にも、富貴《ふうき》の人ハ。財宝《ざいほう》を、すてゝ、物のいのちを買放《かいはな》つ。たゝ貧《まづ》しきに、をひてハ。たからを、すつへき、ちからなし。

然とも、たま〳〵あハれミの心を、おこし。人の殺を、見てハ。一言《げん》を、くハへても、物のいのちを救《すく》ひぬるハ、その功徳《くとく》ふかき事。戒殺放生のものと、ひとしし。あなかちに、ミつから、はなちたるのミ、くとく、ふかき、と、いはんや

（一行空白）」五十四オ

好生録上末終

」五十四ウ

好生録三

譯和好生録　下本

殺生之《せつしやうの》類《るい》

○徳輿《とくよ》の程氏《ていし》と、いふもの。代《だい》〳〵猟人《かりうど》にて。毎日《まいにち》、鳥獣《てうじう》(1)を殺して、市《いち》に、うりぬれハ。その家《いへ》ゆたかにして、子《し》孫《そん》あまたあり。

或時《あるとき》、市にて、狐《きつね》、狸《たぬき》のおもてに、こしらへたる面《めん》を六ぐ、買来《かいきた》りて。子孫《こまご》共に、あたへけれハ。おさなきものとも、よろこひて。をの〳〵、かの面を、かぶりて、たハふれ、あそひける。

常《つね》に、山猟《かり》のために飼置《かひをき》し。犬《いぬ》五六十、有けるが。子とものの面の、あやしうして。獣《けたもの》のやうなるを見て、あらそひ、すゝみて。かミ、くらふを」五十五オうてとも、しりぞかす。子とも、みな〳〵、噛《かミ》ころされしなり。

まことに、犬ハ、あやしきを見て、ほゆる物なれは。わ

らんへなとに、異形《いぎやう》の面《おもて》なと、きする事ハ。心えあるへき事なり。

しかれとも、是ハ、つねに、殺生を、このむ報《むく》ひの、なす所なれハ。犬の、かミころしたるにハ、あらす。をのれが、ころすなるへし

○宋《そう》の治平《ぢへい》年中に、朱沛《しゆはい》と、いふものあり。好《この》ミて、鴿《はと》を、(2)
やしなへり。

ある時、猫《ねこ》きたりて、鴿《はと》を、くらふ。

朱沛《しゆはい》、やすからす、おもひて。かの猫を、とらへて、四足《そく》を切《きり》けれハ。なき、さけびて、五六日経《へ》て、死《し》ける。

そのゝち、朱沛《しゆはい》」五十五ウが妻《つま》、子を産《うミ》しに。みな〱、かたわにて、手足《てあし》なかりき。

ねこの四足《そく》を、きりし報《むく》ひなり、と。人、沙汰《さた》しける、とかや。

○宋《そう》の芝里《しり》と、いふ所に、朱氏《しゆし》の人あり。(3)

常《つね》に、蜂《はち》の、巣《す》の中より出入するを、にくミて。たかき所に、あれハ、かけはしにて、蜂《はち》の巣《す》を、塗《ぬり》ふさきけり。

人の家《いへ》に、あるを見ても、かくのことく、しけるが。後に、そのつま、子を、うミけるに。いつれも、大便《べん》の通《みち》ふさかり。幾程《いくほと》なふして、死《し》ける、と也。

巳上の三人ハ、我か身にハ、むくハすして。みな、子孫《しそん》に報《むくひ》たり。

われに報ふをハ、正報《ほう》」五十六オと、いひ。子孫に報をは、依報《えほう》と、いふなり

○捜神記《そうしんき》に、いはく (4)
むかし、沛国《はいこく》に人ありて、三人の子を、もてり。

いつれも、啞子《をし》にて、ものいふこと、ならさりし。

或《ある》時、門外《もんくハい》に、乞食来りて、いはく。

君か心に、罪《つミ》有を、かくしをきて。常《つね》に、その、あやまりを、おもふ、と見えたり。ありのまゝに、かたられよ。

と、いふ。

その人いはく。

我、むかし、おさなかりし時。うつはりの間に、燕《つはめ》の巣《す》あり。三の子を、うめり。

われ、たハふれに、脂《ゆび》（ママ）をもつて、口にあてゝ、呼《よび》けれハ。食を、あたふる、と、おもひ、口を、あきしに。おにひしの角《かど》の、いらゝかなるを、をし入て、のませける。

母《は》、飛《とび》かへりて」五十六ウ その子を見て。又、二目とも見ずして、はいくハいし、なきかなしみ。終《つゐ》に、巣《す》をすてゝ、飛《とひ》さりぬ。

今、甚《はなハた》、是を、くゆれとも、せんかたなし。

乞食いはく
三子の、をしに生れけるハ、此ゆへなりと。かたり、をしへける。

これらハ、依報《えほう》の中の正報とも、いふへき

(5)
○蜀州《しよくしう》の民《たミ》、李紹《りしやう》と、いふもの、あり。
常《つね》に、すきて、犬を、くらへり。前後《ぜんご》、ころせし数《かず》、五六千疋《ひき》なり。

又、常に、黒犬《くろいぬ》一疋、飼《かひ》をきて。甚《はなハだ》あハれミける。

ある時、酒《さけ》に酔《ゑひ》て、夜《よる》かへる時。かの犬、門にむかひて、ほえけれハ。李紹《りしやう》いかりて、斧《をの》にて、うちころす折節。わか子の、首《くび》の骨《ほね》に、したゝ」五十七オ かに、うちこミ、終《つゐ》に死しけり。

をのれも、其後《そのゝち》、病《やまひ》して。いぬの、なくまねして、死したる、となり

(6)
○大和《わ》年中に。光禄厨《くハうろくづ》、牝牛《めうし》を殺さんとて。庖丁《ほうてう》人に、申付たり。
その牛、孕《はらミ》けるが、ひさしからすして。むまるべかりき。
或《ある》人の、申やう
此牛ハ、はらミけれハ。余《よ》の牛に、かへられよ

と、いふ。

庖丁人、きかすして、刃《やいは》を取《とり》て、うしに、むかひける。牛、かなしミて、ひさまづき、礼拝《らいはい》のありさまを、なすと見えけれとも。かへり見すして、殺す。それより、庖丁人《ほうてう》、俄《にハか》に、狂乱《きやうらん》して、くるひ出。牛の鳴《なく》まねして、草《くさ》を食《しよく》し。泥《どろ》に、まろびて、頭《かしら》を物に、つきあて。良久《やゝひさ》しくて」五十七ウ のちに、死《し》しける、となり

原化記に、見えたり

(7)

○蜀郡《しよくぐん》の大慈寺《じじ》の脩準《しゆじゆん》と、いふ沙門《しやもん》。律行《りつぎやう》を、まもる、と、いへとも、生れつき、あらくして、物を、こらえず。庭前《ていぜん》に、竹を植置《うへをき》しに。蟻《あり》の子、おほく出て。欄檻《らんかん》のほとりに、往来せしかハ。脩準いかりて、かの竹を、切すて。蟻《あり》の子を、はき集《あつめ》て。あつ灰《はい》の中へ、入にけり。其後、脩準《しゆじゆん》、癬瘡《こせがさ》を、わつらひて。おもても、かしらも、蟻の、つちもちたるやうに、はれあかりて、なやミける。医師《いし》に、見せけれハ。

是ハ蟻漏瘡《ぎろさう》とて、癒《いや》しかたきものなり

と、いふ。終《つい》に、此病にて、死《し》しける、となり」五十八オ

(8)

○唐《たう》の感通《かんつう》年中に。岳州《がくしう》の民《たみ》あり、湖《みつうミ》を切流《きりなが》して、水を涸《から》し。おほくの魚《うを》を、とりて、商《あきな》ひ。中にも、亀《かめ》を取事、夥《おびたゞ》し。生《いき》なから、その肉《にく》を、さきわけて、亀の甲《かう》に入。江陵《こうりやう》と、いふ所に、もちゆきて売《うり》ける。後に、家《いへ》に帰り、幾程も、なふして。ひた身に、瘡《かさ》いてき、痛事いふはかり、なし。あまり、たへかねて、ミつから、水の中に、くるひ入けれハ。形変《かたちへん》じて、亀《かめ》となり。一年を歴て、彼肉《かのにく》も爛《たゞれ》おちて、死しける、となり。已上の四人ハ、皆《ミな》ゝ、わか身に、報《むく》ひけれハ。正報と、いふへきなり。されハ、亀は、ゐとくあるものにて。いにしへより、うらかたにも、是」五十八ウ を、用る事あり。たとひ、神亀《しんき》

に、あらすとて、むなしく、殺すへき、いはれなし。

(8)の2

むかし、毛宝人《もうほう》の、白亀《しらかめ》を釣《つる》を見て。贖《あがなひ》て、入江《いりえ》に、はなちける。

のちに、軍将《ぐんしやう》と成、戦《たゝか》ひやふられて、江におち入、水におほれて。あやうかりける処《ところ》に。何やらん、足《あし》の下に、浮木《うき》のことく、覚えけるに。是に、のりて、うかひ出て、難《なん》なく、むかひの岸《きし》に至《いたり》ぬ。毛寶《もうほう》、ふしぎに、おもひ、立帰り見るに。昔《むかし》はなちし亀にて、ありける。

(8)の3

又、孔愉と、いふ人、亀を買《かい》て、流《ながれ》に、はなちけれハ。その亀《かめ》、ひだりのかたに、かへり見て。幾度《いくたび》も、孔愉《こうゆ》を礼するやうに、見えける。

のちに、諸侯《しよこう》の位《くらゐ》」五十九オに、すゝみて。印判《いんはん》を鋳《い》させけるに。印文の亀《かめ》、左《ひだり》に、かへり見て、ありつるを。三度まて、鋳《い》なをさせけるに。三度なから、亀の首、ひたりに、むきて、なをらす。鋳《い》物師、そのよしを申けれハ。孔愉《こうゆ》、おもひあたりて、いはく。

むかし、亀を放《はなち》しに。その亀、我を、かへり見るに、左《ひだり》の方を、ひたと見けるに。そのしるし、なるへしと、いひて。そのまゝ、用《もちい》ける、となり。

はなちて、かやうの、しるしある物を、ころさハ。いかてか、むくひの、なからんや

(9)

○臨川《りんせん》といふ所に、人あり。山に入て、猿《さる》の子を、とらへて、かへりぬ。

猿《さる》の母《はゝ》、子を、おしミて、あとを、したひて来《きた》る」五十九ウ此人、猿《さる》の子を、木に、しバり、をきけれハ。その母《はゝ》、子猿《こさる》の頬《ほう》を、なてゝ、人に向《むかひ》て、あハれミを、こひ。訴訟《そしやう》の躰《てい》に見えける。

此人、帰り見ずして、殺しければ。母猿、かなしミて、さけびて。ミつから、たをれて死《し》にけり。

やがて、そのはらを、さきて見れハ。腸《はらハた》寸〻《ずん〳〵》に、さけて、あり。

未《いまた》、半年も過さるに、その家ミな、疫病《やくびやう》にて死《し》しける。

是ハ、我身にも、むくひ。又、眷属《けんぞく》にも、むくひぬれハ。

正報《ほう》、依《え》報ともに、うる、と見えたり

(10) ○李紀《りき》と、いふもの、殺生を、このミ。よく弓《ゆミ》にて射《い》、また、世語《ご》に曰《いはく》、手裡劔《しゆりけん》にて、あて殺しける。
その父《ち》」六十オ 巴州《ハしう》と、いふ所を知行して、鳥罟《とりあミ》を、はらせ。李紀《りき》と諸友《もろとも》に、亭《ちん》に、のほりて、詠《なが》めゐたりけれハ。

あまたの鴉《からす》、かの罟《あミ》に、ふれて、かゝりける。

李紀よろこひて、跣《すあし》にて、はしり出るとて。大なる、いはらに、ふミあたりて、絶入《せつじゆ》して、漸甦《やうやくよミかへり》、人に、かたりて、いはく。

我、冥途《めいど》の国王《こくわう》に、いたりけれハ。獄卒《ごくそつ》とらへて、せめて、いハく。

もろ〳〵の衆生《しゆじやう》、你《なんじ》に、何《なに》のあたを、なしけれハ。さのことく、そこばくの生命を、ころしけるぞ。

汝《なんじ》むまれハ、本より、俸禄《ほうろく》あつく、かうふりて。

寿命《しゆミやう》も、長遠《ちやうをん》なるへけれと。殺生の罪《つミ》有ゆへ。今、一〳〵けづり、へらして、禄《ろく》も寿命も」六十ウ うはひとる。

向後《きやうこう》もろ〳〵の苦患《くげん》のミにて、一日も安穏《あんをん》なるへからす。やかて、また来るへし
と、いひける
と。

按《あん》のことく、その、ちハ。父子ともに、なに事も、心に、まかせすして、をハりぬ、とかや。

ミな人、殺生するとも、なにの害《がい》あるへき、と。無下に、因果《いんぐハ》を、なミするもの、おほし。是を、思はさるや
是、勧善録に見えたり

(11) ○淳熙《しゆんき》年中に、豫章《よしやう》と、いふ所に。蚕盛《かいこさかり》にして。桑《くハ》の葉《は》、つねよりも高直《かうじき》なり。民《たミ》、是によりて、蚕《かいこ》を、やしなふ

事あたハす。

ちから、およハすして、僧《そう》を、たのミ、経《きやう》を、よミて。

家《いへ》を作《つく》りて、蚕をいれ。江《いりえ》のほとりに」六十一オ ながしける。

その中にも、富貴《ふうき》の人ハ。大木にて、うつを舟《ふね》を、つくり。籠《かご》の棚《たな》をくミて、篷《たかむしろ》を敷《しき》。蚕を、のせて、水に溺《おぼ》れざるやうに 拵《こしら》へ。かたハらに、金銀を、入札にしるして、いはく。

河下の桑《くハ》を、もちたる人〳〵、此金銀をとりて、此蚕を、やしなひ給へ。

希《こひねがハく》ハ、天地の心に、はつる事あるへからすと。

かやうに書《かき》て、みな〳〵、ながしける。

その中に、南昌《なんしやう》の民《たミ》に、胡二《こじ》と、いふものあり。桑樹《くハのき》、沢山《たくさん》に、もちて、売《うり》て、利倍《りばい》を、とらん、と、おもひ。妻《つま》に、此義《ぎ》を、はかり。をのが家《いへ》の蚕をバ、ミな〳〵、うつめん、と、いへり。


妻《つま》、是を、そしれとも、きかずして。終《つゐ》に、うつミぬ。」六十一ウ
遅明《あくるころをひ》、桑《くハ》のはを、とりて、市《いち》に、もち行。おもふやうに、高《たか》く売《うり》けり。

たま〳〵、酒に酔《ゑひ》ふして、ありつれハ。壁《かべ》のほとりにて、虫のこゑ嘖《さく》〳〵と。頻《しきり》になく、すハ、ぬす人あり、と、こゝろえて。火を、ともし見れハ、ミな蚕なり。

また、いねん、と、すれハ、又、さく〳〵の声《こゑ》、頻にす。

胡二《こじ》、声《こゑ》をあげて、あやしきものゝ、きたるや、とて。灯《ともしび》を、かゝけて、床《ゆか》を下《おり》るとて。虫《むし》のために、足《あし》をさゝれ、大に、いたミけり。

妻、いそき、はしりゆきて見れハ。床の上下、皆《ミな》、蜈蚣《むかで》なり。

胡二、つゐに、毒虫《どくちう》に、あてられ、死《し》しけれハ。それより、むかでも、ともに、うせて、見えさりける。

余《よ》人の」六十二オ 蚕ハ、みな〳〵、繭《まゆ》を作《つく》りて、さかへけるに。胡二《こじ》か家にハ、桑《くハ》の葉はかり、園《その》に、みち〳〵て。一銭《せん》の、あたへをも得《え》すして、あさましけりける、となり。

まことに、蚕ハ、天地の炅虫《れいちう》にて。種《しゆ》〻《ぐ》の織《をり》物を、いたして、寒《かん》を、しのき、かざりをなすも、みな、此虫《むし》の、しわざなれハ。是を殺ハ、人を、ころすに、おなし、もつとも、つゝしむへき第一なり

⑿

○李《り》大夫《たいふ》、彦威《けんゐ》と、いふもの。上饒《しやうによう》と、いふ所にて、田を買《かい》ける。

時しも、苗代《なハしろ》の比《ころ》、急《きう》に、をしつめけれハ。農《のう》人、きたりて、いはく。

家に、ありあふ牛。角《つの》つきを、このミて、耕《たかへし》を、ろくに、せさりしかハ。是を、売《うり》かへて、よき牛を」六十二ウ求《もとめん》とて。河渓《かけい》の長吏《ちやうり》かもとへ、見せに、やりて。券《わりふ》を取かハして、三日過て。牛を、わたすへき約束《やくそく》して、かへりぬ。

この内、かの牛を、いたく、うちたゝきて駆使《かりつかひ》。長《ちやう》吏《り》か来るを見て、漸《やう》〻《く》、縻《はつな》をときて、やすめけり。

牛、両のめを、なゝめにして。農《のう》人のかたを、つく〴〵と見て。うらミ、ハかれる、かたちを、なし。ひまを、ねらひて、飛《とび》かゝり、角《つの》を、けつて、農《のう》人のハらを、かきやふり。腸《はらハた》を、角の上に、さゝげて。かうべを、うなたれて、ひかれて、ゆきける、となり

按するに、殺生ハ。かならす、その報《むくひ》を蒙《かうむ》る事、常の、ことハりなり。

その中にも、遠《とを》く来《らい》世に、むくふ」六十三オあり。現在《げんざい》に、むくふも、あり。

来世に、むくふをハ、皆人、いつハりと見なして用す。

今しるすところは、現世に、その報を、あらハすもの。

種〻ある事を、あつめて、もの〻あハれを、しらす。

道のよしあしを、わきまへさる人に、しらせん事を、ねかふなり。是を見るとして、惕然《てきぜん》として、むねを、ひやさゝらんハ、人倫《りん》に、あらす。たゝ、殺生のミに、あらす。

牛馬《きうば》の類を、かりつかふにも、力《ちから》つかれて、いためと

も。憐《あハれミ》の心なく、おもきを、おほせて、うちた丶くハ。
是を殺す、と、おなし、ことハり也。
かならす、報《むくひ》を受《うけ》ん事、疑《うたが》ひなし。つ丶しますんは」六十三ウ
あるへからす

教《をしへ》ㇾ人殺類《ひとをころするい》

(13)

○唐《たう》の世に、李詹《りえん》と、いふものあり。平生《へいせい》、味《あぢハ》ひを、このミて、おほくの生物を殺す。
鼈《かめ》を、くらふにハ、まつ左右《さう》の足《あし》を、く丶りて、日に、さらし。喉《のんど》を渇《かハ》かして、又、酒を、のませて、烹《に》て食《くらふ》。よく熟《じゆく》して、うまし。
又、驢《うさぎむま》を、とらへて、庭《にハ》に、つなぎ。四方より、火を焼《たき》て後。灰《はい》のたれ水を、のませて、五臓《ざう》を、とろかさせ。その丶ち、酒を、のませて、その酒を、しぼり。種《しゆ》ゞの、くすりに、まじへて、のミけり。あふれる肉《にく》をハ、料理《れうり》して食《くら》ふ。

ある時、なにとも」六十四オなきに、地に、まろひて頓死《とんし》す。
其料理せし下人も、又、頓死して。後《のち》、甦《よミかへり》、語《かたつ》て、いふやうハ。
それかし、冥途《めいど》に、いたりしかバ。主君李詹公《しゆくんりえんこう》を、閻魔《えんま》王、いとふ呵嘖《かしやく》せられ。
汝《なんぢ》、娑婆《しやば》にて、そこばくの殺生を、いたす事、あけて、かそへがたし。そのうへ、種《しゆ》ゞの、なやミを、あたへて。生類を、くるしめ、ころす事。その罪《つみ》のがれかたし
と。
李詹《えん》、いはく
それかしハ、曽《かつ》て、しらさりしを、傍輩《はうばい》に、狄慎思《てきしんし》と申もの、をしへて。種ゞのれうりを、くハへゆ
と、いふ。
きくもの、みな、舌《した》を、ふるひける。
その丶ち、狄慎思《てきしんし》、又、死《し》しける、となり。

二人ともに、在世にハ、おなし官位《くハんゐ》にて、めてたかり」六十四ウける人なり。来生の、あさましき事社《こそ》、いひかひなけれ。

これ、王泉子集《わうせんししう》と、いへる書《しよ》に、見えたり

(13)の2

唐《たう》の虔州《けんしう》の司士《しじ》、劉地元《りうちげん》と、いふものあり。
司馬《しは》、楊《やう》舜臣《しゆんしん》と、いふもの。知元《ちげん》に、かたりけるハ
惣《さう》じて、肉《にく》を買《かふ》にハ、かならず、胎《ハらミ》たるが。こえ、あふらつきて、味《あぢハひ》よし
と、いふ
知元、これより、臓胎《くハいたい》の牛《うし》、羊《ひつし》、猪《ゐのしゝ》、犬等《いぬとう》を、撰《えらひ》もとめて、殺しけり。
殺す時、胎内《たいない》の子、しきりに、うこきて。稍《やゝ》ありてのち、たえ入ハ、目も、あてられさりし。
幾ほと、なふして、楊舜臣《やうしゆんしん》が下人、頓死《とんし》して、甦《よミかへり》、いふやうハ。
ひとつの白額《しろひたい》の牛《うし》、子を伴《ともな》ひて、閻王《えんわう》に」六十五オ訴《うつた》へけるハ。
臓《くハい》胎《たい》して、五ケ月に、をよひて。母《はゝ》と子、ともに、ゆへなうして、ころされたり
と。
又、猪《ゐのしゝ》、羊等《ひつしとう》、いつれも、子を引つれて出。知元がしわざ、楊《やう》舜臣《しゆんしん》か、をしへし、あらまし。一〳〵に詔《うつた》へけるとて、大息《いき》を、つきて、申ける。
これより三日過《すぎ》て、劉知元《りうちけん》、死《し》しける。
又、五日経《へ》て、楊舜臣も、死しける、となり。
朝野僉載に、見えたり

○王克《わうこく》と、いふもの、永嘉郡《ゑうかぐん》を知行《ちぎやう》しけるが。ある人、羊《ひつじ》(14)を、をくりたり。
すなはち、人を集《あつめ》、酒宴《しゆえん》して。かの羊を、れうりせんため、つなきを、かせける。

羊、をのれと、縄《なハ》をときて、はしり出。客《きやく》人のまへに出て、ひさま」六十五ウづきて、礼拝するよしにて、衣《きぬ》の下に、かくれ入ける。

客《きやく》人、かくとも、いはすして、しはらく、ありて、かの羊を。羹《あつもの》にして行《ひき》。まつ、客《きやく》人に、す、めける。

客、その臠《しゝむら》を、口《くち》に入けれハ。臠《しゝむら》、皮肉《ひにく》の間より。ひた身を、はせめくり、いたミ、さけびて、たえかたく。

此時に、をよひて、くだんの有増《あらまし》を、かたりて、くゆれとも、せんかたなし。

つゐに、羊《ひつし》の、なくまねして、死《し》しける、となり

(15)

○胡賢《こけん》、軍兵《ぐんびやう》を、もよほして。冠《あた》を禦時《ふせくとき》、臨山《りんさん》と、いふ所に至り。樹《き》の下に、やすらひけるが。おりふし、穢多《ゑた》のわらハ、牛を、とらへて殺さん、とす。

牛の子、母に随ひ《したが》」六十六オ 乳房《ちふさ》を、くハへありけるが。その刃《やいは》を、ふくミなから、にけて、胡賢《こけん》か車《くるま》の溝《みぞ》の内に、きたり。啼《なき》さけひて、泥《どろ》の中に、ふミ入て、かくれぬ。

屠児《ちよじ》、是を追《をひ》たつぬれとも、見えす。

爰《こゝ》かしこに、立もとりて、もとめ、わつらひける所に。胡賢《こけん》、件《くだん》のありさまを、かたりて。泥《どろ》の中を、をしへけれハ、頓《やか》て引《ひき》出して、殺しけり。

その、をしへたる報《むくひ》にや。陣中《ちんちう》にて、あへなく、打ころされし、となり

(16)

○景世庠《けいせやう》と、いふもの。死《し》して後《のち》。閻魔王《えんまわう》のもとに、いたり見れハ。一人の沙門《しやもん》、地《ち》に座《ざ》し。帳《ちやう》を、ひかへて居《ゐ》たりけるか。世庠《せやう》を呵責《かしやく》して、いはく。

汝《なんぢ》、本《もと》より」六十六ウ むまれつき福《ふく》おほく。寿命《じゆみやう》なか、るへけれとも。牛三百疋を殺し。犬の肉《にく》を、七度くらひしに、より。今より貧身《まつしき》と、なりて、命、又、短《みじか》かるへし

と、いふ。

世庠《せやう》、云《いはく》

それかし、犬を食《しよく》したる事ハ、おほへたり。牛を殺《ころ》せしことハ、おほえず。

沙門《しやもん》、いはく

汝《なんち》、里の守と、なりて、ありなから、一里《さと》の民《たミ》、牛を、ころせとも、いましめす。そのまゝにし、ころさせけれハ。直《じき》に、汝《なんち》か殺せしに、なんそ異ならん。是より、かへりて、のち、罪《つミ》を、ひるかへし。世を、いましめよ
と、いへり。
世庠、よミかへりてのち、一年《ひととせ》を、たもちて死《し》ける、となり。
嗚呼《あゝ》、人の殺生を、いましめ」六十七オ さるさへ、わか殺生の罪《つミ》に同《おなし》し。（ママ）いかに、いはんや、手《て》づから、心を、おこして殺さんや。
今、国司《くにつかさ》、里守《さとのかミ》と、いはるゝ人。をしへて、殺生させ、料理《れうり》を、をしへて、味《あちハひ》の、よしあしを判談《はんたん》（ママ）するハ、何事そや
是、勧善集に、見えたり
按《あん》ずるに、殺生ハ、かならす、ミつから、ころすのミに限《かぎ》らす。

或《あるひ》ハ、人に、をしへて、ころさしめ。或ハ、殺すを見て、よろこひ。或ハ、人のころすをも制《せい》せす。或ハ、方便《はうべん》を、めくらして、たすけ、すくふ事をも、せす。これらの、たくひ、みな、あハれミの心なきゆへ、なれハ。ミつから」六十七ウ 殺す、とおなし、ことハりなり。つゝしまさるへきや
未曽有経《ミぞうきやう》に、いハく。

むかし、波斯匿王《はしのくわう》、猟《かり》を好《この》ミ、常《つね》に、とをく出て、あそひ給ふ。

ある時、飢《うへ》給ふ事、甚《はなハた》しけれハ。膳部《ぜんぶ》の官人《くハん》、修《しゆ》迦羅《から》と、いふものを、斬《きら》るへきよし、勅《ちよく》したまへり。

末利夫人《まりふにん》、是を聞て、すなはち、酒肴《さけさかな》を、とゝのへて。王《わう》の所《ミもと》に行《ゆき》、ともに酒宴《しゆえん》して、なくさめ給へハ。王、いかり、やミにけり。

夫人、ひそかに、王の勅諚《ちよくじやう》なれハ。

その者、たすけよ

とて。かくし、をかれしなり。
明日《みやうにち》に至《いた》りて、王《わう》、物あんじ給ふかたち、なれハ。
夫人《ふにん》
　いかなるゆへにや
と、うかゞひ給《たまふ》」六十八オ
王、のたまハく
きのふ、飢火《きくわ》に、せめられて、いかりを、をこし。
膳部《ぜんぶ》の官人《くハん》を、ころさせつるが後悔《こうくハい》なれは
と、宣《のたま》ふ。
夫人、わらひて宣ふやう。
　その人こそ、あんをんにて候
とて、件《くたん》の有増《あらまし》を、かたり給へハ、王、斜《なゝめ》ならす、
よろこひ給ふ
となり。
末利夫人《まりふにん》ハ、五戒《かい》を、たもてる人なれとも。人を。たすくる方便《はうへん》にハ。酒をも、きこしめし、偽《いつハり》をも、いはれしなり。

仏、これを、ゆるして、のたまハく。
かくのことくの破戒《はかい》ハ、功徳《くどく》を、なす因縁《いんえん》なれハ。
飲酒妄語《おんじゆまうご》ハ、やぶるとも、罪《つみ》にハ、あらす
と、説たまふ」六十八ウ

殺生改《あらたむる》レ過類《とがるい》 (17)

○張氏《ちやうし》の子の、年《とし》十五なるが。ある時、魚《うを》を、とらへて、翫《もてあそ》びしに。魚はねて、ゆびを、そこなふ。いたき事甚《はなハた》し
たちまち、おもふやう。
我《われ》、指《ゆび》のさき、すこし損《そんず》るさへ、いたき事かくのことし。いはんや、もろ〳〵の魚、腮《あぎと》を、つなぬかれ、腸《はらハた》を剉《さき》やふられ。尾《お》をきり、鱗《うろこ》を、ふかるゝハ。そのいたき事、おもひやられたり。かれが、物いはされハとて、かへり見さるハ、人にハあらし、とて。とりける、うをゝ、

渓《たに》の流《なかれ》に、はなち帰《かへ》りぬ。
そのゝち、更《さら》に、生《いき》ものを、ころさゝりし、となり。
凍録篇に見えたり」六十九オ

○秦隴《しんろう》と、いふ所の村民《そんみん》。平生《へいぜい》、好ミて、犬を食するあり。(18)
年《とし》月、ころせし、かす若干《そくはく》、いふかぎりなし。
一日、犬を烹《に》て、漸《やう〳〵》熟《じゆく》せん、とする時。皮《かハ》のうへに、
かすかに文字《もんじ》、見えたり。
ふしきに思ひて、みな〳〵、よひあつめて、見せけれは。
わか父の、左《ひたり》の肱《ひぢ》に、入墨《すミ》せし文字なり。
この時、父死してより、十二年目なり。
その者、是を見て、なげき、かなしミ。そのゝちハ、肉《にく》
食《じき》せさりし、となり。
経文《きやうもん》に

人の臨終《りんじう》に、家《いへ》にをひて。念《ねん》を遺《のこ》し、貪《むさぼり》したふ意《こゝろ》あれハ。その人、かならす、その家に、生をうけ。或ハ、人となり。或ハ、畜《ちく》類となりて。やしなひを、うくる事あり

と、見えたり。」六十九ウ
仏説《ふつせつ》いつハり、なし、信仰《しんがう》せさらんや

晋《しん》の羊祐《やうゆう》と、いふもの、五歳《さい》の時。乳母《めのと》に、云けるやう (18)の2
ハ。
我、もてあそひの金環《かなわ》あるへし。たつね、えさせよ
とて、せめにける。
乳母《にう》、いはく
你、もてあそひに、金環《かなわ》ありつること。初《はじめ》より、おほ
えなし。
羊祐《やうゆう》、ある時、隣の家《いへ》に、あそひ。東《ひかし》の垣《かきね》のほとり、
桑樹《くハのき》の中より。くだんの金環を、さぐり出し。こゝに、
ありけるとて、よろこひける。
乳母、右の有増《あらまし》を、かたれハ。隣《となり》の者、驚《おとろき》て、いはく。
是ハ、まさしく、五年以前《いぜん》に死《し》ける、わか子の、生
れかハれるなるへし。

この金環ハ、死しける子の、もてあそひなるが。此木の」七十オ下にて、うしなひたりしとて、かなしミ、いとをしミける、となり

その外、生れきて、もとの家に、ありし者、その数、つくしかたし。

みな、儒書《じゆしよ》にも見えたり。

仏家《ぶつけ》の、わたくしと、おもふ人ハ、よく〳〵たつね見るへし。

人、死してハ、魂魄《こんはく》、天地に、かへる、なんぞ、過去《くハこ》未《ミ》来《らい》あらん、と。小儒《せうじゆ》の、難《なん》するハ、をろかなる説《せつ》なり。管の中より、天を窺《うかゞひ》。天を窄《すぼ》し、と、いふに、似《に》たり。天の窄《すぼき》にハ、あらす。見る所の、すこしなる、ゆへなり。

三世の因果《いんぐハ》、まことに、うたかひなし、見るところを見て、見さる所を、あやしむことなかれ」七十ウ

○秀州《しうしう》の盛肇《せいじやう》と、いふもの。常に、牛の肉《にく》を嗜《たしなめ》めり(ママ)。(19)

ある夕、しきりに、門を、たゝく。盛肇、出むかひて、見れハ。ひとりの蒼士《あをさふらい》、文《ふミ》を持《もち》て来る。

その文に、いハく

六畜《ちく》皆《ミな》前業《ぜんごう》　惟《たゝ》牛《うし》最《もとも》苦辛《くしんす》　君《きみ》看《みよ》横死者《わうしのもの》　尽《こと〳〵く》是《これ》

食《くらふ》レ牛《うしを》人

と。

いふ心ハ、牛馬犬羊《ぎうばけんやう》《うしむまいぬひつし》のたくひとて、別《べつし》て、たね有にハ、あらす。みな〳〵、衆生《しゆじやう》の前世《せんせ》の業《ごう》に、ひかれて。今、此身を、わけたるなり。其中にも、牛ハ、尤《もとも》、辛苦《しんく》艱難《かんなん》を、するものなれハ。一入、いたハりを、くハふへし。今、世間に、定業《ぢやうごう》きたらざるに、横死するものハ。みな、牛を食する人なり。你《なんぢ》、これを、おもへ、となり

読《よミ》をハれハ、使《つかひ》も文も」七十一オともに、うせぬ。

盛肇《せいしやう》おとろきて、それより、牛を、くらハさりし、とかや

宰牛報應書《さいきうほうおうしよ》に、見えたり

○涅南《けつなん》と、いふ所に、彭氏《ほうし》のもの、あり。(20)
常《つね》に、猟《れう》を、このむ。山に入て、老《おひ》たる母《はゝ》、猿《さる》の子に、乳《ち》を、あたふるを見て、弩《いしゆみ》を、はなちて、是を射《い》てける。猿《さる》、その矢《や》を、とりけるほとに、又、つかひて、はなちければ。猿の臂《ひぢ》に、あたりぬ。猿、たまらす、さゝへかたき、と、おもふにや。子猿を、いたきあけ。飽《あく》まで、乳《ち》をのませ、又、木の葉を摘《つみ》て、あまれる乳を、しほりをき。子のかたハらに、をきて。呑《のめ》と、をしへぬるやうにして。さけび死《しゝ》けり。もろ〳〵の児《こ》とも、母猿を、とりまきて。」七十一ウ さけび、かなしむ事、目も、あてられす。彭氏《ほうし》、是を見て、泪《なみだ》を、ながし。すなはち、弓《ゆみ》をおり、矢《や》を、くだきて。身、をハるまて、猟を、せざりし、となり

○江北《かうほく》の舟人、雁《かり》の雄《をんとり》を、いころして。烹《に》て食せん、とする。(21)
雌雁《めんとり》、飛《とび》まふて、そのほとりを、さらず。鍋《なべ》のふたの、一度《たび》ひらくを見て。急《きう》に、飛来り、中に入、ともに、にられて、死《し》しける、となり。その人、是を、あハれに、おもひ。食せすして、やミぬ。元好問《げんかうふん》と、いふ者、此二疋の雁《かり》を、埋《うつミ》て、墓《つか》につき。今にをよひて、雁丘《かんきう》と、名《な》つけける、とかや。此二つのものを見るに。鳥けたものも、子母《しぼ》の縁《えん》、夫婦《ふうふ》の愛《あい》を」七十二オ しりて。ともに、死《し》しけれ共、あひはなれさること、かくのことし。人として、いかんそ、是をころして、食《くふ》へきや

○唐の忠懿王《ちうゐわう》の時、閩州《みんしう》の人。冤《あた》を報《ほう》ぜんため、刀《かたな》を抜《ぬき》も(22)
ちて、夜の黎明《あけほの》に、徳政橋《とくせいきやう》といふ橋を、過《すき》けり。所の人、はやく起《をき》て、折《おり》ふし、是を見れハ。その人の後《しろ》（ママ）に、鬼神数《きしんす》十人つきした（「か」脱カ）ひて行《ゆく》。

見る人、おとろきて、いそき、扉《とほそ》を、おほひて、かくれ入。

俄《にハか》に、その人、おもふやう。

冤《あた》を、むすぶハ、あたを、ほどくにハ、をとれり。人を害《がい》するハ、人を、ゆるさんにハ、しかじ。よしなき、いかりゆへ、打《うち》はたして、せんなし、とて。悔《くい》て帰《かへ》りぬ。

橋《はし》のほとりの人、又、かへるさを」七十二ウ 見れハ。その人の後《うしろ》に、冠装束《かふりしやうぞく》したる、尊御神《たつときおゝんかミ》の、つきしたかひましますを、見る。

去《され》ハ、一念殺害《せつがい》の怒《いかり》を、発《おこ》せハ。一気の、外に顕《あらハ》るゝ所、皆、鬼神《きしん》なり。一念ひるがへして、柔和《にうわ》の心と、なれハ、一気の顕ハるゝ所、神明の、たうとき姿《すかた》と、なる。

善悪《せんあく》、皆《ミな》、一念《ねん》の上に、あれハ。白地《あからさま》にも、悪念を、発《おこす》へからす。

唯《たゝ》、是《これ》のミに、あらす、牛羊を殺すにも、禽翅《とりつはさ》を救《すく》ふにも。一気の、天に通《つう》じて、善悪を見する事、同断《おなしことハり》なり。

凡人《ぼんにん》の眼《まなこ》に、見えされハ、是を、しらさるらめ

按するに、儒者《じゆしや》の、いはく

一切《さい》の生類、皆、人と其性《そのしやう》を、同《おな》じうすると、いへり。

其故ハ、万物皆、天理に」七十三オ よつて、生するか故なり。

然《しか》らハ、なんぞ、人として、物を愛憐《あいれん》する心なからんや

然共、世俗《せぞく》のならハせに迷《まよ》ひて。殺生ハ、常《つね》に、さたまりたる事と思ひ。われと、ひとしく、天命を得《う》る事を顧《かへりミ》ず。

誠《まこと》に、生類の、ころさるゝ時に、をひて、死を悲しむの、すかた、人と同《おなし》し。（ママ）

若、物を殺して、害《かい》なし、と、いひて、是を、にくむましきを。ものゝ、あたするをハ、人、是を、ゆるさす。殺《ころし》てハ、害なし、と、いふ。いかて、其理の、道

に協《かなふ》こと、あらんや。
是によつて、しるへし、我に冤《あた》なきものをハ、我も又、冤を加《くハふ》へからす
ひとたひ、罪《つみ》を悔《くひ》て、善《せん》に向《むかふ》時ハ、三途《づ》を遁《のが》れん、是を慎《つゝし》め」七十三ウ

(23)

○以上の諸説《しよせつ》ハ、皆《みな》、鳥獣小虫《てうじうせうちう》までに、物の命を断《たつ》ハ、其罪《つみ》、のかるへからさることを、いへり。
況《いハんや》、万物の霊《れい》たる人の命に、をひてをや。
然《しか》るに、故なく、人を殺し、妄《みだり》に刑罰《けいばつ》を行ふ事、いかてか、其報《むく》ひ、のかれさらんや。
聖人、五刑を、たて給ふ事、始より、人を、ころさんと、はかるに、あらす。よく、これを、をしへて、恐《をそ》れしめは、をのつから、悪《あく》人なからん、となり。故をしへすして、殺すハ、人を、おとしあなに入ると、同しと見えたり
悪人を罪《つみ》するハ、衆人を、愛するなり。罪の、うたかハしきをハ、惟、軽くせよと、尚書にも侍れハ、唯《たゞ》、幾度《いくたび》も儀りて、たすくへき道あらハ」七十四オ たすけ、重《おも》きをは、軽《かろき》に、かへ、軽をは、なため、をくへし
一たび斬《きり》たる首《くび》ハ、二たび、つく事あたハす。
人、皆、聖賢《せいけん》に、あらねハ、理非《りひ》を判する事、鏡《かゝみ》に、かけたることくにハ、あるへからす。
始《はしめ》、理と、きゝたるも、のちにハ非《ひ》なり、と思ひ、一度《たび》、非《ひ》と捌《さばけ》とも、終《をハり》にハ、理《り》なるも、おほかるへし
大かた、利口弁舌《りこうへんぜつ》の者ハ、非をも理に、いひなし。不弁《ふべん》舌《ぜつ》の者ハ、是を、いひわけえざる者おほし。事を捌《さばく》人、容易《たやすき》に、をこなふへからす。
書経《しよきやう》に曰《いはく》
欽哉〻〻《つゝしめや〳〵》、惟刑《これけい》之恤《あハれめや》哉、刑を行ふにハ、ふかく欽《つゝしみ》かなしめよ
と、聖人の、いましめなり。
陽膚と、いへる人、獄を」七十四ウ 司《つかさ》とる時、曽子《そうし》、いま

しめて、いハく
哀矜《あいけう》而勿喜
と、いへるも、此心なり。

一国《こく》をも持《たもち》、一県をも知《し》る人ハ、廉直《れんちよく》の人を撰《えらん》て、奉《ふ》行役《ぎやうやく》人と、すへし。多《おほ》くハ、わか愛《あい》する者を、あけ。或ハ、世ゝ、其職《そのしよく》なりとて、無智の小人を、すへ、またハ、をのれに、こび諂《へつ》らひ、諫言《かんげん》をも、いはさる者を、家老《からう》、奉行とするゆへに、非分の成敗《せいばい》おほくして、家のミたれ、民の憂《うれい》、止《やむ》ことなし。

一国の民は、わか手足《てあし》のことく、皮膚のことくなれハ、一人の執権《しつけん》、佞奸《ねいかん》あれハ、おほくの民を、そこなひ、終にハ、家をも亡すなり。

此等の者の、事を行ふこと、をのれに、よき者の」七十五オ訟《うつたへ》ハ、悪しきをも、善《よし》とし、我に諂《へつ》らハさるの訴ハ、理をも非とし、そこつの成敗《せいはい》おほし、と見えたり。

主君たる人ハ、自《ミづから》、訟《うつたへ》を聞、理非を分別すへし。死刑に、をこなふへき者あらハ、幾度《いくたび》も思案《しあん》して、行《をこなふ》へし。

むかし、唐《もろこし》の太宗皇帝《たいそうくハうてい》、侍臣《じしん》に宣《のたま》ふハ。

死刑ハ、至《いたつ》て重《おも》きゆへに、死に行ふ者あれハ、三度《たび》、奏問せしむる事ハ、ねんころに、思案せんかためなり。然《しかる》に、其役人、須臾の間に、三度奏《そう》して、そのまゝ、法《はう》に、をこなふゆへ、罪人の情実、あハれむへきことあり、と、いへとも、推《おし》て、法に行《をこな》へハ、或ハ、冤《あた》も、あるへし。

今より」七十五ウのち、死を行ふことハ、一二日のうちに、五度、奏問《そうもん》すへし。

流罪《るざい》の者ハ、三度、奏すへし
猶《なを》も、具《つぶさ》に考《かんかへ》て、仮令《たとひ》、法にをひて、死罪に、あつへくとも。情の、あハれむへき者あらは、書付て、あくへし
と、勅諚《ちよくじやう》ありける。

故に、死罪を遁《のが》るゝ者、甚多《はなハたおほ》し。

又、刑を用らるゝ日ハ、御膳《ぜん》に、酒肉《しゆにく》を、そなへす。音《をん》

楽《がく》を止《やめ》られし、と、なり。

或時、鍼灸《しんきう》の書《しよ》を御覧《らん》じて。人の五臓《ざう》ハ、皆、背《せなか》に、かゝることを、しろしめして。罪人の背を、打ことを止られし、となり。

故に、此御世《みよ》にハ、五穀豊饒《こくふによう》にして、民、太平を、たのしミ、死刑に」七十六オ あふ者、終歳《しうせい》、纔《わづか》に二十九人あり、と、いへり。

有難《ありかたき》ことならすや

貞観政要に、見えたり

好生録下本之終

（五行空白）」七十六ウ

譯和好生録　下末

救《すくい》レ生《しやうを》証《しやうする》レ果《くハを》類《るい》

(1)

○顔魯公《かんろこう》ハ、知行《ちぎやう》する所に、放生池《はうしやうち》を掘《ほり》。ものを救《すく》ふことを、さきとし。張無尽《ちやうむじん》ハ。監司《かんし》の官《くハん》に、つかへて、まつりことを、あらため。牛羊を、ころして牲《にへ》に、そなへ。みちに、あらざる祭《まつり》をハ、ミな停止《ちやうじ》して。李長者《りちやうじや》の編《あめる》、華厳論《けごんろん》を、ひろめて。民百姓《たミ》を、すゝめけり。これら、ミな、菩薩《ぼさつ》の行《ぎやう》なり。

経《きやう》に、いはく

ほさつ、衆生《しゆじやう》を、あハれむに、よりて。或《あるひ》ハ宰官《さいくハん》長《ちやう》者等《しやとう》の身を、現《げんず》。

今、此人とも、ほさつ応化《おうけ》の人ならん。命終《をハ》りてハ」七十七オ

かならす、菩提《ぼだい》の正果《しやうくハ》を、えんこと疑《うたがひ》なし。中にも、
張無尽《ちやうむじん》ハ。現在発明《げんざいはつめい》の人にして。仏法外護《ぶつほうげご》の人なり。
則《すなハち》護法論《ごほうろん》一巻《くハん》あらハして。儒家《じゆけ》のさまたけを、しりぞけぬ

(2)

○陶弘景《とうこうけい》ハ、仙術《せんじゆつ》を行、人なり。その弟子《でし》、桓闓《くハんがい》と、いふ者《もの》。仙術を究《きハめ》て、師匠《ししやう》に、さきたち。天仙《せん》と成《なり》て、飛《ひ》行自在《ぎやうじざい》を得《え》たり。

師匠陶公《ししやうとうこう》、桓闓《くハんがい》に、問《とふ》て、いはく。

我《われ》、仙道《せんたう》を、まなふ事。你《なんぢ》より、さきにして、つとめて、仙方《せんはう》を、きハめたり。

然《しか》るに、いまた、飛行自在《ひぎやうじざい》の徳《とく》を、えすして。人世に、と丶まる事」七十七ウ いかなる、あやまち、あるや。

桓闓《くハんがい》、いはく

天帝《てい》、君の、功《こう》をつむ事を、ほめたまふこと、あきらけし。

しかれとも、著《あらハす》ところの本草《さう》の中に。生類を用て、薬とすることを、しるせしゆへ。もとも、人のためにハ功《こう》あれ共。命ある物に、害《がい》を、くハへて、罪《つみ》を、かさぬる事、おほし。是に、よりて、いまた飛仙《ひせん》と、なる事を得《え》す。

你《なんぢ》より、陶公ハ、十二年をそく来《きた》るへし、と。是、天帝《てい》の、宣《のたま》ふところなり。

陶君、それより、草木《さうもく》薬なるものを、あらハして。生類を、かへ、別《へつ》に。本草《ほんさう》一部《ふ》を、あらハして。殺生の過《あやまち》を償《つくの》ひける。

後《のち》、十二年を」七十八オ 経《へ》て、尸解仙《しかいせん》となり。かたちを、もぬけて、天昇《じやう》しける、となり

(3)

○張提刑《ちやうていけい》ハ、常《つね》に、生物を商所《あきなふところ》に行て。なに丶よらす、買《かひ》はなちける。

臨終《りんじう》の時《とき》、家《いへ》の子に、かたりけるハ。

我、常《つね》に、放生《はうしやう》をもつて、徳をつむことの、あつきがゆへに。今、天人の来迎《らいがう》あるを見る。必《かならす》、天昇《しやう》すへ

き事、うたかひなし
とて、をハりぬ

○孫真人思邈《そんしんじんしはく》と、いふ人。童子《どうじ》の、蛇《じや》を、とらゆるを見て、
買《かひ》て、水中に、はなちけり。(4)
其後《そのゝち》、黙然《もくぜん》として、坐《ざ》して、ありしかハ。青《あを》き装束《しやうぞく》し
たる童児《とうじ》」七十八ウ 一人、むかひ来り、つれて龍宮《りうぐう》に行け
る
珠玉《しゆきよく》を、ちりはめたる宮居に、いたりしかハ、龍王《りうわう》、
上座《じやうざ》に、むかへて、もてなして、いはく
昨日《きのふ》、我《わが》子を、救《すく》ひたまハりたる、をんしやう
とて、種〻《しゆ〴〵》のたからを出して、礼謝《らいしや》しけり
真人《しんにん》、是を、うけずして
龍宮秘方《りうぐうひはう》の妙薬《めうやく》を、伝《つたへ》たまへかし
と、乞求《こひもとめ》しかハ。龍王、領承《りやうじやう》して、玉の笈《ふはこ》に。三十
六の医方《いはう》を入て、あたへける。
それより、くすし、いよ〳〵上手《じやうず》になりて。仙《せん》人の伝籍《てんせき》
に、のせられたり、となり

○むかし、隋侯《ずいこう》、道《みち》のほとりに、蛇《へび》の疵付《きづつき》て、ありしを」七十九オ (5)
見て、くすりを、つけて、さりぬ。
その夜《よ》、庭前《ていぜん》に、光《ひかり》有て、まぢかく、すゝみける。
あハや、盗《ぬす》人の来る、と、おもひ、劔《つるぎ》をぬき、そはめて
見れハ。件《くだん》の蛇《へび》、恩《をん》を報《ほう》ぜんとて、かしらに、光明爀《くハうみやうかく》
爍《やく》たる珠《たま》を、さゝけて、来たりて、あたへたる、となり。
その玉を、夜光珠《やくハうしゆ》と、名つけける、とかや。
かやうに、恩《をん》を、しるなれハ。あたを報《ほう》ずる事も、つよ
かるへし。ミだりに、ころすことなかれ

○許真君《きよしんくん》、初《はじめ》、猟《れう》を、このミて。ある時、鹿子《かのこ》を、射あて (6)
ける。
その母《はゝ》、かなしミて、疵《きづ》を、なめてえさせけれとも、活《いき》す。
母も、ともに、さけび、死《し》にける。
はらを、さきて」七十九ウ 見れハ、腸《はらハた》すん〳〵に、きれた

り。
是、子を、いたむの、あまり、はなはたしきに、よつて
なり。
真君《しんくん》、あハれに、おもひ。終《つゐ》に、弓矢を折《おり》て。それより、山に入て、仙術《せんじゆつ》を、ならひ。のちに、道《だう》を悟《さとり》、親属《しんぞく》を、すくひ。国民《こくミん》を守護《しゆご》せしかは。世に、忠孝都仙《ちうかうとせん》と、あがめける、とかや

(7)

○永明《やうめい》の寿禅師《じゆぜんじ》、むかし、銭越王《せんゑつわう》に、つかへて、管庫《くハんこ》の官《くハん》に、あてられける。
魚船《うをふね》の、江に、ミつるを見てハ、惻然《そくぜん》と、いたミて。王庫《わうご》の金銀《きんぎん》を、とり出して。あまたの生類《るい》を、買《かい》はなちたまへり。
さるから、王庫《わうご》の金銀を、費《つひや》したる、とて。罪《つミ》に、ふせらるゝ。
国王《こくわう》宣《のたまハ》く」八十オ
なにゆへに、朕《ちん》が金銀を、そこばくとなく、費《つひやし》けるそ。
答《こたへ》て、いはく
生命を、あハれむに、よつて、王庫《わうご》を傾《かたむけ》て、放生いたせしなり。
われ、此罪に、死《し》なん事ハ、あんのうちなれとも、我身一人を、ころし、おほくのもの、命を、たすくる事、よろこはしきなれハ
とて、恨心《うらむる》なく、死罪《しざい》を、とく〳〵と、す、ミける。
国王《こくわう》、その心さしを、かんじたまひて、出家《しゆつけ》に、なしたまひける、となり
のちに、悟《さとり》を開《ひらき》て、法眼宗《ほうげんじう》を嗣《つぎ》、禅宗《ぜんしう》の祖師《そし》と成給へり。
宗鏡録《しゆきやうろく》一百巻《くハん》を、あらハし、寿《ことふき》九十八にして、迁化《せんげ》し給ふ。
ときに、一僧《ぞう》あり、常《つね》に、此師《し》の塚《つか》のもとに、来り」八十ウ
礼拝《らいはい》す。
人、その謂《いはれ》を、とふ

僧《そう》、こたへて、いはく。

われ、病によつて、冥途《めいど》の閻魔王宮《えんまわうくう》に、いたりしに。僧《そう》の像《かたち》を、木像《もくぞう》に、つくりて。閻魔王、毎日《まいにち》、頂礼《ちやうらい》す。

是、何人の御《ミ》影《ゑい》そ

と、問《とへ》ハ。

杭州《をうしう》(ママ)永明寺《やうめいじ》の延寿禅師《ゑんじゆぜんじ》也。此師《し》ハ、爰許を通り給ハす、西方極楽《さいはうごくらく》に、まします故《へに》、閻魔《えんま》王《わう》、うやまひて。木《もく》

像《ざう》に、うつして、供養《くやう》せらる、

と、かたりぬ。

我、是に、よつて、甦《よミかへり》てより以来《このかた》。をこたらず、爰《こゝ》に、詣《まふて》ぬる

と、かたりける、とかや。

是によつて、しるへし。放生を、をこなふ人ハ。あやまたす、西方《さいはう》、生すへし。

又、閻魔も、此人をハ、おもんじ」八十一オ たつとむこと、しられたり

(7)の2

石鞏《せききやう》恵《ゑ》蔵《ざう》禅師《ぜんし》、むかし猟師《れうし》たり。鹿《しか》を逐《をふ》て、山を過る時、馬《ば》祖《そ》大師《し》の庵《いほり》を過すなはち、示《しめし》によりて。殺生をやめ、道をさとりて。禅《ぜん》宗《しう》の祖と、成給ふ

となり。

此文、本録《ろく》にハ、なかく出けれとも。禅家《ぜんけ》の古則《こそく》ハ、仮《か》名《な》書《しよ》を、もつてハ。道理《だうり》を、あらハしかたし。後《のち》の人、是《これ》を、あらため、をこなふとも。此一篇《へん》を、動《うごか》すこと、なかれ

按するに、生を放ち、命を救《すく》ふ事。唯《たゞ》天道《だう》の福禄《ふくろく》を得《え》むためにハ、あらす。

是によつて、かならす、道《だう》」八十一ウ 果《くハ》を、さとるへし。

その功《こう》、すくなけれハ、仙道《せんたう》を成就《じやうじゆ》し。その功、大なれハ、仏果《ふつくハ》を、きハむ。

二つなから、たのしミを得《う》る事、寔《まこと》に、はかりなし。

しかるに、暫《しばら》く、口に、あぢはひ。腹《はら》に、ミつるの欲《よく》に、おほれて。おほくの生命《しやうめい》を殺し、来《らい》世の悪縁《あくえん》を、むすびて、罪《つミ》を、まねく事ハ、いかんそや

仏力広大類《ふつりきくハうだいのるい》

○僧《そう》の恵覚《ゑかく》と、いふ人。渓《たに》のほとりに、堂《だう》を建《たて》む、と催《もよほ》しける。(10)

時しも、冬《ふゆ》なれハ、かす〳〵の虫《むし》とも、地中に蟄《むしこもり》て、寒《かん》を凌《しのき》をるなれハ。地をほり、石をうごかして」八十二オ

是を殺さんも、たえがたし。

いかゝせん、と、おもへとも、やめがたき所なれハ。とかく、仏力を頼《たの》まん、と。三日三やの道場《だうじやう》を、かまへ。誓《ちか》ひを、たてゝ、祈《いのり》けるハ。此堂《だう》のはしらたて、せん時。或《あるひハ》一足《そく》のもの、多足のもの、乃至《ないし》、無足のもの。そうじて、地中に、あらゆる一さいの虫類《ちうるひ》。ねかハくハ、仏陀《ぶつだ》の加護《かご》を、たれたまひて。尽《ことことく》退《しりそか》しめたまへ、と。志《こゝろさし》を、一つにして、念しける。

其日に、をひて。地をほり、石を揺《うごか》したれとも。蟻《あり》の、ひとつも、見えさりける、となり

○宋《そう》の永祚《ゑいそ》、薬師堂《やくしだう》の殿下《でんが》を、見れハ。蜂《はち》の、むらがり」八十二ウ あつまる、あり。(9)

折節《おりふし》、同里《さと》の人。父の病《やまひ》を、いのる其《その》ぐわんのために。此堂《たう》にをひて、道場《たうぢやう》を、かまへ、斎《さい》戒修行《かいしゆぎやう》せん、と催《もよほ》しける。

永祚《ゑいそ》、是を見て、おもふやう。人おほく、此所に、あつまりなハ。蜂《はち》とも、みな〳〵、ふミころさるへし。仏力を、たのミ、害《がい》をのかさん、と。

彼《かの》人、法事執行《ほうじしゆぎやう》する日に、さきたちて。仏前に、いのりけるやうハ、此所にをひて、その日、その時斎《じさい》を、をこなふ人あり。

その日に及《をよひ》て、蜂《はち》の、あやまちなきやうに。守護《しゆこ》を、たれたまへ。願《ねがハく》ハ、慈悲哀摂《じひあいせう》して。もろ〳〵の虫類《ちうるい》、

人の妨《さまたけ》をよけて、安穏《あんをん》ならしめよ、と」八十三オ 専《せん》一に、祈誓《きせい》しけり。

期《ご》する日に至《いた》りて、斎《さい》を行《をこな》ふ時。灯《ともしひ》輝《かゝやき》てらし。法《ほう》螺《ら》、鐃鈸《にようはち》六種《しゆ》、震動《しんどう》して。一日一夜《や》、人の往来《わうらい》たえまなし

然《しか》れ共、其間ハ、もろ〳〵の蜂《はち》。みな〳〵、かくれけるにや、一つも見えす。

もとより、殺《ころさ》れたるも、なかりしなり。

件《くだん》の両人ハ、願力《くハんりき》の真実《しんじつ》成による、と、いへども。実《じつ》ハ、仏陀《ぶつだ》の守護《しゆご》したまふ力《ちから》。世に、賢人《けん》と、いはるゝ人。かくのことく、するを見れハ、蟄《むしこもれ》るをハ。みたりに、発《あハき》ころすへからす

(10) ○泗州《ししう》の趙璧《てうへき》と、いふもの。及第《きうだい》に、のほりて、古郷《こきやう》に、かへる時。家《いへ》を、はなるゝ事、十里《り》計にして。夢《ゆめ》に似《に》て、夢」八十三ウ にもあらす。おほろに死たる妻《つま》に、あへり。路《みち》の傍《かたはら》に、跪《ひさまつき》て、いはく。

われ、在世の時、おほくの生命を、ころし。ことに、蟹《かに》を、このミて、生《いき》なから酒《さけ》に醮《ひた》し。我意《かい》に任《まかせ》て、食しける。

其罪に、よつて、死して後《のち》。閻魔王《えんまわう》、勅《ちよく》して、駆蟹《くかい》山に、追《をひ》のほせらる。

彼《かの》山に、おほくの蟹ありて。或《あるひ》ハ、めを、はさまれ、肉《にく》を、はさまれて。ひた身、血《ち》しほに、そミて、日夜、苦《く》を、うくる事、究《きハま》りなし。

今、君《きミ》の、官《くハん》に、さかへて、故郷《こきやう》に、かへり給ふを聞《きい》て、是まて、あらハれ出ぬ。ねかハくハ、金剛般若《こんかうはんにや》経《きやう》七巻《くハん》を写《うつし》て、たまハれかし、此功力《くりき》に、よつて。」八十四オ 地獄《ぢごく》の苦《く》を、まぬかれん

と

璧《へき》、うけがひて、かへり。財宝《ざいほう》を、すてゝ、僧《そう》を供養《くやう》し、経をうつして、既《すで》に両巻《りやうくハん》いてきたり。

一日、祭礼《さいれい》を設《まふけ》て、妻《つま》の墳《つか》に上りぬれハ。一人の翁《おきな》出て、いはく

你《なんぢ》が妻女《さいぢよ》、書写《しよしや》の経力《きやうりき》に、よつて。天昇《てんじやう》しける
と、告去《つげさる》、となり

(11)
○昔《むかし》、人あつて、婚姻《こんいん》《よめとり》の時。おほくの物、命をころして、
膳部《せんぶ》に費《ついやし》ける。
忽《たちまち》、病死《やミし》て、冥途《めいと》に、いたりて、見れハ。牛羊の類、
あまた出来て。閻魔王《えんまわう》に、訴へけるやうハ。
われら、前世《ぜんぜ》の悪業《あくごう》に、ひかれて。畜生趣《ちくしやうしゆ》に堕《おち》入事ひ
さしし。
むくひ、いまた、はてさるうちに。むたいの」八十四ウ
殺害《せつがい》に逢《あひ》ぬれハ。また、ちくしやうと、なりて、かさ
ねて、刃《やいは》にかゝり。砧《まないた》に、のせられて、苦《く》を、うけん。
しからハ、生〻世〻《しやう〳〵せ〳〵》、畜生《ちくしやう》の身を、のがるゝひまな
し
と。なミたを、なかし、申ける。
その人、是を聞て、大に、をそれて、大願《ぐハん》を、おこして。
金光明経《こんくハうみやうきやう》五十巻《くハん》を施《ほとこ》して。畜類《ちくるい》の苦《く》を救《すく》ふへし
と、約束《やくそく》せしかハ。刹那《せつな》の間に、件《くだん》の牛羊等《ぎうやうとう》みな、うせ
にけり。
其時、五道《だう》の冥官《ミやうくハん》、手《て》を合《あハせ》て、いはく。
諸〻《もろ〳〵》のあたを、ふくむもの、経《きやう》の功力《くりき》に、よつて。
畜生趣《ちくしやうしゆ》を、まぬかれたり。有難《ありかた》し
と、いへり。
その人、甦《よミかへり》て、夢中《むちう》の所願《しよぐハん》のことく、金光明経《こんくハうミやうきやう》を、
印板《ゐんはん》に」八十五オ おこして。あまねく、施《ほとこ》しける、となり

(11)の2
晋江邵彪希文《しんこうせうへうきぶん》と、いふ無官《むくハん》の士夫あり。
夢《ゆめ》に、冥途《めいど》に、いたりしかハ。人ミな、安撫使《あんぶし》の来りた
り、とて、官名《くハんめい》を呼《よび》て、むかひきたる。
一人の冥官《ミやうくハん》、希文《きぶん》に、いふやう。
汝《なんぢ》、いまた、官に、つかへさることハ、なにゆへ、と、
いふ事《こと》を、しるや、いなや。
答《こたへ》て、いはく
そのゆへを、しらす。

冥官《みやうくハん》、希文をつれて、ひとつの大鑊《かま》を、見せしむるに。その内、皆《みな》、蛤《はまくり》なり。希文を見て、人のことくに、ものいひて

希文〳〵

と、よはハりける。希文、心に、阿弥陀仏を、念したてまつれハ。蛤蜊《ハまくり》変《へん》じて、「黄雀《くハうしやく》《すゝめ》となりて」八十五ウ 飛《とび》さりぬ。夢《ゆめ》さめて、不思儀《ふしき》のおもひを、なしけるに。後に、及第《きうだい》して、按撫使《あんぶし》の官と、なりて、夢のつげ、たかハざりける、となり。

是をもつて見るに、せつしやうハ、かならす、人のすゝミ行道《ゆくみち》を、へたてゝ、官《くハん》を得へき人も、えすして、俸禄《ほうろく》をも、えす、さまたけある、と見えたり。しかも、一念の仏名を、もつてたに、かくのことくの、しるしあり。仏力広大《ぶつりきくハうたい》の誓《ちかひ》、信仰《しんごう》すへきものなり(12)

○東軒条《とうかんろく》に、いはく

曹魯公《さうろこう》、つねに、放生を、このまるゝ。蜆《しゝみ》蛤《はまくり》のたぐひ、人の、はなさゝるものなれハ、われ是を」八十六オ 買《かい》はなたん、と、おもひし折りふし。夢に、甲《かぶと》を被《き》たる者《もの》数百人、来て、命をこふ。さめて、下人に問《とい》けれハ

唯今《たゝいま》、さる人の方より得たり

とて、蛤《はまくり》五六籠《かこ》、出しける。則、下人に、いひふくめて、海《うみ》に、はなちけれハ。その夜、また甲《かぶと》を被《き》たるもの数《す》百人、礼謝《れいしや》すると。夢に見えたるとなり(13)

○饒州《にようしう》の軍典《ぐんでん》、鄭鄰《ていりん》と、いふもの。死《し》して、冥途《めいど》に、いたる。いまた、寿命の、つきすして、あやまちて、来りたれハ、とて、をひかへさる。

その時、閻广《えんま》王《わう》、告《つけ》て、いはく
你《なんぢ》、人界《がい》に、かへりなハ、つとめて善《せん》を、なすへし。
若《もし》、人」八十六ウ の殺生を見は、阿弥陀仏と観世音菩薩を、念じたてまつれ。殺さるゝものも、此功力《くりき》にて、生を、かへ。你《なんぢ》も又、是によりて、福徳《ふくとく》を、えんとなり。

此をもつて、しるへし。

念仏の功徳《くどく》、誠《まこと》に、亡者《まうじや》のためにハ、苦《く》を抜《ぬき》、楽《たのしミ》を、あたふることを。常《つね》に、念仏する人ハ。現世《げんぜ》にハ、福徳《ふくとく》寿命《じゆミやう》を得《え》。来《らい》世ハ、かならす、西方《さいはう》に生るへき事、疑《うたがひ》なし。

むかし、憑氏《へうし》の女《むすめ》、両目ともに、盲《めしひ》けるが。阿ミた仏を、ねんしたてまつる事、三稔をこたらす。後に、双眼《さうがん》ひらけて、明を得し、となり。

又、陳企《ちんき》と、いふもの、むたいの殺害《がい》を、をこなひしにより、灵鬼《れいき》を見る事、毎日《まいにち》」八十七オ たえす。則、念仏して、心中に回向《ゑかう》せしかハ。其後、悪鬼《あつき》も現《げん》ぜざりし、となり。

又、房翥《はうちよ》と、いふもの、死《し》して、閻王《えんわう》に、いたりしかハ、王いはく。
你《なんち》、むかし、一人の老《としより》を、すゝめて、念仏せさせけるが。老人《らうじん》、是によつて、浄土に生したり。你《なんぢ》も、すゝめし功《こう》の、あさからされハ、往生すへきと。甦《よミかへ》りて後、かたりし、となり。

此等《これら》みな、仏名を、となへし、しるしなり

(14)

○王制《わうせい》と云者、舟《ふね》に、のりて、漢江《かんかう》と、いふ所に、いたりぬ。
俄《にハか》に、風あらく、浪《なミ》たちて、船《ふね》を、くつかへさん、とす。
時に、読誦《どくじゆ》せし金剛経《こんかうきやう》を、水中に、なげ入けれは。波《なミ》風《かせ》お」八十七ウ さまりて、難《なん》なく、わたりける。
明日、鎮江《ちんかう》と、いふ所を渡《わた》りしに。舟のともに、あやしきもの出入す。

漁《ぎよ》人を、かたらひて、とらせ見れハ。千万の螺螄《らし》、まろまりて、鞠のことく、かたまりあへり。

その中を、ひらいて見るに。きのふ、なげ入たる金剛《こんかう》経《きやう》、毛頭《もうとう》そんせずして、ありし、となり。

螺螄《らし》だも、なを仏経を守護《しゆご》する事を、しれり。人として、仏経《ぶつきやう》を誹謗《ひはう》するハ、なんそや。また、螺螄《らし》を食する事なかれ

(15)
○唐《たう》の乾元《けんげん》中に、廣州《くハうしう》の僧《そう》、虔恵《けんゑ》と、いふ人。常《つね》に、此経を、たもちける。
ある時、僧俗《そうぞく》ともに数十人」八十八オ 同船《どうせん》に、のりて行時、俄《にハか》に、風あらうして、破船《はせん》しけれハ。ミな〳〵水に、漂《おほ》れける。

その中に、虔恵《けんゑ》一人、浪《なミ》の上に、ありて。蓬《よもき》の、もえ生したる小嶋《しま》に、いたりしかは。子細《しさい》に、その中を見れハ、金剛経《こんかうきやう》一巻《くわん》有。

三日三夜をへて、陸《くか》に、あがり。即《すなハち》、此経《きやう》、身を、はなたすして、百三十歳《さい》にて、迁化《せんげ》せられし、となり。

仏経の功徳《くとく》、みな、かくのことし、うたかふへからす

(16)
○唐《たう》の張善和《ちやうせんわ》。牛を殺すを、業《わざ》とせり。
臨終《りんじう》に、牛数《す》十疋《ひき》見えて、人のこと葉を、なして、いはく。

你《なんぢ》、とがなきに、われらを殺す事ハ、なんそや。

善和《せんわ》」八十八ウ大に、をそれて、妻に、つげて、いはく。

いそき、僧《そう》を供養《くやう》し、我を救《すく》ふへし。

僧、来《きた》りて、善和に、をしへて、左の手《て》に、灯《ともしひ》を、さゝげ。右の手に、香炉《かうろ》を持《もち》て、専《せん》一に、念仏せさせけり。

一心不乱《ふらん》に、十念しける内、仏来迎《らいかう》まし〳〵て、手を、さつけたまへハ。心よくして、をハりぬ。

是を見るに、平生《へいぜい》、悪《あく》をなす人も。心を一にして、信心《しんじん》を、おこして、西方《さいはう》に帰依《きえ》しぬれは。暫《しバらく》の間に、往生《わうじやう》を遂《とぐ》る、と見えたり。

是、阿弥陀仏の大願力《ぐハんりき》に、十悪五逆《あくぎやく》の者《もの》なりとも、我を念ずる時ハ。浄土《じやうど》に、すくひ、とらん、との誓《ちか》ひ有、いはれ」八十九オ なり。

又は、その人、過去《くハこ》に、善根《ぜんごん》の種《たね》を、うへしかども。ひさしく、まよひて、悪《あく》をなすに、よつて、もとの善根かくれて、顕《あらハ》れす。忽《たちまち》、一念を、ひるかへせハ、宿世《しゆくせ》の善薫《くん》うこき出て。悟《さとる》事あり、となり

(17)
○元祐《けんゆう》年中に、荆王《けいわう》の夫人《ふじん》、このミて放生し、布施《ふせ》したまへり。
ミやつかひの婢妾《ひしやう》と、ともに、長斎《ちようさい》を、をこなひ、西方《さいはう》往生《わうしやう》の行を、修したまへり。

其中に、一人の、ミやつかひ、懈怠《けだい》し、つとめず。夫人《ふじん》、是を、しりぞけられしかバ、悔《くい》て、又、精進《しやうじん》し、勇猛《ゆうミやう》に、修行《しゆぎやう》を励《はけま》しけり。

後《のち》に、臨終《りんじう》に、をよひて、異香《いきやう》」八十九ウ くんじて、室《しつ》にみち。終《つゐ》に、西方《さいはう》に、わうじやうしたり。

或時、夫人の夢《ゆめ》に、くだんの女と共に、浄土《じやうど》の蓮池《れんち》を、見給ふに。蓮華《れんげ》ひらけて、さかふるも、あり。或ハ、かしけて、しほめるも、あり。
夫人あやしミ、問《とひ》給へハ、女、云《いはく》
世間《せけん》の人、纔《わつか》に、一念の願力《くハんりき》を、生ずれハ、此池に一朶《だ》の蓮華《れんげ》ひらくなり。もし、其願《ぐハん》、日ゝに募《つの》れハ、此花、日ゝに、さかへ。その願、日ゝに、をこたれハ、
此花、日ゝに、おとろふ
と、かたりぬ。
夫人、ゆめ、さめて後、ます〳〵、精進潔斎《しやうじんけつさい》して後、安坐《あんざ》して、心よく、をハりたまひぬ、とかや。
経に、いハく
縦令《たとひ》、婬女《いんによ》なり共」九十オ 志《こゝろざし》を、きハめて、西方に帰《き》依《え》せは。かならす、果満菩提《くハまんぼだい》を成《じやう》ずへし
と、説給ふ。
しからハ、など、をんなわらハの身、つたなけれはとて、ミつから棄《すて》て、ねがふに、たえざると、おもハんや。信《しん》

ずべし、疑《うたかふ》べからす

(18)

○漂水《へうすい》の兪集《ゆしう》と云もの、舟《ふね》にのり、准上《わいしやう》に行。蚌蛤《はまくり》を取ものあれハ、かならす、買《かい》て、はなちける。

一日、船頭《せんどう》、蛤一篭《かご》を買。大なるをハ珍らしきとて、料《れう》理《り》せんとす。

兪集《ゆしう》見て、あたへを、まして、かハん、とすれとも、釜《かま》に入て烹《にん》と、すれハ、たちまち光明かゝやき出て。一つの大蛤、口を、ひらきけれハ、中に」九十ウ 観世音《くハんせをん》の像《ざう》まします。

傍《かたハら》に、竹二本あり、面貌端厳《めんミやうたんごん》にして、衣冠瓔珞《いくハんやうらく》は、いふに、およバず。竹《たけ》の枝葉《えたは》に、いたるまて、みな真珠《しんじゆ》をもつて、つくりなしたる、うるハしき灵像《れいぞう》なり。

舟人みな、名号《ミやうごう》を、となへて、殺生の罪《つミ》を、悔《くひ》ける、となり

(19)

○崇寧《そうねい》二年、護喜県《こきけん》の民《たミ》に、職氏のもの、あり。

猪《ゐのしゝ》を殺して、神《かミ》を、まつりける家《いへ》に、猟犬《れうけん》あり。すてをきし猪《ゐのしゝ》の首《かしら》を、くハへ、ひたと嚙《かミ》けるが。四日まてに、かミおほせず。

職氏《しよくし》、子におほせて、砕《くだか》せ見れハ。ひだりの歯《ハ》の嚙合《かミあハせ》に、如来《によらい》の肉像《にくぞう》、儼然《げんせん》とし」九十一オ て、まします。

髻《もとゝり》の間に、珠《たま》あり、粟粒《あハつぶ》のごとし。紺色《こんじき》の御眼《まなこ》にて、瞳《ひとミ》すゝましくして、生《いけ》るかごとし。

種々《しゆ〴〵》、荘厳《しやうごん》ましませは、見る者《もの》、万人に、すぎて、いつれも随喜《ずいき》のおもひを、なしける、となり。

親卿令《しんきやうれい》と、いふもの、まのあたりに是を見て、石碑《せきひ》に記《しる》し、世に、つたへける、となり

(20)

○むかし、大なる猪《ゐのしゝ》あり。終《つゐ》に、生物《いきもの》を、くらハす、唯《たゞ》、常《つね》に、薄荷草《はつかさう》を、くらへり。

おもふに、是、群業《ぐんごう》に、したかひて、畜生《ちくしやう》の身を、うくる、と、いへとも。宿世《しゆく》の善根、遺《のこ》るにや。走獣《さうしう》の類《るひ》として、かくのごとく」九十一ウ きどくあり。

又、もろ〳〵の畜類《ちくるい》まて、皆、仏性《ぶつしやう》あり、と説給《とき》ふハ、是なるへし。しかも、其中に、仏菩薩《ほさつ》の身を変《へん》じて、同類《どうるい》と、なりて、同類を、すくひ給ふも有へし。皆、是、慈悲《じひ》のこゝろさし、広大《くハうたい》の願力《ぐハんりき》によれハなり。釈尊《しやくそん》のむかし、金色鹿王《こんじきろくわう》と成《なり》給ひ。群鹿《くんろく》を化度《けど》し給ふこと、あり。その所を、鹿野苑《ろくやをん》と名つけたり。皆《ミな》、相応《さうおう》の身を、あらハして。ものを救《すく》ふの大悲《ひ》なれハ、さも、あらんかし

(21)

○崑山《こんざん》の清花寺《しやうけじ》に、をひて。一つの雊鵒《ぬえ》を、畜《やしな》へり。はなハた馴《なれ》て、僧《そう》に、したかひ、阿弥陀仏を念し」九十二オ　ける。

一日、頭《かうべ》を、うなたれて死《し》しけれハ。僧衆《そうしゆ》、後《うしろ》の山に葬《はうむり》けるに。いく程なきうちに、其前に、青蓮華《しやうれんげ》一朶生《えた》じたり。

異香薫《いきやうくん》じて、遠《とを》く聞《きこえ》ぬ。塚《つか》を、ひらきて見れハ、その蓮華《れんげ》、雊鵒《くよく》の舌《した》より、はえたり。一群《ぐん》の人〳〵、貴賤群《きせんくん》集《じゆ》して、見物せし、となり。

時の守護《しゆご》、是を聞て、其寺にて斎《さい》を設《まふけ》。彼《かれ》が往生《わうじやう》の力を、たすけて、偈《げ》を書《しよ》して、いはく

天産《てんさん》二飛禽《ひきんを》一八八児《じ》解《げす》下随《したかいて》二僧語《そうこに》一念《ねんずることを》中弥陀《だを》上、飛《ひ》禽《きんすら》尚証《なをしやうす》、無生忍和《むしやうにんわ》輩為《なミして》レ人《ひと、》豈《あに》《や》レ不レ如《しかさらん》

まことに、弥陀を念ずるに、よつて、鳥たにも」九十二ウ　無生法忍《むしやうほうにん》を、さとるなれハ。いはんや、人として、いかて、浄界九品《じやうかいほん》の台《うてな》に、いたらさらんや

(22)

○宋《そう》の文帝《ふんてい》、味《あちハひ》を、このミて。御膳《ぜん》に、鶏卵《けいらん》を、にさせらるゝ。

鼎《かなへ》の中にて、かすかに声《こゑ》あり。心を、とゝめて、きくに、観世音菩薩《くハんせをんぼさつ》の名号《ミやうごう》を、唱《とな》ふるなり。

膳部《せんぶ》を司《つかさ》とる監宰《かんさい》の官《くハん》人、此よしを奏聞《そうもん》しけれハ。文《ふん》帝《てい》、人を、つかハして、きかせらるゝに。うたかひもなく、あきらかに、声《こゑ》を揃《そろへ》て、菩薩の名《ミな》を、となふるな

り。

つかひ、かさねて、そのよしを奏《そう》しけれハ。文帝《ふんてい》宣《のたまハ》く吾《われ》、仏道に、かくのことくの神力、あることを、しらす」九十三オ いたつらに、をくりし事こそ、つたなけれ。

今より、鶏《にハとり》の卵《たまご》を、このむ事なかれとて、たえて食《しよく》したまハす。

是をもつて見るに、鶏卵《けいらん》の中にも、仏菩薩《ふつほさつ》ましますなり。

おもふに、文帝の、卵《たまこ》を、このめるに、よつて。卉《ほさつ》、たま子の身を現《げん》じて、菩提《ぼだい》に引《ひき》いれ給ふにや。

今の人、卵ハ、いまた性《しやう》を、そなへされハ、水《みつ》のごとくにして。食すとも、殺生に、あらす、と、いへり。

をろかなるかな、是を見て、罪《つみ》を、よく、あきらむへし

按するに、衆生《しゆしやう》、皆《みな》、仏生あり、と、仏、説《とき》給ふハ。

唯《たゝ》、人はかりにハあらす。蛤蜊《がうり》《はまくり》、螺螄《らし》《にし》、雊鵒《くよく》《ぬえ》のたぐひ」九十三ウ 猪《ちよ》歯《し》《ゐのし・のは》、鶏《けい》卵《らん》《にハとりたまこ》の中までも、仏卉《ふつほさつ》の、身を捨《すて》給ハざるはなし。いつれか、仏性なくて、あるへきや。

儒家《じゆけ》に、いはゆる、万物皆《はんもつミな》一太極《たいきよく》を具《そなふ》とハ、是なり。

夫《それ》、太極《きよく》は、天地人物の本にして、性情《せいぐ》の源《ミなもと》なり。

太極わかれて、陰陽《いんやう》を生じ、陰陽散《いんやうさん》じて、万物を生す。

いやしくも、上ハ天子より、下ハ庶人《じよじん》(ママ)に至《いたる》まて、太極をもつて、性と、せさるハなし。乃至《ないし》、飛禽走獣《ひきんさうしう》にをひても、天理《り》みな、一体《たい》なり。

太極を、いかて烹《に》て食《くら》ふへき。仏性《ふつしやう》なんそ、朝夕《あさゆふ》の膳《ぜん》部《ぶ》に、そなへんや。

そのうへ、仏力《ぶつりき》の、たうときかな、一度《たび》、誦経《じゆきやう》し。」九十四オ 一度念仏《たひねんふつ》すれハ、五逆《ぎやく》十悪《あく》の輩《ともから》に至るまて。みな、禍《わさハひ》を変《へん》して、福《ふく》となし、迷《まよ》ひを化《け》して、悟《さとり》に入。

是、諸仏無上の神力に、あらすんハ、いかて、かくのことくの真《まめやか》なる事あらん。

いにしへより、仏を唱《となへ》、奇特《きどく》を得《え》し事おほし、と、いへとも、いまた下愚《かぐ》の男女等《なんによとう》、五帝《てい》三皇《くハう》、周公孔《しうこうこう》子等《しとう》の名を、となへて、苦《く》を脱《だつ》し、楽《らく》を得《うる》事を、きか

す。下賤愚痴《げせんぐち》の男女等、一念浄心《ねんじやうしん》なれハ、もろ〳〵の苦界《くかい》を、まぬかるゝ事。是、誠哉《まことなるかな》、仏力《ぶつりき》の、諸聖《しよせい》に、こえたまふことを。

いにしへに、いハく。

一念殺業《せつごう》を、やむれハ、其人」九十四ウ すなはち、一念の菩薩《ぼさつ》なり。一念、生《いける》を好《この》めは、その名、天界《がい》に通《つう》じて、神明《しんめい》の加護《かご》を蒙《かうふる》なり。

又、いはく

自心《じしん》の浄土《じやうど》ハ、諸聖加護《しよせいかご》す。自性の弥陀《みだ》ハ、魔《ま》も、いかんとも、しかたし。

是、皆《みな》、一念《ねん》の善根《ぜんこん》、すなはち、一念の仏境界《ふつきやうがい》なることを示《しめ》すなり。自性の本仏ハ、貴賤《きせん》を、へたてす。希《こひねかハく》ハ、諸《もろ〳〵》の老若男女等《らうにやくなんによとう》、是を見て、ミつから善《ぜん》心を励《はげま》すへきことなり

好生録下末終 」九十五オ

延宝己未年納春吉日
江城下
本屋七郎兵衛開板」九十五ウ

古《ヘニ》曰《ク》。
合《セテ》二天地人《ヲ》一。性命《ヲ》為《ス》レ重《シト》。故《ニ》竺土《ノ》金仙。以二饒益有情《ヲ》一。
為二三聚浄戒《ノ》一《ト》一。以二快意殺生《ヲ》一。置《ク》二十重禁《ノ》首《ニ》一。
中華《ノ》聖人。以二仁徳《ヲ》一為二道源《ト》一。以二利民《ヲ》一為二功本《ト》一。是《レ》皆所二
以《ナリ》性命《ヲ》為《スル》一レ重《シト》也。
夫《レ》好生録者《ハ》。明王《ノ》廣宣《ノ》之所編《ニシテ》。而南岳悦山和尚所《ロノ》二携来《ヘル》一之
者《ノ也》也。
余、昔日参謁《ノ》之次《テ》。和尚出《シテ》二一帙《ヲ》一云。
汝、既《ニ》学《フ》二頤神《ノ》術《ヲ》一。好《ムノ》レ生《ヲ》之志可《シ》レ不《ンヤ》レ同《ル(ママ)》乎。
爾来《タ》計《ル》三広《ク》施《シテ》レ衆《ニ》。以《テ》」九十六オ 救《ハンコトヲ》二 生物《ヲ》一。
頃《コノコロ》釈《ノ》洞水叟。訳《シテ》二和字《ニ》一。而便《リス》二婦人孺子《ノ》遍覧《ニ》一矣。
余、竊《カニ》謂《ヘラク》。世有《ニ》二非端《ノ》怪症一。洞垣九折《ノ》士《モ》。多《ク》艱《スル》レ治《ニ》レ之《ヲ》者《ノ》。
是《ヲ》名《ク》二造蘗報病《ト》一。且《ツ》閲《スル》二斯書《ヲ》一者《ノ》。禁《シテ》レ殺《ヲ》治《シ》二悪因《ヲ》一。放《テ》レ生《ヲ》種《ヘハ》二
善果《ヲ》一報病忽《チ》痊《ヘ》。福寿増延《ナルトキハ》。則、編《シ》レ之携《ヘ》レ之訳《ス》レ之《ヲ》。厥《ノ》功、
豈《ニヤ》レ不二莫大《ナラ》一哉。

延宝戊午抄月望後。　慈雲元岫謹跋

（二行空白）」九十六ウ

解題

見聞軍抄

本書には、無刊記本と、寛文七年求板との二種がある。しかし、無刊記本には、後の加丁本がある為、一種二板となる。寛文七年求版には、改題『見聞軍書』があるので、同じく、これも一種二板となる。すなわち二種四板である。

一、寛永頃無刊記本

大本　八冊、改装。

寸法　たて二十七センチ　よこ十八・六センチ。

匡郭　なし。

題簽　なし。

目録題

見聞軍抄《けんもんぐんしう》。目録之一《もくろくの》

の如き体裁。但し、巻四では、振仮名はない。

内題

見聞軍抄《けんもんぐんしう》。巻之一《まきの》

の如く、但し、巻二は「之」がない。

尾題　不揃いで、まち〳〵である。

見聞軍抄巻一（二、三、五）之終

四終

見聞軍抄六之終

見聞軍抄之巻七ノ終

見聞軍抄八終

柱題　上部に

見聞一

の如くあるが，巻二では

見聞軍抄ノ二

とあって、統一を破っている。

丁数　柱の下部に、丁付がある。序、目録、本文通し丁。

巻一　五十五丁（丁付「一」至「五十五」、うち序一丁、目録一丁）。

巻二　四十七丁（丁付「一」至「四十七」、うち目録一丁）。
巻三　四十八丁（丁付「一」至「四十八」、うち目録一丁）。
巻四　五十七丁（丁付「一」至「五十七」、うち目録一丁）。
巻五　五十四丁（丁付「一」至「五十四」、うち目録一丁）。
巻六　六十八丁（丁付「一」至「六十八」、うち「目録一丁」）。
巻七　五十九丁（丁付「一」至「五十九」、うち目録一丁）。
巻八　五十八丁（丁付「一」至「五十七」、うち、目録一丁）。

条目　本文小題の頭に、〇を置く。
巻一　五章
巻二　六章
巻三　六章
巻四　六章
巻五　六章
巻七　七章
巻八　五章

挿絵　なし。
刊記　なし。
本文　漢字交り平仮名、漢字には、多く振がなを振り、濁点も、よく打ってあり、句点。を使用す。
一面十行、文字は大きく、一行十七、八字平均。和歌は追込みと、独立との二種がある。
書体は、『巡礼物語』と同一、即ち板下同じ。
所在　内閣文庫（改装、徳川家達献納）。

二、無刊記加丁本

一と異なる点のみを、次に列記する。
大本　八冊、紺表紙（雷紋に花の艶出し文様）。
寸法　たて二十八センチ　よこ二十センチ。
匡郭　なし。字高二十一・五センチ。
題簽題　表紙左上に、無枠の外題簽に
見聞軍抄　巻一
の如き書名。巻八は

見聞軍抄　巻八終

とある。書体は、前半四冊各〻異にして、後半は、その繰り返しである。

丁数　巻一至巻七は前記に同じ。

巻八　五十八丁（丁付「一」至「五十七」、うち、目録一丁。五十丁と五十一丁との間に「五十次」と丁付せる一丁あり）。

所在　故有馬成甫（原装、八冊）。

なお、次の二本を見ているが、巻八を欠くため、一と二との二本のうち、いずれに属するか不明である。

東京大学図書館（巻八欠、原装、青州文庫旧蔵）、米沢市立図書館（巻八欠、原装、米沢上杉江戸藩邸旧蔵）。

三、寛文七年二月風月求板

本書は、前記二の求板で、体裁は同じであるので、次に略記する。

大本　八冊、紺表紙。

題簽　寛永板と同じ。

刊記　巻八終丁裏、本文の奥に

寛文七丁未載仲春吉旦

洛下書林風月刊梓

とある。

所在　京都大学図書館（原装、大惣本）、名古屋大学図書館岡谷文庫（神谷三園旧蔵識語あり）。

識語（表紙に貼紙）は

見聞軍抄遍ク探索シテ京師ヨリコレヲ得タリ類本

少シ珍蔵スベキモノナリ　　三園識

名古屋の国学者神谷三園は、三浦浄心の著作に注意していたらしく、三園書写には『順礼物語』（竜谷大学国史研究室、嘉永四年三月写）、『慶長見聞集』（刈谷図書館、嘉永四年十月写）が、なお、ある。

四、改題本

筑波大学図書館蔵本（西荘文庫旧蔵）以外に、所見なし。

大本　八冊、紺表紙。

刊記　寛文七年板と同じであるが、実際の刊行は寛文七、
　八年の間ではあるまいか。

題簽題　重郭題簽に

　見聞軍書

　とのみあって、巻数はなく、書名の書体は二種で、
　巻一、三、五、七と他巻と、異にしている。

内題　改変なく、前記本と同じ。

備考

一、本書について、書林の目録から、以下の如きを検出した。

八冊　見聞軍書　（寛文無刊記目録「軍書」の項）
八冊　見聞軍書　同（三浦浄心）（寛文十年目録「軍書」）
　見聞軍書　同（〃）八（寛文十一年目録「〃」）
八　見聞軍抄　三浦浄心（延宝三年三月江戸刊目録「け仮名」）
八　見聞軍書　（延宝三年四月毛利刊目録「軍書」）
八　見聞軍抄　三浦浄心　拾八匁（元和元年三月江戸山田喜兵衛刊目録「け仮名」）
八　見聞軍書　（元禄五年目録「軍書」）
　元禄十二年の目録も同じ
八風月　見聞軍《けんもんくん》抄　三浦浄心　十三匁（元禄九年目録「けかな」）
　宝永六年、正徳五年両目録同じ

右によると、書名が、いろは分けの目録では「見聞軍抄」、分類の目録では「見聞軍書」であることが明瞭である。前者は江戸出版の目録からはじまり、後者は上方出版の目録であることから、初板は江戸板であろう。板木が上方に移って、風月刊行となり、それを、さらに外題替したのが、分類の*寛文無刊記の目録に見える、と解釈できよう。

*寛文無刊記の目録には、寛文八年五月刊『桔槔集』が

見えないので、目録は、寛文七年二月から八年四月の間の刊行ではあるまいか。

二、本書には刊記がないが、同じ作者の『北条五代記』には、次の刊記がある。

寛永拾八辛巳暦 二月上旬 開板

板下文字は、文字は小さいが『見聞軍抄』『順礼物語』と、書体は同じである。従って、無刊年なれども二書は、寛永十八年頃刊行と考えられる。

なお、『北条五代記』は、万治二年正月風月庄右衛門の絵入改板本（十巻）がある。則ち風月は『見聞軍抄』を求板すると共に、同じ作者の『北条五代記』を、絵入改板したことが知られる。

三、林讀耕斎の日記『欽哉亭日録』（東京国立博物館蔵）の寛永十九年正月十四日の条に、本書にふれている部分がある。

厳君赴後藤庄三広世宅、持見聞軍抄而来

見聞軍抄者相州北条浪人三浦屋淨心作、年巳七十余亦見之、近代之軍戦、頗雖記之而編次雑乱、事実重複、無用之事尤多而有之事少、不足観之書也

讀耕斎は、史実の有無から判断した評を下しているが、此の記事により、本書の刊行は寛永十八年とする可能性がある。

四、本書序文を要約すると、次の四条になろう。

1、序文は自序ではなく、旧友の序文という体裁をとっており、友人の編集となっている。

2、老粋の翁の「見聞し事を、書集たる双紙」が三十二冊あって、書名は「見聞抄」と銘打っている。しかし「人にも見せず、草案のまゝ」になって存在している。

3、読むと、内容は「当君、武州へ御打入このかた」の「江戸繁昌」を専ら書いた双紙で、いにしへからの合戦を「今、慶長十九年迄の」戦争を記したものである。

4、三十二冊の内数巻より抜き出し、拾出して八冊一部に編集し、書名を『見聞軍抄』とした。従って、前後

不同であるが、「言葉を」改変せず、そのまゝ写しとったもので、私意は加えてない。

五、『順礼物語』の序文では、本書序文より、編集経緯についていては、さらに詳細に説明してある。長文にて恐縮ではあるが、理解のため次に引用する。

或日のつれ〳〵。老人五六人集り。世上の事共語る所に。玄斎と云者いひけるハ。わが友。三五庵。木算《ぼくさん》入道が。見聞《みき》し事を。ほごのうらに。書をきたる草紙。五十二冊あり。是を二つに分て。卅二冊を一部とし。見聞集《けんもんしう》と号す。廿冊を一部とし。是をば。そゞろ物語と名付たり。されど共、人に見せず。其子細を問ば。われ見聞し善悪を。ありのまゝ、しるす。其内に。やんごとなき人の、うハさあり。其外、笑ひぐさ。身のうへ迄も記し。たゞをのが。気味を、なぐさむ、と、いふ。此者、碁数奇《ごずき》にて。板に、目をもり付。足もなき、ばんと。石を持たり。碁に打かゝりてハ。他念を忘れ。食をも忘れ。日の暮。夜の明るをも知らず。彼者《かのもの》、友達二人有て、たばかり。一人碁打間に。一人ハ、此文《ふミ》を見るに。小田原北条家。五代の弓箭《ゆミや》の沙汰あり。是を、ひろひ出し。拾冊に、あつめ。題を。北条五代記と付る。扨又、いにしへ。今の御時代《ごじだい》迄の。合戦を記す。是を抜出し、八冊に写し。是を。見聞軍抄《けんもんぐんしう》と号す。是をも。木算いまだ知らず。彼入道。われと、たがひせん也。はかりごとを、めぐらし。をの〳〵に、此文を見すべし。皆〻、硯紙を懐中し。わが、このミ〳〵の事を写し取て。後わらハん。われハ、先に行《ゆき》碁を打べし。各〻ハ、跡より来るべし、と。木算が宿へ行。碁を打所に。皆〻つれ立。翁が草庵へ入て見るに。柴がき。竹のある戸。物侘《わび》しき住居。筆《ひつ》

硯《けん》のあたりに。件《くだん》の草紙を、つかねをき。玄斎と、かたらひ有て。碁を打。

各〻云。玄斎ハ是に有て。碁を打給へるか。見物せん、と集る。

玄斎云。棊見物叶ふべからず。皆〻ハ、それなる。双帋のあたりにて遊び給ふ。碁は、やがて、をゆる也、と、いふ。

皆〻退き。彼双紙を披見するに。江戸繁昌の事を。専《もつぱら》記《しる》す。其外色〻様〻の事共あり。

一人、云けるハ。此文に。諸国一見の沙汰多し。われ若き比。日本国《ごく》を順礼し。思ひ出ればとて。順礼のさた計を、ひろひ出し。三冊に集め。題号を。巡礼物語と付たり。

又、一人云《く》。此内に。酒を、あひする人多し。われ上戸成とて。酒の沙汰を、えらび出し。一冊にあつめ。猩〻舞と名付。

又、一人云。此内に。鳥けだ物の哀れ多し。われハ、是が、このミ也、と、ひろひ出し。一冊に集め。鳥獣憐《れん》集と名付。

又、一人云。われ、そゝろ物を見るに。遊女を、あひする人多し。愚老、若き比は、色ごのミの、おとこと。人に、指を、さゝれしかども。老て、其道絶果《たえはて》たり。され共。今、此文を見て。いにしへを思ひ出ればとて。遊君のうハさを、ひろひ出し。一冊に、あつめ。則。そゞろ物語と名付たり。

玄斎の碁は。いまだ、をへざるや。日も暮ぬれば、皆〻帰る。火をともし。碁打果し給へ、と、いひすて退散す。

右の順礼物語、是也。

右の序文から、まず次のことが指摘できる。

原稿は五十二冊あって、うち三十二冊は『見聞集』、残る二十冊は『そぞろ物語』の書名がふされていた。前者からの抄出五種、後者からの抄出は一種、都合六種の編集書をこしらえた。

次に、その編集の方法は、著者の碁ずきに事よせて、老人玄斎が、碁にさそい、その間に、別室で右原稿から抄出したのであった。

しかし、この方法で、果して抄出が可能か否か、甚だ疑わしい。玄斎は、仮の設定かも知れない。

抄出した成書は、次の六部である。

１、北条五代記　十冊
２、見聞軍抄　八冊
３、順礼物語　三冊
４、猩々舞　一冊
５、鳥獣憐集　一冊
６、そゞろ物語　一冊

なお『北条五代記』の序文は、本書より簡単であり、『順礼物語』序文が、夫ゝの編集の総論となり得る。従って、編集は３２１の順とも見られる。

現在、確認できるのは、１２３６の四部で、残る４、５の二部は、*不明である。

以上とは別に、写本『慶長見聞集』なる十巻の書があり、史家の対称となっているが、これとの関連は、のちにふれたい。

＊近藤心斎が、三浦家より借用した中に

見聞集
茶呑語
鳥獣憐記
見聞軍抄
北条記
猩ゝ舞

があった。と『鈴木白藤記』（『夢蕉』カ）文化十三年十月廿三日の条にある（『温知叢書』八篇所収『そゝろ物語』解題）。

又、東京国立博物館蔵『名所和歌物語』（無刊記本、『順礼物語』の改題絵入本）中の挿入紙片に、次の記事がある。

三浦和泉守著撰書九種

北条五代記　寛永板　十巻
同　係删略　万治板絵入　十巻
見聞軍抄　寛文板　八巻
順礼物語　印本　三巻
始ハ絵なし、後に絵を加ふ、又、名所和歌物語
と改、奸商の所為なり
茶呑話　写本　弐巻
鳥獣鱗《ママ》集　写本　弐巻
猩〻舞　写本　壱巻
甲陽軍艦評　写本　壱巻
武徳全書　写本　壱巻
見聞集　一名、江戸物語　写本　拾巻

茶呑話の序、及、順礼物語に五拾弐巻とあれとも、今現存する所如此都合五拾七《ママ》冊之内、五代記拾巻をのそけハ四十七巻あり

なお、『茶呑話』は『柳亭記』三に見えるが、三浦浄心の作に該当するか否か、疑問がない訳ではない。

六、本書の成立時についてハ、序文中に、記されている。則ち

今、慶長十九歳迄の、いくさを記す。

なお、本文中より、同様の記事を拾うと
巻二終丁裏に

神武天皇より慶長十九甲寅当年に、いたり

とあるので、慶長十九年の成立であろう。

本書巻八、三十五丁表の序（ママ）の年時は慶長十九年十二月二十五日である。又、此文中に「いそぢ」とある故、作者の年齢は、慶長十九年は五十歳前、四十一歳より上と解釈できる。

七、初板本は、有馬氏蔵書を見ただけであるが、文字に欠画が散見するので、真の初板ではないらしい。又、巻四の終り辺は、改板ではあるまいかと思われる（尾題なきは、その為か）が、板下書きには複数の存在が考えられるようである。

後の入木と思われる箇所も、見出せる。若干を掲示する。

巻一

……ハ針を立る地を。……（三十二ウ、三行メ）

盛綱、報じ申て云《く》すけつね……（三十二ウ、七行メ）

巻六

……われ《を》太平（四オ、六行メ）

この類は、販売以前に気づき、修正したものと思われる。

八、七条で掲示した三十五丁の裏以下は、刊行前の加筆であろう。第二次板で、さらに五十丁の次に、あらたに一丁を、さらに加筆したと考えられる。か丶る増丁のうちに、刊記が、入らなくなったのではあるまいか。

九、各章の冒頭が

見しは昔
見しは今
聞しは昔
聞しは今

のうち、何れかで、はじまっている。これが、書名の「見聞」の由るところであろう。

十、本書と『吾妻鑑』『北条五代記』『慶長見聞集』との関係については、改めて取りあげたい。

十一、原『見聞集』中より、各書を編集する際、必ずしも、目的に適う章を撰出している訳ではない。本書中にも、『巡礼物語』中に収めても差支えない章が入っている。かかる例は、浄心編著中全般に、互いにその出入があろうと推測される。これも、改めて考えたい。

好生録

大本　四巻四冊、紺表紙（雷紋つなぎ花文様空押）。たて二十八・一センチ　よこ十九センチ。

題簽　表紙左上、子持枠（角書の部分は飾り枠）。

題簽題　書体は、巻一、巻二と巻三、四との二種。

　譯和好生録　一

の体裁。

序題　好生録叙

匡郭　四周単辺。たて二十三センチ　よこ十六・五センチ。

内題

　巻一　譯和好生録《やくわかうしやうろく》

　巻二　譯和好生録　上末

　巻三　譯和好生録　下本

　巻四　譯和好生録　下末

　書体は、各巻、異にして書き分けてある。

尾題

　巻一　ナシ

　巻二　好生録上末終

　巻三　好生録下本之終

　巻四　好生録下末終

柱題　柱心に飾りなく、上部に書名、又は巻数、下部に丁付（通し丁）。ただし不統一。

　巻一　巻之一

　巻二　好生二

　　好生（丁付「三十一」「三十二」「五十四」、三丁のみ）

　巻三　好生

　　好生二（丁付「五十六」至「六十一」の十丁）

　　好生三（丁付「六十五」「七十五」「七十六」の三丁のみ）

　巻四　好生

好生四（漢文跋文のみ）

丁数　全九十五丁。

巻一　二十九丁（うち漢文序二丁、和序一丁、本文は二十六丁。丁付「四」至「二十九」）。

巻二　二十五丁（丁付「三十」至「五十四」）。

巻三　二十二丁（丁付「五十五」至「七十六」）。

巻四　二十丁（本文丁付「七十七」至「九十五」、跋文一丁、丁付なし）。

本文　漢字交り平仮名。一面十行（漢文序のみ九行）、一行二十四字前後（漢文序は一行十七字、和文序は二十字前後、漢文跋は十二字）、句点。を使用す。改行は説話を新に起す場合など、その文頭に○を置く。濁点、振りがなを施す。

目次　なし。本文中の小題は、次の如くである。

序（二種）
巻一　儒釈典故
巻二　戒殺放生之類
　教レ人不レ殺類
巻三　殺生之類
　教レ人殺類
　殺生改レ過類
巻四　救レ生証レ果類
　仏力広大類
跋

章段　文頭に置いた○の数では、次の如くであるが、複数の説話を含む章もあるので、それをカッコ内に入れる。

巻一　儒釈典故　三十七
巻二　戒殺放生之類　十六（十三）
　教レ人不レ殺類　八（十一）合二十四（十四）
巻三　殺生之類　十二
　教レ人殺類　四（十一）
　殺生改レ過類　七（十三）合二十三（十四）
巻四　救レ生証レ果類　七（十一）
　仏力広大類　十五（十四）合二十二（十五）

なお類毎の末に「按」がある。七類故、按は七となるが巻一にも存するので全八である（備考五参照）。

刊記

巻四、本文終丁裏（跋文の前丁）。

中央より左、匡郭の線一杯に、三行に記す。

延宝己未年納春吉日
江城下
本屋七郎兵衛開板

延宝己未年は、延宝七年であるから、その年の三月の刊行であり、本書は江戸板である。本屋七郎兵衛の出版は、本書以外、知るところなし。

所在　国立国会図書館（原装、合二冊）。京都大学図書館（改装、四冊、大惣本）、架蔵（改装、合二冊）。東北大学狩野文庫本は未見。

備考

一、延宝七年（綱吉は、まだ館林城主であった）刊行の本書名が、書林の目録に見えるのは、唯一回、天和三年正月板の目録（延宝三年五月刊江戸板目録の増補）に

四　好生録

とあるのみにて、以降、目録搭載はない。

二、板下文字では、「な」の字に著しい特長があり、この種の同じ板下板本には、管見では記憶がない。また、平がな「ハ」の字の使用は既刊所収本文と、や、相違が認められる。

三、板面を見るに、見得た板本は、欠画、匡郭の切れなどが見られる故、重板はあったものと推定されるもの、、絵入本にする程までに読まれなかった、と解釈される。

四、柱刻の不統一は、複数の彫刻師採用に原因があろうかと考えられる。巻三の柱刻に「好生二」が交じるのは、巻二の「好生二」を担当した彫刻師の不注意であろう。彫刻師に複数担当としたのは、急がねばならぬ理由が存在したとも考えられる。巻一の柱刻が「巻一」となっているのは、板下原稿が、巻一のみ完成した段階で、後巻を待たずに、彫刻を開始し、巻二以下の彫刻に複数人を当てたと想像されるが、板下原稿の進捗速度によるのか、

他の条件が重なったのかは明らかでないが、不自然な段取で進められたと思わざるをえない。柱題だけのが巻二以下に混在するのは、巻毎の丁数割りが不決定のまゝ進められたか、などと、種ゝに推測が促される。

五、巻一には説話がなく、巻二以降に、例話が収められている。

また各巻、小題に従って、その終わりに、按を持って結んでいる。則ち

巻一　一
巻二　二
巻三　三（最後の按三に続く文は、訳者の見解であろう。）
巻四　二　　合八

六、訳者は釈洞水と、序文中に、明記されている。

七、序文に続く、訳者の文中に

此好生録は、唐の覚夢居士王廣宣といふ人の述作なり（中略）遍く、群籍をさくりて。生をやしなひ。殺をいましむる要文をとり。ひろひ、あつめて一巻となし。我が日本《ひのもと》に、をこなはる。然といへとも、真名ハ童蒙のために、をきなひなきがゆへに。（中略）故に、今一〳〵仮名に、うつして開板せしめ。難きを省きて、易にかへ。其大概をしるして。少男少女の読に、利あらんことを、はかる。（以下略）

と、説いている所によって、出版目的、並びに出版までの経緯が知られる。

八、明の王廣宣著編『好生録』は、内閣文庫に蔵本（楓山文庫旧蔵）がある（請求番号　子一九六―一八）。体裁は、次の通りである。

二巻二冊　たて二十五・四センチ　よこ十四・一センチ

明の万暦三十二年八月序跋刊

上巻　九十一丁（うち九丁は序文二）
たゞし本文十四丁、三十四丁の二丁欠

下巻　七十丁（うち二丁が跋）

有罫八行、四周単辺（たて二十・九センチ、よこ十二・一センチ）

上巻本文の前に「文部」、下巻同じ位置に「事部」とある。下巻に説話が集められている。文部、事部の二部だてが、訳書に、引き継がれたものと考えられる。上巻、七十四丁に珠宏の「放生文」「戒殺文」が収められており、下巻の説話には、文後に、依據文献名が記されている。

後小路薫氏は『大惣本稀書集成』十五巻（平成八年三月、臨川書店刊）の解説中に、両書全体の比較は、稿を改めて発表する予定と、考えられるので、それを待つこと、したい。

九、『戒殺放生物語』と目的を同じくするので、索引を考えたが、同一説話少なきため、今回は廃して、同内容については、『好生録』索引中の人名の上に〇を附し、両書の比較については、後日に考察することとした。

補正

一、本集成第一巻所収『秋寝覚』（寛文九年九月序）の序文筆者片山松庵は、元政の『温泉游草』に、序文を草している。年月は寛文八年冬至の頃である。

二、第二十五巻収録『けんさい物語』の下巻は、室町物語の『有善女物語』を、とりこんでいることを、解題に書き洩らした。

『好生録』索引（人名、動物名、書名）

人　名（人名なきは職などを出した）

動物名

書名

見聞軍抄　有馬氏藏

巻一～巻八　表紙

見聞軍抄　内閣文庫藏

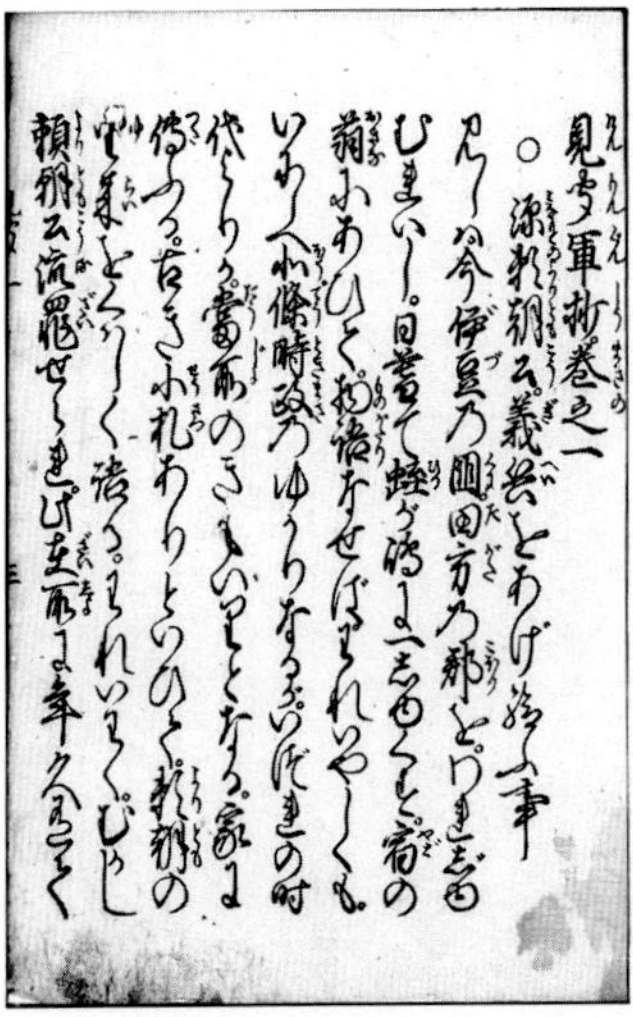

見聞軍抄巻之一

巻一巻頭

見聞軍抄　名古屋大學附属圖書館藏（岡谷文庫）

巻一～巻八　表紙

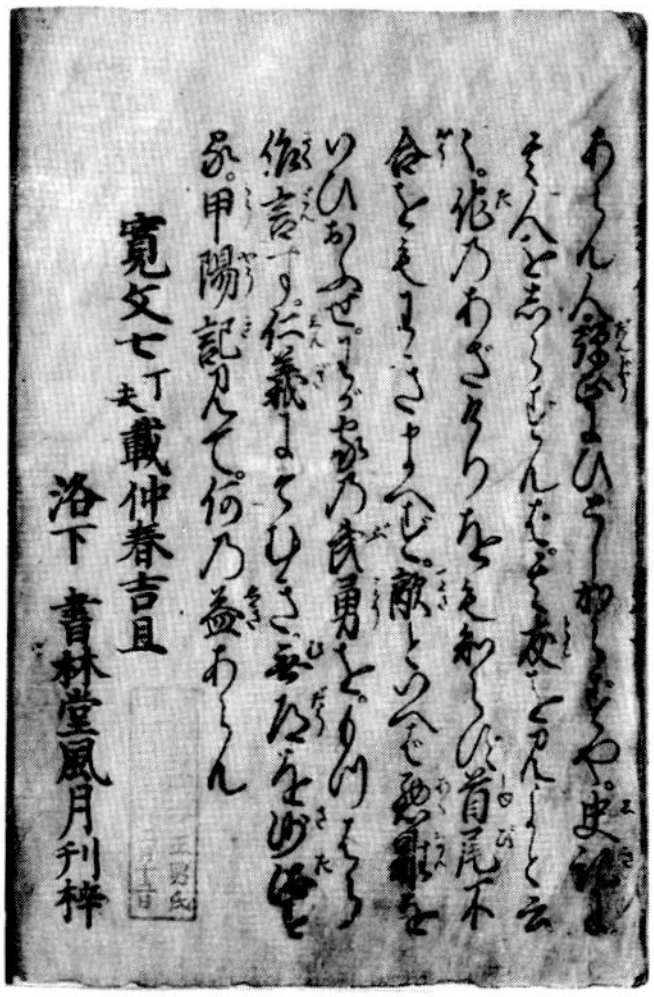

刊　記

譯和好生錄　國立國會圖書館藏

卷一～卷四　表紙

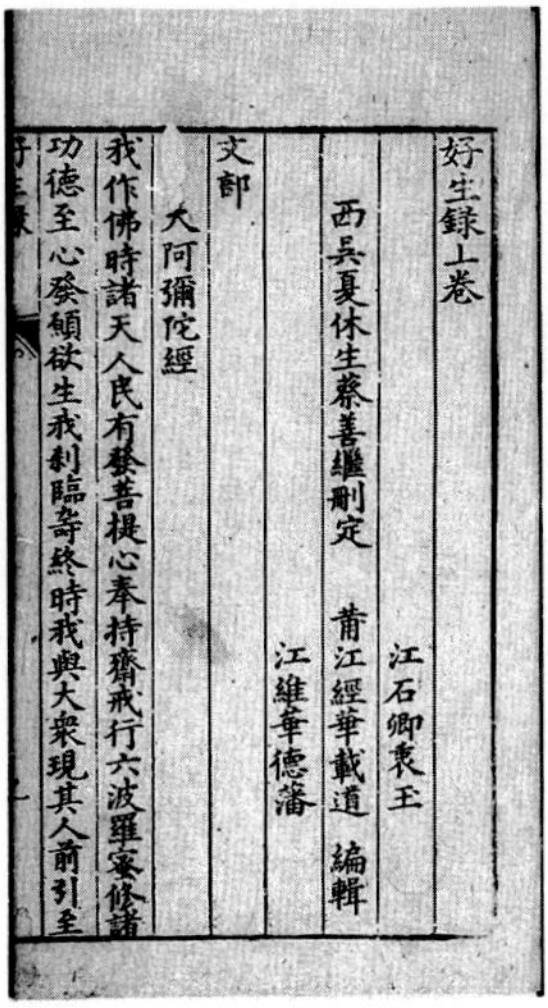
好生錄上卷

江石卿袁王

西呉夏休生蔡善繼刪定　莆江經華載道　編輯

江維華德藩

文部

大阿彌陀經

我作佛時諸天人民有發菩提心奉持齋戒行六波羅蜜修諸

功德至心發願欲生我刹臨壽終時我與大衆現其人前引至

好生錄　内閣文庫藏

上卷卷頭

譯和好生錄

本文卷頭

譯和好生錄釋典八款
○自勿為く　天地は大海とまく。此心、天地は萬物
父母あきに。血氣あるひとよりむしばまて生
とし生るものとして、憶くもありなや天道この海丈れ
て美食をとものて。事々本まても心を僞
ことく。是も俺ても、もきとかむくともとのも
生としをして靜す。ゆるぐなくぐもかなく
ることは。愛すへ入こよりて物とさなろん。たのく
天地のころうるゞくおそもでたろう。このス
るつ。愛すへ入こよりて物となろん。たのく
天地生すとうる丙人物と穀もく天地と穀り

刊記

延寶己未年納晉吉日
江城下
本屋七郎兵衞開板

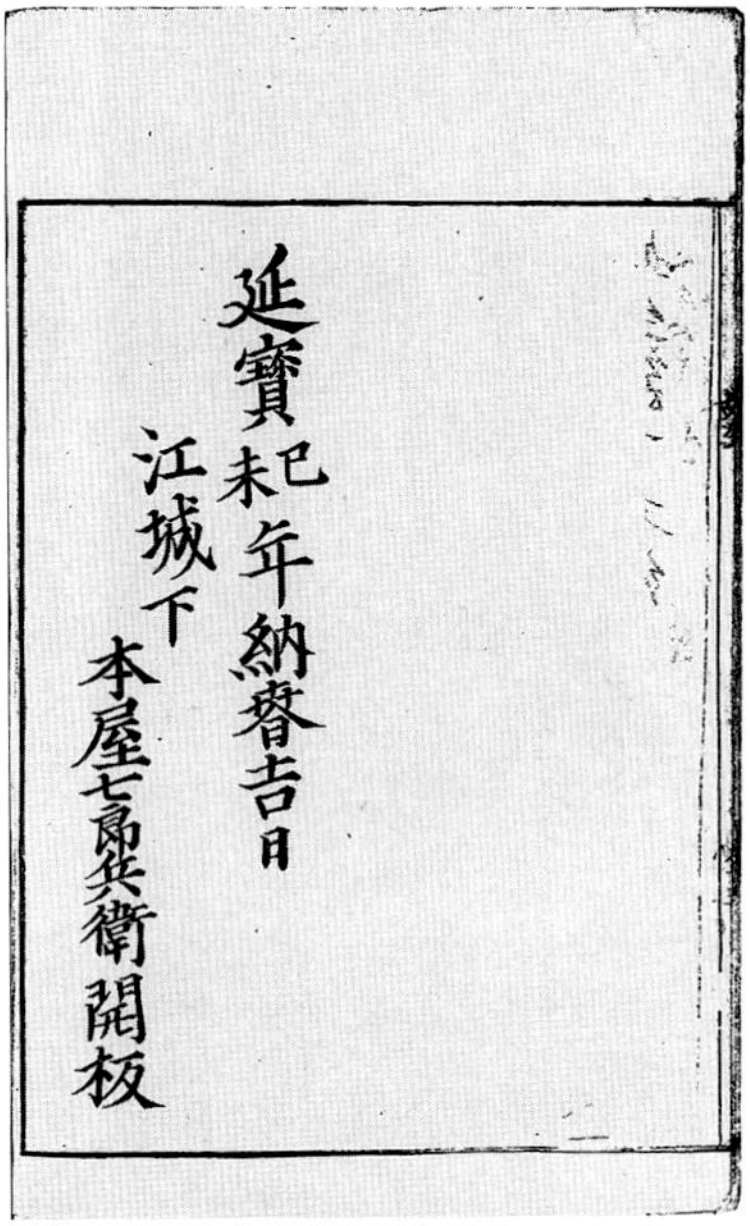

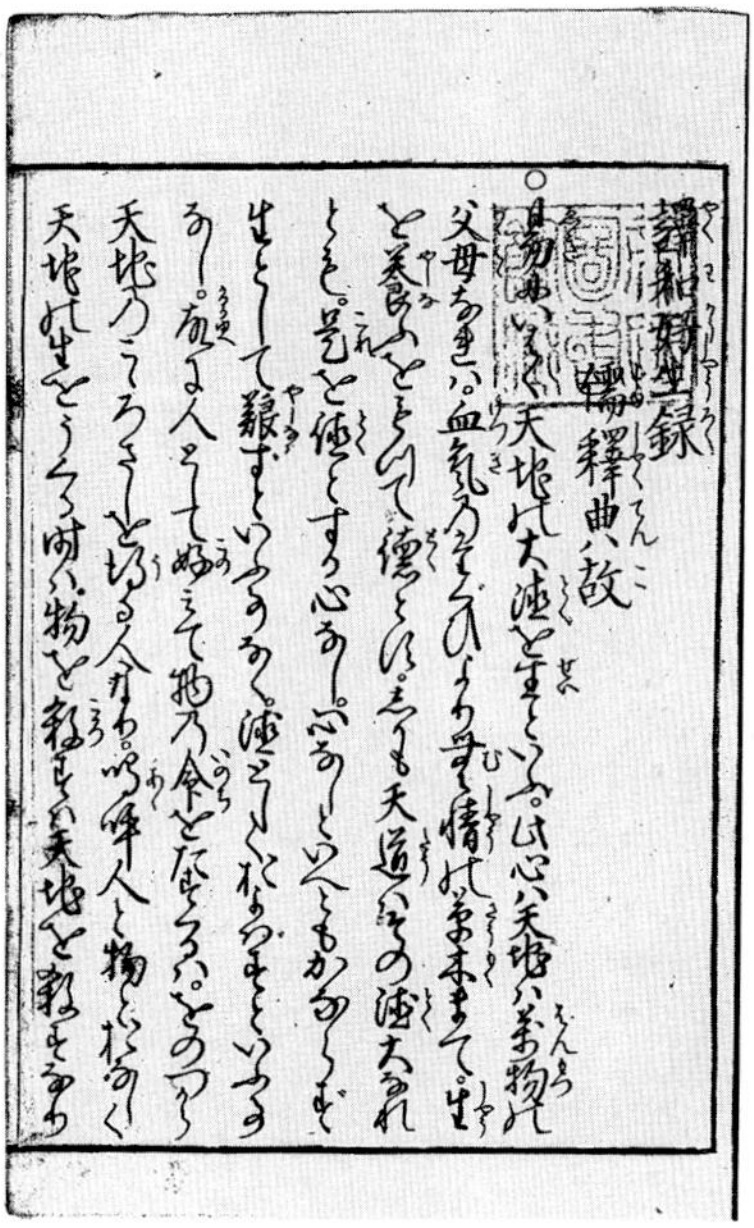

編者略歴

〔朝倉治彦〕 大正十三年東京生。昭和二十三年国学院大学国文科(旧制)卒、二十五年同大学特別研究科(旧制)修。国立国会図書館司書、四日市大学教授兼図書館長、四日市市文化振興財団理事長を経て、現在、四日市市史編纂委員。仮名草子その他、著編書論文多し。

〔柏川修一〕 昭和三十一年東京生。昭和五十三年国学院大学文学科卒。翌年より同大学聴講生として近世文学、書誌学などを研究。平成八年二松学舎大学院博士前期課程入学、同十一年同後期課程中途退学。文部省科学研究助成、私立学校教育研究助成を受く。主要編著書『守貞謾稿』(共編、東京堂出版)『談義本集(一)〜(三)』『榎本星布尼句集』(共編。以上古典文庫)。現在、明星高等学校教諭。

仮名草子集成 第二十六巻

二〇〇〇年四月一〇日 初版印刷
二〇〇〇年四月二〇日 初版発行

編者 朝倉治彦 柏川修一
発行者 大橋信夫
印刷所 株式会社三陽社
製本所 渡辺製本株式会社

発行所 株式会社 東京堂出版
東京都千代田区神田錦町三—七(〒一〇一-〇〇五四)
電話 東京 三二三三-三七四一 振替 〇〇一三〇-七-二七〇

ISBN 4-490-30524-9 C 3393

Printed in Japan